Andreas Schlüter
Level 4.3
Der Staat der Kinder

AF203447

© privat

Andreas Schlüter, geboren 1958, ist einer der erfolgreichsten Kinder- und Jugendbuchautoren der letzten Jahre. Gleich sein erstes Buch ›Level 4 – Die Stadt der Kinder‹ wurde ein Bestseller. Der vorliegende Band beinhaltet die Bände ›Level 4.3 – Der Staat der Kinder‹ und ›Level 4.3 – Aufstand im Staat der Kinder‹.

Weitere Informationen unter www.schlueter-buecher.de

Andreas Schlüter

Level 4.3

Der Staat der Kinder

dtv

Von Andreas Schlüter ist bei dtv außerdem lieferbar:
Level 4 – Die Stadt der Kinder (Bd. 1)
Level 4.2 – Zurück in der Stadt der Kinder (Bd. 2)
Level 4.3 – Der Staat der Kinder (Bd. 3)
Der Ring der Gedanken – Ein Computerkrimi aus der Level-4-Serie
2049
Fünf Asse – Startschuss (Bd. 1)
Fünf Asse – Fallrückzieher (Bd. 2)
Level 4 Kids – Diebe im Netz (Bd. 1)
Level 4 Kids – Apollo 11 im Fußballfieber (Bd. 2)
Level 4 Kids – Die verräterische Datenspur (Bd. 3)
Level 4 Kids –Vampirjagd um Mitternacht (Bd. 4)
Die UnderDocks – Verschwörung in der Hafencity (Bd. 1)
Die UnderDocks – Das Auge der Fliege (Bd. 2)
Spacekids (Bd. 1)
Spacekids – Attacke aus dem All (Bd. 2)

MIX
Papier | Fördert
gute Waldnutzung
FSC® C019821

Ungekürzte Ausgabe 2010
6. Auflage 2024
dtv Verlagsgesellschaft mbH & Co. KG, München
© für ›Level 4.3 – Der Staat der Kinder‹:
2006 Arena Verlag GmbH, Würzburg
© für ›Level 4.3 – Aufstand im Staat der Kinder‹:
2007 Arena Verlag GmbH, Würzburg
Umschlagkonzept: Balk & Brumshagen
Umschlagbild: Karoline Kehr
Gesetzt aus der Futura 11/14
Gesamtherstellung: Druckerei C.H.Beck, Nördlingen
Printed in Germany · ISBN 978-3-423-71429-7

Der Staat der Kinder

Das Projekt

Miriam war von Kopf bis Fuß verschmiert. Sie hatte gerade mal drei Pinselstriche an die Wand gemalt, und schon sah sie aus, als hätte sie mit der Farbe geduscht. Weder die Mütze, die sie sich aus einer Zeitung gefaltet hatte, noch ihre Arbeitshandschuhe hatten das verhindern können.

Frank schüttelte den Kopf. Er selbst sah aus wie aus dem Ei gepellt. Miriam hätte glatt behauptet, Frank habe sich vor der Arbeit gedrückt. Doch sie hatte mit eigenen Augen gesehen, wie er die Decke gestrichen hatte. Die Decke! Und nicht einen Spritzer hatte er abbekommen! Sie dagegen hatte nur die rosa Farbe angerührt, den Farbton mit wenigen Pinselstrichen an der Wand ausprobiert, und schon war sie vollkommen ruiniert.

»Ich hasse das!«, stöhnte sie. »Weshalb können nicht richtige Maler unseren Klassenraum neu streichen wie an anderen Schulen auch?«

»An anderen Schulen werden die Klassenräume überhaupt nicht gestrichen«, behauptete Thomas. »Viel zu teuer!«

»Außerdem konnten wir auf diese Weise die Farbe aussuchen!«, sagte Jennifer. Die Mal-Aktion war Teil eines großen Schulprojekts. Sämtliche

Schulklassen verpassten ihren Räumen einen neu-en Anstrich. Die Eltern hatten die Farbe spen-diert.

Thomas grinste Miriam breit an. Er trug einen zerfledderten Blaumann und darüber einen Arzt-kittel, den er mal aus der Mülltonne einer Klinik gezogen hatte.

»Ey, da ist noch voll das Blut dran!«, behauptete Achmed. Aber das stimmte natürlich nicht. Es war nur die rote Lackfarbe, mit der Thomas den Türrah-men gestrichen hatte.

Achmed hielt das für eine Ausrede und begann zu schildern, wie der Arzt in dem Kittel jemandem das Bein abgesäbelt hatte ...

»Alles Quatsch. Die Flecken stammen von Ach-meds Gehirnamputation!«, stichelte Kolja. Achmed stürzte sich auf ihn, und schon rollten die beiden ringend durch den Raum, bis sie gegen Ben rem-pelten.

Der stolperte und landete mit dem Ellenbogen in einem Farbeimer.

»Mann, ihr Bekloppten!«, schimpfte er. »Seht euch die Sauerei an!«

Frank stand mitten im Raum, stützte die Hände in die Hüften und betrachtete das Chaos. »Okay!«, rief er. »Ich glaube, wir legen eine kurze Pause ein und putzen erst mal!«

Er schnappte sich einen der Putzeimer, die sie

vorsorglich mitgebracht hatten, und verschwand damit auf die Jungen-Toilette.

Zwei Minuten später war er zurück. »Im Klo ist das Wasser abgestellt!«, meldete er.

»Das kann nicht sein«, erwiderte Jennifer. »Ich hab doch vor zehn Minuten noch Wasser zum Farbmischen geholt!«

Frank zog die Schultern hoch. »Vielleicht geht's bei den Mädchen noch!«, mutmaßte er.

Jennifer schnappte sich den Eimer, um ihn auf der Mädchentoilette mit Wasser zu füllen. Doch auch sie kehrte nach wenigen Minuten ohne Wasser zurück.

»Na prima!«, stöhnte Miriam. »Ausgerechnet jetzt!« Sie hatte eigentlich hinüber zur Turnhalle gehen wollen, um sich dort die Farbe abzuduschen.

»Ich frage mal den Hausmeister!«, bot Ben sich an. Allerdings wusste er nicht, wo der Hausmeister in diesem Moment steckte. Vielleicht war er gar nicht zu erreichen. Es war schließlich Samstag. Natürlich hatte der Direktor das Projekt »Wir verschönern unsere Schule« aufs Wochenende verlegt, damit ja kein Unterricht ausfiel. Aber wenn jemand in der Schule war, musste eigentlich auch der Hausmeister anwesend sein, überlegte sich Ben. Sie waren auch nicht die einzige Klasse, die an diesem Wochenende ihr Klassenzimmer renovierte. Alle fünften, sechsten und siebten Klassen waren zu diesem Zweck an diesem Wochenende in die Schule gekommen.

Seltsamerweise war von ihnen niemand zu sehen. Vorhin hatte in den Nachbarklassen noch reger Betrieb geherrscht.

Machten die alle eine Pause, weil das Wasser abgestellt war? Und wenn, wo verbrachten sie diese Pause? Weder in den Klassenräumen noch auf den Pavillongängen noch draußen auf dem Hof begegnete Ben irgendjemandem. Ein unheimliches Gefühl überkam ihn.

»Hallo?«, rief er über den Schulhof. »Ist hier jemand?«

Niemand antwortete. Es war gespenstisch.

»HALLO?«, rief Ben noch einmal.

Er wartete ab.

Nichts.

»HAAAAALLLOOOO?«

Er drehte sich um, sah zurück zum Pavillon, in dem sich seine Klasse befand. Sollte er schnell zurücklaufen, um nachzusehen, ob wenigstens seine Freunde noch da waren?

Natürlich waren die da. Wo sollten sie hingegangen sein, ohne dass er es mitbekommen hätte? Also entschied er sich, weiter zum Verwaltungsgebäude zu laufen. Der Hausmeister war bestimmt dort und ein paar Lehrer vielleicht, die sich darum kümmerten, weshalb das Wasser abgestellt worden war.

Er stieß die Tür des Verwaltungsgebäudes auf und stand in einem leeren Flur.

»Hallo?«, rief er.

Niemand da.

Er sah sich um und . . .

Der Kopierer!, kam ihm in den Sinn. Wo war der Kopierer, der sonst dort in der Ecke stand? Wurde der Kopierer im Zuge der Renovierung auch gleich mit erneuert?

Er stieß die Tür zum Lehrerzimmer auf und – blickte in einen leeren Raum. Komplett leer! Renovierten die Lehrer auch ihr Zimmer? Davon war in der Vorbereitung nichts gesagt worden. Alle Klassenräume hatten sie am gestrigen Nachmittag leer räumen müssen. Aber beim Lehrerzimmer hatte Ben niemanden gesehen. Wann sollten die Lehrer ihr Zimmer ausgeräumt haben? Hier ging etwas nicht mit rechten Dingen zu! Ben machte auf dem Absatz kehrt, raste zurück zum Pavillon und riss die Tür seines Klassenzimmers auf. »Gott sei Dank!«, stieß er aus. »Ihr seid noch alle da!«

Jennifer sah ihn verwundert an. »Wo sollten wir denn sonst sein?«

»Was ist nun mit dem Wasser?«, fragte Miriam.

»Weiß nicht«, antwortete Ben.

Miriam glaubte sich verhört zu haben. »Was soll

das heißen: weiß nicht?«, blökte sie los. »Deshalb bist du doch zum Hausmeister gelaufen. Um ihn nach dem Wasser zu fragen. Mann, ich muss dringend duschen!«

Sie streckte Ben ihre farbverschmierten Arme entgegen.

»Ich habe den Hausmeister nicht gefunden«, sagte Ben und erzählte, was ihm auf der Suche nach dem Hausmeister passiert war. Die Schule stand leer.

»Willst du uns vergackeiern?«, fragte Kolja. Es gab drei fünfte, vier sechste und vier siebte Klassen. Das waren insgesamt elf Schulklassen, die am Morgen mit der Renovierung begonnen hatten. Rund dreihundert Personen. Die konnten doch nicht alle von einer Minute auf die nächste verschwinden!

Kolja stieg von der Leiter, schob Ben beiseite und ging hinaus auf den Flur, um sich persönlich davon zu überzeugen, ob Ben geschwindelt hatte oder nicht.

Auch Kolja erblickte niemanden.

»HEY!«, rief er laut durch den Flur. »Ist hier jemand?«

Er erhielt keine Antwort.

»Sag ich doch!«, wiederholte Ben. »Es ist niemand da! Wir sind allein in der Schule. Und die Möbel sind auch weg!«

Nichts und niemand

Die Freunde hatten die ganze Schule abgesucht und niemanden gefunden. Sämtliche Räume der Schule standen leer – als sollte sie nicht renoviert, sondern abgerissen werden. Die ausgestopften Tiere im Biologieraum – fort. Die Landkarten im Kartenraum – weg. Die Bücher in der Bibliothek – nicht mehr da. Kein Schreibtisch im Büro, keine Turngeräte in der Sporthalle, keine Computer im Computerraum, nichts. Nur die nackten Gebäude waren geblieben. Und sie selbst: Ben, Jennifer, Miriam, Frank, Thomas, Kolja, Achmed. Sieben von dreiundzwanzig aus ihrer Klasse. Genau jene sieben, die sich zu dem Zeitpunkt, als Ben losgegangen war, im Klassenraum aufgehalten hatten. Von den anderen Schulklassen ebenfalls keine Spur.

»Moment mal!«, merkte Jennifer auf. »Das stimmt nicht! Kathrin hat erst nach Ben den Raum verlassen! Sie wollte die Blaustrumpf etwas fragen.«

Vier waren nicht zur Renovierung erschienen. Die anderen elf aus ihrer Klasse hatten zusammen mit Gesine Blaubert, der Lehrerin, den Musikraum streichen wollen. Dorthin also war Kathrin gegangen. Doch im Musikraum war keine Menschenseele. Mehr als eine Stunde lang suchten Ben und seine Freunde jeden Winkel der Schule ab. Dann versammelten sie sich auf dem Hof in der Nähe des Fischteiches. So unglaublich es auch erschien, es war bittere Realität: Während sie innerhalb ihres Klassenraumes mit der Renovierung beschäftigt waren, war außerhalb des Raumes irgendetwas Furchtbares passiert.

»Aliens!«, vermutete Thomas.

Kolja tippte sich mit dem Zeigefinger gegen die Stirn. »Wie blöd müssten die Außerirdischen denn sein, wenn sie Millionen Kilometer weit fliegen, um hier ein paar Schulmöbel zu klauen?«

Thomas verstand den Einwand nicht.

Trotz der ernsten Lage musste Achmed kurz lachen. »Thomas als Außerirdischer würde das fertigkriegen. Der sammelt doch ohnehin jeden Mist. Der würde auch fett durch drei Galaxien jetten, um sich hier 'ne Packung Kreide zu krallen. Der ist so krass, der Typ, ey!«

»Darf ich mal daran erinnern, dass nicht nur eine Packung Kreide fehlt, sondern fast dreihundert Menschen!«, wehrte sich Thomas. »Vielleicht waren das außerirdische islamische Terroristen, die alle entführt haben und . . .«

Achmed sprang sofort auf ihn zu. Mit einem schnellen Griff bekam er Thomas am Kragen zu fassen. »Wir Muslime sind keine Terroristen, du Schwachkopf!«

14

Thomas blickte erst auf Achmeds linke Hand, die ihm den Kragen zuschnürte, dann auf dessen rechte, die zur Faust geballt vor seinem Gesicht herumfuchtelte.

»Nee«, sagte er ruhig. »Voll friedlich. Sieht man ja!«

Jennifer ging dazwischen und trennte die beiden. »Ihr habt sie wohl nicht mehr alle! Kriegt euch mal wieder ein. Wir haben hier echt andere Probleme! Islamische Außerirdische! Also wirklich, Thomas!« Sie schüttelte den Kopf.

»Wer sagt denn, dass mit den anderen etwas passiert ist?«, fragte Ben in die Runde. »Und nicht mit uns?«

Miriam fand den Gedanken interessant. »Du meinst, nicht die anderen sind verschwunden, sondern wir?«, fragte sie nach.

Achmed drehte sich einmal um sich selbst und ließ seinen Blick durch die Schule schweifen. Was Ben sagte, war nur schwer vorstellbar. Schließlich standen sie eindeutig in ihrer Schule. Die Gebäude waren alle da. Nur leer. Kein Zweifel, wer hier fehlte: die anderen. Wenn sie selbst verschwunden wären, würden sie doch nicht hier in der Schule stehen. Es sei denn . . .

Es sei denn, sie wären wieder in das Computerspiel ›Die Stadt der Kinder‹ katapultiert worden! Die Stadt der Kinder war eine exakte Kopie der wirklichen Stadt. Doch sie funktionierte nach den programmierten Regeln des Computerspiels. Ben und seine Freunde waren Figuren des Spiels.

»Aber dann müssten doch die Kinder noch da sein«, wandte Frank ein. »Und die Einrichtungen auch. In der ›Stadt der Kinder‹ verschwinden nur die Erwachsenen.«

Ben nickte. So war es früher in dem Spiel gewesen. Aber wer sagte, dass das noch immer so sein musste? Vielleicht hatte jemand das Spiel umprogrammiert, zu welchem Zweck auch immer!

»Ich vermute, wir befinden uns in einer leeren Stadt!«, sagte Ben schließlich.

»Was?«, entfuhr es Jennifer. »Du glaubst ...« Sie musste eine kleine gedankliche Pause einlegen, um sich zunächst einmal selbst zu vergegenwärtigen, was Bens Worte bedeuteten, ehe sie fortsetzte: »... eine wirklich leere Stadt. Nur leere Gebäude? Ohne ...« Wieder dachte sie nach.

»... ohne Duschen«, ergänzte Miriam.

Kolja stöhnte. Duschen! Woran Miriam als Erstes dachte!

»... ohne Möbel«, setzte Jennifer nun fort. »Ohne Betten!«

»Und ohne Essen?«, fiel Frank ein.

»Ohne Töpfe oder Herde, um etwas zu kochen!«, rief Thomas.

Jennifer begriff als Erste, wie ernst ihre Lage war, wenn sie mit ihrer Vermutung recht hatten. »Wir müssen das sofort prüfen!«, schlug sie vor.

Gemeinsam rannten sie los zum Einkaufszentrum.

Geisterstadt

So ein Einkaufszentrum hatte noch kein Mensch gesehen, war Ben sich sicher. Das Einkaufszentrum war vollständig leer. Es gab zwar Läden mit Leuchtschildern und allem, was dazugehörte. Aber diese Läden standen ganz und gar leer.

Aufgereiht wie eine Fußballmannschaft während der Nationalhymne standen die sieben Kinder nebeneinander inmitten des Zentrums und betrachteten die seltsame Leere mit offenen Mündern und großen Augen.

Ben gab Thomas insgeheim recht. Es sah tatsächlich ganz so aus, als ob Außerirdische am Werk gewesen wären.

Thomas zeigte auf den Gemüseladen. Nichts außer dem Schild ›Obst und Gemüse‹ erinnerte daran, dass hier jemals etwas verkauft worden wäre.

»Das kann nicht sein!«, sagte Jennifer. »Das glaube ich einfach nicht!«

Sie lief in den Gemüseladen hinein, kehrte aber sofort wieder um. »Ben hatte recht«, stellte sie mit ängstlichem Zittern in der Stimme fest. »Wir sind in einer leeren Stadt!«

Betroffen sahen die Freunde sich an.

»Wir müssen hier raus!«, rief Kolja in die Runde. »Und zwar schnell!«

»Ach. Und wie, du Schlaumeier?«, fragte Miriam.

Kolja dachte nach. Als sie das erste Mal in die Stadt der Kinder geraten waren, war er in einem Labyrinth verschwunden, während Ben mithilfe eines Computerprogramms die anderen Kinder zurück in die reale Welt versetzt hatte.

Beim zweiten Mal hatten sie die Schule, das Museum und die Bibliothek im Spiel aktivieren müssen, um an das Programm heranzukommen, das Ben dann in bewährter Weise hatte programmieren können.

Doch das würde dieses Mal nicht funktionieren, denn alle Gebäude standen leer.

»Das Labyrinth!«, schlug Kolja vor. »Vielleicht führt durch das Labyrinth ein Weg zurück!«

»Wenn es einen gibt, haben wir ihn damals schon nicht gefunden!«, warf Ben ein. »Warum sollten wir das jetzt schaffen?«

»Weil wir jetzt keine andere Chance haben!«, antwortete Kolja.

Seine Antwort überzeugte.

»Wir haben keine Chance, also nutzen wir sie!«, rief Miriam heroisch aus.

Da niemandem etwas Besseres einfiel, stimmten die anderen zu.

Sie kannten zwei Eingänge ins Labyrinth: einen durch eine Bodenklappe im Lehrerzimmer. Der andere durch eine Pyramide in der Nähe des Zoos.

»Zuerst zur Klappe!«, entschied Frank und rannte auch schon los. »Die ist näher!«

Doch kaum hatte er das Einkaufszentrum verlassen, blieb er stehen. Ein seltsames Gefühl beschlich ihn – als ob er beobachtet würde; als ob ihm hinter jeder Hausecke jemand auflauerte. Jeder Schritt fiel ihm schwer. Wie in der Stille das leise Ticken einer Uhr plötzlich wie ein Schlagzeug dröhnt, kam ihm in der leeren Stadt jede kleine Bewegung wie eine Bedrohung vor. Er nahm wahr, wie die Blätter der Bäume im Luftzug raschelten. Ein über die Straße rollendes Papierknöllchen erregte seine Aufmerksamkeit ebenso wie ein gelbes Blütenblatt, das eine Rose ins Beet abwarf.

Auch Jennifer wähnte in jedem Hauseingang, hinter jeder Sitzbank, hinter jedem Laternenpfahl jemanden, der sie beobachten oder verfolgen könnte. Das Gefühl machte ihr Angst. Andererseits hoffte sie geradezu, sie würden jemandem begegnen. Dann wären sie endlich nicht mehr allein in dieser Stadt . . .

»Da!«, schrie Miriam.

Jennifer zuckte zusammen.

»Ein Schatten!«, behauptete Miriam.

Jennifer hatte nichts gesehen. Auch Frank nicht.

Doch Miriam war sich ganz sicher. »Dort in der Seitenstraße!«

»Hey?«, rief Kolja. Keine Antwort.

Frank lief auf die Ecke zu.

In dem Moment kam tatsächlich jemand zum Vorschein. Frank erstarrte.

»Kathrin!«, stieß er erleichtert aus.

»Hier seid ihr!«, schrie Kathrin. Ihr Gesicht war verweint. »Weshalb seid ihr bloß alle abgehauen?«

»Wir sind nicht abgehauen«, stellte Frank klar.

»Im Musikraum war niemand!«, erzählte Kathrin. »Aber irgendjemand muss ihn leer geräumt haben, dachte ich. Dann hab ich die Blaubert gesucht, aber nirgends gefunden. Und als ich in den Klassenraum zurückkam, war da auch niemand mehr. Dann bin ich nach Hause gelaufen. Aber es gab kein Zuhause mehr. Alles leer!«

Kathrin begann von Neuem zu weinen.

Jennifer legte ihren Arm um sie.

»Sogar mein Hund und meine Meerschweinchen sind verschwunden!«, schluchzte Kathrin.

»Und sonst hast du auch niemanden gesehen?«, fragte Ben. »In der ganzen Stadt nicht?«

Kathrin schüttelte den Kopf. »Niemanden! Auf dem ganzen Weg nicht! Wo sind die alle?«

Kathrin vergrub das Gesicht in ihren Händen und heulte Rotz und Wasser.

Auch Jennifer standen Tränen in den Augen. Und nicht nur ihr.

Kolja zog laut den Rotz hoch und spuckte aus. Achmed tat so, als wäre ihm etwas ins Auge geflogen.

Thomas dagegen ließ ungeniert einige Tränen über die Wangen kullern.

»Wir haben auch alles abgesucht«, erzählte Frank. »Und niemanden gefunden!«

Dann berichtete er Kathrin, was sie sich überlegt hatten und dass sie versuchen wollten, durchs Labyrinth einen Ausweg zu finden. »Ich komme mit!«, entschied Kathrin. »Ich bin so unheimlich froh, dass ihr da seid!«

Das Labyrinth

Jennifer war ganz und gar nicht wohl bei dem Gedanken an das Labyrinth. Schon einmal hatten sie dort vergeblich einen Ausgang gesucht. Sie fragte sich, welche Überraschung diesmal auf sie wartete. Denn es war offenkundig, dass das Computerspiel ›Die Stadt der Kinder‹ ein weiteres Mal umprogrammiert worden war.

»Wo ist eigentlich Thomas?«, fragte Miriam.

Thomas fehlte häufiger. Weil er so langsam war, trottete er der Gruppe meistens hinterher. Er war ein leidenschaftlicher Sammler aller möglichen Dinge. Aus Angst, irgendetwas zu übersehen, das »auf der Straße lag und das man sich nur zu nehmen brauchte«, wie er immer sagte, hatte er sich ein Schneckentempo angewöhnt. Auf diese Weise übersah er nichts. Aber in dieser Stadt gab es nichts zu finden. Die Stadt war leer.

»Thomas findet selbst in einer leeren Stadt etwas«, war Achmed sich sicher. Aber dass von Thomas überhaupt nichts zu sehen war, beunruhigte auch ihn. »Soll ich noch mal zurücklaufen und nach ihm schauen?«, bot er sich an.

Doch da erschien Thomas schon an der Straßenecke. In seiner rechten Hand hielt er etwas, womit er seinen Freunden aufgeregt zuwinkte. »Schaut mal, was ich gefunden habe!«, rief er.

Achmed lachte laut. »Sag ich doch! Der Typ ist so was von krass, ey!«

»Was hält er denn da in der Hand?«, fragte sich Ben. Er sah zwar etwas in Thomas' Hand, konnte aber nicht erkennen, um was es sich handelte.

»Hier!«, hechelte Thomas und präsentierte sein Fundstück. Kolja nahm es ihm ab. »Eine Mütze!«, stieß er hervor.

»Das ist keine Mütze, sondern eine Motorradsturmhaube«, berichtigte Thomas.

»Na und?« Kolja fand daran nichts Besonderes. »Außer, dass sie eine komische Farbe hat! Giftgrün! Wie ein Laubfrosch. Wer trägt denn solche Motorradmützen?«

»Genau das ist die entscheidende Frage!«, warf Thomas ein.

Kolja wusste nicht, was Thomas meinte. Woher sollte er wissen, wer hier seine Motorradhaube verschlampt hatte? Worauf wollte Thomas hinaus?

Thomas hielt ihm weiter die Haube vor die Nase. »Die Stadt ist leer«, betonte er. »Komplett leer. In den Kaufhäusern gibt es keine Waren. Die Wohnungen sind leer gefegt und auch die Straßen sind leer. Es gibt weder Autos noch Motorräder, nicht einmal Fahrräder. Die Stadt ist LEER!«

Kolja dachte nach. Die Stadt war leer. Das wusste er. Aber so leer, dass nicht einmal eine Mütze herumliegen konnte? So weit hatte er noch nicht darüber nachgedacht. Doch jetzt, da Thomas davon sprach, fiel es ihm auch auf: Thomas hatte recht. Die Stadt war tatsächlich vollständig leer. Wenn man das so dahinsagte, machte man sich keine Vorstellungen davon, was das wirklich hieß: Eine Stadt ist leer. Nicht einmal so eine blöde Haube konnte da herumliegen.

Doch Kolja war nicht der Typ für komplizierte Überlegungen. »Vielleicht ein Fehler im Programm oder so. Keine Ahnung«, lautete sein Kommentar.

»Oder jemand hat sie verloren!«, meinte Thomas. »Allerdings niemand von uns!«

Er zeigte die Haube herum, damit jeder sie sich noch mal genau ansehen konnte. »Oder hat jemand von euch eine solche Haube getragen?«

Er wusste die Antwort bereits. Niemand von seinen Klassenkameraden besaß eine solche Motorradfahrerhaube.

Jetzt war auch bei den anderen der Groschen gefallen.

»Es muss also doch noch jemand in der Stadt sein!«, rief Miriam.

Thomas nickte.

»Wollen wir suchen?«, fragte Miriam in die Runde.

Ben fand es besser, zunächst wie geplant nach einem Ausgang zu suchen. Wer immer außer ihnen hier durch die leere Stadt irrte, würde den Ausgang dann ebenfalls nutzen können. Ob zu fünft, zu zehnt oder zu hundert, eine leere Stadt blieb eine leere Stadt: unheimlich und unbewohnbar. Sie mussten so schnell wie möglich sehen, dass sie von hier fortkamen.

Aber ob sich der Zugang zum Labyrinth auch in dieser neuen Version des Spiels noch immer im Lehrerzimmer befand? Tatsächlich! Sie fanden die Klappe in der Mitte des Zimmers.

Kolja bot sich an voranzugehen.

Langsam öffnete er die Klappe im Boden und sah tief hinunter in eine schwarze Röhre.

»Gruselig!«, fand Jennifer, als sie über Koljas Schulter hinabblickte.

Kolja musste schlucken.

Achmed, der sich sonst so gern mit Kolja kabbelte, sah die Angst in den Augen seines Freundes und Widersachers. »Ich komme mit!«, bot er sich an.

Kolja warf ihm einen dankbaren Blick zu. »Okay!«

Kolja legte sich flach auf den Bauch und langte mit der Hand in die schwarze Öffnung hinein, um nach einer Leiter zu tasten. Tatsächlich erfasste er einzelne eiserne Stufen, die in die Wand eingelassen waren.

»Wie in einem Gullyschacht«, wunderte er sich.

»Wollt ihr wirklich da runter?«, fragte Kathrin. Sie wagte es kaum, auch nur einen Blick in den Schacht zu werfen.

»Wieso ihr?«, fragte Jennifer. »Wir!«

Kathrin riss die Augen auf.

»Oder möchtest du lieber in einer leeren Stadt bleiben?«, setzte Miriam nach.

Das wollte Kathrin auf gar keinen Fall.

»Thomas, hast du eine Taschenlampe dabei?«, fragte Kolja.

Thomas schüttelte den Kopf. Was hätte er beim Anstreichen auch mit einer Taschenlampe anfangen sollen?

»Hätte doch sein können«, sagte Kolja. »Trägst doch sonst auch allen möglichen Schrott mit dir herum!«

»Pöh!«, machte Thomas, griff in seine Hosentasche und entdeckte etwas, woran er nicht gedacht hatte. Ein breites Grinsen überzog sein Gesicht.

»Mein Hausschlüssel!«, rief er und zog ihn hervor. Eine kleine LED-Lampe baumelte daran.

Kolja lachte. »Sag ich doch!«

»Der Typ ist irre, ey!«, wiederholte Achmed.

Kolja knipste die Lampe an. Sie leuchtete mit einem schwachen blauen Licht.

»Was ist das denn für eine miese Funzel!«, beschwerte sich Kolja.

Thomas verstand die Aufregung nicht. »Was denn? Hab ich gefunden. Angeblich leuchten solche Lampen 100.000 Stunden. Die können niemals schon um sein!«

»100.000 Stunden?«, wiederholte Ben und begann sofort nachzurechnen. »Das wären ... Moment ...«

»Ist doch schnurz!«, ging Jennifer dazwischen.

»Nein, warte mal!«, beharrte Ben. »Das wären ... grob geschätzt ... mehr als 11 Jahre ununterbrochenes Brennen. Das glaubt doch kein Mensch!«

»Wieso nicht? Hab ich in einem Werbeprospekt gelesen!«, verteidigte sich Thomas.

»Super! Und weil du diesen Mist glaubst, leuchte ich jetzt mit so einer dunkelblauen Funzel in die Tiefe!«, ärgerte sich Kolja. Aber da es die einzige Lampe war, die sie zur Verfügung hatten, nahm er sie. »Also dann!«

Er ließ sich mit den Füßen voran in den Schacht hinunter.

Vorsichtig stieg Kolja Stufe für Stufe hinab. Nach jedem Schritt vergewisserte er sich, ob Achmed ihm auch wirklich folgte. Um nichts in der Welt hätte er allein in die Tiefe hinabsteigen mögen.

Kolja hielt kurz inne.

Achmed bekam das im Dunkeln nicht mit, stieg weiter abwärts und trat Kolja versehentlich auf die Hand.

Kolja schrie auf.

Achmed entschuldigte sich. »Wieso gehst du denn nicht weiter, ey?«

»Mach ich ja schon!«, antwortete Kolja.

»Haste Schiss?«, hakte Achmed nach.

»Quatsch!«, wehrte Kolja ab.

»Ich schon!«, räumte Achmed ein. »Krass dunkel hier! Ich würd am liebsten wieder raufgehen. Hier unten sieht man sowieso nichts!«

Achmed sprach Kolja aus der Seele. Aber er hätte das niemals zugegeben.

Achmed hingegen redete sich die Angst von der Seele.

»Oh Mann!«, stöhnte er. »Was machen wir hier? Das ist doch krass daneben. Immer tiefer in die Dunkelheit. Wer weiß, was für Monster dort unten auf uns warten?«

»Monster?«, fragte Kolja zu ihm hinauf. »Wie kommst du denn auf Monster, du Spinner?« Für eine Sekunde vergaß Kolja seine Angst und lachte kurz auf.

»Weil wir in einem Computerspiel sind!«, sagte Achmed. »Hat Ben doch behauptet. Und wieso soll es in einem Computerspiel keine Monster geben? Ich kenne viele Spiele mit Monstern. Zum Beispiel ...«

»In diesem Spiel hat es noch nie Monster gegeben!«, stellte Kolja klar.

Aber in diesem Spiel hatte es bisher auch noch nie diesen Schacht gegeben, dachte er. Und es hatte bisher auch keine leere Stadt gegeben. Und es hatte ...

»Moment mal!«

Achmed stoppte. »Was ist denn jetzt schon wieder?«

»Riechst du das?«, fragte Kolja.

»Ja!«, bestätigte Achmed angewidert. »Bäh, es stinkt. Hast du einen ziehen lassen?«

»Nein!«, gab Kolja entrüstet zurück. »Der Gestank kommt von unten!«

Er überlegte, ob es bisher in dem Spiel Gerüche gegeben hatte. Er hatte nie darauf geachtet, deshalb konnte er sich nicht erinnern. Doch jetzt hörte er auch etwas.

»Sei mal leise!«, befahl er Achmed.

»Ich sag doch gar nichts, ey!«, beschwerte sich Achmed.

»Hörst du das?«

»Nee!«, sagte Achmed. »Das Wasser plätschert

so laut. Da versteht man gar nichts. Was ist denn?«

»Mann!«, stöhnte Kolja. »Das meine ich doch! Das Wasser! Der Gestank!«

Achmed verstand nicht.

»Wir sind in der Kanalisation gelandet!«, behauptete Kolja.

»Scheiße!«, fand Achmed. »Nichts wie hoch, ey. Ich hab keine Lust, durch eine Kloake zu waten!«

»Ganz meine Meinung!«, stimmte Kolja zu. »Dort unten gibt es bestimmt keinen Ausgang in die reale Welt!«

Achmed begann, die Leiter wieder hinaufzuklettern.

Kolja wollte ihm folgen. Doch da packte ihn etwas am Fußgelenk.

Kolja schrie auf.

Achmed zuckte zusammen. »Was ist?«

»Jemand zieht an meinem Fuß!«, rief Kolja entsetzt. Es gelang ihm nicht, seinen Fuß aus der Umklammerung loszureißen. Er begann, wie wild mit dem Fuß zu zappeln. Doch der Druck an seinem Gelenk nahm zu. Jemand versuchte, ihn von der Leiter zu zerren. Kolja klammerte sich an die Sprosse.

»Es zieht an mir!«, schrie er. »Jemand zieht mich runter!«

»Was? Wer?«, fragte Achmed erschrocken.

»Hilf mir!«, flehte Kolja ihn an. »Ich kann mich nicht mehr lange halten!«

Achmed beugte sich hinunter und versuchte, mit einer Hand ein Handgelenk Koljas zu packen, um ihm etwas Halt zu geben. Eine schwierige Übung – schließlich musste er sich ja selbst irgendwie an der Leiter halten.

Kolja spürte, wie eine weitere Hand seinen Fuß packte. Und noch eine und noch eine. Vier Hände rissen nun an seinem Bein.

»Lasst mich los!«, kreischte Kolja.

Achmed ächzte vor Anstrengung. Bis nach oben, wo Ben und die anderen gespannt warteten, waren die Schreie zu hören.

»Da ist etwas passiert!«, rief Frank. Sofort wollte er in den Schacht steigen, um den beiden Freunden zu Hilfe zu eilen. Doch Ben hielt ihn zurück. »Warte einen Moment«, bat er. »Erst mal hören, was dort los ist und wie wir ihnen am besten helfen können!«

Frank hielt inne, Ben beugte seinen Oberkörper in den Schacht hinein und rief hinunter: »Kolja! Achmed! Hört ihr mich?«

Kolja hatte keine Zeit zu antworten. Er versuchte sich loszureißen, trat mit aller Kraft nach unten. Es half nichts.

In dem dunklen Schacht konnte er nur schemenhaft erkennen, wer ihn dort traktierte: zwei Gestalten, die seltsam gekleidet zu sein schienen. Kolja meinte Overalls zu erkennen, grün, so glaubte er. Außerdem trugen sie kapuzenartige Mützen. Genau so eine hatte Thomas auf der Straße gefunden!, schoss es ihm durch den Kopf.

Achmed rief hinauf: »Jemand versucht, Kolja in die Tiefe zu reißen!«

»Im Labyrinth ist jemand?«, wunderte sich Jennifer.

»Hier ist kein Labyrinth!«, schrie Achmed. »Hier ist nur der Kanal!«

»Wo ist das Labyrinth geblieben?«, fragte Ben.

»Ist doch jetzt egal!«, ging Miriam dazwischen. »Kolja und Achmed sind in Gefahr. Wir müssen ihnen helfen!«

Das sah Frank ganz genauso. Nur Ben hegte noch immer Bedenken. Wie sollten sie helfen? Der Schacht war viel zu eng, um mit mehreren Leuten nebeneinander auf einer Stufe stehen zu können. Würden sie der Reihe nach hinunter zu den beiden klettern, würde niemand von ihnen an Kolja heranreichen können. Stattdessen würden sie nur den Weg hinauf versperren. Sollte es Kolja gelingen, sich freizukämpfen, könnte er am Ende nicht schnell genug fliehen.

»HILFE!«, schrie Kolja. Noch lauter als zuvor. »Ich kann mich nicht mehr halten!«

»Mist!«, fluchte Miriam. »Wir können doch nicht tatenlos zusehen, wie die beiden dort unten verschleppt werden!«

»Ein Seil!«, rief Frank. »Vielleicht können wir sie mit einem Seil heraufziehen? Thomas, hast du ein Seil?«

Thomas stöhnte. »Mann, woher soll ich denn jetzt ein Seil nehmen?«

Achmed kämpfte um seinen Freund Kolja, so gut es ging.

Mit dem einen Fuß war Kolja bereits abgerutscht. Er wehrte sich noch, doch seine Kraft reichte nicht aus. Lange würde er sich so nicht mehr halten können, das spürte er deutlich.

Frank hatte jetzt genug. Er wusste noch nicht, wie er Kolja helfen sollte. Er wusste nur, von hier oben ging es nicht. Entschlossen stieg er in den Schacht hinein. »Ich komme zu euch!«, rief er hinunter.

Achmed umklammerte immer noch Koljas Handgelenk, doch auch seine Kräfte ließen rapide nach. Er würde Kolja nicht halten können. Da – ein Ruck – und Kolja rutschte mit einem Schrei in die Tiefe.

»Sie haben ihn hinuntergezogen!«, rief Achmed Frank zu.

Noch immer starrte Achmed hinab, konnte in der Dunkelheit aber nichts erkennen.

»Wer?«, fragte Frank aufgeregt. »Wer hat ihn hinuntergerissen?«

»Keine Ahnung!«, antwortete Achmed.

Frank verlor keine Sekunde. Er zwängte sich an Achmed vorbei.

»Wo willst du hin?«, fragte Achmed.

»Hinterher natürlich!«, rief Frank. »Los, komm!«

Die Frogs

Je weiter Frank und Achmed in die Dunkelheit hinabstiegen, desto heller wurde es. Am Ende der Leiter erleuchtete ein mattes, dunkelgelbes Licht das feuchte Gewölbe. Frank erkannte einen Weg und ein trübes, stinkendes Rinnsal in einem Kanal. Sie waren tatsächlich in der Kanalisation der Stadt angekommen.

Jetzt hörten sie schon die Stimmen von Ben, Jennifer, Miriam, Thomas und Kathrin. Frank zweifelte, ob es eine gute Idee war, dass sie ihm alle folgten. Er durfte keine Zeit verlieren. Schon jetzt konnte er nur ahnen, wohin die fremden Gestalten mit Kolja verschwunden waren. Zu sehen war von ihnen nämlich nichts mehr. Wenn er noch länger auf die anderen wartete, würde er sie nie mehr einholen.

»Wo bleibst du denn, Thomas?«, hörte er Miriam rufen.

Wie Frank es sich gedacht hatte. Thomas hielt wieder alle auf.

»Warte du hier auf die anderen«, schlug er Achmed vor. »Ich suche Kolja allein!«

Achmed wollte ihn zurückhalten. Doch Frank lief einfach los.

Am liebsten wäre Achmed sofort mit ihm gegangen. Aber einer musste bleiben, um die anderen in Empfang zu nehmen und ihnen die Richtung zu zeigen, in die Frank nun entschwunden war.

»Mist!«, ärgerte er sich.

»Was ist Mist?« Miriam war als Erste bei ihm.

Es folgte Jennifer. »Was ist mit Kolja?«, fragte sie.

Achmed erklärte es ihr, während Ben landete. Ihm folgte Kathrin.

»Hier stinkt's!«, stellte sie fest.

»Blitzmerker!«, kommentierte Ben. »Wir sind in der Kanalisation!«

»Ich weiß«, antwortete Kathrin. »Aber warum? Ich frage mich, weshalb die Leute, die Kolja entführt haben, sich hier verkriechen. Wer begibt sich denn freiwillig in diese stinkende Kloake?«

Das war allerdings eine sehr gute Frage, fand Jennifer.

Der Grund lag auf der Hand, glaubte Miriam. Die Kanalisation war ein hervorragendes Versteck.

Kathrin antwortete mit einem kritischen Blick, und Jennifer verstand, was Kathrin meinte: Die Stadt über ihnen war komplett leer. Wovor also versteckten diese Leute sich? Wo niemand war, da brauchte man sich auch vor niemandem zu verstecken, oder?

Ben atmete tief durch, als er den aufregenden Gedanken begriff. Es galt der Umkehrschluss: Wo sich jemand versteckte, da musste es auch einen geben, von dem man nicht gefunden werden wollte!

Mit anderen Worten: Die Stadt war durchaus nicht so leer, wie sie angenommen hatten!

»Da bin ich!« Thomas war endlich angekommen.

»Wird auch Zeit! Lahme Ente, ey!«, giftete Achmed ihn an. »Keine Spur mehr von Frank, weil wir wieder mal auf dich warten mussten!«

»Schneller ging's nicht!«, entschuldigte sich Thomas.

Ben wollte jetzt nicht noch mehr Zeit verlieren. Mutig ging er voran und rief laut nach seinem Freund.

Er blieb kurz stehen, horchte, aber von Frank kam keine Antwort. Er lief schneller, hatte Angst, neben Kolja auch noch Frank zu verlieren, patschte über den nassen Weg. Er musste sich vorsehen. Ein falscher Tritt und er würde in dem stinkenden Kanal landen.

Erneut rief er nach Frank. Ein lautes Aufstöhnen kam als Antwort.

»Frank?«, rief Ben besorgt in die Dunkelheit hinein.

Doch alles blieb still.

»Mit Frank ist etwas passiert!«, rief Ben den Freunden zu.

Er beschleunigte sein Tempo. Er spürte förmlich, wie sehr sein Freund ihn jetzt brauchte. Noch einmal rief Ben nach ihm.

Dann wusste er, weshalb Frank nicht antwortete.

Sein Freund lag rücklings seltsam verdreht auf dem Weg. Seine Beine baumelten halb im stinkenden Kanal.

»Frank!«, rief Ben entsetzt, kniete sich neben ihn, legte sein Ohr erst an Franks Brust, dann an seine Nase, um zu spüren, ob Frank noch atmete.

»Er lebt!«

Nun waren auch die anderen angekommen. Jennifer kniete sich ebenfalls nieder, hob Franks Kopf sanft auf ihre Knie und strich ihm über die Stirn.

Miriam blickte auf ihn herab und entschied: »Ohnmächtig!« Entschlossen verabreichte sie Frank ein kurze, trockene Ohrfeige.

»Ey!«, beschwerte sich Ben. »Hast du 'ne Meise?«

Zur Antwort zeigte Miriam nur auf Franks Gesicht. Seine Augen zwinkerten. Er erwachte. »Klappt doch!«, verteidigte sie ihre rüde Methode.

Ben war sicher, dass Frank auch ohne Miriams Handgreiflichkeit wieder zu Bewusstsein gekommen wäre. Aber zum Streiten war nicht die Zeit. Frank hob den Kopf leicht an. Jennifer stützte ihn dabei. Er stöhnte, hielt sich die Stirn, zwinkerte wieder, schüttelte den Kopf, stöhnte ein weiteres Mal auf. »Wo bin ich?«

Dann erzählte er stockend, was geschehen war. Er war den Kanal entlanggelaufen, ohne dass er in der Dunkelheit etwas hätte erkennen können. Plötzlich aber hatte er geglaubt, etwas gesehen zu haben. Etwas hatte aufgeblitzt, eine Taschenlampe vielleicht. Gerade als er sich überlegt hatte, dem Licht nachzugehen, war jemand von hinten an ihn herangesprungen und hatte ihm etwas über den Schädel geschlagen.

»Siehst du!«, raunzte Ben Miriam an. »Vielleicht hat er eine Gehirnerschütterung – und du drischst noch auf ihn ein!«

»Ich habe überhaupt nicht auf ihn eingedroschen. Ich habe ihn geweckt!«, verteidigte sich Miriam.

»Ist dir schlecht?«, fragte Jennifer. Sie hatte mal irgendwo gelesen, dass eine Gehirnerschütterung Übelkeit hervorrief.

Frank zuckte mit den Schultern. Er wusste es nicht. Richtig wohl war ihm nicht, aber ob ihm regelrecht schlecht war, konnte er nicht sagen.

»Du musst doch wissen, ob dir schlecht ist!«, fand Jennifer.

»Mir ist schlecht!«, warf Thomas ein.

»Dich hat aber keiner gefragt!«, wies Jennifer ihn zurecht.

»Mir ist aber wirklich schlecht«, beharrte Thomas.

»Was soll bei dir denn erschüttern, ey?«, fragte Achmed. »Ohne Hirn auch keine Gehirnerschütterung!«

Thomas überhörte diesen Einwurf. »Diese üble Luft hier unten, und außerdem habe ich Hunger!«

Damit sprach Thomas den anderen allerdings aus der Seele. Selbst Frank knurrte der Magen. Nur: Wo sollten sie etwas zu essen hernehmen? Hier unten gab es sicher nichts.

Außerdem mussten sie Kolja suchen.

»Ob der überhaupt noch hier unten ist?«, fragte Kathrin in die Runde.

Alle sahen sie verblüfft an. Wie sollte Kolja hinauf in die Stadt gekommen sein?

»Ganz offenbar gibt es Bewohner in dieser Stadt«, erklärte Kathrin. »Irgendwelche Leute, die uns nicht mögen, Kolja entführt und Frank überfallen haben, die seltsame Mützen tragen und offenbar Taschenlampen bei sich haben. Ich kann mir nicht vorstellen, dass die hier unten leben!« Sie zeigte mit einer ausladenden Handbewegung in die unwirtliche Umgebung. »Und wenn die oben in der Stadt wohnen, dann kennen sie auch mindestens einen Platz, wo es etwas zu essen gibt!«

»Bingo, da hat Kathrin recht!«, stimmte Jennifer ihr zu.

»Also gehen wir wieder hinauf?«, fragte Frank mehr sich selbst als die anderen.

Es fiel ihnen nicht leicht, die Suche nach Kolja einfach abzubrechen. Aber vielleicht stimmte Kathrins Vermutung – und Kolja befand sich schon längst wieder oben in der Stadt? Möglicherweise kannten die Angreifer andere Wege, die hinauf in die Stadt führten. Und sie mussten wissen, wo es Lebensmittel gab. So wie es aussah, konnten sie oben in der Stadt mehr ausrichten. Schweren Herzens kehrte sie um und kletterten wieder hinauf in die leere Stadt.

Hunger

»Lasst uns zurück ins Stadtzentrum gehen!«, schlug Frank vor. »Wenn es irgendetwas Essbares zu finden gibt, dann bestimmt nur dort!«

Ben glaubte nicht daran. Aber er hatte einfach keine bessere Idee. So zogen sie los. Ben musste sich konzentrieren, um den richtigen Weg zu finden. Die Stadt wirkte vollkommen fremd ohne Autos, ohne Menschen, ohne Inventar. Wie eine Stadt, die . . .

Ben blieb stehen. »Mann, das ist es!« Dass er nicht eher draufgekommen war! »Ich weiß, wo wir sind!«

Miriam machte mit einer Hand eine Scheibenwischerbewegung. »Was ist denn mit dem los? Natürlich wissen wir, wo wir sind.«

Doch Ben winkte ab. Er meinte nicht den Weg zur Stadtmitte. Er meinte die Stadt der Kinder als Computerspiel. »Wir sind in der Matrix!«, rief er.

Miriam stöhnte. »Jetzt ist es so weit! Endgültig! Ben schnappt über!«

Auch Jennifer betrachtete ihren Freund mit gerunzelter Stirn. »Matrix« – so hieß einer von Bens Lieblingsfilmen. So viel wusste sie. Als Ben sie damals mit in den Film geschleppt hatte, hatte sie vorher im Lexikon nachgeschaut, was das Wort Matrix bedeutete. Sie war dabei auf einen Roman[*] gestoßen, in dem die Matrix als ein globales Informationsnetz bezeichnet wurde, das die Existenz des Cyberspace ermöglichte. Ganz so wie in dem Kinofilm.

»Begreift doch!«, rief Ben. »Eine Matrix, das ist . . .« Er wusste, was er meinte, aber er wusste nicht, wie er es ausdrücken sollte. »Das ist . . . eine Art Raster!«

»Klar!«, quatschte Miriam dazwischen. »Und du bist ausgerastet!«

Ben seufzte. »Eine Matrix ist eine Struktur, innerhalb derer man etwas anordnet! Die Matrix ist die Rohstruktur eines Computerprogramms. Wir sind im Rohbau der Stadt!«

»Rohbau?« Thomas sah sich um. Die Häuser waren alle fertig, eben nur leer.

»Zwei Mal sind wir in die Stadt der Kinder hineingeraten«, sagte Ben. »Wir wissen, dass wir irgendwie in das Computerprogramm ›Die Stadt der Kinder‹ geraten waren. Alles funktionierte nach den Regeln des Spiels.«

Die anderen nickten. Sie erinnerten sich nur zu gut.

[*] »Neuromancer« (1984) von William Gibson

»Und jetzt sind wir in der Vorstufe des Programms gelandet«, glaubte Ben. »Im Rohbau des Programms. Die Stadt steht, aber sie wurde noch nicht mit Leben gefüllt.«

»Und was bedeutet das für uns?« Jennifer kam nicht mehr ganz mit.

»Das Programm muss vervollständigt werden«, vermutete Ben.

»Okay!«, sagte Miriam. »Dann mach mal, damit wir was zu futtern kriegen!«

»Ha!«, rief Ben. »Woher soll ich denn wissen, wie das geht?«

Miriams Miene verdüsterte sich. Wozu sollte das theoretische Gerede gut sein, wenn sie keinen praktischen Nutzen daraus ziehen konnten?

Auch Frank wollte nicht länger warten. Sein Hunger quälte ihn, und er drängte darauf, den Weg zur Innenstadt fortzusetzen. Über Bens Theorie konnten sie schließlich immer noch nachdenken. Wichtig war, erst einmal etwas Essbares zu finden.

Jennifer dachte den ganzen Weg über das nach, was Ben gesagt hatte. »Die Stadt mit Leben erfüllen. Das Programm muss erst entstehen.« Was mochte das bedeuten?

Es war bedrückend, durch die leere Stadt zu gehen. Jennifer sah hinüber zum Eiscafé, in dem sie sich unzählige Male mit ihren Freunden getrof-

fen hatte. Außer dem Schild über dem Verkaufsfenster war von der Einrichtung nichts übrig. Die
Eissorten und die Preise standen noch an der Scheibe. Aber die Kühltruhen waren ebenso verschwunden wie der Verkaufstresen, die Möbel und die
Kasse.

Daneben ein ähnliches Bild. ›Pizzeria Adria‹
stand immer noch an der Hauswand. Doch die
gesamte Inneneinrichtung war verschwunden.

Ben hatte recht, dachte Jennifer. Die Stadt besaß
noch eine gewisse Grundstruktur. Es war zu erkennen, was in die Gebäude hineingehörte. Sollten sie alle diese Läden wieder mit Leben füllen?
War es das, was das Programm von ihnen erwartete?

»Wo steckt denn Thomas schon wieder?«, fragte
Frank.

»Der ist nur hundert Meter hinter uns!«, behauptete Achmed.

Doch Frank konnte ihn nirgendwo entdecken.

»Oh nein! Wohin ist denn der jetzt schon wieder abgehauen?«, begann Achmed loszujammern.
Doch da bemerkte er einen Fuß, der aus einer Mülltonne herausschaute.

Verdutzt zeigte Achmed auf seine Entde-
ckung, und schon kam ein zweiter Fuß zum Vorschein.

»Gehören die Thomas?«, fragte Miriam.

»Wem sonst?«, fragte Achmed zurück. »Aber was macht der im Müll?«

»Thomas!«, brüllte Frank hinüber zur Mülltonne.

Die Beine, die aus der Mülltonne hervorlugten, begannen zu zappeln.

Miriam begriff: »Der schafft es nicht wieder raus!«

»Jetzt langt's, ey!«, schimpfte Achmed, rannte auf die Mülltonne zu, nahm Maß und trat, ohne vorher abzubremsen, mit voller Wucht gegen die Tonne. Die Tonne stürzte mit lautem Geschepper um, Thomas schrie auf, kullerte aus der Tonne heraus und ging sofort auf Achmed los.

»Was soll das, du Hirni? Weißt du, wie das dort drinnen dröhnt?« Er hielt sich die Hände an die Ohren.

Achmed schnauzte sofort zurück: »Bist du krass, Mann? Was wühlst du denn im Müll, ey? Wir warten alle auf dich, Mann!«

Thomas hielt ihm einen angebissenen Apfel entgegen. »Ich suche was Essbares!«

Achmed zeigte Thomas einen Vogel. »Im Müll? Bist du krank, ey?«

»Noch nicht. Aber die Wahrscheinlichkeit ist groß, dass er krank wird, wenn er Müll frisst!«, ergänzte Ben. Er und die anderen hatten die beiden Streithähne erreicht.

»Was soll ich denn sonst essen?«, fragte Thomas in die Runde. »Es ist doch nichts anderes da!«

Die Kinder sahen sich betreten an. Es stimmte, was Thomas sagte. Die Stadt war leer. Nirgends hatten sie etwas Essbares gefunden. Ein Ausgang war nicht in Sicht. Sie hatten keine Idee, wie sie – vorausgesetzt, Bens Theorie stimmte – die Stadt zum Leben erwecken, sie neu aufbauen sollten. Es blieb nichts, außer in den Mülltonnen nach Lebensmittelresten zu suchen.

»Wir sollten froh sein, den Müll zu haben! Hier, die Tonnen sind voll!«, rief Thomas triumphierend.

»Bäh!«, machte Kathrin.

Miriam schnitt eine Grimasse. Ben und Achmed verzogen ebenfalls die Gesichter.

Nur Jennifer stimmte Thomas zu. »Er hat recht: Wir sollten froh sein!«

Ben verstand seine Freundin nicht. Was war in Jennifer gefahren, dass sie sich jetzt schon über vergammelten Müll zum Abendessen freute?

Jennifer erklärte es ihm und den anderen: »Weil es unlogisch ist!«

Ben zog die Augenbrauen hoch.

»Nichts ist mehr in der Stadt«, erinnerte sie die anderen: »Keine Lebensmittel, keine Möbel, keine Autos, nichts.«

Frank nickte ungeduldig. Ja, das wussten sie. Worauf wollte Jennifer hinaus?

»Woher also kommt der Müll?«, fragte Jennifer in die Runde und löste allgemeine Verblüffung aus.

Dort, wo es nichts gab, wo nichts verbraucht wurde, konnte natürlich auch kein Müll entstehen. Doch die Mülltonnen waren voll!

Ben verstand langsam, worauf Jennifer hinauswollte. Der Müll war offenbar Teil des Programms. Der Müll bot den Grundstock, aus dem die Stadt aufgebaut werden sollte.

»Es wäre nicht die erste Stadt, die aus Schutt und Asche entsteht«, meinte Jennifer.

»Ich hab ja schon gehört, dass man aus Müll Energie gewinnen kann«, sagte Ben. »Aber davon essen und eine Stadt aufbauen?«

»Solange wir keine bessere Idee haben, bleibt uns nichts anderes übrig«, bestimmte Jennifer.

»Ich hab 'ne bessere Idee!«, meldete sich Frank zu Wort. »Was ist mit unseren Lunch-Paketen, die wir in die Schule mitgebracht haben? Vielleicht sind die wenigstens noch da!«

»Super!«, rief Jennifer. »Wir durchsuchen den Müll und sammeln alles, was vielleicht noch essbar ist. Thomas und Frank, ihr geht los zur Schule und sucht außerdem auf dem Weg dorthin irgendetwas, worin man vielleicht kochen könnte.«

»Kochen?«, fragte Ben.

»Natürlich«, antwortete Jennifer. »Roh können wir Lebensmittel aus dem Müll nun wirklich nicht essen. Wir müssen alles abkochen. Also los, wir haben viel zu tun, bevor es dunkel wird. Wir haben schließlich auch keinen Strom.«

»Eben«, bestätigte Miriam. »Womit willst du denn kochen? Es gibt nicht nur keinen Strom, es gibt auch keine Herde, kein Gas, nichts.«

»Wir müssen etwas finden, womit man Feuer machen kann. Wir kochen auf offenem Feuer und schlafen in der Schule.«

Ben gefiel, wie Jennifer wieder einmal das Heft in die Hand genommen hatte. Genau das war es, was er an ihr mochte. Sie konnte eine Situation schnell erkennen und handelte entschlossen. Sofort stieg er darauf ein.

»Die Fensterläden!«, rief er und zeigte zur Pizzeria. Die Verkaufsfenster des Eiscafés und der Pizzeria konnten mit wunderschönen Fensterläden verschlossen werden. »Die sind aus Holz. Also können wir sie verbrennen!«

Jennifer strahlte. »Super Idee!«

»Sofern wir etwas finden, womit wir ein Feuer entfachen können«, gab Kathrin zu bedenken.

Alle Augen richteten sich auf Thomas, und er wusste, was von ihm erwartet wurde. Mit einem Griff zog er ein Feuerzeug aus seiner Hosentasche.

»Hat so seine Macken. Hab ich mal gefunden. Müsste aber funktionieren!«

Er betätigte das kleine Rädchen. Eine kleine Flamme leuchtete auf. Niemals zuvor hatte Thomas für einen so simplen Vorgang so viel Beifall erhalten!

»Shit!« Der Mann starrte auf die Monitore und schlug mit der Hand auf den Tisch.

Der Raum war abgedunkelt, damit er auf den Bildschirmen auch die Feinheiten erkannte. Es gab einen Fehler im Programm, aber er konnte ihn nicht finden. Es war unmöglich, das gesamte Programm zu durchsuchen. Dazu war es zu umfangreich, zu verschachtelt, zu kompliziert. Viele Jahre hatte er daran schon gearbeitet, es immer wieder erweitert, verbessert und verändert. Zuerst war es eine Spielerei gewesen, ein Kräftemessen mit der Technik. Er hatte wissen wollen, ob das, was ihm in seinen Visionen vorschwebte, möglich war. Dann war sein Spiel auf den Markt gekommen. Ein Riesenerfolg! Doch in einer Ausführung des Spiels, in einer Beta-Version, war ein Fehler aufgetaucht. Dieser Fehler »entführte« Spieler in die Welt des Computerspiels. Sie wurden selbst zu Spielfiguren. Es hatte lange gedauert, bis er erkannte, welche Möglichkeiten sich ihm damit eröffneten. Es war gigantisch. Fieberhaft hatte er gearbeitet, Monate über Monate, tage- und nächtelang, bis er bereit war für seine ersten Probanden. Es hatte hervorragend funktioniert. Bis vor Kurzem. Da war plötzlich eine ganze

Gruppe von Figuren aus seinem Blickfeld verschwunden und er konnte sie nicht wiederfinden.

Und jetzt war es schon wieder passiert. Eben noch hatte er die Neuen auf dem Schirm gehabt und plötzlich waren sie fort gewesen. Wie vom Erdboden verschluckt, ohne dass er hätte nachvollziehen könnte, an welcher Stelle genau das Programm versagte. Kurze Zeit später waren die Neuen zwar wieder aufgetaucht. Aber einer fehlte. Wo, verdammt, war der abgeblieben?

Er musste den Fehler finden. Sonst konnte er das Programm unmöglich verkaufen. Es war bereits die zehnte Testreihe. So ging es nicht weiter.

Offenbar hatte sich eine neue, von ihm nicht kontrollierbare Ebene, ein geheimes Level entwickelt. Ein Level, das er finden und beseitigen musste. Unbedingt.

Achmed hielt den Fensterladen schräg vom Boden ab und trat mit aller Kraft in die Mitte. Mit einem Schmerzensschrei ließ er den Fensterladen fallen, humpelte um ihn herum und fluchte. Er hatte den Fensterladen zertreten wollen, um Holz für ein Lagerfeuer aufschichten zu können, doch das Holz hatte seinem Tritt standgehalten.

»Warte, bis Frank zurück ist«, schlug Ben vor. »Der kann Karate!«

»Das dauert doch ewig, bis der zurück ist«, wandte Achmed ein. »Der hat doch Thomas dabei.«

Aber warten mussten sie ohnehin. Thomas hatte sein Feuerzeug bei sich, und ein Gefäß, in dem sie hätten kochen können, war auch noch nicht gefunden. Sie hofften, Frank und Thomas würden eines mitbringen, wenn sie zurückkehrten.

Die Suche nach etwas Verwertbarem erwies sich als erheblich schwieriger, als Jennifer gehofft hatte. Die dritte Mülltonne hatten sie schon ausgeleert, ohne auf etwas Essbares gestoßen zu sein. Vor ihnen lagen leere Plastikbecher und Dosen, Papiertaschentücher, Zeitungen, Verpackungspapier von Schokoriegeln und Spielzeug, Plastiktüten und sogar ein alter Hausschuh. Aber nichts, was man hätte essen können.

»Wir hätten Thomas hierbehalten sollen«, klagte Miriam. »Der hätte bestimmt ...« Sie stockte, denn in diesem Moment stieß Ben einen wilden Schrei aus.

Gemeinsam mit Achmed hatte er versucht, den zweiten Fensterladen von der Wand zu reißen, war dabei abgerutscht, am Verschluss hängen geblieben und hatte sich die linke Hand aufgerissen. Er klemmte sich die Hand zwischen die Knie, hüpfte hin und her, krümmte sich vor Schmerz. Dann sackte er zusammen und fiel aufs Straßenpflaster.

»Komm schnell!«, rief Achmed. »Ben hat sich verletzt! Er blutet wie verrückt! Schnell!«

Jennifer und Miriam rannten los.

Jennifer riss sich im Laufen das T-Shirt vom Leib. Er braucht einen Verband, dachte sie nur. Und: Oh Gott, lass es nichts Schlimmes sein! Es gab keinen Arzt in der Stadt, niemanden, der helfen konnte; nicht einmal eine Apotheke, wo man Verbandszeug oder etwas zum Desinfizieren hätte finden können.

»Gib her!« Miriam riss Jennifer das Shirt aus der Hand, kniete sich neben Ben und wickelte ihm das Hemd um die verletzte Hand.

Wir müssen vorsichtiger sein, dachte Jennifer. Das ist schon die zweite Verletzung. Und wir haben nichts zur Verfügung, um zu helfen.

Ben hatte die Augen geschlossen, hechelte, um die Ohnmacht zu verhindern, hielt sich noch immer die Hand. Jennifer legte die ihre auf seine.

»Macht ihr weiter!«, rief sie den anderen zu. »Ich bleibe bei ihm!«

Die Blutung schien nicht so stark zu sein, wie sie im ersten Moment befürchtet hatte. Und vermutlich rührte Bens Schwächeanfall eher von dem Schrecken, der ihm in die Glieder gefahren war, als von der Wunde.

Miriam zögerte. Sie wollte Ben nicht gern allein lassen, sah ihn bei Jennifer aber in guter Obhut. »Ich schaue mich mal um, ob es nicht doch irgendwo Verbandsmaterial oder so etwas gibt!«

Achmed lief in die nächste Seitenstraße, um etwas Essbares zu finden, Kathrin durchstöberte weiter die Mülltonnen. Ben öffnete die Augen und freute sich, Jennifer bei sich zu sehen.

»Wie geht's?«, fragte sie.

»Schon besser!«, antwortete Ben und rang sich ein kleines Lächeln ab. Der Schwindel ließ nach. Die Hand schmerzte allerdings nach wie vor entsetzlich.

»Kannst du mal nachsehen?«, fragte er zögerlich. Er selbst mochte sich seine Verletzung nicht ansehen, weil er fürchtete, dass ihm beim Anblick der Wunde wieder schlecht würde.

Jennifer zog die Stirn kraus. Sie wusste auch

nicht, wie sie den Anblick einer aufgerissenen Hand verkraften würde. Aber Ben war ihr Freund, sie war verliebt in ihn. Sie fühlte sich verpflichtet, ihn in diesem schwierigen Moment nicht im Stich zu lassen. Langsam begann sie, das um Bens Hand gewickelte Shirt wieder abzuwickeln. Bevor sie es ganz löste, hielt sie inne. An der Wunde war das T-Shirt durchgeblutet. Sie wusste, dass solche Platz- oder Risswunden normalerweise von einem Arzt genäht oder geklammert wurden. Wie sollten sie ohne einen Arzt mit einer solchen Wunde fertigwerden?

Sie traute sich nicht, das Shirt vollständig abzulösen, denn sie fürchtete, die Wunde könnte aufreißen und wieder stärker bluten. »Ich lass das Shirt lieber noch dran«, sagte sie.

»So schlimm?«, fragte Ben.

Jennifer zuckte hilflos mit den Schultern. Sie war überzeugt, dass man Bens Verletzung nicht unbehandelt lassen durfte. Aber wer sollte helfen? Für einen Moment überwältigte Jennifer die Verzweiflung. Wie nur waren sie wieder hierher in die Stadt ohne Erwachsene geraten? Weshalb war die Stadt leer? Sie fühlte sich wie ein Spielzeug in der Hand eines Wahnsinnigen.

Durch einen Aufschrei von Kathrin wurde Jennifer aus ihren Gedanken gerissen. Sie schaute auf und sah, wie Kathrin aufgebracht auf Achmed zulief, der soeben zurückkehrte. Irgendetwas trug Achmed bei sich. Etwas Blutendes.

In Jennifer zog sich alles zusammen. Was war jetzt schon wieder geschehen? Achmed schob Kathrin ärgerlich beiseite. Kathrin versuchte ihm das, was er in der Hand hielt, abzunehmen. Miriam kam um die Ecke geschossen und versuchte zu schlichten.

»Bin gleich wieder da!«, sagte Jennifer zu Ben. Sie wollte sehen, was mit Achmed und Kathrin los war.

Erst als sie schon fast bei Achmed angekommen war, erkannte sie, was er in seiner Hand hielt.

»Er will sie essen!«, kreischte Kathrin. Ihre Stimme überschlug sich fast vor Zorn und Erregung.

Achmed hielt eine tote Katze in die Höhe. »Wieso nicht?«

Kathrin schnappte nach Luft. »Weil . . . weil . . .« Sie suchte nach Worten. Vor lauter Empörung fiel ihr kein richtiges Argument ein. Schließlich sagte sie einfach nur: »Weil man so etwas nicht tut!«

»Wir haben nichts anderes!«, erwiderte Achmed.

Auch Jennifer und Miriam zogen Grimassen. Sie konnten sich beim besten Willen nicht vorstellen, einer Katze das Fell abzuziehen, sie auszunehmen, zu zerteilen und zu grillen – geschweige denn, das Katzenfleisch auch noch zu essen. So groß konnte der Hunger gar nicht sein.

Achmed sah die Sache vollkommen anders: »Es gibt Länder, da essen sie sogar Ratten.«

Kathrin quiekte erneut auf. »Bei euch in der Türkei vielleicht!«

»Nee!«, widersprach Achmed. »Aber in China und in manchen afrikanischen Ländern. Soll gar nicht mal so schlecht schmecken.«

»Das ist eklig!«, schrie Kathrin.

»Ich verstehe nicht, wieso du dich so aufregst«, sagte Achmed und grinste. »Die Deutschen essen Schwein!«, stellte er fest. »Schweinsköpfe auf Schlachtplatten. Das ist eklig!«

Kathrin widersprach nicht. Sie aß überhaupt kein Fleisch.

»Sag mal, wo hast du die Katze überhaupt her?«, fragte Jennifer.

»Die lag auf der Straße!«, erzählte Achmed. »Platt gefahren. Hier!«

Er hielt den Mädchen den zermatschten Schädel vor die Gesichter.

»Achmed!«, schrie Kathrin.

»Schon gut, Achmed! Es reicht«, sagte Jennifer. Sie schüttelte nachdenklich den Kopf: »Es ist doch interessant: Die Autos sind verschwunden . . .«

». . . aber die Opfer liegen noch auf der Straße«, ergänzte Miriam. »Du willst damit sagen, in der Stadt gibt es zumindest noch Tiere!«

»Aber meine Haustiere sind verschwunden!«, wandte Kathrin ein.

»Vielleicht hat sie schon jemand gebraten?«, überlegte Achmed. Kathrin warf ihm einen tödlichen Blick zu.

»Aas können wir sowieso nicht essen«, stellte Jennifer fest. »Die Katze kannst du also begraben.«

»Dann jagen wir frische Tiere?«, fragte Achmed. »Einverstanden. Aber womit? Wir haben keine Waffen!«

»Das tun wir nicht!«, stellte Kathrin klar. »Wir werden keine Tiere töten!«

»Natürlich werden wir das – bevor wir verhungern«, beharrte Achmed.

»Wenn es Tiere gibt, wird es auch Pflanzen geben«, glaubte Jennifer. »Dort!« Zum Beweis zeigte sie auf die Bäume, die in der Straße standen.

Achmed schaute Jennifer an. »Sollen wir jetzt Blätter fressen wie Giraffen?«

Jennifer schüttelte den Kopf. »Achmed, stell dich nicht so blöd an. Andere Pflanzen meine ich natürlich!«

»Obst!«, fiel Kathrin ein.

»Davon werd ich nicht satt«, behauptete Achmed.

»Musst du auch nicht!«, beruhigte ihn Jennifer. Sie war sicher: Wenn es Bäume und Sträucher gab, würden sie auch Gemüse finden: Tomaten, Gurken,

Salate – und Kartoffeln. »Achmed, ich verspreche dir, wenn wir die Kartoffelfelder finden, mache ich dir Bratkartoffeln!«

»Ich weiß, wo welche sein könnten!«, sagte Kathrin.

Jennifer strahlte übers ganze Gesicht. Sie hatte das Gefühl, dass sie in ihrem Überlebenskampf einen erheblichen Schritt vorangekommen waren. Mit etwas mehr Zuversicht kehrte sie zu Ben zurück.

Kolja wusste nicht, wo er sich befand. Seine Entführer hatten ihm die Augen verbunden und seine Hände auf dem Rücken gefesselt.

Nachdem sie ihn kreuz und quer durch die Kanalisation geführt hatten, hatte er sich auf den Boden setzen müssen.

Einer seiner Bewacher hatte ihm das Shirt hochgekrempelt und seinen Oberkörper entblößt.

»Offenbar keiner von ihnen«, hatte er festgestellt und Koljas Shirt wieder heruntergekrempelt.

»Könnte trotzdem ein Spitzel sein«, behauptete der zweite Bewacher. »Wir lassen ihn hier zur Überprüfung!«

Das war nun schon eine geraume Weile her. Niemand hatte seitdem mit Kolja gesprochen. Was hatten die beiden gemeint mit »einer von ihnen« und »Überprüfung«? Kolja wusste nicht, ob überhaupt noch jemand bei ihm war oder ob seine Bewacher ihn hier allein gelassen hatten. Er hatte versucht, sich den Weg zu merken, und überlegte, ob er den Verlauf des Weges in Gedanken noch zusammenbekam. Zuerst geradeaus, erinnerte er sich, dann links, dann rechts, dann ... wie war das gewesen? ... erst noch mal rechts, dann links, oder umgekehrt? Ihm wurde bewusst, selbst wenn er seinen Bewachern entkommen könnte, würde er sich in dieser Unterwelt verlaufen und garantiert nicht wieder zurückfinden!

»Ich habe Durst!«, sagte er. Nicht, weil er tatsächlich Durst gehabt hätte, sondern nur, um zu hören, ob ihm jemand antwortete. Obwohl er gegen einen Schluck Wasser auch nichts einzuwenden gehabt hätte. Es kam keine Antwort.

»Hallo?«, rief er.

Wieder erhielt er keine Antwort. Er beschloss, es zu wagen. Wenn er wenigstens wieder ein wenig sehen könnte! Die Hände auf dem Rücken gefesselt, rutschte und hoppelte er auf dem Hosenboden voran. Ganz langsam machte er das. Wenn er in die falsche Richtung hoppelte, würde er in den Kanal fallen, befürchtete er. Bloß das nicht! Mit geknebelten Händen und verbundenen Augen durch einen Abwasserkanal zu schwimmen, konnte seinen Tod bedeuten. Zentimeter für Zentimeter tastete er sich weiter vor, bis er an eine kalte Wand stieß. Er lehnte seinen Kopf dagegen und begann, sich die Augenbinde vom Kopf zu reiben.

Sie rutschte schneller, als er gehofft hatte. Doch viel mehr sah er ohne die Binde auch nicht. Es war dunkel. Weit entfernt nahm er einen schwachen Lichtschimmer wahr. Vielleicht strömte das Licht durch einen Luftschacht herein – oder durch einen

Ausstieg? Er musste seine Handfesseln loswerden! Das wiederum war erheblich schwieriger, als die Augenbinde vom Kopf zu schieben. Seine Hände waren mit echten Handschellen gefesselt. Kolja fragte sich, wo seine Entführer die herhatten. Auch seine Entführer bewegten sich in der leeren Stadt der Kinder. Es gab keine Möglichkeit, eine Polizeiwache zu plündern oder einen Polizisten zu bestehlen. Ebenso wenig konnte er sich einen Grund vorstellen, weshalb er überhaupt entführt worden war. Es ergab keinen Sinn, ihn erst zu entführen und dann allein hier sitzen zu lassen.

Wenn nur Thomas in der Nähe wäre! Der betrieb das Öffnen von Schlössern aller Art als Sport, er war sogar Mitglied in einem Verein. Kolja hatte diese Leute immer total abgedreht gefunden. Jetzt allerdings wäre er sehr dankbar gewesen, einen von ihnen dabeizuhaben. Doch es war niemand in der Nähe und er musste allein klarkommen. Und das hieß zunächst einmal, so schnell wie möglich zu verschwinden. Kolja stand auf und tastete sich, vorsichtig einen Fuß vor den anderen setzend, auf das Licht zu.

In der Schule

Frank stieß einen Freudenschrei aus. Die Plastiktüte mit seiner Brotdose und seiner Limonade lag tatsächlich noch in der Ecke, wo er sie zurückgelassen hatte. Gierig griff er sich eine Schnitte und wollte hineinbeißen. Doch Thomas packte ihn am Arm.

»Stopp! Wir müssen teilen!«, sagte er.

Frank ließ seine Hand sinken, betrachtete hungrig die Stulle. »Durch alle?«, überlegte er enttäuscht. »Da bleibt ja gar nichts mehr übrig!«

»Na, na«, beschwichtigte Thomas. »Du warst ja nicht der Einzige, der sich zur Renovierung etwas zu essen mitgebracht hat.«

Thomas zeigte auf verschiedene Taschen, Tüten und Rucksäcke, die im Raum verteilt herumlagen. Insgesamt fanden sie zehn Brotpakete und elf Flaschen mit Getränken.

Thomas war mit der Ausbeute zufrieden. »Fürs Abendessen reicht es!«

Frank wog den Kopf abschätzend hin und her. »Wenn nicht noch mehr Leute dazukommen.«

Thomas verstand, was Frank damit sagen wollte. In der ganzen Schule hatten sie niemanden gesehen. Weder aus ihrer noch jemanden aus einer der übrigen Schulklassen. Elf Klassen waren zum Renovieren in der Schule gewesen. Jetzt waren offenbar nur noch sie hier. Die anderen aus ihrer Klasse mussten irgendwo durch die Stadt laufen. »Wie viele fehlen eigentlich?«, fragte Frank.

Thomas zählte laut in Gedanken nach. Er und Frank waren zwei. In der Stadt, wo sie ein Feuer machen wollten, warteten mit Ben, Jennifer, Miriam, Achmed und Kathrin fünf weitere. Kolja war entführt worden. »Wir sind also acht. Neunzehn waren zur Renovierung gekommen. Demnach fehlen elf.«

»Wieso sind eigentlich nur neunzehn gekommen? Sind wir nicht dreiundzwanzig in der Klasse?«

Thomas nickte lachend. »Ist doch immer so. Solche Einsätze machen krank. Plötzlich haben ganz viele Leute Grippe oder Magenschmerzen. Ich wette, die wären am Montag alle kerngesund in den frisch renovierten Raum marschiert.«

»Hast du einen der elf gesehen, seit wir hier in der leeren Stadt sind?«, fragte Frank nach.

Thomas dachte nach, schüttelte dann den Kopf. Ihm fiel auf, dass niemand der anderen elf im Klassenraum gewesen war, als der Rest der Stadt verschwunden war.

Frank schaute ernst drein. »Du meinst, nur wir acht sind in der Stadt? Sonst niemand?«

Thomas zuckte mit den Schultern: »Auf jeden Fall sind ja die Entführer von Kolja noch da! Wer immer das ist.«

Frank trat vor Verzweiflung gegen einen der Rucksäcke. Er stellte sich vor: acht Personen in einer Stadt. Nur acht Personen! Das war fast wie Robinson Crusoe auf seiner einsamen Insel.

Robinson!

Aber natürlich! Robinson hat sich auf der Insel von der Jagd, von Früchten und Obst ernährt. Und genau das könnten sie auch machen!

Noch während er Thomas von seiner Idee erzählte, wählte er Bens Nummer auf dem Handy. Thomas kam gar nicht mehr dazu, Frank darauf hinzuweisen, dass er nicht glaubte, dass ... schon hatte Frank Verbindung.

Jennifer war dran.

Thomas beobachtete Frank während des Telefonats, dessen Miene immer düsterer wurde. Nachdem er aufgelegt hatte, fragte Thomas: »Findet sie die Idee nicht gut?«

»Die Idee ist so gut, dass sie selbst draufgekommen ist!«, sagte Frank. »Sie sind schon auf dem Weg zu einem Kartoffelfeld. Aber Ben ist verletzt!«

Thomas und Frank vergeudeten keine weitere Zeit.

Sie kramten die Lunchpakete zusammen, verstauten sie in zwei Rucksäcken, luden sich aber auch alle anderen Taschen auf. Sie konnten es sich nicht leisten, das wenige, was sie noch besaßen, liegen zu lassen.

Thomas hatte einen Malerkittel entdeckt. Nachdem Jennifer erzählt hatte, womit sie Bens Hand notdürftig verbunden hatte, war klar: Jennifer trug im Moment nur ein Unterhemd. Einige alte Lappen, die die Schüler für die Malerarbeiten mitgebracht hatten, konnten sie als Verbände für Ben verwenden. Selbst Pinsel und Spachtel nahmen die beiden Jungs mit. Und Thomas steckte sogar die zwei Flaschen Pinselreiniger ein.

»Was willst du denn damit?«, fragte Frank.

»Pinselreiniger ist leicht entflammbar«, erklärte Thomas. »Gut zum Feueranzünden!«

Noch einmal sahen die beiden sich im Klassenraum um. Sie hatten nichts zurückgelassen. Dann machten sie sich auf den Weg.

»Sag mal«, fragte Thomas, nachdem sie das Schulgelände schon verlassen hatten. »Wieso funktionieren eigentlich die Handys?«

Frank stutzte. Thomas hatte recht. Er selbst hatte gar nicht drüber nachgedacht. Die Stadt war leer. Es gab keinen Strom und kein Wasser. Aber die Handys funktionierten.

»Ab sofort sollten wir schonend mit den Akkus umgehen, solange wir keinen Strom haben«, fiel

Thomas ein. »Wenn zwei zusammen gehen, stellt immer einer sein Handy aus, okay?«

Frank stimmte zu und stellte sein Handy aus. Etwa eine Minute bevor Kolja versuchte, Frank anzurufen.

Signale

Der Mann schreckte auf. Einer seiner Monitore signalisierte ein Handysignal. Nicht irgendeines, sondern eines von einem undefinierten Standort. Das musste einer seiner Vermissten sein! Er telefonierte mit dem Handy! Vielleicht war es der Junge, der aus der neuen Gruppe verschwunden war. Von den anderen, die er schon seit längerer Zeit suchte, hatte keiner mehr das Handy benutzt. Sie wussten oder ahnten, dass er sie darüber orten konnte. Natürlich konnte er alle Spielebenen auf seinen Monitoren überwachen. Doch wie in einem Kaufhaus ein Detektiv trotz Überwachungskameras nicht alle Stockwerke und Abteilungen gleichzeitig kontrollieren konnte, so wenig war es ihm möglich, alle Kinder in den verschiedenen Ebenen gleichzeitig im Blick zu haben. Da war es hilfreich, sich jene, die ihm jeweils wichtig waren oder die er suchte, per Handysignal aufzurufen.

Flink huschten die Finger des Mannes über die Tastatur, um dem Computer die Ortung des Handys zu befehlen. Er machte sich keine große Hoffnung, dass sein Computer den Befehl befolgen würde. Er war auf automatische Ortung programmiert. Jedes Handygespräch, das innerhalb seines Reiches von einem der Gesuchten geführt wurde, wurde automatisch mit Uhrzeit, Länge des Gesprächs und Standort der Gesprächsteilnehmer registriert, aufgezeichnet, gespeichert und ausgewertet. Er konnte sich sogar das komplette Gespräch im Nachhinein anhören. Doch bei diesem Gespräch registrierte der Computer nur den angerufenen Apparat. Es war Thomas, einer der beiden Jungen, die eben noch in der Schule gewesen waren. Der andere, Frank, hatte sein Handy ausgeschaltet und entzog sich somit seinem Zugriff. Vermutlich hatte Frank das Handy nur ausgeschaltet, um Akku-Strom zu sparen, nicht um der Ortung zu entgehen. Er nahm an, Ben ahnte nichts von seiner Überwachung. Die Stromspar-Maßnahme war gar nicht mal so dumm. Von den anderen Gruppen war niemand darauf gekommen. Er musste darauf reagieren. Vielleicht war es besser, ihnen Strom zu geben, bevor sie alle ihre Handys ausschalteten und es ihm damit erheblich erschwerten, ihre Schritte zu überwachen. Er fand es eigentlich noch zu früh, ihnen Strom zuzuteilen. Die anderen hatte er auch länger warten lassen. Aber lieber zu früh mit Strom verwöhnen, als sie aus der Ortung zu verlieren, dachte er sich. Morgen Vormittag, entschied er. Eine Nacht wenigstens sollten sie so durchhalten. Aber morgen früh würde er ihnen Strom schenken. Und Gott sprach, es werde Licht. Und es ward Licht.

Monitor 1 zeigte unter anderem die Schalttafel für die Stromversorgung in der Unterstadt. Noch war sie dunkel. Morgen würde er sie zum Leben erwecken.

Sein Computer meldete wiederholt die vergebliche Suche nach dem Handy, von dem aus angerufen worden war. Er fluchte, obwohl er genau wusste, weshalb der Computer das Telefon nicht orten konnte. Der Anruf war aus der für den Computer nicht existenten Umgebung gekommen. Die Umgebung, die durch einen Fehler im Programm entstanden war und von der er nicht wusste, wo sie sich befand.

FROGS

Kolja stand unter dem Lichtschacht und fluchte. Das Licht fiel durch einen Ausgang herein. Eine in die Wand eingelassene Stahlleiter führte hinauf zu einem verschlossenen Gullydeckel, durch dessen Löcher das Licht einfiel. Kolja hatte wenig Hoffnung, mit gefesselten Händen die Leiter hinaufsteigen und, oben angekommen, dann noch den Deckel anheben und hinausklettern zu können. So war er auf die Idee gekommen, Frank oder einen der anderen um Hilfe zu rufen. Mühselig und nur mit starken Verrenkungen seines Oberkörpers war er mit der rechten Hand an seine rechte Hosentasche gelangt, um das Handy herauszuziehen. Vorsichtig hatte er es auf den feuchten Boden abgelegt, sich umgedreht, über das Handy gebeugt und mit der Nase die Taste gedrückt, die die Sprachwahl aktivierte. Zum Glück hatte er sich irgendwann in einer langweiligen Unterrichtsstunde damit beschäftigt, für die Nummern seiner besten Freunde die Sprachwahl zu aktivieren. So hatte er nur laut den Namen »Frank« ins Handy sprechen müssen, damit das Telefon selbstständig wählte. Doch es hatte sich nur Franks Mailbox gemeldet. So umständlich, wie er die Sprachwahl aktiviert hatte, musste er das Gespräch auch wieder beenden. Es gehörte zur besonderen Logik der Sprachwahlfähigkeit eines Handys, dass man ein Gespräch zwar per Zuruf, also ohne Zuhilfenahme der Hände, beginnen, nicht aber beenden konnte. Kolja fluchte, kniete sich wieder vors Telefon und tippte unter Aufbietung seiner vollen Konzentration die »Beenden«-Taste mit der Nase. Als er wieder hochkommen wollte, spürte er einen Stiefel im Nacken.

»Da ist er ja!«, sagte eine Stimme. Koljas Bewacher waren zurück! Der Stiefel drückte ihm die Nase aufs Telefon. »Wen wollten wir denn anrufen?«

»Niemand«, quälte sich Kolja heraus. Seine Nase bog sich schon, so fest wurde sie ihm aufs Telefon gedrückt. Kolja beschloss, sich vor seinen Bewachern keine Blöße zu geben. Mit zwei solchen Burschen, die auch nicht viel älter als er zu sein schienen, würde er allemal fertigwerden. Auch wenn seine Lage in diesem Augenblick extrem ungünstig aussah.

Die beiden Bewacher zogen Kolja an den Armen hoch und stellten ihn aufrecht auf seine Füße. Im ersten Moment erschrak Kolja, und er hatte große Mühe, sich diesen Schreck nicht anmerken zu lassen. Vor ihm standen zwei Jungen, die grüne Overalls und Motorradsturmhauben trugen. Eine solche Sturmhaube hatte Thomas auf der Straße gefunden! Als ob sie sich als Frösche verkleidet hätten, dachte Kolja. Nur ihre Augen und Augenbrauen waren durch die schmalen Sehschlitze der Hauben zu erkennen. Der Rest war maskiert. Bankräuber liefen so herum, schoss es Kolja durch den Kopf. Aber warum sollten sich dort, wo es keine Banken gab, Bankräuber herumtreiben?

»Was wollt ihr von mir?«, fragte Kolja.

»Zuerst müssen wir mal herausbekommen, ob du nicht etwas von uns willst!«, antwortete der eine Maskierte. »Mitkommen, du wirst erwartet!«

Er gab Kolja einen harten Stoß gegen die Brust, sodass Kolja zwei, drei Schritte rückwärtsstolperte. Gerade noch fand er sein Gleichgewicht wieder. »Nicht so lahm!«, herrschte ihn der andere an.

»Was sollte ich von euch wollen?«, fragte Kolja. Solange sie mit ihm redeten, bestand die Chance, etwas zu erfahren. Das hatte er in so manchem Fernsehkrimi gesehen. Am gefährlichsten wurde es für die Gauner immer, wenn sie sich auf ein Gespräch mit ihren Opfern einließen.

Aber seine Bewacher schienen die gleichen Krimis gesehen zu haben. Sie antworteten ihm nicht und schwiegen, bis sie ihr Ziel erreicht hatten: eine Feuerschutztür.

Einer der Maskierten gab ein bestimmtes Klopfzeichen, das Kolja sich sogleich merkte. Quietschend öffnete sich die Tür einen Spalt. Heraus schaute ein ebenfalls Maskierter. An den Augenbrauen und den Wimpern erkannte Kolja, dass es ein Mädchen war. Was sind das nur für merkwürdige Froschkinder?, fragte er sich.

Das Mädchen winkte die drei herein und schloss die Tür hinter ihnen wieder sorgfältig. Kolja kniff die Augen zu und drehte den Kopf beiseite. Zwei grelle Scheinwerfer strahlten ihm ins Gesicht.

»Sag deinen Namen und mit wem du hier bist!«, hallte ihm eine weibliche Stimme entgegen.

Sofort hatte Kolja das Gefühl, die Stimme zu kennen. Er nannte seinen Namen und sagte: »Ich bin allein hier!«

»Du lügst!«, schallte ihm die Stimme entgegen. Und offenbar an jemand anderen gewandt: »Habt ihr ihn genau überprüft?«

Von irgendwo ertönte die Antwort. Kolja war zu sehr geblendet, um erkennen zu können, wer da sprach. Vermutlich war es einer seiner Bewacher, der jetzt bestätigte, dass Kolja durchsucht worden war und nicht zu den »Cops« gehörte.

Cops? Wer oder was sind die Cops?, fragte sich Kolja.

»Wie groß ist eure Gruppe?«, fragte die weibliche Stimme.

Kolja dachte nicht daran, seine Freunde zu verraten, solange er nicht wusste, wer ihn in der Gewalt hatte. Schließlich war er nicht eingeladen worden hierherzukommen, sondern entführt, gefesselt und verschleppt. Demnach hatte er es nicht mit freundlich gesinnten Leuten, sondern mit Feinden zu tun. Deshalb behauptete er weiter, allein gekommen zu sein. Niemand konnte ihn schließlich zwingen, die Wahrheit zu sagen.

»Gut, gut«, lenkte die weibliche Stimme ein. »Wir werden unser Gespräch später fortsetzen. Hast du Hunger?«

Kolja wusste nicht, was er antworten sollte. Natürlich hatte er Hunger. Ihm knurrte der Magen bis zu den Ohren. Aber sollte er den Fremden trauen? Woher wollten sie etwas zu essen haben, die Stadt war schließlich leer. Hatten sie etwas mit der Programmierung der Stadt der Kinder zu tun? Ließen sie ihn und seine Freunde in einer leeren Stadt darben, während sie selbst hier unten alles besaßen, was man zum Leben benötigte?

»Wer seid ihr?«, wagte er zu fragen. »Was wollt ihr von mir? Weshalb wurde ich entführt?«

»Entführt?«, lachte die weibliche Stimme. »Wenn du allein bist, wie du behauptest, meinst du, du wärest dort oben zurechtgekommen? Dort gibt es nichts, wie du weißt. Jedenfalls noch nicht und nicht in eurem Teil!«

Wieder verstand Kolja die Andeutungen nicht. Von welchem Teil sprach die Stimme?

»Du wirst alles erfahren«, versicherte ihm die

Stimme, als ob sie Gedanken lesen konnte. »Setz dich erst mal!«

Die Scheinwerfer erloschen zugunsten eines sanften Dämmerlichtes, das dem Raum eine wohlige Wärme verlieh. Kolja musste ein wenig blinzeln, dann nahm er mehr und mehr Konturen im Raum wahr, bis er deutlich sehen konnte, wo er sich befand. Es musste einst ein kahler Raum gewesen sein, dachte er. Ein Abstellraum, vielleicht für Arbeiter in der Kanalisation. Und ein Raum, in dem vielleicht einmal irgendwelche Maschinen untergebracht werden sollten. Jetzt erinnerten allerdings nur einige Rohrleitungen und Kabel an den Wänden daran. Der Raum war mit Teppichen ausgelegt, die Wände mit bunten Graffiti bemalt und mit Kerzenhaltern verziert. In der Mitte des Raumes stand ein Esstisch, an dem gut und gern zwanzig Personen Platz nehmen konnten. An der Stirnseite des Tisches saß ein Mädchen in grünem Froschanzug, aber ohne Sturmhaube. Feuerrote, lange glatte Haare fielen ihr bis weit über die Schultern herab. Zwei Jungs in Froschanzügen zündeten die Kerzen an den Wänden an, einige weitere Jungs und Mädchen in Froschanzügen begannen damit, das Essen aufzutragen: dampfende Pommes frites in großen, weißen Porzellanschüsseln; gegrillte Steaks, Schnitzel und Koteletts, die auf weißen Porzellantellern angerichtet waren. Und sogar einige Salate wurden dazu gereicht.

Alle Froschkinder setzten sich rund um den Tisch herum. Ein Stuhl blieb frei.

»Setz dich, Kolja!«, sagte das Mädchen.

Kolja wunderte sich, woher das Mädchen seinen Namen kannte.

»Herzlich willkommen bei uns Frogs!«, sagte sie.

Und Kolja fiel ein, woher er das Mädchen kannte.

Feuer

Miriam, Kathrin und Achmed waren fündig geworden. Auf dem Feld hatten sie nicht nur Kartoffeln in reichlichen Mengen, sondern auch Salatköpfe, Gurken, Karotten, Kohlrabi und Blumenkohl ernten können. Da sie keine Taschen oder Körbe zum Transportieren hatten, benutzten die drei ihre T-Shirts als Tragetücher.

Als sie zurückkamen, waren auch Thomas und Frank schon da. Ben ging es inzwischen viel besser. Zwar schmerzte die Hand noch immer sehr, aber die Blutung war zurückgegangen und von dem Schrecken hatte er sich erholt.

Jennifer betrachtete ihn mit großer Sorge. Ben versuchte sie zu beruhigen.

»Es geht schon!«, versicherte er.

Wenn die Wunde sich nicht entzündet, fügte Jennifer in Gedanken hinzu.

Die reiche Ernte hob die Stimmung in der Gruppe erheblich. Sie verfügten jetzt über belegte Brote, Getränke, Kartoffeln und Gemüse. Nur an Besteck und Geschirr fehlte es. Doch das störte in diesem Moment am wenigsten.

»Vorsicht!«, rief Thomas und bat alle anderen, sich von dem aufgeschichteten Holz zu entfernen.

Er wollte das Feuer entfachen. Dazu spritzte er eine halbe Flasche Pinselreiniger über das Holz.

Achmed beobachtete ihn mit skeptischem Blick. Seiner Meinung nach versprühte Thomas viel zu viel von der hoch brennbaren Flüssigkeit. Frank schien ähnlich zu denken. Gerade als Thomas das Holz anzünden wollte, sprang Frank auf ihn zu und riss ihm das Feuerzeug aus der Hand.

Er zog ein Papiertaschentuch aus seiner Hosentasche, empfahl Thomas, sich zu entfernen, zündete das Taschentuch an, schleuderte es in Richtung des Holzhaufens und rannte, so schnell er konnte, weg. Das Taschentuch segelte wie ein Miniatur-Fallschirm auf das Holz herab, und kaum, dass es mit dem Holz in Kontakt kam, schoss eine meterhohe Stichflamme empor.

Die Kinder schrien auf und warfen sich flach auf den Boden. Frank taumelte gegen einen Baum.

»Mann, ey!«, war das Erste, was Jennifer nach der Explosion hörte. »Der hat sie doch nicht mehr alle!«

»Jemand verletzt?«, fragte Miriam.

Thomas lag noch immer flach auf dem Bauch, die Hände hinter dem Kopf verschränkt, das Gesicht zwischen den Ellenbogen vergraben.

Vorsichtig schaute er auf und stellte zufrieden fest, dass der Holzhaufen brannte.

»Hat geklappt!«, freute er sich. »Das Holz brennt!«

»Das Holz brennt?«, schrie Achmed. »Es hätte nicht viel gefehlt und die ganze Stadt hätte gebrannt. Wie gestört bist du eigentlich?«

Jennifer musste den Schrecken erst einmal verdauen. Kathrin zitterte noch am ganzen Leib. Frank erinnerte sich an einen Nachbarn, der beim Grillen im Garten mit einem Spritzer Brennspiritus hatte nachhelfen wollen – und dann mit schweren Verbrennungen einige Wochen im Krankenhaus gelegen hatte. Er ahnte, wie viel Glück sie gerade gehabt hatten.

Miriam hatte sich als Erste wieder gefangen. »Den Pinselreiniger nimmt ab sofort Jennifer in Verwahrung!«, schlug sie vor. »Aber jetzt sollten wir das Feuer nutzen, sonst geht es aus und unser Gemüse ist immer noch roh!«

Da sie kein Gefäß hatten, beschlossen sie abzuwarten, bis das erste Holz abgebrannt und ein wenig Glut entstanden war. Darin konnten sie dann zumindest die Kartoffeln und Karotten garen.

In der Stadt wurde es allmählich dunkel und damit kühl – und vor allem unheimlich.

Gemeinsam zerkleinerten sie noch einige Holzfensterläden, um genügend Brennmaterial für die Nacht zu haben. Sie teilten sich in verschiedene Schichten auf, sodass rund um die Uhr jemand Wache hielt.

Die sieben kauerten sich dicht ums Feuer und

starrten in die Flammen. Die Schatten ihrer Körper spukten wie tanzende Riesen auf der Straße und an den Häuserwänden herum. Frank hatte plötzlich das Gefühl, dass sich hinter ihnen an der Wand nicht nur ihre Schatten bewegt hatten. Er sprang auf und rief: »Hallo?«

Doch niemand meldete sich.

Er setzte sich zurück ans Feuer, doch ihm war unheimlich. Verstohlen schaute er hinüber zu seinem besten Freund Ben, der in Jennifers Arm lag. Ben hatte die Augen geschlossen und seine gesunde auf die verletzte Hand gelegt. Sie schien noch immer stark zu schmerzen. Jennifer streichelte ihm über die Stirn. Sie erwiderte Franks Blick. Frank fühlte sich ertappt und schaute schnell zur Seite, wo er Miriams Blick auffing. Diesem Blick hielt er stand. Über Miriams Mund huschte ein leichtes Schmunzeln. Frank lächelte zurück. Miriam erhob sich, ging an Achmed und Kathrin vorbei, stieß Thomas an, dass er ein wenig rutschen sollte, und hockte sich dicht neben Frank. Frank ließ es geschehen und Miriam legte ihren Kopf an seine Schulter.

Ermutigt durch die beiden, spürten auch Kathrin und Achmed plötzlich die Kälte des Alleinseins. Wortlos rückten sie zusammen, legten die Arme umeinander und wärmten sich.

Thomas blieb allein. Er seufzte, blickte ins Feuer ▶

und fragte laut: »Wie kriegen wir das Gemüse eigentlich wieder aus der Glut heraus?«

Miriam hob den Kopf von Franks Schulter, sah erst ihn, dann Thomas an und antwortete: »Verdammt, du hast recht!«

Sie sprang auf, wollte ans Feuer heran, um zu testen, ob sie mit der bloßen Hand eine Kartoffel erreichen konnte. Blitzschnell zog sie den Arm zurück. »Verflucht!«, rief sie. »Unser Gemüse verkohlt in der Glut und wir kommen nicht ran!«

Frank und Achmed waren aufgesprungen und unternahmen ebenfalls einen Versuch, näher an das Feuer zu gelangen – als ob Jungs prinzipiell resistenter gegen Hitze wären als Mädchen. Da dies nicht der Fall war, blieben ihre Versuche erfolglos.

Frank griff nach einer Latte und stieß damit in die Glut. Das glühende Holz fiel in sich zusammen. Frank wagte sich einen weiteren Schritt vor. Er konnte jetzt kaum noch atmen, sein Gesicht brannte, er befürchtete, sich die Haare anzusengen. Dennoch sprang er mit einem Schrei einen Schritt vor, stieß die Latte wie einen Dolch in die hellrote Glut und zog sie dann ruckartig zurück. Einige Glutstücke kullerten ihm entgegen – und ein paar Kartoffeln und Karotten.

»Super!«, feuerte Miriam ihn an. »Das klappt. Weiter! Noch mal!«

Frank unternahm einen zweiten Versuch und einen dritten. Mehr schaffte er nicht. Sein Gesicht fühlte sich an, als hätte er es auf eine heiße Herdplatte gedrückt.

Plötzlich stand Thomas am Feuer: »Ich hab etwas gefunden!«, rief er.

Die anderen schauten Thomas an, als wäre er ein Besucher vom Mond. Thomas hielt eine lange Metallzange in der Hand! So eine, wie man sie in der Schule oder in Freibädern zum Papiersammeln benutzte.

Während die anderen ihn schweigend beobachteten, pulte Thomas – als wäre es das Selbstverständlichste der Welt – alle Gemüsestücke mit der Zange aus der Glut und legte sie auf ein großes, silbernes Tablett, das er ebenfalls mitgebracht hatte.

Erst als das gesamte Gemüse aus dem Feuer gerettet und appetitlich auf dem silbernen Tablett angerichtet war, fand Jennifer ihre Sprache wieder: »Woher hast du die Zange und das Tablett?«, fragte sie fassungslos.

Bevor Thomas antworten konnte, stand wie aus dem Boden gewachsen ein fremder Junge neben ihnen. Etwa in Jennifers Alter, schätzte sie. Also ungefähr dreizehn. Er trug einen braunen Cordanzug und braune, glänzende Lederslipper. Dazu ein gelbes Hemd und eine blaue Krawatte. Die Haare streng in der Mitte gescheitelt und stramm zu beiden Seiten gekämmt, wobei sie vorher offenbar in Butter geschwenkt worden waren, so fett glänzten sie.

»Wer bist du denn?«, fragte Jennifer, nachdem sie sich von ihrem ersten Schreck erholt hatte.

»Du hast eine Zange und ein Tablett aus dem Haushaltswarengeschäft mitgenommen?«, fragte der fremde Junge, ohne auf Jennifers Frage einzugehen, und sah Thomas direkt in die Augen.

Thomas nickte. »Klar. Das können wir doch gut gebrauchen!«

»Du hast die Ware nicht bezahlt!«, stellte der Junge fest.

Thomas starrte den fremden Jungen an. »Wie meinst du das?«

»Was für ein Haushaltswarengeschäft?«, fragte Ben dazwischen. »Die Läden stehen doch leer!«

»Der eine nicht«, widersprach Thomas. Er zeigte in die Richtung, in der er den Laden gefunden hatte. »Ein Haushaltswarengeschäft, prall gefüllt mit Waren!«

»Prall gefüllt?« Frank begriff überhaupt nichts mehr. »Was soll das heißen? Wo kommt das Zeugs plötzlich her? Wir haben doch alle Läden durchsucht!«

Thomas wusste es auch nicht. Endlich ging er auf den Vorwurf des fremden Jungen ein: »Bei wem hätte ich denn zahlen sollen?«, fragte er.

»Beim Verkäufer!«, antwortete der Junge ungerührt.

Thomas blickte seine Freunde Hilfe suchend an. Von welchem Verkäufer sprach der?

»Wenn du in einem Laden einkaufen willst und es gibt keinen Verkäufer, ist es ja wohl selbstverständlich, dass du einen beschaffst!«, fuhr der fremde Junge ihn an.

»Wie bitte?«, fragte Thomas nach.

»Hier soll es doch wohl zivilisiert zugehen! Einen Laden ohne Verkäufer, wo gibt es denn so etwas? Kümmert euch gefälligst drum!«, blaffte der Typ.

»Wie redet der eigentlich mit uns?«, meldete sich Jennifer zu Wort.

»Feuer ohne Genehmigung zu entzünden ist strengstens untersagt!«, belehrte der Junge in dem braunen Anzug sie weiter.

Seine Stimme klang monoton, sein Blick war stur geradeaus gerichtet. Er schien nicht wahrzunehmen, was zu ihm gesagt wurde. Auch hatte er offenbar nicht bemerkt, dass Achmed sich neben ihn gestellt hatte.

»Hör mal zu, Schmalzlocke!«, sagte Achmed. »Wenn du konkret 'n Problem hast, dann zieh ab, verstanden? Wir haben selbst genug Sorgen, weißt du? Wir brauchen keinen krassen Ölkopf wie dich!«

Er wollte den Jungen gerade im Genick packen, um ihm den Weg zu zeigen, auf dem er verschwinden sollte, als der Junge zuschlug.

So blitzartig schnellte sein Ellbogen aus, dass selbst Karatekämpfer Frank es nicht mitbekommen hatte. Im Magen getroffen, sackte Achmed zusammen.

Jennifer blieb vor Schreck der Mund offen stehen.

Frank wollte gerade aufspringen, um Achmed zu Hilfe zu kommen.

Doch der Junge hielt ihm beide Handflächen entgegen. »Ich warne dich. Keinen Fehler!«

Frank stutzte. Miriam hielt Frank zurück. Mit dem fremden Jungen stimmte etwas nicht. Sie hielt es für besser, erst einmal herauszubekommen, was mit ihm los war.

»Also!«, sagte der Junge. »Den da führe ich ab.

In zehn Minuten bin ich zurück. Dann hat einer den Laden übernommen. Verstanden?«

Mit diesen Worten packte er Achmed am Arm, zog ihn hoch, als ob er leicht wie Watte wäre, und schwirrte ab, Achmed hinter sich herschleifend.

»Das können wir doch nicht zulassen!«, zischte Frank, sprang auf und wollte den beiden folgen. Achmed schrie auf. Der Junge drehte sich zu Frank um: »Je näher du kommst, desto schmerzhafter für ihn.«

Verfolgung

Der fremde Junge hatte Achmed abgeführt, ohne dass sie etwas dagegen hätten unternehmen können. Hilflos standen sie um das Feuer herum und blickten dem Fremden hinterher, der gleich mit Achmed hinter der nächsten Hausecke verschwinden würde.

Ein kneifender Schmerz durchzuckte Jennifer. Sie presste eine Hand auf ihren Magen. Es war zu viel, was sie an diesem Tag schon erlebt hatten. Nicht nur, dass sie in die leere virtuelle Stadt der Kinder katapultiert worden waren, nicht nur, dass sie Hunger und Durst litten, sondern ihr Freund Ben war verletzt, Kolja entführt und Achmed verhaftet. Sie wurden systematisch dezimiert wie die berühmten »zehn kleinen Negerlein«. Ben, Miriam, Frank, Thomas, Kathrin und sie selbst. Da waren's nur noch sechs.

Frank wartete ab, bis der Junge mit Achmed aus ihrem Sichtfeld verschwunden war.

»Jetzt!«, rief er und spurtete los. So hatten sie es verabredet. Zwar hatte der Junge ihnen untersagt, ihm zu folgen, und gedroht, Achmed würde es andernfalls zu spüren bekommen. Aber Frank war sich schnell mit seinen Freunden einig gewesen:

Nach Kolja durften sie nicht auch noch Achmed verlieren. Wenn sie seine Verhaftung schon nicht verhindern konnten, so mussten sie wenigstens rauskriegen, wo er hingebracht wurde.

Frank drückte sich mit dem Rücken gegen die Hauswand und tippelte vorsichtig seitwärts, bevor er den Kopf um die Hausecke herumschob.

Er sah den Jungen mit Achmed am Ende der Straße. Schnell gab er Handzeichen. Die anderen folgten. Sogar Ben mit seiner verletzten Hand lief mit. Thomas und Kathrin blieben zurück. Das Feuer zu entfachen und die Lebensmittel zu besorgen hatte zu viel Kraft und Zeit gekostet, um beides unbeaufsichtigt zurückzulassen. Die anderen sollten zum Feuer zurückkehren, wenn sie herausbekommen hatten, was mit Achmed passiert war.

Miriam, Jennifer und Ben reihten sich hinter Frank auf, der sie mit seinem ausgestreckten Arm noch zurückhielt. Wieder verschwanden der Junge und Achmed um eine Ecke.

»Jetzt!«, sagte Frank wieder und zischte ab wie eine Rakete bis zur nächsten Hausecke. Das gleiche Spiel begann von vorn: Frank winkte. Die anderen drei folgten. Jennifer bemerkte, dass sie unwillkürlich den Kopf einzog und auf Zehenspitzen lief. Das machte sie langsamer, aber vermutlich nahm man automatisch so eine Haltung ein, wenn man auf keinen Fall entdeckt werden wollte. Eigentlich war es absurd, vor einem einzelnen Jungen solche Angst zu haben. Aber der Junge hatte seine außerordentlichen Fähigkeiten bewiesen. Jennifer konnte sich nicht erinnern, dass es jemals jemandem so leichtgefallen wäre, Achmed außer Gefecht zu setzen. Sie hatte viele Gelegenheiten gehabt, Achmed nicht nur bei freundschaftlichen Rangeleien zu beobachten. Achmed war ein Kämpfer, einer, der immer wieder aufstand, sich nicht geschlagen gab, bis er endgültig besiegt war. Selbst Kolja, der größer und kräftiger als Achmed war, und Frank, der geschickter war und Karate trainierte, hatten Probleme, mit Achmed fertigzuwerden. Und dann kam so eine Schmalzlocke im Anzug daher und nahm Achmed mit, als wäre der ein Kindergartenkind.

Sie hatten Frank erreicht. Frank hielt sie zurück. Der Junge stand vor einer Haustür. Nach wie vor hatte er Achmed fest im Griff. Achmed hatte nicht die geringste Chance.

»Was hat der Typ für Kräfte?«, fragte Frank leise.

»Das ist doch nicht normal! Wie so ein künstlich aufgespritztes Monster!«, zischte Jennifer.

»Aufgespritzt?«, fragte Miriam.

»Na ja«, erklärte Jennifer. »Mit was weiß ich welchen Mitteln. Hormone, Anabolika. Wie diese Super-Bodybuilder oder Spitzensportler.«

Frank verzog das Gesicht. Er stritt sich oft mit

Jennifer über ihre Meinung, dass die meisten Spitzensportler gedopt sein mussten, weil sie sonst diese Leistungen unmöglich vollbringen konnten. Aber jetzt war keine Zeit für solch einen Streit. Fest stand, dass dieser Junge in dem braunen Anzug nicht normal war.

»Monster ist kein schlechter Gedanke«, fand Ben. »Nur nicht aufgespritzt.«

»Sondern?«

Ben schwieg. Jennifer wusste auch so, was er meinte.

Miriam sprach es aus: »Programmiert?«

Ben nickte. »Möglich!«

Jennifer spürte wieder ihren Magen. Sollte das bedeuten, sie kämpften hier in der Stadt der Kinder neuerdings gegen Roboter mit übermenschlichen Kräften, die aussahen wie ganz normale Jungs?

»Welcher normale Junge sieht denn so aus?«, widersprach Frank. Aber es ging jetzt nicht um Modefragen und Frisuren.

»Es müssen keine Roboter sein!«, widersprach Ben. »Erinnert ihr euch, wie Frank bei diesem Reality Game mitgemacht hat?«

Die anderen nickten. Sie erinnerten sich nur zu gut, wenngleich auch nicht gern. Frank hatte an einer Art computergesteuerter Schnitzeljagd teilgenommen, die von einem Fernsehsender veranstaltet worden war. Im Laufe des Spiels hatten sie festgestellt, dass Frank heimlich ein kleiner Chip injiziert worden war. Mithilfe dieses Chips hatten die Macher seine Gefühle und sein körperliches Befinden kontrollieren können. Frank hatte unfreiwillig skrupellosen Geschäftemachern als Versuchskaninchen gedient. Erst in letzter Sekunde war es den Freunden gelungen, Frank zu retten und den Geschäftemachern das Handwerk zu legen.

»Du meinst, dieser Junge trägt so einen Chip?«, hakte Jennifer nach.

Ben hielt es für möglich. »Vielleicht ist er aber auch komplett programmiert!«

»Wie bitte?«, quiekte Jennifer auf. »Du meinst, das war ein Roboter?«

Ben schüttelte den Kopf. »Nein, eine programmierte Figur der Matrix!«

Jennifer stieß einen langen Seufzer aus. »Oh Mann, bitte nicht!«

»Doch!«, fuhr Ben fort. »Ich habe doch gleich gesagt, wir müssen uns diese Stadt wie eine Matrix vorstellen. Und die braunen Jungs sind Teil davon. Programmierte Figuren, die bestimmte Funktionen haben und dafür eben auch mit bestimmten Eigenschaften ausgestattet sind. Wie in jedem Computerspiel!«

»Willst du damit sagen, die Schmalzlocke existiert gar nicht und ist nur virtuell?« Das konnte sich Miriam überhaupt nicht vorstellen.

»Hier existieren sie schon«, erwiderte Ben. »Wir befinden uns ja in der Matrix ›Die Stadt der Kinder‹. Vermutlich können die Figuren aber nicht hinaus in die wirkliche Welt.«

»Pft!«, machte Jennifer. »Wir auch nicht!«

Ben stellte klar: »Wir schon. Wir müssen nur den Ausgang finden. Die könnten in unserer Welt gar nicht existieren. Hier aber überwachen sie alles!«

»Weshalb redet ihr eigentlich immer im Plural?«, wollte Miriam wissen. »Wir haben es doch nur mit einem Jungen zu tun.«

»Jetzt nicht mehr!«, erkannte Jennifer. Sie tippte Miriam auf die Schulter und zeigte nach hinten. Auf der Straße standen drei Jungs in braunen Anzügen.

Eine Stadt entsteht

Sie saßen in der Falle. Hinter ihnen versperrten die drei braunen Jungs den Rückzug. Vor ihnen um die Hausecke herum stand immer noch der Junge, der Achmed bei sich hatte. Geradeaus versperrte ein Bürohaus den Weg.

Trotzdem war fortzulaufen Jennifers erster Impuls. Sie hatte gesehen, wie der eine Junge mit Achmed umgesprungen war. Was sollten sie gegen drei von denen unternehmen, zumal Ben verletzt war?

»Weshalb baut ihr die Stadt nicht auf?«, fragte einer der braunen Jungs.

Was war das für eine seltsame Frage? Davon hatte der erste schon gesprochen. Jennifer dachte nicht daran, sich zu rechtfertigen, aber wer eine Frage stellte, der signalisierte Gesprächsbereitschaft. Das war ein Ansatzpunkt. »Weshalb habt ihr Achmed mitgenommen?«, fragte sie zurück. »Er hat nichts Unrechtes getan!«

»Er hat sich dem Aufbau der Gesellschaft widersetzt. So etwas können wir nicht dulden!«

»Wer wir?«, mischte sich Miriam ein.

»Die Herrschaft!«, lautete die Antwort.

Miriam verschlug es die Sprache.

Ben setzte das Gespräch fort. »Wer soll das sein, die Herrschaft? Über wen herrscht die? Hier ist doch niemand!«

»Ihr seid hier!«, sagte einer der braunen Jungs.

Jennifer achtete genau darauf, wie er sprach. Vielleicht konnte man heraushören, ob es sich um einen Roboter handelte. Doch an seiner Sprache bemerkte sie nichts Ungewöhnliches.

»Und ihr müsst die Stadt aufbauen. Das ist eure Aufgabe. Nichts anderes!«, behauptete der Junge.

Miriam wollte auf ihn losgehen. Sie hasste es, wenn ihr jemand befehlen wollte, was sie zu tun hatte. Frank hielt sie zurück.

»Wer hat euch befugt, die Herrschaft auszuüben?«, wollte Ben wissen.

»Wir sind nur Diener seiner Herrschaft!«, lautete die Antwort.

Jennifer stöhnte. Das wurde ja immer schöner!

Ben übte sich in Geduld. »Und wer ist diese Herrschaft?«

»Master X!«, sagte einer der Jungs.

Jennifer musste den Impuls unterdrücken, laut aufzulachen. Master X. Blöder ging es ja wohl nicht mehr. Was bildeten sich diese geschniegelten Bubis eigentlich ein? Ob dieser Master X genauso ein schmalzgelocktes Milchgesicht war wie die Jungs vor ihr? Sie hätte den dreien am liebsten gehörig die Meinung gesagt. Aber die Lage war zu ernst.

Offenbar hielten die braunen Jungs die Macht-
hebel der Stadt in Händen. Wie immer sie es auch
anstellten, Jennifer war sicher: Ob sie etwas zu
essen und zu trinken bekamen, ob die Läden und
die ganze Stadt sich mit Leben füllten, hing maß-
geblich davon ab, wie sie sich mit den braunen
Spinnern arrangierten. So entsetzlich die Vorstellung für sie auch war, solange sie nicht besser
durchblickten und keinen Gegenplan entworfen
hatten, mussten sie versuchen, sich auf das Spiel
der braunen Jungs einzulassen.

»Okay!«, sagte Jennifer laut. Mit einem Blick und
einer Handbewegung bedeutete sie ihren Freunden, dass sie eine Idee hatte.

Die Freunde gaben stumm ihr Einverständnis und
ließen sie machen.

Jennifer ging einen Schritt auf die Jungs zu. »Ich
glaube, wir müssen nur einige Missverständnisse
ausräumen. Schließlich sind wir neu hier. Wir können uns bestimmt einigen!«

Miriam verzog das Gesicht. Wie Jennifer heu-
cheln konnte!

Frank sah verstohlen um die Ecke. Der Junge, der
Achmed geschnappt hatte, war verschwunden.
Jetzt hatten sie ihn doch aus den Augen verloren!

In dem Augenblick zischte etwas durch die Luft.
Noch bevor Jennifer sich auch nur erschrecken
konnte, ging einer der drei braunen Jungs vor ihr in

die Knie, kippte vornüber und knallte mit dem Gesicht auf den Asphalt.

Die beiden anderen zuckten zusammen, sahen sich zackig um, gingen sofort in Kampfstellung. Doch wieder ertönte zweimal das zischende Geräusch und eine Millisekunde später sackten die beiden Jungs zusammen.

Mit offenen Mündern standen Jennifer und ihre Freunde vor den Niedergestreckten.

»Was war das denn?«, stotterte Ben. Ihm versagte vor Entsetzen beinahe die Stimme.

»Schüsse!«, glaubte Frank. »Wie aus Druckpistolen!«

»Oder Bogenschützen!«, korrigierte Miriam. Sie zeigte auf den Hals eines der Jungen, aus dem ein dünner, blanker Metallstift herausragte.

»In Deckung!«, rief Frank.

Doch Jennifer glaubte nicht an eine akute Gefahr. Wenn die unbekannten Schützen es auf sie abgesehen hätten, hätten sie längst geschossen. »Die wollten uns retten!«, vermutete sie.

Für einen kleinen Moment spürte Ben so etwas wie Erleichterung. Hoffentlich hatte Jennifer recht. Er sah zu, wie Miriam auf die leblosen braunen Jungs zuging. Sie kniete sich hin und betrachtete die Metallstifte, die aus den Hälsen der beiden herausragten: kleine, spitze Pfeile.

»Sie bluten nicht!«, stellte Miriam erstaunt fest.

Jennifers Blick huschte zu Ben. Doch Roboter?

Ben verstand die stumm gestellte Frage.

»Macht euch keine Sorgen. Wir haben sie nur abgeschaltet!«

Ben fuhr herum. Hinter ihnen stand eine Gestalt in einem grünen Overall und mit einer grünen Motorradsturmhaube über dem Kopf. Er – oder sie – hielt eine lange Metallstange in der Hand. Erst auf den zweiten Blick begriff Ben, worum es sich handelte: ein Blasrohr.

Ben brachte vor Staunen keinen Ton heraus.

Miriam hingegen fragte sofort nach: »Wer bist du denn?«

»Was heißt das, abgeschaltet?«, wollte Jennifer wissen.

Frank fragte: »Wo kommst du denn her?«

Und Ben fügte, als er seine Sprache wiedergefunden hatte, hinzu: »Wer sind die braunen Jungs? Wo bringen die Achmed hin? Wo ist Kolja?«

»Die haben Kolja nicht!«, antwortete die vermummte Gestalt. Der Stimme nach musste es ein Mädchen sein. »Kolja ist bei uns!«

»Was?«, empörte sich Frank. »Ihr habt Kolja entführt und mir eins über den Schädel gezogen?« Er ging sofort auf das Mädchen los.

Ben konnte ihn gerade noch zurückhalten. »Wo?«, fragte er schnell. »Und warum?«

»Folgt mir. Ich bringe euch zu ihm!«

Doch niemand rührte sich. Frank war schon einmal überfallen worden. Jennifer traute niemandem, der einen ihrer Freunde entführt hatte. Miriam wollte erst mal wissen, wer diese Vermummte überhaupt war. Und was bedeutete »bei uns«? Ben dachte an Thomas und Kathrin, die er nicht alleinlassen wollte.

Das Mädchen hatte nicht mit einer Weigerung gerechnet. »Wir müssen uns beeilen!«, drängte sie. »Wir dürfen uns nicht allzu lange an der Oberfläche aufhalten. Sonst orten sie uns.«

»Wer?«, wollte Ben wissen. »Die Stadt ist leer!«

»Unsinn!«, antwortete das Mädchen. »Nur eure Sektion ist leer!«

Was hieß das nun wieder? Sektion? Ben hatte von den Rätseln in dieser Stadt allmählich genug. »Kannst du mir endlich mal erklären, wo wir hier sind, was das Ganze soll, warum ihr Kolja entführt habt und wohin Achmed verschleppt wurde?«

»Schnell, schnell!«, rief das Mädchen aufgeregt, ohne auch nur eine einzige Frage zu beantworten. »Sie kommen!«

»WER, VERDAMMT?«, schrie Ben sie an.

Jetzt ging Frank doch auf das Mädchen los. Ben hielt ihn diesmal nicht davon ab. Frank packte das Mädchen am Kragen, doch mit einer äußerst geschickten und reaktionsschnellen Verteidigungshaltung duckte das Mädchen sich weg, packte Frank an Arm und Nacken und schleuderte ihn mit einem Überwurf zu Boden.

Jennifer staunte. So hatte noch niemand Frank aufs Kreuz gelegt.

Miriam bewunderte das Mädchen sofort. Wenn sich die Gelegenheit ergab, musste sie sich diesen Abwehrtrick unbedingt zeigen lassen.

Frank hatte im Flug aber noch die Sturmhaube des Mädchens zu fassen bekommen und ihr vom Kopf gerissen. Schulterlange, pechschwarze, glatte Haare und ein schmales, hübsches Gesicht kamen zum Vorschein. Das Mädchen bemerkte, wie Ben ihr auf den knallrot bemalten Mund starrte. Niemals hätte er vermutet, dass eine Kriegerin – so kam sie ihm vor – sich derart auffällig schminken würde. Das Mädchen winkte ab. »Das hat nichts zu bedeuten. Mach dir keine falschen Hoffnungen. Stark eingefettete Lippen sind nur angenehmer hierfür!« Sie hob kurz ihr Blasrohr an.

Ben errötete und kassierte einen tadelnden Blick von Jennifer.

Für weitere Bemerkungen oder Fragen blieb keine Zeit. »Wir sind die Frogs«, sagte das Mädchen. »Wir stehen auf eurer Seite. Glaubt es und folgt mir, oder ihr steckt in Schwierigkeiten! Die Cops sind im Anmarsch!«

Mit diesen Worten drehte sie sich um, rannte los und sprang – Ben hätte es nicht geglaubt, wenn er es nicht gesehen hätte – in einen Gullyschacht, als wäre es das einladendste Schwimmbecken, das man sich in einem heißen Sommer vorstellen konnte. Das Mädchen war im wahrsten Sinne des Wortes vom Erdboden verschluckt.

Ben begriff: Ihnen blieben nur wenige Sekunden für eine Entscheidung. Sollten sie dem Mädchen trauen und folgen – oder sich weiter allein durchschlagen? Die Bilanz dieses ersten Tages war allerdings niederschmetternd: Kolja und Achmed waren entführt, Frank überfallen und niedergeschlagen worden und Ben hatte sich ernsthaft verletzt.

»Ich möchte mich nicht noch mal mit den braunen Jungs anlegen«, gab Jennifer zu, obwohl auch sie der Grünmaskierten nicht traute.

»Wir dürfen auf keinen Fall Thomas und Kathrin alleinlassen!«, warf Miriam ein.

Doch entweder sie folgten dem Mädchen sofort – oder sie würden es nie mehr wiederfinden.

Ben wusste nicht, wie er sich entscheiden sollte. Auch die anderen hatten keine Idee.

»Ich glaube, die Leute, die Kolja entführt haben, wissen einiges über diese Stadt. Ohne den Versuch, ihnen zu trauen, werden wir hier nicht überleben!«, sagte Ben.

»Oder wir tun, was die braunen Jungs gefordert haben!«, fiel Frank ein.

Miriam konnte sich an keine Forderung erinnern. ▶

Aus ihrer Sicht hatten sie Achmed vollkommen ohne Grund verschleppt.

»Wir sollten brav die Stadt aufbauen«, erinnerte Frank an die Aufgabe, die ihnen die braunen Jungs gestellt hatten. Er musste allerdings zugeben: Was brav war und was nicht, bestimmten offenbar allein die braunen Jungs. So gesehen, konnte es jedem aus ihrer Gruppe jederzeit ebenso ergehen wie Achmed.

»Das können wir nicht!«, war Jennifer sich sicher. »Ich baue gern eine Stadt auf. Aber ich kann mich nicht verbiegen. Ich bin so, wie ich bin. Außerdem weiß ich gar nicht, wie ich nach deren Meinung sein soll!«

Miriam nickte heftig. Sie sah es genauso wie Jennifer.

»Dann folgen wir der Maskierten, aber nicht ohne Thomas und Kathrin!«, schlug Frank vor, obwohl er wusste, dass dies nicht möglich war. Entweder sie gingen sofort oder gar nicht.

»Seid mal leise!«, rief Jennifer plötzlich.

Alle verstummten. Jennifer horchte.

Deutlich war das Getrappel von schweren Stiefeln auf Asphalt zu hören.

»Das werden die Cops sein!«, rief sie.

»Hört sich an wie Militär!«, fand Miriam, und Ben befürchtete, dass es sich nicht nur so anhörte.

»Nichts wie weg!«, bestimmte Jennifer. »Ich bin

bereit zurückzukehren, um Thomas und Kathrin zu holen. Versprochen. Aber jetzt erst einmal weg. Wenn wir dorthin geraten, wo Achmed jetzt ist, können wir den beiden auch nicht mehr helfen!«

»Wo, glaubst du, wird Achmed sein?«

»Im Gefängnis!«, antwortete Jennifer.

Das war die Entscheidung. Jennifer, Ben, Miriam und Frank kletterten in dasselbe Gullyloch, in dem die Blasrohr-Schützin verschwunden war.

Verzweifelt blickte Achmed sich um: Wildnis. Der Kerl in dem Cordanzug hatte ihn mitten in der Wildnis zurückgelassen.

»Es gibt kein Zurück«, hatte der braune Junge gesagt. »Versuche es gar nicht erst. Nur wenn du dich besserst, kannst du zurück in die Stadt gelangen und an dem Aufbau teilnehmen!«

Achmed wusste nicht, wie er sich bessern sollte. Er wusste ja nicht einmal, was er zuvor falsch gemacht hatte.

Die Wildnis war eine Insel, umgeben von einem breiten Wassergraben. Über eine Zugbrücke waren sie auf die Insel gelangt. Nachdem der Cordanzug abmarschiert war, hatte irgendwer die Brücke wieder hochgezogen. Wie in einem schlechten Ritterfilm.

Aber vielleicht konnte man ja durch den Graben schwimmen? Achmed ging ans Ufer und betrachtete das Wasser. Zwar schimmerte es undurchdringlich trüb braun, alles andere als einladend. Aber es schien ein sehr ruhiges Gewässer zu sein. Nicht die kleinste Strömung war zu erkennen. Er fragte sich, ob es Tiere in dem Fluss gab. Haie womöglich oder Piranhas? Was für Fragen er sich stellte! Solche Tiere gab es in dieser Region nicht. Allerdings befand er sich in einem Computerspiel. Da war alles möglich. Vielleicht gab es sogar Monster, wie er sie schon in der Kanalisation vermutet hatte.

Er sammelte ein paar Steine am Ufer und suchte sich einen besonders flachen aus, um ihn übers Wasser hüpfen zu lassen, so wie er es früher oft gemacht hatte. Acht Sprünge – das war sein Rekord. Er schleuderte den Stein übers Wasser. Guter Wurf! Sechsmal kam der Stein auf der Wasseroberfläche auf. Doch bei jeder Wasserberührung sprühten Funken unter dem Stein hervor.

Als ob das Wasser elektrisch geladen wäre, dachte Achmed. Unwillkürlich wich er einige Schritte zurück und ließ entmutigt seine übrigen Steine fallen. Sehnsüchtig sah er hinüber zur anderen Seite. Dort drüben lag die Stadt, dort drüben waren seine Freunde.

Er stand am Rand einer Siedlung, die auf der einen Seite von Wald, auf der anderen Seite von felsigem Gelände umgeben war. Achmed ging auf die Siedlung zu. Die Gebäude waren verfallen, keines hatte mehr als ein halbes Dach, und es sah nicht so aus, als ob in den letzten hundert Jahren auch nur eine Menschenseele hier gewohnt hatte.

Hier würde er bestimmt keine fruchtbaren Felder finden, die er abernten konnte. Er sollte sich bessern und bewähren, hatte ihm der braune Junge mit auf den Weg gegeben. Wie sollte er das anstellen? Auf welche Weise mochte man hier an Nahrung gelangen? Achmed war sich sicher, dass nichts in dieser »Wildnis« dem Zufall überlassen worden war. Er hatte keinen Zweifel, sich in einer perfekt programmierten Strafkolonie des Programmierers zu befinden, in der bestimmte Aufgaben auf ihn warteten.

Einschnitt

Master X war erstaunt. Keine von seinen Probanden hatten bisher so viel Entschlossenheit und Mut bewiesen wie diese. Bis auf die Elenden, die sich seiner Kontrolle entzogen hatten und die er suchte wie die Stecknadel im Heuhaufen. Kurz tauchte immer mal wieder einer von ihnen auf, dann waren sie wieder fort. Natürlich wusste er, dass sie in den Kanaldeckeln abtauchten. Aber in seinem Programm durfte es eigentlich gar keine Kanaldeckel geben. Immer wieder erschienen sie aus dem Nichts in der Straße wie Maulwurfshügel im Ziergarten. Und ebenso wie ein Gärtner alle nur erdenklichen Maßnahmen gegen die Tiere unternahm und in der Regel doch der Unterlegene blieb, so ging auch er sofort gegen jede Kanalöffnung vor, die er entdeckte. Ohne jedes Ergebnis. Schloss er einen Kanaldeckel, entstanden gleichzeitig drei oder vier neue an anderer Stelle. Maulwürfe hätte die elende Bande sich nennen sollen, die ihn an der Nase herumführte, und nicht Frogs. Der Name wäre viel passender gewesen. Maulwurf war auch ein Ausdruck für Verräter. Und waren diese elenden Bälger nicht dabei, sein Projekt zu verraten, indem sie es boykottierten und bekämpften? Er hatte jegliche Kontrolle über sie ver-

loren, konnte sie nicht einbinden in sein Erziehungs-
programm, das die Welt verändern würde. Aber sie
hatten es nicht geschafft, ihm zu entkommen. Sie
waren in der »Stadt der Kinder« gefangen, verbannt
auf Lebenszeit und somit zumindest nicht in der Lage, in der realen Welt seine Pläne zu durchkreuzen.

Doch natürlich konnte er die Sache nicht auf sich
beruhen lassen. Er musste den Frogs das Handwerk
legen, egal wie. Sie hatten sich seine wichtigste Pro-
banden-Gruppe geholt. Die erste Gruppe, die er um-
erzogen zurück in die reale Welt schicken wollte. Es
konnte kein Zufall sein, dass die Frogs erstmalig eine
gesamte Gruppe zu sich geholt hatten. Sie mussten
Wind davon bekommen haben, wie wichtig diese
Gruppe für ihn war. Er durfte nicht zulassen, dass
diese Bälger ihm noch länger in die Suppe spuckten.
Einen von ihnen hatte er gefangen und ins Outside-
Gebiet verbannt. Zwei andere saßen noch auf der
Straße und warteten auf ihre Freunde. Einen besseren Köder hätte er selbst gar nicht auslegen können.

Mit diesen beiden würde er anfangen. Zwei seiner wichtigsten Positionen würde er mit diesen beiden besetzen. Die zwei würden sich über ihre Posten freuen und vielleicht sogar die ganze Gruppe
mitziehen. Viel zu spät würden sie merken, wie
sehr sie sich damit in seine Hand begaben. Master X grinste, als er die Tasten drückte, die seine
Cops auf Kathrin ansetzten.

Sarah

Das Mädchen in dem grünen Anzug hatte offenbar damit gerechnet, dass Ben und seine Freunde ihr folgen würden. Auf der Hälfte des Schachts wartete sie auf die Gruppe. Frank war als Erster herabgestiegen. Als er das Mädchen erreichte, verschwand es in der Wand!

Zum Glück hatte Frank es genau gesehen. Sonst hätte er geglaubt, das Mädchen hätte sich in Luft aufgelöst. Er zeigte auf die Wand und rief zu seinen Freunden hinauf: »Hier ist sie durchgegangen! Aber ich weiß nicht, wie!« Er sah keine Klappe, kein Fenster, keine Tür. Da das Mädchen nun aber unzweifelhaft durch die Wand verschwunden war, musste es dort eine Geheimtür geben.

»Vielleicht funktioniert der Mechanismus akustisch?«, schlug Miriam vor. »Man muss ein Codewort sagen. Zum Beispiel: Sesam öffne dich!«

Doch Frank glaubte nicht, dass es hier einen solchen Mechanismus gab. Er hätte es doch hören müssen, wenn das Mädchen etwas gesagt hätte! In diesem Moment steckte das Mädchen ihren Kopf durch die Wand.

Frank schrie auf und wäre fast von der Leiter gefallen.

»Wo bleibt ihr denn?«, fragte das Mädchen, als wäre es vollkommen natürlich, mal eben den Kopf durch die Wand zu stecken!

»Mann, bist du wahnsinnig, uns so zu erschrecken!«, stieß Frank aus.

»Sorry!«, sagte das Mädchen. »Ich dachte, du hättest gesehen, dass ich durch die Wand gegangen bin!«

»Gesehen ja!«, gab Frank zu. Nur geglaubt hatte er es nicht.

»Die Wand ist nur eine virtuelle Tapete«, erklärte das Mädchen. »Eine programmierte visuelle Täuschung. Es gibt hier eine Öffnung in der Wand. Man sieht sie bloß nicht. Wenn ihr so wollt, ist es ein bisschen, als wenn sich der Himmel in einer Wasseroberfläche spiegelt. Es sieht aus wie Himmel, aber wenn du ins Wasser steigst, wirst du trotzdem nass und beginnst nicht zu fliegen!«

»Danke!«, sagte Ben entnervt. Er konnte sich sehr gut vorstellen, was eine virtuelle Täuschung war. So blöd war er nun auch nicht. Ihn interessierte mehr, wer diesen geheimen Gang programmiert hatte.

»Keine Ahnung!«, antwortete das Mädchen. »Wir haben diese Öffnungen nur durch Zufall entdeckt. Aber nun kommt endlich!«

Ihr Kopf verschwand wieder in der Wand.

»Irre!«, fand Jennifer.

Frank zögerte. Obwohl er nun wusste, wie es funktionierte, traute er sich nicht, den Eingang zu nutzen. Zu echt sah die Wand aus. Und seine Sinne verboten es ihm, gegen eine Wand zu laufen. Vorsichtig streckte er eine Hand vor. Und tatsächlich verschwand sie in der Mauer. Es sah aus, als wäre sein Arm bis zum Ellenbogen in der Wand eingemauert.

»Sieht voll gruselig aus!«, fand Jennifer.

Das fand Frank auch. Deshalb gab er sich einen Ruck, machte einen großen Schritt – und war in der Wand verschwunden.

Miriam, Jennifer und Ben kamen nach. Hinter der virtuellen Wand wartete die nächste Überraschung auf sie.

In einem mit Teppichen ausgelegten und mit Kerzen beleuchteten Esszimmer stand Kolja vor einem großen, gedeckten Tisch und empfing seine Freunde überschwänglich.

»Endlich!«, rief er und knuffte Ben freundschaftlich in die Seite. »Wo sind die anderen drei?«, fragte er dann.

Ben erzählte, was mit Achmed passiert war und weshalb sie Kathrin und Thomas nicht mitgebracht hatten.

»Was?«, ertönte eine aufgebrachte Stimme. »Die zwei sind noch oben?«

»Die Cops waren uns auf den Fersen. Es blieb ▶

113

keine Zeit! Wirklich nicht!«, erklärte das Mädchen, das sie hierhergeführt hatte.

»Ich hatte gesagt, alle oder keiner, verflucht!«, schimpfte die Stimme.

Ben sah sich um, woher die Stimme kam. Plötzlich erschien ein Mädchen aus der Wand hinter dem großen Tisch. Das Mädchen kannte er doch! Das war doch . . .!

»Sarah!«, rief Frank.

Er hatte sie bei dem Reality Game*, an dem er einmal teilgenommen hatte, kennengelernt. Sie war eine gute Freundin von Frank geworden, auch wenn die beiden sich kaum sahen. Sie schrieben sich Mails und telefonierten hin und wieder. Sarah hatte ihre Haare orange gefärbt – ein greller Kontrast zu ihrem froschgrünen Overall. Frank war klar, weshalb Kolja nicht geflohen war, sondern hier unten auf sie gewartet hatte: Sarah war auf ihrer Seite! Doch weshalb sie Kolja entführt hatte, statt sich zu zeigen, das konnte er sich nicht erklären. Mit Sicherheit hatte sie ihre Gründe dafür. Am liebsten wäre Frank auf Sarah zugelaufen und hätte sie umarmt. Doch er hielt sich zurück.

Miriam betrachtete Frank und Sarah mit leichtem Argwohn. Sie mochte Sarah, keine Frage. Aber für ihren Geschmack mochte Frank Sarah ein wenig

* Lies die Geschichte nach in dem Band »Reality Game«.

zu sehr. Da pikste die Eifersucht. Miriam hatte nämlich schon länger ein Auge auf Frank geworfen, doch er entzog sich ihren Annäherungsversuchen. Aber wenn Sarah aufkreuzte, begannen seine Augen immer gleich zu leuchten.

Im Moment wirkte Sarah allerdings angespannt und verärgert. »Zuallererst: Stellt eure Handys aus, wenn ihr welche dabeihabt!«, verlangte sie.

Ben protestierte. »Dann können Thomas und Kathrin uns nicht erreichen. Außerdem . . .«

». . . benutzen die Cops die Handys zur Ortung«, unterbrach ihn Sarah barsch. »Wenn du dein Handy anlässt, kannst du ebenso gut die Cops anrufen und ihnen verraten, wo wir sind!«

Schweren Herzens schalteten sie also ihre Handys aus.

»Wo sind Thomas und Kathrin jetzt?«, fragte Sarah.

Ben erzählte.

»Wir müssen sie holen!«, sagte Sarah. Ganz offensichtlich besaß sie hier unten Befehlsgewalt. »Schnell, bevor es zu spät ist!«

Das andere Mädchen reagierte augenblicklich. »Ich kümmere mich drum!«, versprach sie und verschwand, diesmal durch eine ganz normale Tür.

»Was ist mit Thomas und Kathrin?«, fragte Jennifer.

»Sie sind in höchster Gefahr!«, sagte Sarah.

Gefahr

Kathrin sah auf die Uhr und lief unruhig ums Feuer herum.

»Sie müssten längst zurück sein!«, jammerte sie. »Da muss etwas passiert sein!«

Thomas fischte mit der Zange eine Kartoffel aus dem Feuer. »Die Kartoffeln sind noch nicht weich. Allzu lang sind die also noch gar nicht weg!« Er verstand ohnehin nicht, weshalb manche Leute ständig Hektik verbreiteten. Nach seiner Erfahrung war selten irgendetwas so eilig, als dass es nicht einen kleinen Aufschub vertrug.

»Die werden schon kommen!«, beruhigte er Kathrin.

Doch Kathrin wollte sich nicht beruhigen. »Die wollten nur nach Achmed sehen. Sie kehren nicht zurück und sie melden sich nicht. Hier!«

Kathrin zeigte Thomas ihr Handy. All ihre Freunde schienen ihre Mobiltelefone ausgeschaltet zu haben. Zu keinem bekam sie eine Verbindung.

Thomas merkte auf. »Zu Ben auch nicht?«

Kathrin schüttelte den Kopf.

»Das ist allerdings ernst«, gab Thomas zu. Ben stellte sein Handy niemals aus. Er gehörte zu jenen, die glaubten, aus dem Universum verbannt zu sein, wenn sie auch nur für fünf Minuten nicht erreichbar waren. Thomas stand auf und reichte Kathrin die Kartoffel. »Hier, iss erst mal was. Ich seh mich um!«

»Nicht weggehen!«, bat Kathrin.

Aber das hatte Thomas nicht vor. Er drehte sich in alle Richtungen und betrachtete die Umgebung sehr genau. Braute sich etwas zusammen? Kam da etwas auf sie zu? Er hatte plötzlich so ein komisches Gefühl im Magen. Da! An der Wand gegenüber war ein Schatten vorübergehuscht.

»Komm mit! Schnell!«, rief er Kathrin zu.

Kathrin ließ ihre Kartoffel fallen. »Was ist los?«, fragte sie ängstlich. Wenn Thomas es eilig hatte, dann war Gefahr in Verzug. Ohne zu zögern, folgte sie ihm.

Thomas lief schnurstracks in das Haushaltswarengeschäft, stieg ins Schaufenster und schnappte sich eine der beiden Schaufensterpuppen.

»Nimm du die, ich nehme diese hier!«, sagte er.

Kathrin mochte es nicht glauben. »Was willst du denn jetzt mit den Puppen?«, fuhr sie Thomas an. »Ich hab keinen Nerv für irgendwelche Spielereien!«

Thomas schüttelte den Kopf. »Mach schnell! Du wirst schon sehen!«

Kathrin verstand die Welt nicht mehr. Der lahme Thomas drückte aufs Tempo. Das hatte sie noch nie erlebt. Trotzdem tat sie, was er forderte, und rannte mit einer Schaufensterpuppe im Arm hinter ihm her zum Feuer zurück.

»Setz sie dorthin!«, schlug Thomas vor. Seine Puppe setzte er ebenfalls neben das Feuer, holte noch einen der herumliegenden Fensterläden und warf ihn in die Flammen. Knisternd sprühten die Funken in alle Richtungen. »Jetzt sammeln wir schnell das Gemüse ein und verschwinden von hier!«

Kathrin begriff langsam.

Nur wenige Minuten später standen die beiden wieder in dem Geschäft und schauten aus dem Fenster.

»Sieht doch echt aus!«, befand Thomas und grinst zufrieden.

Kathrin musste ihm zustimmen. Thomas hatte die beiden Puppen so hinters Feuer gesetzt, dass man von Weitem annehmen konnte, Thomas und Kathrin säßen noch immer dort.

»Wir können hier weiterkochen und dabei beobachten, wer sich an uns heranmachen will«, erklärte Thomas seinen Plan.

»Nicht schlecht!«, gab Kathrin zu. »Aber: Womit willst du denn kochen?«

Statt eine Antwort zu geben, verschwand Thomas zwischen den Regalen. »Dies ist ein Haushaltswarengeschäft!«, rief er von irgendwoher.

Kathrin konnte ihn nicht mehr sehen.

»Ja und?«, fragte sie. Sie wollte Thomas auf gar keinen Fall verlieren. Da war es gut, ihn wenigstens immer noch zu hören.

»Na ja«, hörte sie ihn. »Und so ein Haushaltswarengeschäft hat doch meistens . . .«

Die Stimme brach ab.

»Thomas?«, rief Kathrin sofort.

Keine Antwort.

»Thomas!«, schrie Kathrin.

»Wusste ich es doch!«, sagte Thomas endlich.

Kathrin zuckte zusammen. Thomas war ganz woanders aufgetaucht, als sie vermutet hatte. Er hielt etwas Blaues in der Hand.

»Ein Campingkocher mit einer Gaskartusche!«, freute sich Thomas. »Das ganze Regal dort vorn ist voll davon!«

Kathrin lächelte ihn an. Hin und wieder war Thomas wirklich genial. Denn er hatte nicht nur einen der Kocher dabei, sondern auch ein Set mit Campinggeschirr.

»Solche Haushaltswarengeschäfte sind überaus praktisch«, verkündete er. »Ich liebe solche Läden!«

Sogleich machten sie sich daran, drei Kocher anzuzünden und das Gemüse darin zu garen.

Sie waren so eifrig, dass sie vergaßen, aus dem Fenster zu schauen. Deshalb bemerkten sie nicht, dass draußen am Feuer nach ihnen gesucht wurde.

Überleben

Achmed entschied sich, in die Ruinenstadt zu gehen. Nur dort hatte er die Chance, irgendetwas zu finden, das ihm weiterhelfen konnte. Er solle sich bessern, hatte der braune Junge ihm gesagt. Er solle sich bewähren. Aber wie?

Achmed ging die Straße entlang, die in die verfallene Siedlung führte. Sie erinnerte ihn irgendwie an eine Filmkulisse. Fast wie eine Westernstadt. Nur dass die Häuser nicht aus Holz, sondern aus Stein waren, und die Straße war nicht staubig, sondern asphaltiert.

»Hallo?«, rief Achmed die Straße hinunter. Ob er allein hier war? Er legte seine Hände wie einen Trichter um den Mund und wiederholte seinen Ruf in alle Richtungen.

Es hätte ihn gewundert, auf andere Kinder zu stoßen. Er und seine Freunde waren allein in der Stadt, bis auf diejenigen, die Kolja entführt hatten, und die braunen Jungs. Andererseits: Die braunen Jungs waren ganz offensichtlich so etwas wie eine allgegenwärtige, alles überwachende Geheimpolizei. Wozu gab es sie, wenn niemand in der Stadt war? Achmed rief noch einmal in alle Richtungen. Es blieb ruhig. An einem der ▶

Häuser schlug ein Fensterladen gegen die Hauswand.

Achmed merkte auf. War da jemand? Oder war es nur der Wind? Er benetzte seinen Finger mit Spucke und hielt ihn in die Luft. Von Wind war nichts zu spüren. Plötzlich fühlte sich Achmed sehr ungeschützt, hier mitten auf der Straße. Wenn sich jemand in den Häusern aufhielt, konnte der oder die ihn beobachten, ohne selbst entdeckt zu werden. Er drückte sich dicht an die Hauswand und ging langsam weiter. Vor jedem Hauseingang blieb er stehen. Die Türen, wenn es überhaupt welche gab, standen offen. In den Häusern fand er nur leere, verfallene, modrige Räume. In manchen hingen zerfetzte Gardinen vor den Fenstern. In anderen lagen die Reste zerstörter Möbel: aufgeschlitzte Sofas, kaputte Sessel und Stühle. Das wunderte ihn. Die Innenstadt war komplett leer gewesen. Wieso gab es hier Möbel? Und wer hatte diese Möbel zerstört?

Er ging weiter und kam an einer Kneipe vorbei. Drinnen stand ein schäbiger, schiefer Tresen.

Achmed fiel auf, dass er mit seiner ersten Assoziation gar nicht so falschgelegen hatte. Die Stadt war wie eine Westernstadt aufgebaut. Leider kannte Achmed sich mit Westernfilmen nicht besonders gut aus. Hier schien er im »Saloon« zu sein. Vielleicht musste er deshalb besonders auf der Hut sein? Im Western war der Saloon der Ort, wo die Guten und die Bösen aufeinandertrafen. Achmed war überzeugt, zu den Guten zu gehören – lauerten hier womöglich die Bösen auf ihn?

Hinter dem Tresen entdeckte er eine verrostete Zapfanlage. Obwohl er nicht viel Hoffnung hatte, dass sie funktionieren könnte, probierte er sie aus. Der Zapfhahn klemmte. Achmed rüttelte daran und . . .

Plötzlich hörte er draußen ein Geräusch. Ein tiefes Brummen. Wie von einem Hubschrauber . . . Wo um alles in der Welt sollte hier ein Hubschrauber herkommen?

Achmed flitzte zum Fenster, riss die zerrissene Gardine ganz herunter und sah hinaus in den Himmel. Da war nichts zu erkennen. Natürlich nicht. Es konnte hier keinen Hubschrauber geben.

Auf der Straße aber sah er einen Schatten! Den Schatten eines fliegenden Hubschraubers. Unmöglich!

Achmed rannte hinaus und . . . Mit einem gewaltigen Aufprall krachte etwas direkt vor ihm auf die Straße. Im letzten Moment konnte er zur Seite springen. Er rollte sich weg, spürte einen stechenden Schmerz in den Ellenbogen, auf die er gefallen war. Staub fegte ihm um die Ohren. Seine Kleidung flatterte im Wind, der Boden vibrierte, der

Lärm über ihm war kaum auszuhalten. Achmed kauerte sich zusammen, so weit es ging, und harrte aus, bis der Krach vorüber war. Er hob den Kopf, als er wieder etwas hörte: Schritte, Geflüster, Gebrabbel. Geraschel. Menschen!

Achmed fuhr hoch – und traute seinen Augen nicht.

Auf der Straße tummelte sich jetzt ein Haufen verwahrloster Kinder, die sich wie ausgehungerte, wilde Tiere über den abgeworfenen Sack hermachten. Sie fauchten und kratzten, bissen um sich, zerrten an dem Sack, der in wenigen Sekunden zerrissen war und den Inhalt freigab: trockenes Brot und haltbare, ganze Würste.

Mit einem Schlag wurde Achmed bewusst, was er hier miterlebte: die Fütterung der Aussätzigen!

Auch ihm knurrte der Magen. Er verspürte einen entsetzlichen Hunger. Dennoch beherrschte er sich, blieb im Hintergrund und beobachtete die gespenstische Szene. Es durfte nicht wahr sein, was er da sah. Wo war er nur hingeraten?

Die wilden Kinder machten nicht den Eindruck, als wären sie erst seit Kurzem hier.

Ihre Kleidung war zerschlissen und zerrissen, einige liefen barfuß, andere hatten Lappen um ihre Füße gewickelt. Die Haare hingen den meisten verfilzt bis auf die Schultern, ihre Hände und Gesichter waren schmutzig und durch eitrige Wunden zerschunden. Manchen fehlten Zähne, andere hatten nur noch schwarze Stummel im Mund. Sie schlangen ihre erbeutete Mahlzeit in sich hinein, nahmen sich kaum Zeit zum Kauen, stürzten sich aufs Neue ins Getümmel, um einen weiteren Brocken zu erhaschen.

In nur wenigen Sekunden war von der abgeworfenen Ration nicht mehr übrig als der leere Sack. So plötzlich, wie die Kinder aus dem Nichts aufgetaucht waren, so verschwanden sie auch wieder. Wie eine Schar Kakerlaken, wenn das Licht angeht.

Achmed stand wieder allein auf der Straße, als wäre nie jemand hier gewesen.

Aber ihm war bewusst, dass er beobachtet wurde. In diesem Moment! In jedem Moment. Sie lauerten nur auf eine Schwäche von ihm. So wie sie sich über die Beute hergemacht hatten, würden sie auch ihn überfallen. Nicht einen Hauch von Mitgefühl füreinander hatte Achmed beobachtet. Sie hatten sich gegenseitig geschlagen, gebissen und getreten, sie waren über die Schwächeren hinweggetrampelt oder hatten sie fortgejagt wie lästige Insekten. Er hatte keines der Kinder auch nur ein Wort sprechen hören. Sie kommunizierten nicht miteinander, sie bekämpften sich. Ihr einziges Sinnen und Trachten schien darin zu bestehen zu überleben. Sie sprachen nicht und sie dachten nicht. Sie kämpften und fraßen. Sie vegetierten.

Achmed hatte keinen Schimmer, wie er von diesem Horror-Ort entkommen sollte. Er wusste nur eines: Er musste es versuchen, um jeden Preis.

Falsche Flucht

Thomas rührte mit dem Löffel des Campingbestecks in dem gekochten Gemüse und probierte. Es schmeckte fade, weil sie keine Gewürze hatten, aber er war zufrieden. Er hatte ein paar Kartoffeln hineingeschnitten, um dem Ganzen eine kräftigere Note zu geben.

»Ich wusste gar nicht, dass du kochen kannst«, lobte ihn Kathrin.

»Kann ich ja auch nicht!«, lachte Thomas. »Ich hab bloß Gemüse und Kartoffeln gebraten. Ohne Butter, Öl oder Margarine. Wusste gar nicht, dass das geht. Ich dachte, es würde anbrennen.« Er hielt Kathrin einen Löffel zum Probieren hin.

Kathrin kam ihm ein wenig entgegen, schnupperte – und sprang auf.

»So schlimm?«, fragte Thomas enttäuscht.

»Quatsch! Da!« Kathrin zeigte aufgeregt aus dem Fenster. Um das lodernde Feuer schlichen Gestalten. Sie trugen Overalls und Motorradsturmhauben. Jetzt stießen sie die Schaufensterpuppen beiseite und sahen sich um.

»Runter!«, rief Thomas und warf sich flach auf den Boden. Eilig robbte er zu den Gaskochern und drehte die Flammen aus.

»Haben sie uns gesehen?«, fragte er Kathrin.

»Ich glaube nicht!«, antwortete Kathrin. »Obwohl . . .«

»Was obwohl?«, fragte Thomas nach und robbte sich wieder vor zu Kathrin.

»Kommt da nicht einer auf uns zu?« Sie zeigte auf eine der Gestalten.

Die Gestalt kam tatsächlich auf das Geschäft zu.

»Der hat uns gesehen!«, war Kathrin sich jetzt sicher. »Verflucht, der hat uns gesehen!«

»Das ist nicht gesagt«, widersprach Thomas. »Wie sollte er denn? Es ist stockfinster hier! Komm weg vom Fenster!« Und er verschwand hinter einem Regal. Kathrin folgte. Thomas stieß mit dem Fuß gegen einen Gegenstand, der mit lautem Geschepper umkippte.

Kathrin zuckte zusammen. »Mensch, was tust du denn da?«

»Psst!«, machte Thomas. »Mist, das war ein Kocher!«

Die Gestalt stand jetzt dicht vor dem Schaufenster, legte das Gesicht an die Scheibe und blickte in den Laden.

»Der hat uns gesehen!«, zischte Kathrin.

Thomas schüttelte den Kopf. »Der wundert sich bloß, dass dieser Laden nicht leer steht!«, flüsterte er.

Plötzlich flammte ein Licht auf.

Die Gestalt leuchtete mit einer Taschenlampe in den Laden hinein.

Thomas und Kathrin pressten sich flach auf den Boden und hielten die Luft an.

Dann endlich erlosch das Licht, die Gestalt drehte ab und ging zurück zum Feuer.

»Das war knapp«, stöhnte Kathrin.

Thomas wartete einen Augenblick, ob sich dort draußen wirklich nichts mehr tat. Dann entzündete er sein Feuerzeug, tastete nach dem umgekippten Kocher, steckte beide Flammen wieder an und drehte sie auf volle Größe, um mehr Licht zu bekommen.

»Wir müssen Ben und die anderen wiederfinden!«, sagte Thomas und begann, das Gemüse einzusammeln, das auf dem Boden lag.

»Ich weiß, wo sie sind!«

Thomas und Kathrin fuhren zusammen. Neben ihnen stand plötzlich ein kleiner Junge mit roten Haaren, Sommersprossen, braunen Hosen, Turnschuhen und einem braunen Kapuzenshirt, das ihm zwei Nummern zu groß war.

Der Staat der Kinder

»Sie sind fort!«, sagte das Mädchen enttäuscht. »Alles, was wir gefunden haben, waren zwei Schaufensterpuppen, die am Feuer saßen!«

»Zwei Schaufensterpuppen?« Sarah glaubte, sich verhört zu haben.

»Das war bestimmt Thomas' Idee!«, meinte Ben. »Er fühlte sich beobachtet, hat die zwei Puppen besorgt, sie zur Tarnung ans Feuer gesetzt und sich dann mit Kathrin versteckt! Jede Wette! Das ist typisch Thomas!«

»Gar nicht so dumm!«, räumte Kolja ein.

»Gar nicht so dumm«, bestätigte Jennifer. »Dumm von uns war es allerdings, Thomas und Kathrin allein zu lassen!«

»Wir hatten keine Zeit, sie mitzunehmen«, erinnerte das Mädchen.

Jennifer nickte. »Aber so sind die beiden noch nicht einmal über euch informiert!«

Sie meinte die Frogs. »Thomas und Kathrin wissen nur, dass ihr Kolja entführt habt. Sie müssen euch für Feinde halten.«

Sarah nickte. Daran hatten sie nicht gedacht. »Wo mögen die beiden jetzt sein?«, fragte sie.

Miriam überlegte. Wo würde Thomas sich verstecken? Wo gab es dort oben in der Stadt überhaupt Möglichkeiten, sich zu verstecken? Es gab nur leere Gebäude dort oben – bis auf den einen Laden, aus dem Thomas die Grillzange geholt hatte und vermutlich auch die Schaufensterpuppen!

Miriam schnipste mit den Fingern. »In dem Laden!«, rief sie den anderen zu. »Wollen wir wetten? Der ist in dem Laden, aus dem er die Puppen geholt hat. Von dort kann man aufs Feuer sehen und beobachten, wer kommt und geht . . .«

». . . und wenn der Laden vollgepackt ist mit Regalen und Waren, dann gibt es dort die besten Möglichkeiten, sich zu verkriechen!«, ergänzte Frank. Auch er war überzeugt, dass Thomas sich dort versteckt hielt.

»Können wir Thomas nicht per Handy informieren?«, fragte Ben. »Nur ganz kurz!«

»Auf keinen Fall!«, sagte Sarah. »Das ist zu gefährlich! Wenn wir oben sind, können wir es kurz versuchen, aber nicht von hier unten!«

Ben sah es ein.

»Also müssen wir hinauf«, fand Miriam. »Wir müssen die beiden holen, bevor die Cops sie finden!«

»Wer sind eigentlich diese Cops?«, fragte Frank. Er hatte zwar auch schon Bekanntschaft mit diesen merkwürdigen, braun gekleideten Jungs gemacht. Aber sie wussten nach wie vor nicht, woher sie kamen, was sie wollten und weshalb sie sich anmaßten, ihre Freunde zu verhaften!

»Programmierte Spielwächter!«, antwortete Sarah.

Jennifer stöhnte auf. Es war, wie Ben vermutet hatte.

»Sie wachen darüber, dass wir uns genau so benehmen, wie die Regeln es vorsehen. Wer sich dagegen sträubt, bekommt es mit den Cops zu tun oder wird verschleppt, so wie sie es mit Achmed getan haben! Die einzige Waffe, mit der man wirksam gegen die Cops etwas ausrichten kann, sind unsere selbst entwickelten Blasrohre!«

»Können wir auch solche Blasrohre bekommen?«, fragte Frank, doch Sarah winkte ab: »Das müsst ihr erst üben, sonst können böse Unfälle passieren!«

Es braucht Zeit, eine solche Waffe zu entwickeln, schoss es Ben durch den Kopf. »Dann seid ihr also schon ziemlich lange hier, oder?«, fragte er.

»Allerdings!«, bestätigte Sarah bitter. »Wir sind viel zu lange hier. Wir haben schon einiges herausgefunden. Nur den Weg zurück finden wir nicht. Wahrscheinlich führt nur ein Weg zurück: über das X-Level.«

»Das was?«

»Die Stadt besteht aus verschiedenen Levels, unterschiedlichen Stufen des Spiels. Es gibt mehrere

Gebiete oder Sektoren innerhalb der Stadt«, erläuterte Sarah.

»Halt, halt!«, bremste Ben. »Was soll das heißen: unterschiedliche Level oder Sektoren? Was denn nun: Level oder Sektoren?«

»Beides!«, behauptete Sarah.

»Beides?«, wiederholte Ben verwundert. »Also entweder man springt in einem Computerspiel von einem Level in ein anderes oder man bewegt sich räumlich, etwa von einem Stadtteil zum nächsten.«

»Warum entweder – oder?«, fragte Sarah.

Ben überlegte. Ja, weshalb eigentlich?, fragte er sich nun auch.

»Soviel wir wissen, seid ihr in der Unterstadt gelandet«, erklärte Sarah weiter. »Eine leere Stadt, die ihr mit Leben füllen müsst, um eine Verbindung mit der Oberstadt zu bekommen!«

Das hab ich doch schon mal gehört, dachte Ben. Eine Stadt mit Leben füllen, was bedeutete das?

»Ganz einfach«, erklärte Sarah weiter. »Ihr müsst die Regeln der Cops befolgen. Ihr müsst brav euer Leben führen, eine Stadt aufbauen, wie ihr das von den Erwachsenen kennt: mit Läden, Verkäufern, Polizei und allem Drum und Dran. Je besser ihr das hinkriegt, desto mehr werdet ihr belohnt. Der Zentralcomputer teilt euch Strom und Wasser, Autos und Waren zu! Das ist jedenfalls das, was wir innerhalb des letzten Dreivierteljahres herausbekommen haben.«

Ben stockte der Atem. Die Frogs waren schon seit einem Dreivierteljahr hier in der virtuellen Welt?

»Nein, länger«, gestand Sarah. »Seit einem Dreivierteljahr gibt es uns als Frogs. Wir wollten nicht unter der Herrschaft der Cops leben, haben durch Zufall das Versteck im Untergrund gefunden und leben dort seitdem unabhängig. Aber vor allem sind wir auf der Suche nach dem Ausgang zurück in die reale Welt.«

Jennifer hatte bis zu diesem Zeitpunkt bedrückt zugehört. Jetzt platzte es aus ihr heraus. »Wer erlaubt sich so etwas? Wer hat sich so ein bescheuertes Programm ausgedacht und uns hierhergeholt? Das ist doch Entführung!«

Sarah konnte Jennifers verzweifelte Fragen nicht beantworten. Doch auch sie hatte schon von einem »Master X« gehört. Aber niemand wusste, wer »Master X« war.

»Wir wissen nicht, welches Ziel er verfolgt«, gab Sarah betrübt zu. »Obwohl wir schon so furchtbar lange hier sind!«

»Wovon lebt ihr denn, wenn ihr euch nicht an die Regeln der Cops haltet?«, wunderte sich Frank.

»Von Diebstählen aus der Oberstadt«, erklärte Sarah ganz unverblümt.

»Diebstähle?« Jennifer verstand, weshalb die

Frogs sich nicht an die Gesetze halten wollten. Aber dauerhaft von Diebstahl zu leben, das mochte sie sich auch nicht vorstellen.

Ben schien es ähnlich zu gehen. »Wieso müsst ihr stehlen?«, fragte er.

»Weil wir kein Geld haben«, lautete die einfache Antwort. »Euros gibt es hier nicht. Hier gibt es Taler.«

»Ha!«, entfuhr es Miriam. »Taler! Wie bei Dagobert Duck in Entenhausen!«

»Und in der Oberstadt gibt es alles?«, fragte Ben nach.

»Alles!«, bestätigte Sarah. »So wie in einer ganz normalen Stadt!«

»Aber Moment mal! Wenn ihr einen Weg in die Oberstadt kennt, dann können wir den doch nutzen und uns das ganze Theater, eine Stadt mit Leben zu füllen, sparen!«

»Eben nicht!«, widersprach Sarah. »Du wirst sofort verhaftet und in den Outside-Sektor verbannt. Entweder du erfüllst deine Pflichten in der Unterstadt oder du bist illegal. Wir Frogs haben uns entschieden, im Untergrund zu leben. Wir schlagen schnell und präzise zu, besorgen uns, was wir brauchen, und verschwinden wieder.«

»Outside-Sektor!«, wiederholte Jennifer. Wie das schon klang! Wie ein Gebiet für Aussätzige, schlimmer als im tiefsten Mittelalter . . .

»Genauso ist es«, stimmte Sarah zu. »Achmed werden sie dorthin gebracht haben!«

»Oh Gott!«, stieß Miriam aus. Noch so ein Problem, dachte sie bei sich. Selbst wenn sie alle anderen Aufgaben lösten und einen Ausgang fanden, niemals würden sie Achmed allein zurücklassen! Sie ratterte in Gedanken die Liste herunter, was sie zu tun hatten: Sie mussten Thomas und Kathrin finden und vor den Cops retten, sich den Frogs anschließen, ihren Lebensunterhalt zusammenstehlen, Achmed finden und befreien und dann noch den Ausgang in die reale Welt finden, den die Frogs seit einem Jahr vergeblich suchten. Es ließ sich nicht verhehlen: Sie steckten verdammt tief in der Klemme.

»Na ja«, stöhnte sie. »Erst mal sind wir bei euch ja wohl ganz gut aufgehoben!«

»Ja, für heute Nacht!«, sagte Sarah. »Am besten, ihr esst erst mal was, dann könnt ihr eine Runde schlafen und morgen früh machen wir uns auf die Suche nach Thomas und Kathrin.«

»Wieso denn erst morgen früh?«, brauste Frank auf. »Wir müssen sie jetzt sofort holen!«

»Zu gefährlich!«, meinte Sarah. »Die Cops könnten uns aufspüren. Ich denke, sie wissen, dass ihr Thomas und Kathrin sucht, und liegen auf der Lauer. Vermutlich wissen sie sogar, dass ihr hier bei uns seid!«

»Das alles ist aber morgen früh auch noch der Fall!«, stellte Ben fest.

Sarah nickte. »Aber morgen ist es hell. Die Cops können auch im Dunkeln sehen, und sie werden vom Zentralcomputer gelenkt, der Bewegungen registriert. Nachts sind sie uns haushoch überlegen. Tagsüber haben wir die Chance, sie rechtzeitig zu entdecken, und können verschwinden.«

Frank schüttelte den Kopf. »Komisch, ich dachte immer, nachts sei die Zeit für Diebe und Flüchtige und nicht für die, die etwas suchen!«

»Normalerweise schon!«, gab Sarah zu. »Aber hier ist es leider umgekehrt.«

»Wir können uns gern hinlegen«, warf Miriam ein. »Aber schlafen kann ich bestimmt nicht!«

Das ging Jennifer genauso. Und auch Ben, Kolja und Frank konnten sich nicht vorstellen, sich schlafen zu legen, ohne ständig an Thomas, Kathrin und Achmed zu denken.

»Und essen kann ich auch nichts, solange Thomas und Kathrin nichts bekommen!«, ergänzte Jennifer.

Ihr Vorsatz hielt allerdings nur genau so lange, bis das Essen auf dem Tisch stand. Pommes mit Mayo, Spaghetti mit Tomatensoße, Hähnchenkeulen, jede Menge Burger und Döner tafelten die Frogs auf. Jennifer lief das Wasser im Munde zusammen.

Sarah grinste.

Jennifer bemerkte es und errötete.

Sarah tröstete sie. »Lass nur. Es ist völlig normal. Auch von uns wurden einige verschleppt. Wir haben sie nicht vergessen. Aber wir müssen weiterleben – denn nur gestärkt und ausgeruht werden wir eine Chance haben, sie zu befreien!« Sie schob Jennifer und Miriam die Schüssel mit den Spaghetti zu. Frank und Kolja knabberten schon an den Hähnchen. Ben schob sich Pommes in den Mund und nahm sich gleichzeitig eine Handvoll Spaghetti.

Jennifer nickte Sarah zu, aber ihr schlechtes Gewissen blieb. Gleichzeitig gab sie Ben einen Klaps auf die Finger. »Kannst du nicht eine Gabel benutzen?«, rüffelte sie ihn.

»Sind doch keine da!«, verteidigte sich Ben.

Jennifer sah über den Tisch. Ben hatte recht.

»Es hat mal wieder niemand abgewaschen!«, entschuldigte sich Sarah.

Miriam grinste. »Schon in Ordnung!« Sie griff mit beiden Händen in die Spaghettischüssel und nahm sich eine dicke Portion. Jennifer verzog das Gesicht bei dem Gedanken, mit bloßen Händen essen zu müssen.

»Ihr tischt auf, als erwartet ihr Staatsgäste«, lenkte Ben ab.

Doch Sarah nickte ihm mit ernster Miene zu. »So ist es. Ihr seid unsere Gäste!«

Ben lachte. »Wir freuen uns auch, dich getroffen

zu haben, Sarah! Ohne euch Frogs würde es für uns ziemlich düster aussehen!«

Jennifer stimmte ihrem Freund lebhaft zu. »Ja, wirklich super, dass wir jetzt bei euch sind!« Zaghaft griff auch sie nun mit den Händen in die Nudeln. »Und morgen holen wir Thomas und Kathrin. Die werden staunen!«

»Nein!«, sagte Sarah. »Ich hab's mir anders überlegt!«

Jennifer schaute verblüfft auf.

»Wir werden Thomas und Kathrin nicht holen!«, gab Sarah bekannt.

Jennifer ließ die Spaghetti in die Schüssel zurückfallen. »Wie bitte?«

»Wir werden euch zu ihnen bringen!«, stellte Sarah klar. »Denn ihr könnt nicht bei uns bleiben!«

Jennifer wollte protestieren. Doch Sarah ließ sie nicht zu Wort kommen. »Ich habe doch gesagt, dass wir seit einem Dreivierteljahr vergeblich nach einem Ausgang suchen.«

Ben nickte ihr zu. Was hatte das damit zu tun?

»Ich bin inzwischen davon überzeugt, dass man den Ausgang nicht von außen, sondern nur von innen finden kann«, ergänzte Sarah. »Von Verbündeten, die als brave Bürger in der Oberstadt wohnen!«

»Wir sollen . . .?«, begann Ben.

»Ihr müsst!«, präzisierte Sarah. »Ihr seid unsere

letzte Chance. Unsere gemeinsame letzte Chance, versteht ihr? Ihr müsst die Unterstadt aufbauen, euch mit der Oberstadt verbünden, mit uns heimlich in Kontakt bleiben und rauskriegen, wo der Ausgang ist.«

»Wie sollen wir das denn machen?« Frank kratzte sich am Kopf.

»Ihr müsst in die Kommandozentrale!«, erläuterte Sarah. »Ins Level X zu Master X!«

»Wenn's weiter nichts ist«, gab Frank zurück. »Und wo soll das sein?«

Sarah zuckte mit den Schultern. »Tja, wenn ich das wüsste! Ich sehe nur eine Chance, das herauszubekommen!«

»Und die wäre?«

»Ihr müsst den Staat der Kinder aufbauen und ihn leiten!«

Ben fielen die Spaghetti aus dem Gesicht. »Einen Staat der Kinder leiten? Wie soll das denn gehen?«

»Warum macht ihr das nicht selbst?«, fragte Kolja.

»Weil wir bereits illegal sind. Auf euch dagegen ist noch kein Verdacht gefallen. Ihr habt noch die Chance dazu«, glaubte Sarah. »Genau deshalb müsst ihr euch so schnell wie möglich von uns trennen und das Spiel mitspielen. Ihr müsst!«

Ihre Stimme hatte nun schon etwas Flehentliches.

Es gab viel zu besprechen. Dennoch brachten die Kinder kein Wort mehr heraus. Stumm kauten sie auf ihrem Essen herum.

Einen Staat der Kinder errichten und leiten. Keiner von ihnen konnte sich vorstellen, wie sie das anstellen sollten.

Die Macht im Staat

Jennifers erster Blick fiel auf eine nackte Glühbirne, die an der Decke baumelte und durch deren grellen Lichtschein sie erwacht war.

Für einen kurzen Moment wusste sie nicht, wo sie war, erinnerte sich dann aber sofort. Sie lag nicht zu Hause im warmen Bett ihres gemütlichen Zimmers, während ihre Mutter draußen in der Küche schon das Frühstück bereitete. Sie befand sich in einem Gemeinschaftsraum, zusammen mit Ben, in dessen Arm sie gekuschelt lag; mit Frank, an den sich Miriam im Laufe der Nacht offenbar herangerobbt hatte – immerhin lag ihr Kopf an seiner Schulter –, und mit Kolja.

Sarah stand in der Tür neben dem Lichtschalter und begrüßte sie alle mit einem freundlichen »Guten Morgen«. Jennifer hob den Kopf und sah sich um. Kein Fenster, kein Tageslicht, bedauerte sie stillschweigend. Aber sie war ja auch im Kanalisationssystem unterhalb der Stadt. Jetzt erst wurde ihr bewusst, dass die Frogs Strom besaßen. Oben in der Unterstadt hatten sie keinen. Scheinbar war es den Frogs gelungen, Strom von der Oberstadt abzuzapfen.

»Wir müssen uns beeilen!«, sagte Sarah, wobei

in ihrer Stimme nichts Eiliges lag. Sie sagte es ruhig und bestimmt.

»Wie spät ist es?«, fragte Kolja.

»Sechs Uhr!«, antwortete ihm Ben.

»Och nö, nä?« Kolja knallte mit dem Kopf zurück auf seine Matratze. »Das muss ja nun wirklich nicht sein.«

»Es gibt eine Überraschung!«, verkündete Sarah und verließ den Raum.

Jennifer hatte von Überraschungen die Nase voll. Was kam jetzt schon wieder auf sie zu?

Nach einem kurzen Frühstück standen alle zum Abmarsch bereit im Speisesaal.

»Du bist heute Morgen schon oben gewesen?«, fragte Ben.

Sarah nickte. »Einer unserer Posten hat mich alarmiert!«

Sarah ging voran. Den gleichen Weg, den sie am Vortag gekommen waren: durch die Wand und dann den Schacht hinauf. Miriam, Jennifer, Ben, Frank und Kolja folgten ihr. Den Schluss bildeten noch zwei weitere Frogs, bewaffnet mit Blasrohren.

Langsam hob Sarah den Gullydeckel an und spähte vorsichtig hinaus.

»Cops?«, fragte Ben.

Sarah schüttelte den Kopf. »Alles in Ordnung so weit.«

Sie schloss den Deckel wieder.

»Was soll das?«, wunderte sich Ben. »Ich denke, wir wollen raus?«

»Ja!«, bestätigte Sarah. »Aber erschreckt nicht.«

»Erschrecken?«, wiederholte Ben. »Wovor erschrecken?«

»Seht selbst«, antwortete Sarah. Sie hob den Gullydeckel erneut an und kletterte hinauf auf die Straße. Einer nach dem anderen folgten sie ihr. Und einem nach dem anderen verschlug es die Sprache, als sie oben angekommen waren.

In der gestern noch leeren Ladenpassage herrschte reger Betrieb. Einige Kinder eilten geschäftig an den Läden vorbei, deren Schaufenster hell erleuchtet und prall gefüllt waren. Kuchen und Torten lockten in der Auslage der Bäckerei, daneben bot ein Metzger Würste und Schinken, Aufschnitt und Buletten, Steaks und gegrillte Hähnchen an. Frisches Obst und appetitlich präsentiertes Gemüse stapelte sich in den Körben und Ständern vor dem Obstgeschäft. Ein Eiscafé fehlte ebenso wenig wie eine Pizzeria. An einer kleinen Bude wurden frisch gepresste Säfte verkauft, einige Schritte weiter warb ein Spezialitätengeschäft für Süßigkeiten um Kunden. Sogar ein Geschäft ausschließlich für Tierfutter war in der Ladenreihe zu finden. Rücken an Rücken standen Ben, Frank, Miriam, Jennifer und Kolja zusammen und bestaunten das pulsierende Leben in der Geschäftsstraße.

Kinder trugen volle Tüten, blieben stehen, gönnten sich ein Eis oder ein halbes Hähnchen, unterhielten sich, winkten sich zu und grüßten sich und zogen weiter, als würden sie hier seit Jahren leben und ihrem Alltag nachgehen.

Miriam kniff sich in den Arm. Genau an dieser Stelle hatten sie das Holz für das Feuer aufgeschichtet. Hier hatte Thomas die Stichflamme erzeugt. Dort drüben hatte Ben mit seiner verletzten Hand gelegen und sich von Jennifer trösten lassen. Die Geschäfte waren leer gewesen, niemand hatte sich in der Stadt befunden. Und jetzt stand sie in einer belebten, funktionierenden, wohlgeordneten, pulsierenden Stadt. Wie war das möglich?

Ben erinnerte sich an Sarahs Erklärungen: Die Unterstadt mit Leben zu füllen, darin bestand ihre Aufgabe. Irgendjemand musste damit begonnen haben, während sie bei Sarah und den Frogs übernachteten. Und irgendjemand, das konnten nur zwei sein: Kathrin und Thomas.

»Wie es aussieht, sind wir zu spät!«, vermutete Sarah.

Wie konnte eine Stadt sich derart schnell aufbauen?, fragte sich Frank. Er hatte vermutet, es würde Monate dauern.

Das hatte auch Ben geglaubt. Allerdings räumte er ein, dabei vergessen zu haben, worum es sich hier handelte: eine Stadt, die nach den Regeln eines Computerprogramms funktionierte. Hier waren Zeitsprünge möglich.

Aber die Kinder? Die mussten doch bis zum vorigen Abend noch woanders gewesen sein. Wenn sie hierherkatapultiert worden waren, konnten sie unmöglich so normal ihren alltäglichen Geschäften nachgehen, als täten sie dies seit langer Zeit.

Sarah widersprach: »Die merken es gar nicht. Die sind aus der Oberstadt.«

»Die merkten nicht, dass sie hierhergebracht wurden?«, wunderte sich Kolja. »Sind die alle bescheuert?«

Sarah schüttelte den Kopf und ließ ein kurzes Lächeln aufblitzen. »Die Bescheuerten seid ihr!«

»Wieso?«, empörte sich Kolja.

»Die Unter- und Oberstadt musst du dir nicht als zwei Stadtteile räumlich nebeneinander vorstellen, sondern als zwei verschiedene Möglichkeiten, die gleichzeitig existieren. In welcher du dich jeweils bewegst, oder man kann auch sagen: welche du jeweils wahrnimmst, entscheidet das Computerprogramm.«

»Das kapiere ich nicht!«, stöhnt Kolja.

»Soll das heißen, der Laden dort hinten ist gleichzeitig da und nicht da?«, stieß Miriam aus.

Sarah nickte.

»Das ist doch Quatsch! Es kann doch nicht gleichzeitig etwas da sein und nicht da sein!«

»Es sei denn, es gibt uns zweimal!«, wandte Jennifer ein. Aber daran mochte sie gar nicht denken.

»Siehst du jeden Tag die Sonne?«, fragte Sarah, was Miriam und Kolja mit einem lang gezogenen »Hääääh?« kommentierten.

»Mal sind dichte Wolken davor und du siehst die Sonne nicht. Sie ist aber da. Nur verdeckt. Und schon verhältst du dich anders: Du trägst andere Kleidung, hast eine andere Stimmung, auch die Pflanzen wachsen anders, das ganze Leben verändert sich, ob die Sonne für lange Zeit von dichten Wolken verdeckt wird oder nicht. So ähnlich ist es auch hier!«

»Die Läden werden von Wolken verdeckt und wir sehen sie dann leer?«, stammelte Frank und kratzte sich am Kopf. Auch er begriff nicht so richtig, was hier vor sich ging.

»Eine Matrix!«, rief Ben auf. »Hab ich doch gleich gesagt!«

»Oh Mann!«, seufzte Miriam. »Jetzt geht das schon wieder los! Was denn für eine Matrix?«

Ben grinste sie an: »Kennst du nicht mehr deine Detektivgeschichten mit der Geheimschrift?« Er wusste, dass Miriam schon sehr lange den Wunsch hegte, später einmal Kriminalkommissarin zu werden. Das hatte unter anderem bei ihr zu Hause zu einer stattlichen Anzahl von Detektivgeschichten

147

geführt. In einigen dieser Bücher lag eine Folie bei, mit der man Geheimschriften lesen konnte. Es war nichts anders als eine rote Folie, die man über ein Buchstabenwirrwarr legte und die auf diese Weise bestimmte Buchstaben sichtbar machte. Ähnlich war es mit 3-D-Bildern. Ohne eine spezielle Brille sah man ein unscharfes grün-rotes Bild, das erst durch die Brille im Gehirn zu einem klaren, dreidimensionalen Bild zusammengefügt wurde. Jennifer kannte es aus ähnlichen Büchern, in denen mithilfe einer Folie Gegenstände im Dunkeln sichtbar wurden.

»Genau!«, rief Ben aus. »Und diese programmierte Matrix müsst ihr euch wie so eine Folie vorstellen.«

»Richtig!«, kommentierte Sarah. »Die eingeschaltete Matrix zeigt uns eine leere Stadt. Je mehr wir den Anforderungen von Master X entsprechen, desto mehr öffnet er uns die Fenster in die belebte Stadt, die Oberstadt – bis wir eines Tages komplett in der Oberstadt leben. Darum geht es!«

Es fiel Kolja schwer, sich das vorzustellen. Er stellte sich eines seiner Computerspiele vor, das auch in verschiedenen Levels gespielt wurde, und begann allmählich zu begreifen, wie es ist, wenn man selbst gewissermaßen als Spielfigur sich in dem Computerspiel bewegte.

Ben hingegen überlegte, weshalb sie die Straße

jetzt belebt sahen. Selbst wenn Thomas und Kathrin sich in ihrer Abwesenheit so schnell mit den Cops arrangiert hatten, dass sie mit einer Verbindung zur Oberstadt belohnt worden waren, weshalb waren dann sie, Ben und seine Freunde, ebenfalls ins höhere Level geholt worden? Sie hatten doch gar nichts getan!

»Erstens seid ihr noch nicht in der Oberstadt«, stellte Sarah klar. »Es ist nur eine Straße. Wenn ihr so wollt, ein Appetithäppchen. Ihr sollt auf den Geschmack kommen, euch brav zu verhalten . . .«

Jennifer verstand: ». . . und genau deshalb sehen wir diese Straße der Oberstadt. Wir werden als Gruppe betrachtet. Master X zeigt uns unsere Möglichkeiten: verhaftet zu werden wie Achmed oder belohnt zu werden wie Thomas und Kathrin!«

Sarah nickte. »Genau so!«

»Halt! Stopp!«, warf Frank ein. »Ihr meint, Thomas und Kathrin haben sich voll auf die Seite der Cops gestellt? Das glaubt ihr doch wohl selbst nicht!«

»Schauen wir es uns an«, entgegnete Ben. Denn gerade als sie drüber sprachen, hatte er Kathrin entdeckt. Drüben beim Laden für Tierfutter. Wo sonst hätte man Kathrin auch finden sollen? Sie trug gerade eine Kiste mit Hundefutterdosen vor die Ladentür und befestigte ein Schild daran: ›Drei Dosen Hundefutter – nur 1 Taler!‹

»Ich glaub es nicht!«, stieß Frank aus und lief zu Kathrin hinüber.

Miriam, Ben und Jennifer begleiteten ihn.

»Ich warte hier auf euch!«, sagte Sarah. »Dort drüben . . .«, sie zeigte auf einen Karren, der am Wegrand stand, ». . . findet ihr mich.«

Über Kathrins Gesicht huschte ein Lächeln, als sie ihre Freunde sah. »Oh, da seid ihr ja! Wie schön!«, freute sie sich. »Schaut mal!« Stolz zeigte sie den Tierfutterladen.

Miriam war erleichtert. Ihre Befürchtungen bewahrheiteten sich offenbar nicht. Kathrin war nett und umgänglich wie eh und je. Trotzdem war es seltsam, dass sie hier im Laden arbeitete.

»Was ist passiert?«, fragte Miriam.

»Nichts!«, gab Kathrin zurück. »Gestern Abend wurden wir zunächst von einigen komischen Gestalten gesucht!«

Die Frogs, dachte Miriam. Hätten sie die beiden bloß gefunden!

»Aber wir sind denen entkommen!« Kathrin erzählte es stolz und mit einem Lächeln im Gesicht. »Und dann plötzlich luden uns zwei braune Jungs zum Essen ein. Wir hatten ja solch einen Hunger! Wir haben euch noch gesucht, aber nicht gefunden. Na ja, dann haben Thomas und ich mit denen gegessen. War lecker.«

»Gegessen?«, fragte Ben. »Wo?«

»In der Pizzeria!« Kathrin zeigte dorthin. »Die war plötzlich da, und die Jungs erklärten, wir könnten noch mehr haben. Die ganze Stadt voller Läden, wie es sich gehört!«

Es war genau, wie Sarah gesagt hatte. Sie waren zu spät gekommen. Kathrin und Thomas waren bereits auf die Forderungen der Cops eingegangen.

»Wenn wir uns gut benehmen, bekommen wir alles Nötige«, berichtete Kathrin weiter. »Seht nur, in dieser Straße gibt es plötzlich alles, was wir brauchen. Seit Achmed fort ist, scheint die Stadt wieder zu funktionieren. Da haben wir wohl noch mal Glück gehabt!«

Miriam schaute Kathrin verdutzt an. »Was meinst du mit Glück gehabt?«

»Na!«, erläuterte Kathrin. »Dass sie Achmed mitgenommen haben!«

Frank bohrte sich mit dem Finger im Ohr, als wäre es bei einem Tauchgang voll Wasser gelaufen. »Wie bitte?«

»Na ja«, wiederholte Kathrin. »Ihr seht es ja selbst.« Sie zeigte mit ausgestreckten Armen auf die Umgebung. »Offenbar hatte Achmed mit seiner frechen Art das alles verhindert!«

Miriam blieb glatt die Spucke weg. »Tickst du nicht mehr richtig?«

»Wieso?«, fragte Kathrin.

Wieso? Für Miriam lag es auf der Hand, was die braunen Jungs vorhatten. Sie sollten gefügig gemacht werden. Man pickte sich einen Sündenbock heraus, dem man Ungehorsam in die Schuhe schob und den man deshalb bestrafte. Den anderen, die das still und widerstandslos mit anschauten, gestattete man Vergünstigungen, und schon hatte man sie auf seiner Seite. Für Miriam war das sonnenklar. Da gab es gar nichts zu erklären oder gar zu diskutieren.

»Du mit deinen Theorien!«, winkte Kathrin ab. »Ich verhalte mich anständig und deshalb geht es mir auch gut. Das lasse ich mir von Achmed nicht kaputt machen!«

Miriam schüttelte den Kopf.

»Und von dir auch nicht!«, fügte Kathrin noch an.

Miriam wandte sich wütend von ihr ab. »Die hat sie nicht mehr alle«, schimpfte sie.

Jennifer betrachtete Kathrin mit sorgenvoller Miene. Wie konnte es sein, dass Kathrin ihre Freunde so schnell fallen ließ, nur weil die braunen Jungs ihr Essen und ein paar Läden gegeben hatten? So leicht gab man doch keine Freundschaften auf!

»Wo ist Thomas?«, fragte Frank. Wie er Thomas kannte, hatte der sich nicht so einlullen lassen wie Kathrin und war nicht bereit, Achmed im Stich zu lassen.

»In der Bank!« Kathrin zeigte, wo sich die Bank befand.

Frank lächelte vor sich hin. Das war typisch Thomas. Kaum schien es in dieser Stadt eine Währung zu geben, schon war er losgerannt, um sich Geld zu besorgen. Frank war gespannt, ob es das Geld hier umsonst gab. Er zog Miriam mit sich, ließ Kathrin wortlos stehen und machte sich auf zur Bank.

Kolja blieb noch bei Kathrin. Auch Ben und Jennifer blieben stehen.

»Kommt ihr?«, rief Frank. »Lass die blöde Kuh doch, wenn sie ihre Freunde für ein paar Dosen Hundefutter verrät!«

»Pft!«, machte Kathrin. »Ihr werdet schon sehen, was ihr davon habt!«

Jennifer war geschockt. Sie konnte Kathrins Verhalten einfach nicht verstehen.

»Komm!«, sagte Ben leise zu ihr. Auch aus ihm klang die große Enttäuschung, die er verspürte. Jennifer ging mit Ben den anderen beiden hinterher.

Nur Kolja blieb noch immer stehen.

»Ich komme gleich!«, rief er den anderen nach. »Geht schon mal vor!«

Ben wandte sich zwar noch einmal zu ihm um, doch er dachte sich nichts weiter dabei.

Von Kathrins Hundefuttergeschäft zur Bankfiliale ▶

waren es nur wenige Schritte. Früher hatte es die Bank nicht gegeben. Früher, das war vor zwei Tagen, als sich Ben und seine Freunde noch völlig normal in ihrer Stadt bewegt hatten, die von ganz normalen Leuten, jungen wie alten, Erwachsenen, Kindern, Jugendlichen und Babys bewohnt war. Vor zwei Tagen noch war hier ein Spielzeuggeschäft gewesen. Jetzt prangte über dem Eingang ein neues Schild: ›Sammelbank‹.

»Was für ein blöder Name!«, fand Frank.

»Passt doch zu Thomas!«, lachte Miriam. Sie wollte die Tür aufstoßen, knallte mit der Nase gegen die Glasscheibe, schrie auf, fluchte und trat vor Wut gegen die Tür.

Sofort erschien ein Cop hinter der Tür, klopfte von innen mit dem Fingerknöchel gegen das Glas, hob den Zeigefinger der anderen Hand und mahnte, das Treten gegen die Tür zu unterlassen.

»Dann mach die Tür doch auf, du Wichtel!«, zischte Miriam und rüttelte am Türgriff.

»Was willst du?«, fragte der Cop.

Seine Stimme drang durch einen kleinen Lautsprecher, der über der Glastür angebracht war.

»Wir wollen zu Thomas!«, antwortete Frank. »Ist der hier?«

»Der Direktor?«, fragte der Cop nach. »Habt ihr einen Termin?«

Miriam sah erst Frank an, dann Jennifer und Ben,

die hinter ihnen standen. »Der Direktor? Spinnt der?«

»Das muss eine Verwechslung sein!«, rief Frank dem Cop zu. »Thomas ist ein Freund von uns. Wir haben gehört, er ist hier in die Bank gegangen.«

»Hier sind im Moment keine Kunden. Wir öffnen erst in einer Stunde. Nur der Direktor ist in seinem Büro. Der hat aber zu tun!«, erklärte der Cop.

»Was ist hier eigentlich los?«, fragte sich Miriam. Dass Kathrin über Nacht zur Besitzerin eines Tierfuttergeschäftes geworden war, war erstaunlich genug, aber über Nacht den Posten des Bankdirektors zu erlangen, hielt Miriam schlicht für unmöglich.

»Das möchte ich auch mal wissen«, sagte Jennifer. Kathrin war bereit, ihren eigenen Freunden in den Rücken zu fallen, nur weil man ihr einen Tierfutterladen überlassen hatte. Und wenn Thomas tatsächlich jetzt der Direktor der Bank geworden sein sollte – welche Zugeständnisse hatte er wohl dafür gemacht? Hatte er etwa nicht nur Achmed, sondern ihre gesamte Gruppe verraten?

»Sie haben sich den Regeln von Master X gefügt und sind sofort belohnt worden!«, bemerkte Ben.

»Eigentlich machen die doch genau das, was Sarah verlangt hat«, warf Jennifer ein.

»Pst!« Ben zog Jennifer schnell von der Tür fort. Auch den anderen winkte er zu. »Kommt mit!«

»Wollt ihr den Direktor nicht mehr sprechen?«, fragte der braune Junge.

»Später!«, rief Ben ihm zu. »Vielen Dank!«

Als sie weit genug von der Tür entfernt waren, dass der Cop sie nicht mehr hören konnte, sagte Ben: »Die Cops dürfen nicht hören, dass wir Verbindung mit Sarah haben. Wir sollten schnell zu ihr zurückgehen und beraten, was wir jetzt tun sollen.«

Jennifer nickte. »Ich kann es immer noch nicht glauben, dass die beiden sich so von uns abgesetzt haben!«

»Abgesetzt ist gut!«, lachte Frank bitter. »Verraten haben die uns!«

»Aber andererseits: Die beiden haben doch nur gemacht, was Sarah uns geraten hat«, wiederholte Jennifer. »Wir sollen den Staat der Kinder aufbauen und Posten übernehmen!«

»Stimmt schon«, räumte Ben ein. »Aber erstens habe ich nicht den Eindruck, Kathrin und Thomas hätten ihre Posten erobert, um Sarahs Plan zu befolgen, sondern eher im Gegenteil: Master X hat sich die Anfälligsten aus unserer Gruppe geschnappt und ...«

»Wie meinst du das: die Anfälligsten?«, fragte Miriam nach.

»Kathrin mit ihrer übertriebenen Tierliebe und ihrer ständigen Sorge um die Tiere war ein leichtes Opfer, um sie zur Inhaberin eines Tierfuttergeschäftes zu machen.«

»Moment mal!«, ging Jennifer dazwischen. »Du meinst, wir werden so genau beobachtet?«

Ben nickte. »Dieser Master X weiß bestimmt viel mehr von uns, als uns lieb ist.«

»Aber was bezweckt der damit?« Frank kratzte sich verwirrt am Kopf.

»Divide et impera!«, rief Jennifer aus.

»Ist das giftig?«, fragte Frank.

Jennifer lachte auf. »Das ist Latein, du Knalltüte! ›Teile und herrsche‹ heißt das!«

»Ach?«, machte Frank. »Und?«

»Ein Herrscherprinzip der alten Römer«, erklärte Ben. »Master X spaltet einen nach dem anderen von uns ab, indem er mit Vergünstigungen, Geld oder ein bisschen Macht lockt. Unsere Gruppe zerfällt. Allein hat aber niemand von uns die Kraft, sich gegen ihn zu wehren. Und so beherrscht er uns alle!«

»Genau!«, bestätigte Jennifer. »Kathrin und Thomas haben sich blenden und verführen lassen.«

Ben seufzte. »Aber das ist noch nicht alles. Sarah hat gesagt, wir müssen den Staat der Kinder aufbauen, nicht die Stadt. Es geht nicht darum, Läden zu übernehmen!«

»Sondern?«

»Staatsposten!«, glaubte Ben. »Machtpositionen. Funktionen, in denen man etwas zu sagen hat!«

Genau in diesem Augenblick hörten sie einen Schrei. Sie wussten sofort, wer dort so laut um Hilfe schrie. Niemand anderes als Sarah!

Entscheidung

Es war nichts zu machen. Frank als Schnellster von den vieren sah gerade noch, wie Sarah hinter dem Karren, hinter dem sie sich versteckt gehalten hatte, von zwei Cops hervorgerissen und verschleppt wurde. Er zögerte keinen Moment, lief hinterher, um Sarah beizustehen. Aber plötzlich waren sie verschwunden: alle drei wie fortgezaubert! Frank glaubte es selbst nicht, als er es den anderen erzählte, die ihn nur ein wenig später völlig außer Atem erreichten.

»Eben waren sie noch hier!«, schrie Frank. »Ich kam von dort, als ich sie sah: Zwei Cops haben sie an beiden Armen gepackt und mitgeschleift.«

Er zeigte, von wo aus er den Angriff auf Sarah beobachtet hatte, wie er auf die drei zugelaufen war und wo sie sich dann vor seinen Augen in Luft aufgelöst hatten.

»Plötzlich waren sie weg!«

»Wie weg?«, fragte Miriam.

»Weg!«, wiederholte Frank. »Fort! Verschwunden! Wie vom Erdboden verschluckt! In Luft aufgelöst. Weggebeamt!«

»Gebeamt?« Miriam sah auf die Straße, ob sich dort ein Loch aufgetan hatte, dann in die Luft, ob ein Ufo die drei eingesogen hatte. Sie war bereit, alles in Betracht zu ziehen, aber nicht, dass sie sich einfach in Luft aufgelöst hatten wie Morgennebel. Sie konnte nichts entdecken. »Niemand kann einfach so verschwinden!«

Frank stimmte ihr zu. Und doch war es so gewesen.

»Ich schwöre!«, bekräftigte er.

»Ist ja gut!«, beruhigte Jennifer ihn. »Wir glauben dir ja!« Sie fragte Ben, wie solch ein Verschwinden möglich war, denn natürlich handelte es sich ihrer Meinung nach wieder um eine Besonderheit des Computerprogramms, in dem sie gefangen waren.

»Levelsprung!«, antwortete Ben, ohne zu zögern. »Eine uralte Sache bei Computerspielen«, begann Ben sofort. »Hat man eine Aufgabe gelöst, springt man in ein neues Level. Ein neues Bild erscheint, eine neue Kulisse und neue Aufgaben warten auf einen.«

»Und welche Aufgabe haben wir erfüllt?«, hakte Jennifer jetzt doch ein.

Ben zog die Schultern hoch. »Funktioniert natürlich auch umgekehrt: wenn du eine Aufgabe nicht erfüllst. Ganz egal, die Bedingungen für den Sprung von einem Level in ein anderes bestimmt allein der Programmierer. Ist wie bei Monopoly.«

»Wie bei Monopoly?« Frank kam mal wieder

nicht mit. Monopoly war doch kein Computerspiel.

»Du machst einen falschen Schritt, trittst auf ein falsches Feld und landest sofort im Gefängnis«, erinnerte Ben an das jahrzehntealte Brettspiel. »Sarah hat – wenn man so will – einen falschen Schritt gemacht und . . .«

». . . ist im Gefängnis gelandet«, beendete Jennifer den Satz. »Wörtlich zu nehmen. Genau wie Achmed!«

Ben nickte.

Frank zog die Augenbrauen zu einem bösen Blick zusammen. »Allmählich langt es mir«, murrte er. »Es wird Zeit, dass wir etwas dagegen unternehmen!«

»Was denn?«, wollte Miriam wissen.

»Das, was Thomas und Kathrin auch getan haben!«, schlug Ben vor und erntete sofort helle Empörung.

»Natürlich aus einem anderen Grund!«, wehrte Ben sogleich ab. »Nicht um Karriere zu machen, sondern um in die Oberstadt zu kommen. Genau so wie Sarah es verlangt hat. Ich denke, nur so können wir Sarah und auch Achmed retten! Sarah hat begriffen, dass wir Spielfiguren sind, die sich nur im Rahmen der Regeln bewegen können.«

»Pah!«, machte Frank. »Auf meinem Monopoly-Brett hat noch nie eine Spielfigur gesprochen und

Pläne geschmiedet. Ich fände es besser, sofort zum Gefängnis zu gehen und Sarah dort herauszuholen!«

»Und wie, du Schlaukopf?«, fuhr Jennifer ihn an. »Du weißt doch nicht einmal, wo das Gefängnis ist!«

»Und wie es aussieht!«, pflichtete Ben seiner Freundin bei.

»Pah!«, machte Frank noch einmal. »Man weiß doch, wie ein Gefängnis aussieht!«

»Du spielst zu wenig am Computer«, gab Ben gelassen zurück.

»Oder liest zu wenig Bücher!«, warf Jennifer schnell ein.

»Wie auch immer«, räumte Ben ein. »Ein Gefängnis kann sonst wie aussehen: so wie du es kennst«, er deutete auf Frank, »oder wie ein Labyrinth, in das wir damals Kolja gelockt haben, oder wie eine einsame Insel ...«

»Eine Insel?«, fuhr Frank dazwischen. »Wo könnte es denn in unserer Stadt eine Insel geben?«

»Genau das sollten wir herausbekommen!«, schlug Ben ein zweites Mal vor. »Und genau dazu sollten wir zusehen, Machtpositionen zu besetzen.«

»Gut und schön«, erklärte sich Frank einverstanden. »Nur: Wie besetzt man solche Positionen?«

»Thomas hat es über Nacht geschafft!«, erinnerte Ben. »Er ist Bankdirektor. Wenn wir ihn auf unsere Seite zurückholen, wäre schon viel gewonnen. Dann würden wir die Geldverteilung kontrollieren. Kathrins Geschäft für Tierfutter nützt uns im Moment allerdings wenig.«

»Es kommt darauf an, die strategisch wichtigen Punkte zu besetzen! Wie in einem Schachspiel!«, ergänzte Jennifer.

»Bäh!«, machte Frank. Schach war der einzige Sport, den Frank nicht mochte. »Kann ich nicht Sportdirektor werden?«

Miriam fasste sich an den Kopf. »Was soll uns das denn bringen?«

»Weiß nicht«, gab Frank zu. Es war nur das, was ihm am meisten gefallen hätte, wenn er es sich aussuchen könnte.

»Können wir uns das überhaupt aussuchen?«, fiel Jennifer ein. »Wer bestimmt, welche Rolle wir übernehmen?«

Ben zuckte mit den Schultern. Sicher hatte dieser Master X Thomas zum Bankdirektor gemacht. Daran zweifelte er nicht. Aber weshalb, wie das vor sich gegangen war und ob man in einer gewissen Unabhängigkeit von Master X Funktionen übernehmen konnte, vermochte auch er nicht zu sagen.

»Was willst du denn machen?«, wollte Frank von Miriam wissen. Wenn sie schon so schlau war, sich ▶

über seinen Wunsch lustig zu machen, hatte sie selbst ja vielleicht eine bessere Idee. Doch auch Miriam war ratlos. Eine Stadt aufzubauen war auch für sie etwas Neues. Sie schaute hinüber zu den Geschäften. Eine Bäckerei gab es dort, einen Metzger, einen Obst- und Gemüsehändler, ein Eiscafé, eine Pizzeria, einen wirklichen Saftladen, ein Geschäft mit Süßigkeiten, einen Supermarkt, das Geschäft für Tierfutter, das Kathrin übernommen hatte. Hinzugekommen war Thomas' Bank. Was fehlte noch?

»Ich werde Präsidentin!«, rief Miriam plötzlich.

Jetzt war Frank es, der laut loslachte. »Das ist ja wohl noch bekloppter als Sportdirektor!«

Miriam protestierte: »Wenn ich es mir aussuchen kann, dann nehm ich doch gleich den Job mit der größten Macht?«

Ben glaubte nicht, dass es so einfach war, wie Miriam es sich vorstellte.

»Und weshalb nicht?« Miriam stützte die Hände in die Hüften.

»Weil Sarah und die anderen sonst nicht als Frogs in den Untergrund gegangen wären«, lautete Bens einfache Antwort.

Miriam schwieg verblüfft. Ben hatte recht. Sie überlegte, kratzte sich ein paarmal an der Stirn, kaute auf den Lippen und rief dann plötzlich: »Ihr habt recht! Und deshalb werde ich Präsidentin!«

»Jetzt ist sie völlig durchgedreht!«, war Frank sich sicher.

Miriam grinste ihn an. »Aber nicht in dieser Stadt, sondern ...!« Sie machte eine kunstvolle Pause, erhob den Zeigefinger, sah ihren Freunden in die Gesichter, kostete deren Verblüffung ein wenig aus, bis Ben endlich nachhakte: ». . . sondern?«

»Bei den Frogs!«, entschied Miriam. »Einer muss doch Sarah würdevoll vertreten!«

Jennifer protestierte energisch. Das war viel zu gefährlich. Ihnen allen steckte doch noch in den Gliedern, was gerade eben erst mit Sarah passiert war. Sie hatten neben Sarah auch schon Achmed verloren, Thomas und Kathrin hatten die Seiten gewechselt, und jetzt wollte Miriam sie verlassen und in den Untergrund gehen? Jennifer fand das überhaupt keine gute Idee.

Ben und Frank allerdings fanden Miriams Vorschlag gar nicht so schlecht, je mehr sie darüber nachdachten.

Auch Miriam legte noch einmal überzeugend dar, wie wichtig es war, dass jemand Sarah ersetzte. Schließlich wollten sie nur deshalb Funktionen in der Stadt übernehmen, um in die Oberstadt zu kommen: Sie wollten weiterhin Kontakt zu den Frogs halten, um so hoffentlich endlich den Ausgang in die reale Welt finden zu können.

Schweren Herzens gab Jennifer zu, dass an

Miriams Argumenten etwas dran war. Dagegen sprach, was die Frogs dazu sagen würden. Sie kannten nur Sarah, die die Frogs gegründet hatte. Es würde einige unter ihnen geben, die sich zu Recht als Sarahs Nachfolger fühlten. Aus welchem Grund sollten sie Miriam als Anführerin akzeptieren?

»Ganz einfach!«, glaubte Miriam. »Die Frogs sind seit Monaten erfolglos. Wir sind Sarahs letzte Hoffnung. Also bestimmen wir, was läuft!«

Ben war sprachlos.

Jennifer grinste. Das war typisch Miriam. Klar, kurz, präzise, in einem Wort: genial.

Sie umarmte ihre beste Freundin, drückte sie kräftig und flüsterte ihr ins Ohr: »Pass bloß gut auf dich auf!«

Die Insel der Verdammten

Achmed wusste nicht, ob es Zufall war oder Intuition. Es war ihm auch egal. Er war jedenfalls zur rechten Zeit am rechten Ort, als Sarah auf der Outside-Insel abgeliefert wurde. Es erstaunte und erschreckte ihn gleichermaßen. Bis zu diesem Zeitpunkt hatte Achmed nichts von Sarahs Anwesenheit gewusst. Das letzte Mal hatte er sie gesehen, als Frank am Reality Game teilgenommen hatte. Aber was er noch erstaunlicher fand: Sarah wohnte in Neustadt. Nie zuvor waren Kinder aus anderen Städten in der Stadt der Kinder aufgetaucht. Waren jetzt überall die Erwachsenen verschwunden?, fragte sich Achmed. Vor allem war er natürlich heilfroh, an diesem Ort des Grauens endlich jemanden gefunden zu haben, dem er vertrauen konnte. Er kannte Sarah nur flüchtig, aber er wusste von Frank, dass sie schwer in Ordnung war.

Sarah hatte ihn noch nicht gesehen. Achmed hockte hinter einer Mülltonne und beobachtete, wie Sarah von den beiden Cops ausgesetzt wurde. Auf den ersten Blick hatte er sie gar nicht erkannt. Sie trug lange, orangefarbene Haare! Achmed überlegte, ob er je zuvor ein Mädchen mit orangefarbenen Haaren gesehen hatte. Ihm fiel keines ein. Sie erschien ihm auch dünner als früher. Vielleicht lag das aber nur an ihrem froschgrünen Overall. Er überlegte, ob sie ihn erkennen würde. Achmed hoffte, dass nicht ausgerechnet jetzt wieder eine Essenslieferung per Hubschrauber ankam und ein gefährliches Chaos auslöste.

Achmed hatte sich über Nacht in dem Tresen der leer stehenden Kneipe verschanzt und dort sehr schlecht geschlafen. Dann hatte er die Gegend abgesucht, wobei er immer auf der Hut war, von den tierähnlichen Kindern nicht überfallen zu werden.

Die Cops verschwanden. Sarah stand allein da. Vermutlich würde sie sich jetzt genauso verhalten, wie er es getan hatte: sich verstört umsehen, sich fragen, wo sie gelandet war . . .

Achmed erhob sich vorsichtig, sah sich um, ob sie wirklich nicht beobachtet wurden, erst dann ließ er seinen Kopf hinter der Mülltonne hervorschauen, schob sich zwei Finger in den Mund und wollte sich gerade mit einem kurzen Pfiff bemerkbar machen, als Sarah losrannte.

Achmed setzte an, hinter ihr herzurufen, da war sie schon in einem der Hauseingänge verschwunden. Er fluchte und rannte ihr nach.

Das Haus, in das sie gelaufen war, hatte er auch schon untersucht. Er war nur auf leere Zimmer mit morschen Holzböden und modrigen, schimmeligen Wänden gestoßen. Im ersten Stock hatte Achmed befürchtet, bei einem einzigen falschen Schritt durch den Boden ins Erdgeschoss zu fallen. Die Fenster waren aus den Angeln gehoben, die Türen fehlten, verrottete Elektrokabel ragten aus den Wänden. Was um alles in der Welt suchte Sarah hier?

Vielleicht wollte sie nur so schnell wie möglich von der Straße verschwinden? Das war kein dummer Gedanke, aber Sarah konnte nicht wissen, was sie erwartete, wenn der nächste Hubschrauber kam.

Er lief ins Haus hinein und war erstaunt, nicht sofort auf Sarah zu treffen. Er blieb kurz stehen und rief ihren Namen, erhielt allerdings keine Antwort. Das Haus besaß keinen Flur. Mit dem Schritt durch die Eingangstür stand man sofort in einem Zimmer, von dem drei weitere Türen zu weiteren Zimmern und eine Treppe hinauf in den ersten Stock führten. Bevor er sich entschied, welchen Weg er einschlagen sollte, rief er ein zweites Mal laut nach Sarah. Wieder erhielt er keine Antwort. Entweder hörte sie ihn nicht oder sie wollte sich nicht bemerkbar machen.

»Ich bin's, Achmed!«, rief er laut durchs Haus. »Ich bin ein Freund von Frank! Erinnerst du dich: Reality Game? Wir haben uns kurz kennengelernt. Ich bin ein Freund!«

Sarah ließ nichts von sich hören.

Achmed fluchte. Sie musste ihn gehört haben!

Das Haus war leer. Jeder Schritt, den man machte, jedes Knarzen des Holzbodens, jeder Ton, den man von sich gab, hallte durchs gesamte Haus. Er hasste solche Spielchen!

»Was soll das?«, rief er. Allmählich wurde er wütend. »Hör auf mit dem Versteckspiel!«

Ohne darüber nachzudenken, stampfte er durch die linke Tür in den dahinterliegenden Raum, um nach Sarah zu sehen. Das Zimmer war leer. Er kehrte um, betrat das zweite Zimmer, von dem ein weiteres abging. Weder in dem einen noch in dem anderen steckte Sarah, auch in dem Raum hinter der dritten Tür fand er sie nicht. Also musste sie im ersten Stock sein. Er lief die Treppe hinauf, wobei er jeweils zwei Stufen auf einmal nahm. Noch bevor er die letzte Stufe erklommen hatte, konnte er zwei Beine sehen.

Na also!, dachte er. Da war sie ja. »Hör mal!«, begann er, hatte die letzte Stufe erreicht, sah nun zu den Beinen auch die dazugehörigen Füße, die notdürftig mit Stofflappen umwickelt waren. Auch steckten die Beine nicht in einer hauteng anliegenden, froschgrünen Hose, wie ihm jetzt bewusst wurde, sondern in den Resten einer weiten, zerschlissenen, verdreckten, groben Leinenhose.

Die Hose gehörte nicht zu Sarah, sondern zu einem übel aussehenden Jugendlichen, der bestimmt nur knapp unterhalb der fünfzehn Jahre war, der magischen Altersgrenze für den Verbleib hier in der »Stadt der Kinder«. Wer älter als fünfzehn Jahre alt war, galt als Erwachsener und verschwand aus der Stadt. So lautete eine der alten Regeln des Computerspiels.

Der üble Typ grinste ihn mit verfaulten Zähnen an. Und er war nicht der Einzige. Hinter ihm stand ein weiterer Junge, der um keinen Deut freundlicher aussah, eher noch finsterer. Denn der hatte ein Auge mit einer schwarzen Klappe verdeckt. Entweder hatte der Typ wirklich etwas am Auge oder er wollte einfach so gefährlich aussehen wie der Bösewicht aus einem Piratenfilm.

Achmed gehörte allerdings auch nicht zu jenen, die jedem Ärger immer gleich aus dem Weg gingen. Im Gegenteil, er ließ es gern drauf ankommen – und reagierte auch diesmal entsprechend offensiv. »Hallo, Beißer!«, begrüßte er den mit den verfaulten Zähnen forsch. »Da hat jemand ein Auge auf dich geworfen!« Er zeigte auf den mit der Augenklappe, grinste den mit den verfaulten Zähnen frech an, peilte mit seinem Blick aber schon mal die Lage: Auch dieser Raum war leer, es gab nichts, was er sich als Waffe hätte greifen können, keinen Stuhl, kein Stück Holz, keinen Einrichtungsgegenstand, einfach nichts. Das Fenster war aus seiner Verankerung gerissen, stand also offen. Achmed überlegte, wo er landen würde, wenn er aus dem Fenster springen würde. Außerdem blieb ihm noch die Option, die Treppe hinunter zurück zur Haustür zu laufen.

Der mit den verfaulten Zähnen hörte nicht auf zu grinsen, trotz Achmeds mutigem Auftritt. Er griff unter sein zerrissenes Hemd und hielt plötzlich ein abgebrochenes Messer in der Hand.

Achmed war in äußerster Alarmbereitschaft, ließ es sich aber nicht anmerken. Sein Blick fiel auf die Hände des Einäugigen, der plötzlich ein dickes Seil in der Hand hielt, an dessen Ende ein massiver Knoten geknüpft war. Unverkennbar: Das Seil diente dem Jungen als Totschläger. Die beiden waren gefährlich und auf Ärger aus. Achmed wollte auf keinen Fall die Initiative aus der Hand geben. Nicht die beiden, er musste bestimmen, ob und wie er aus dieser Situation herauskam. Reden war ein gutes Mittel dafür.

Achmed setzte eine arglose Miene auf, so wie er es in der Schule machte, wenn ein Lehrer glaubte, ihn beim Schummeln erwischt zu haben. Aus den meisten ausweglosen Situationen hatte er sich bisher immer irgendwie noch herausgewunden. Er hoffte, diesmal würde es genauso sein.

»Sucht ihr was?«, fragte er, wobei er sich um einen möglichst harmlosen Tonfall bemühte.

»Haben wir schon gefunden!«, lispelte ihm der mit den verfaulten Zähnen entgegen.

Der Einäugige nickte: »Alles, was du am Leib trägst: ausziehen, ablegen, abgeben!«

»Und dann wieder gehen!«, grinste Beißer. »Ist doch ganz easy, oder?«

»Supereasy, ey!«, antwortete Achmed. »Solch zwei krasse Typen wie euch hab ich ja lange nicht gesehen. Beißer und der Einäugige, ein fettes Gespann, ey! Aus welchem Zoo seid ihr denn abgehauen?«

Die beiden Jungs sahen sich an. Achmed wusste, dass er es mit zwei gefährlichen Typen zu tun hatte. Aber die beiden wussten nicht, wie sie ihn einzuschätzen hatten. Wenn er keine Angst zeigte und forsch auftrat, so seine Hoffnung, würden sie vorsichtig sein und vielleicht sogar von einem Angriff absehen. Sollte es trotzdem zu einem Kampf kommen, musste er auch dabei die Initiative behalten. Das Überraschungsmoment war auf seiner Seite, denn die beiden fühlten sich überlegen. Einlullen, zuschlagen, weglaufen lautete die Strategie, für die Achmed sich in diesem Moment entschied.

»Er wird frech!«, kommentierte Beißer.

»Ach wo, keine Spur!«, grinste Achmed zurück, zeigte wieder auf den Einäugigen. »Bei dir drücke ich mal ein Auge zu und an mir ...«, jetzt meinte er Beißer, ». . . wirst du dir die Zähne ausbeißen!«

Beißer öffnete gerade den Mund, um etwas zu antworten, da traf ihn schon Achmeds Fuß im Gesicht. Mit einer blitzschnellen Drehung hatte Achmed zugetreten und damit den Kampf eröffnet. Er hatte das Überraschungsmoment genutzt. Sein erster Tritt war ein Volltreffer gewesen. Beißer taumelte zurück, doch der Einäugige war auf der Hut. Mit einer Geschicklichkeit und Schnelligkeit, die Achmed ihm nicht zugetraut hätte, schwang der Einäugige sein Seil und traf Achmed zwischen den Schulterblättern. Achmed hatte sich verschätzt, war nicht schnell genug gewesen und hatte zu nah an dem Einäugigen gestanden, um dem Schlag auszuweichen. Er schrie auf, knickte kurz ein, wollte sofort wieder hochkommen, doch da war Beißer schon wieder zur Stelle. Ohne die geringsten Skrupel schwang der sein Messer, unter dem Achmed sich in letzter Sekunde wegducken konnte. Für einen kurzen Moment flammte in Achmeds Gedanken blankes Entsetzen auf. Sein Gegenüber hatte offenbar keinerlei Bedenken, ihn schwer zu verletzen. Achmed kannte solche Typen aus seinem Stadtteil. Immer mehr waren sie auf Hinterhöfen und in Jugenddiscos zu finden, immer schwerer waren sie bewaffnet, und sie wurden immer hemmungsloser, ihre Waffen auch zu einzusetzen. Nicht selten waren es seine eigenen Landsleute, die wie enthemmte Krieger im Blutrausch durch die Straßen zogen und eine Schneise der Gewalt hinterließen. »Eine Schande für unser Volk und unseren Glauben!«, sagte Achmeds Vater immer und schickte stets die Warnung hinterher: »Halte dich von den Verbrechern fern.« Denn genau das waren sie: nicht Türken, nicht Kurden, nicht Moslems, sondern schlicht stumpfsinnige, jugendliche Verbrecher.

Achmed hielt seine Widersacher für einen Deutschen und einen Russen. Es kam ihm in den Sinn, obwohl es gleichgültig war. Wichtig war die Warnung seines Vaters, die ihm durch den Kopf schwirrte, während er einem neuerlichen Messerangriff geschickt auswich: »Halte dich von denen fern!« Die beiden gehörten exakt zu jenen, die sein Vater mit seiner Warnung gemeint hatte. Ein weiteres Mal sauste das Seil auf ihn nieder. Diesmal konnte Achmed beiseitespringen, rutschte aber aus und fiel der Länge nach hin. Das hätte nicht passieren dürfen. Nichts war schlimmer, als vor solchen Gestalten wehrlos auf dem Boden zu liegen. Solche Typen kannten keinen Ehrenkodex. Mitleid war ihnen ebenso fremd wie Gnade. Sie schlugen erbarmungslos auch auf Opfer ein, die schon besiegt am Boden lagen. Achmed wusste das. Auf die Beine musste er kommen, bloß schnell zurück auf die Beine kommen! Er versuchte es, doch das Seil traf seinen rechten Fuß, wickelte sich um sein Fußgelenk und entriss ihm den Halt, den er gerade gefunden hatte. Erneut knallte Achmed auf den Boden. Sein Fuß hing nun in dem Seil wie in einer

Fessel. Der Einäugige freute sich laut lachend über seinen erfolgreichen Angriff, zog an dem Seil und schleifte Achmed über den Boden.

Beißer ließ sein Messer aufblitzen.

Achmed sah keine Chance mehr, zu entkommen. Er hatte verloren. Er war verloren.

Beißer drückte mit seinem Fuß gegen Achmeds Kehle und presste so dessen Kopf auf den harten Boden. Triumphierend grinsend beugte er sich langsam zu Achmed hinab und schob im die abgebrochene Messerklinge unter die Nase.

Achmed hielt die Luft an vor Angst.

»Man nennt mich übrigens nicht Beißer, sondern Schlitzer!«, sabberte er Achmed ins Ohr.

Das war's!, dachte Achmed. Solange er zurückdenken konnte, hatte er gehofft, niemals in eine solche Situation zu geraten: hilflos einem brutalen Typen ausgeliefert zu sein, dem es sadistische Freude bereitete, sein Messer an ihm auszuprobieren.

Achmed hätte um Hilfe schreien mögen. Aber nicht einmal das wagte er. Und es hätte wohl auch nichts genutzt. Wer hätte ihm helfen sollen?

Plötzlich riss Beißer die Augen auf. Sein Mund öffnete sich, als ob er etwas rufen wollte. Er brachte aber keinen Ton heraus außer einem leisen, schweren Röcheln.

Blitzartig erkannte Achmed seine Chance. Er packte zu, schlug Beißer das Messer aus der Hand, bevor es seine Nase verletzen konnte. Beißer sackte zusammen und blieb regungslos neben Achmed liegen. Achmed sah einen kleinen, dünnen Metallstift aus Beißers Rücken herausragen.

Bevor der Einäugige etwas unternehmen konnte, erlitt er das gleiche Schicksal. Auch er ging stöhnend zu Boden.

Achmed atmete tief durch, wusste nicht, was geschehen war. Er wusste nicht, weshalb, aber er war mit heiler Haut davongekommen.

»Das hätte böse ausgehen können!«

Achmed fuhr herum, als er die Stimme hörte. Hinter ihm, in der Tür, stand Sarah, die auf ihn zukam und ihm die Hand reichte. Achmed ergriff sie und ließ sich hochhelfen.

»Was hast du mit ihnen gemacht?«, fragte er.

Sarah zeigte ihm das Blasrohr, das sie in der Hand hielt. »Für kurze Zeit betäubt«, erklärte sie. »Deshalb sollten wir schnell von hier verschwinden.«

Achmed begriff überhaupt nichts mehr. Er hatte unten alles nach Sarah durchsucht, sie aber nirgends gefunden. Da Sarah aber in der Tür gestanden hatte, musste sie von unten gekommen sein. Er fragte sich auch, wie sie plötzlich mit einem Blasrohr und Giftpfeilen bewaffnet sein konnte. Er hatte doch gesehen, wie Sarah von den Cops abgeliefert worden war. Sie hatte nichts bei sich gehabt; konnte sie auch gar nicht. Wenn sie bewaffnet gewesen wäre, hätten die Cops ihr die Waffen abgenommen.

»Wir haben vorgesorgt«, erläuterte Sarah.

»Wen meinst du mit wir?«, fragte Achmed.

Sarah zog Achmed am Arm. »Komm mit! Den Rest erkläre ich dir unterwegs.«

Es gab viel zu erklären. Achmed hatte noch nichts von den Frogs gewusst, nichts davon, dass Sarah schon länger hier war, und nichts von allem, was Sarah schon Ben und seinen Freunden berichtet hatte.

Sarah erzählte lange und ausführlich. Achmed hörte so aufmerksam zu, dass er gar nicht bemerkte, wohin sie gingen. Erst als sie im Wald angekommen waren, erkannte Achmed, welche Strecke sie zurückgelegt hatten. Sarah war gerade am Schluss ihrer Erzählung angekommen, als sie mitteilte, dass sie und einige andere Frogs nicht das erste Mal hierher in die Outside-Zone verschleppt worden waren.

»Nicht das erste Mal?«, staunte Achmed. »Dann kennst du einen Weg, wie man hier herauskommt?«

»Wir kannten einen«, präzisierte Sarah. »Er wurde leider entdeckt und von den Cops vernichtet. Besser gesagt: Er wurde nicht entdeckt, sondern verraten!«

»Verraten?«, fragte Achmed dazwischen. »Wer macht denn so etwas?«

Sarah verzog ihre Miene zu einem säuerlichen Lächeln. »Wenn wir das wüssten!«

Achmed pfiff durch die Zähne. »Das heißt . . .«

Sarah nickte. ». . . er ist noch unter uns, ja. Wir sind seitdem sehr vorsichtig. Immerhin – unsere in der Outside-Zone versteckten Waffen hat der Maulwurf noch nicht entdeckt.«

»Immerhin etwas«, stimmte Achmed zu. Natürlich wäre es ihm lieber gewesen, der Weg hinaus wäre auch noch vorhanden.

»Es gibt noch einen anderen Weg zurück in die Stadt«, machte Sarah ihm neue Hoffnung.

Achmed war sofort ganz Ohr.

»Durch den Fluss!«

Achmed winkte ab. Den Fluss konnte man vergessen. Das hatte er ja bereits probiert. »Der Fluss ist elektrisch geladen!« Dass Sarah davon nichts wusste, verwunderte ihn.

»Ich weiß!«, antwortete Sarah, als hätte sie Achmeds Gedanken gelesen. »Man kann den Strom aber für eine Zeit lang abschalten!«

Achmeds Augen begannen zu strahlen. »Echt? Und wie?«

Sarah zeigte in den Wald hinein. »Indem wir uns zur Schaltzentrale durchschlagen. Leider ist das nicht ganz einfach.«

■ Das machte Achmed nichts aus. Er war bereit, alles auf sich zu nehmen, wenn es nur eine Hoffnung gab, von diesem entsetzlichen Ort zu fliehen.

Allerdings ahnte er noch nicht, welch immense Schwierigkeiten im Wald auf ihn lauerten.

Miriam

Miriam war nicht ganz wohl zumute bei ihrem Abstieg zurück zu den Frogs. Ihr wäre es lieber gewesen, wenn sie jemand begleitet hätte. Doch es wäre unvernünftig gewesen und so hatte sie nichts gesagt. Sie hielten Sarahs Plan für richtig, Funktionen in der Unterstadt zu übernehmen, um auf diese Weise eine Verbindung zur Oberstadt zu bekommen. Also mussten die anderen oben bleiben, um diese Aufgabe zu lösen. Für einen Moment überlegte Miriam, ob es nicht vorschnell gewesen war, sich anzubieten, Sarahs Rolle zu übernehmen. Es hätten ja auch Jennifer oder Ben die Aufgabe übernehmen können. Frank traute sie es nicht zu, die Frogs zu führen. Er war zwar der Sportlichste von ihnen allen und körperlich topfit, aber darauf kam es nicht an. Frank war kein »Leitwolf«, fand Miriam. Und sie? Miriam horchte in sich hinein. Überschätzte sie sich nicht? War sie wirklich der Aufgabe gewachsen, in Sarahs Fußstapfen zu treten? Würden die Frogs sie überhaupt akzeptieren? Über diese Frage hatte sie bis zu diesem Moment noch gar nicht nachgedacht. Das konnte sich als dummer Fehler herausstellen. Miriam wusste nicht einmal, wie viele Frogs es überhaupt gab, aber wie viele auch immer, es war doch sicher jemand dabei, der einen Führungsanspruch anmeldete, sich als Sarahs natürlicher Nachfolger fühlte und ihr dementsprechend feindlich begegnen würde.

Miriam biss sich auf die Lippen bei diesem Gedanken. Sie ging durch die geheime Tür und erreichte den Raum, den sie für sich »Empfangssaal« getauft hatte. Schlagartig wurde ihr klar, dass sie sich in der Welt der Frogs überhaupt nicht auskannte. Auch dies nicht gerade ein Vorteil für eine Anführerin . . .

Der Empfangssaal war leer.

Miriam wartete einen Moment. Sie nutzte die Zeit, noch einmal über ihre Entscheidung nachzudenken. Ihr Argument war nicht nur geeignet gewesen, Ben, Frank und Miriam zu überzeugen. Es stimmte tatsächlich: Sarah hatte sich mit den Frogs der Kontrolle von Master X entzogen. Das war ein großes Verdienst. Sie hatte eine Gemeinschaft geschaffen, in der die Frogs sich gegenseitig unterstützten, sich moralischen Halt gaben, sich verpflegten. Sie hatten auch schon eine Menge an Informationen gesammelt und über die Zusammenhänge innerhalb des neuen Levels in der Stadt der Kinder in Erfahrung gebracht. Dem eigentlichen Ziel aber, dieser vollständig kontrollierten »Stadt der Kinder« zu entfliehen und in die reale Welt ihrer Eltern zurückzukehren, waren die Frogs keinen Schritt näher gekommen. In all den Monaten nicht. Ben und seine Freunde, die »Neuen« – sie waren die letzte Hoffnung der Frogs, einfach nur deshalb, weil sie neu waren und somit vielleicht neue Ideen und Impulse mitbrachten. Sie waren schon zweimal in dieser Stadt der Kinder gewesen und kannten sich deshalb möglicherweise besser aus als manch andere. Wenngleich vieles vollkommen anders war als die letzten beiden Male. Aber zweimal schon waren sie zurückgekehrt. Auch das ein Argument. Sie hatten zweimal den Weg zurück gefunden!

Die Tür öffnete sich. Einer der Frogs betrat den Raum und staunte über Miriams Anwesenheit. Es war ein Junge mit schwarzen, gelockten Haaren, dunklen Augen und auch einem leicht dunklen Hautteint. Aus seinem Mund blitzten strahlend weiße Zähne und er hatte einen schlanken, sportlichen Körper.

Nicht schlecht!, dachte Miriam. Der Junge gefiel ihr. Sie bedauerte, ihn hier unten im Untergrund und nicht in entspannter Atmosphäre auf einer Party kennenzulernen.

»Was machst du hier?«, fragte der Junge. »Wo ist Sarah?«

Miriam erzählte von Sarahs Verhaftung, und bevor weitere Fragen auftauchten, fügte sie an: »Sie hat mich zu ihrer Vertretung bestimmt! Es ist unsere

Aufgabe, Sarah so schnell wie möglich aus der Verbannung zu befreien, um dann den Weg zurück zu finden. So lange hört alles auf mein Kommando. Das hat Sarah angeordnet!«

Miriam staunte selbst über die Selbstsicherheit, mit der sie ihren Führungsanspruch geltend machte. Es war, als hätte sie sich mit ihren Gedanken soeben selbst überzeugt, dass nur eine die Frogs führen konnte: sie selbst. Auch wenn sie keinen Schimmer hatte, wie und wo der Weg zurück in die reale Welt beschritten werden konnte, so strahlte sie doch zumindest die Zuversicht aus, dass jetzt, da sie und ihre Freunde die Sache in die Hand nahmen, alles gut werden würde.

Bloß jetzt keine Schwäche zeigen, dachte Miriam bei sich. Es war der gleiche Gedanke, der sie überkam, wenn sie Ärger mit ihren Lehrern hatte, sich dabei aber im Recht fühlte.

Zu ihrer Überraschung hatte der Junge offenbar gar nicht vor, Miriams Führungsanspruch infrage zu stellen.

»Und wie lautet dein Kommando?«, fragte er.

Auf eine so schnelle Zustimmung war Miriam nicht gefasst. Sie wusste gar nicht, was sie anordnen sollte. Spontan stotterte sie: »Äh ... am besten ist wohl, du nennst mir erst einmal deinen Namen!«

»Joshua!«, antwortete der Junge.

»Okay, Joshua!«, sagte Miriam. »Ich bin Miriam.«

»Ich weiß«, antwortete Joshua.

Wieder war Miriam verblüfft. Hatte sie sich schon vorgestellt?

Nein, das hatte sie nicht, wie Joshua ihr mitteilte. Sarah hatte es getan, lange bevor Miriam und ihre Freunde den Frogs überhaupt begegnet waren. Sarah hatte die Ankunft von ihren Spähern gemeldet bekommen und alle Frogs über Ben und seine Gruppe informiert.

»Ihr seid wirklich verdammt gut organisiert«, stellte Miriam anerkennend fest.

Joshua nickte. »Ich hoffe, es wird sich mit dir nicht ändern!«

Miriam schluckte. Joshua verstand es, auf sehr freundliche und charmante Weise knallharte Anforderungen auszudrücken. Sie hatte diesen Wink durchaus verstanden. Nur keine Schwäche zeigen, befahl sie sich erneut, wenngleich sie innerlich das erste Mal zweifelte, ob sie einer Sarah tatsächlich das Wasser reichen konnte. Sie wollte ihre Aufgabe erfüllen, sie wollte gut sein, sie wollte stark sein. Aber sie wollte nicht nur dumm prahlen. Deshalb wurde ihr in diesem Moment auch klar:

»Ich brauche deine Hilfe, Joshua!«

Joshua schien damit gerechnet zu haben. Immer ▶

noch zeigte er sich nicht überrascht, sondern kooperativ.

»Kein Problem«, sagte Joshua. »Was soll ich tun?«

»Ich muss zunächst alles von euch kennenlernen. Alle Wege, Räume und Zugänge der Frogs. Dann machen wir eine Versammlung und anschließend einen kurzen Diebeszug durch die Oberstadt! Danach planen wir Sarahs Befreiung!«

Joshua grinste. »Da hast du dir einiges vorgenommen. Und was willst du am Nachmittag machen?«

Miriam grinste zurück. Joshua und sie verstanden sich. Sie hatte einen neuen Verbündeten gewonnen.

Oberstadt

Ben, Jennifer und Frank standen unschlüssig am Gully herum, in den Miriam verschwunden war.

»Wir sollten jetzt überlegen, was wir als Nächstes tun«, fand Frank schließlich.

Ben nickte und schickte einen fragenden Blick zu Jennifer. Jennifer schaute ein letztes Mal in den Gullyschacht hinab.

Mit einem Seufzer hob sie den Kopf. »Hoffentlich geht alles gut.« Sie schaute sich um. Da entdeckte sie die nächste Überraschung.

»Eine Rikscha!«, rief sie entzückt aus. Sie mochte diese Gefährte, die im vorderen Teil wie Fahrräder aussahen, hinten eher wie Kutschen.

»Dort, noch eine!«, sagte Ben.

Jennifer hätte schwören können, dass die Rikschas wenige Minuten zuvor noch nicht in der Stadt gewesen waren. Die wären ihr doch sofort aufgefallen. Jetzt zählte sie plötzlich fünf, sechs . . . neun . . . dreizehn Rikschas in kurzer Zeit. Alles Taxis.

»Wieso gibt es hier plötzlich Taxis?«, fragte sich Ben.

Frank tippte ihm an die Schulter. »Schau mal!«

Ben musste zweimal hinsehen: Dort saß Thomas in solch einem Rikscha-Taxi.

»Thomas!«, rief Jennifer ihm nach. Doch Thomas reagierte nicht. Es war nicht auszumachen, ob er Jennifer nicht gehört oder sie absichtlich ignoriert hatte.

»Der kennt uns wohl nicht mehr!«, meinte Jennifer enttäuscht. »Er lässt sich durch die Gegend kutschieren wie ein Manager und ...«

Jennifer brach ab. Ihre Miene hellte sich auf. Sie schnipste mit den Fingern und rief: »Das ist es! Frank, du wirst Taxifahrer!«

»Spinnst du?«, maulte Frank. »Wie kommst du denn auf die Idee?«

»Du bist der Einzige von uns, der fit genug ist für den Job«, wusste Jennifer. »Du kannst Sport treiben ...«

»Pft!«, machte Frank verächtlich. Unter Sport stellte er sich etwas anderes vor, als ein bisschen zu radeln.

»... aber das Wichtigste ...«, begründete Jennifer weiter ihren Vorschlag: »... du bist mobil. Und durch dich sind wir es dann auch!«

Auch Ben fand Jennifers Idee gar nicht schlecht. Er ließ seinen Blick über die Straße schweifen. Die meisten Kinder, die sich in den Rikschas fahren ließen, sahen nicht unbedingt so aus, wie man sich Kinder vorstellte. Manche trugen Krawatten, einige Aktenköfferchen, sie telefonierten mit Handys.

»Die haben hier was zu sagen«, glaubte Ben.

»Es funktioniert hier wie in der Erwachsenenwelt. Manche können sich Taxis leisten, andere nicht. Diejenigen, die in dieser Stadt Macht haben, fahren mit den Rikscha-Taxis.«

Jennifer fühlte sich bestätigt. Sie mussten an die Mächtigen herankommen. Was war da nützlicher als ein Taxifahrer? Aufmunternd zwinkerte sie Frank zu.

»Okay!«, gab Frank schließlich nach. Als die Rede davon war, die Machtpositionen zu besetzen, hatte er sich beileibe nicht vorgestellt, Rikscha-Fahrer zu werden. Andererseits musste er zugeben, keinen besseren Vorschlag zu haben. »Also, wenn ihr es für eine so gute Idee haltet . . .«

»Tun wir«, bestätigte Ben.

Jennifer zählte auf: »Miriam ist Chefin bei den Frogs – das hoffen wir jedenfalls; Frank fährt die Mächtigen mit der Rikscha. Und Thomas ist Bankdirektor.«

»Allerdings im Moment nicht auf unserer Seite«, schränkte Ben ein, doch Jennifer hielt das eher für eine vorübergehende Erscheinung. Die Chancen, Stück für Stück Schlüsselpositionen in dieser Stadt zu besetzen, hielt sie für recht gut.

Blieben im Moment nur noch sie und Ben.

»Und Kolja«, erinnerte Frank. »Wo ist der eigentlich abgeblieben?«

Rikscha

Manchmal ging es in dieser Stadt der Kinder zu wie in einem Zauberland. So kam es Jennifer jedenfalls vor. Kaum hatten die drei beschlossen, dass Frank sich um einen Job als Rikscha-Fahrer bemühen sollte, stand eine vor ihnen.

Allerdings nicht, um Frank eine Stelle anzubieten, sondern um sie abzuholen. Genauer gesagt: um Jennifer abzuholen.

»Bist du Jennifer?«, fragte der Fahrer. Er war ein kleiner Junge, vielleicht acht oder neun Jahre alt, und Ben konnte sich kaum vorstellen, dass der Kleine genügend Kraft in den Beinen hatte, um zwei Gäste in seiner Rikscha zu transportieren. Er trug einen weißen Anzug mit goldenen Knöpfen und dazu weiße Handschuhe. Offenbar die Uniform der Taxifahrer.

Frank warf Ben einen vorwurfsvollen Blick zu. Sollte er etwa auch so herumlaufen?, fragte dieser Blick.

Ben zuckte entschuldigend mit den Schultern. Extreme Kleidungen gehörten offenbar irgendwie zu dieser Stadt: die Frogs mit ihren froschgrünen Overalls, die Cops mit den braunen Kurzhosen-Uniformen, und jetzt diese Rikscha-Fahrer.

»Ja, das bin ich!«, antwortete Jennifer dem kleinen Jungen. »Wieso?«

»Dann steig bitte ein«, bat der Rikscha-Fahrer. »Der Direktor der Bank würde dich gern sprechen.«

»Thomas?«, fragte Jennifer verwundert.

Der Fahrer wiederholte seine Aufforderung.

Jennifer zog die Augenbrauen zusammen zu einem kritischen Blick. Gerade eben war Thomas noch an ihnen vorbeigefahren, ohne sie zu beachten. Weshalb ließ er sie jetzt rufen? Er hätte doch wenige Minuten zuvor in aller Ruhe anhalten und sich mit ihnen unterhalten können.

Jennifer warf Ben einen Hilfe suchenden Blick zu, doch auch Ben wusste nicht, was das zu bedeuten hatte.

Zögerlich sagte Jennifer zu. »Okay, wir kommen.«

Der kleine Rikscha-Fahrer betrachtete Ben und Frank missmutig. »Wenn es sein muss. Mir ist es egal. Ich weiß aber nicht, ob die beiden mit in die Bank dürfen!«

»Das lass mal meine Sorge sein«, wies Jennifer den Fahrer zurecht und stieg in die Rikscha ein.

Ben setzte sich neben sie auf die Zweisitzer-Bank. Frank blieb außen stehen.

»Und ich?«, fragte er.

»Was hältst du davon, wenn du eine kleine Pause einlegst?«, fragte Jennifer den Fahrer.

»Eine Pause?« Der kleine Fahrer drehte sich erstaunt zu Jennifer um.

Jennifer lächelte und nickte ihm zu.

»Weißt du, es ist nett, dass du mich abholst, aber ich fahre nur mit meinem Privatchauffeur«, schwindelte Jennifer. Sie zeigte auf Frank.

Ben kicherte leise vor sich hin.

»Ja, wenn das so ist.« Der kleine Rikscha-Fahrer wagte nicht zu widersprechen. Gehorsam stieg er vom Fahrrad und ließ Frank auf seinem Sattel Platz nehmen.

Jennifer klopfte Frank auf die Schulter und sagte: »Gut, dann also los!«

Frank trat in die Pedale und setzte die Rikscha in Bewegung. Es ging erheblich leichter, als er es sich vorgestellt hatte. Trotzdem: dass er jetzt den Chauffeur für seine eigenen Freunde spielen musste, gefiel ihm überhaupt nicht.

»Hab dich nicht so«, versuchte Jennifer zu trösten. »Jetzt haben wir ein privates Fortbewegungsmittel, ohne dass du als Taxifahrer andere herumkutschieren musst.«

Bankgeschäfte

Diesmal öffnete sich die Glastür der Bank sofort, als Jennifer auf sie zuging. Dennoch verlangsamte Jennifer unwillkürlich ihr Tempo, als sie die Tür durchschritt. Mit leicht gesenktem Kopf behielt sie die zwei Cops, die den Eingang zu beiden Seiten säumten, im Blick. Sie wollte ihnen nicht direkt in die Augen schauen. Ben folgt ihr dicht auf den Fersen. Frank wartete draußen vor der Tür in seiner Rikscha. Sie wussten nicht, was Thomas von Jennifer wollte, und hielten es deshalb für ratsamer, wenn einer von ihnen draußen blieb. Vielleicht hatte Thomas ihnen eine Falle gestellt? Es war schrecklich, wie sehr sie sich mittlerweile selbst unter besten Freunden misstrauten.

Jennifer war bereits an den Cops vorbei, als ihnen ein Junge in einem dunklen Anzug entgegenkam und ihr freundlich die Hand hinhielt.

Jennifer blieb stehen. Sie kannte den Jungen! Er war lange in ihre Klasse gegangen, bis er auf ein Privatgymnasium wechselte. Seitdem hatte sie nie wieder etwas von ihm gehört. Wie hieß er gleich?

Der Junge erkannte Jennifer sofort. Oder war er auf ihren Besuch vorbereitet gewesen? Jedenfalls begrüßte er sie mit Namen und stellte sich selbst gleich mit vor: »Erinnerst du dich noch an mich? Hubertus!«

Richtig! Wie hatte Jennifer diesen Namen vergessen können?

»So sieht man sich wieder«, strahlte er Jennifer an, was sie sehr verwunderte. Hubertus benahm sich nicht wie ein Kind, das wie sie in einer Stadt ohne Erwachsene gefangen war und verzweifelt nach einem Weg zurück suchte. Hubertus wirkte wie ein Erwachsener, der sich zwar gern an seine Kindheit erinnerte, gleichzeitig aber froh war, sie hinter sich zu haben.

»Thomas erwartet dich in seinem Büro!« Mit einer einladenden Armbewegung ließ er Jennifer den Vortritt. Jennifer blieb stehen, sah Ben an.

Hubertus verstand. Ben hatte er nicht auf den ersten Blick erkannt, wohl weil er mit Bens Ankunft nicht gerechnet hatte. Dann schien es ihm zu dämmern. Er überlegte kurz, bevor es ihm einfiel. »Ben, nicht wahr?«

Ben nickte. Er konnte sich kaum an Hubertus erinnern.

»Seid ihr . . .?« Hubertus zeigte mit seinem Zeigefinger abwechselnd auf Ben und Jennifer und lächelte vielsagend.

»Wir sind zusammen, ja«, bestätigte Jennifer.

Hubertus nickte mit einem auffälligen Grinsen.

»Ich verstehe«. Schnell fügte er an: »Ich weiß aber nicht, ob Thomas auch einen Job für Ben hat.«

Dann ging er voraus.

Jennifer kräuselte die Stirn. Einen Job? Was meinte Hubertus damit? Sie stellte sich auf eine Überraschung ein, als sie zusammen mit Ben Hubertus folgte.

Es ging über eine breite Treppe hinauf in ein großes Foyer in der ersten Etage, die mit rotem Teppich ausgelegt war und in der auf etlichen Marmorsäulen seltsame Dinge ausgestellt waren: das verbogene Skelett eines Regenschirms zum Beispiel, unter dem ein kleines Schild erklärte: ›Mein erstes Fundstück‹.

Ebenso ausgestellt: ein verschrumpelter Lederball ohne Luft, ein Kinderfahrrad ohne Vorderrad, ein Teddy mit nur einem Auge und einem Loch im Bauch, aus dem die Holzwolle quoll.

Unzweifelhaft: Thomas begann, sich seinen alten Traum vom »Museum meiner Fundstücke« zu erfüllen. Wie hatte er das in so kurzer Zeit hinbekommen?, fragte sich Jennifer. Thomas war der langsamste Mensch, den sie kannte.

Hubertus klopfte an eine Doppeltür aus hellem Holz, wartete kurz und öffnete sie. »Hier, bitte!«

Jennifer betrat Thomas' Büro und blieb gleich auf der Schwelle stehen. So hätte sie sich das Büro eines Bankdirektors niemals vorgestellt, nicht mal eines in einer Stadt der Kinder, und nicht einmal das von Thomas.

Thomas hatte offenbar die komplette Sammlung seiner Fundstücke, mit denen er sonst die Garage seines Vaters vollgestellt hatte, hierhertransportieren lassen. Wobei das Wort Sammlung nicht die Vorstellung erwecken durfte, die gefundenen Dinge wären fein säuberlich sortiert und geordnet aufgestellt worden. Im Gegenteil: Das Innere des Büros glich einem gewaltigen Schrottplatz, konzentriert auf der Fläche eines 30 Quadratmeter großen Büroraumes.

Mittendrin in dem gestapelten Chaos von Fahrrad- und Regenschirmgestellen, alten Lampen, Koffern, Kisten, Kartons, Stühlen, Tischen, Bildern, Bilderrahmen, Autoreifen, Feuerzeugen, Seilen, Bändern, Stricken, Leitern, Hockern, Eimern, Pinseln, Drähten, Kabeln, Schrauben und sogar zwei Kühlschränken und einer ausgedienten Kloschüssel saß Thomas auf einem drehbaren Ledersessel mit sichtbar verschlissenem Polster an einem Schreibtisch mit drei Beinen. Das fehlende Tischbein war mit dem Bein einer Schaufensterpuppe ersetzt worden. Die dadurch nur noch einbeinige Puppe war schräg rechts hinter Thomas gegen die Wand gelehnt, hielt eine zerrissene Deutschlandfahne in der Hand und trug ein Piratentuch auf dem Kopf.

»Mensch, Thomas . . .!«, begann Jennifer, doch weiter kam sie nicht.

196

Er stoppte sie mit einer Handbewegung und warf Hubertus einen auffordernden Blick zu.

»Danke, Hubertus!«, sagte er.

Hubertus verstand, verließ rückwärts den Raum und schloss die Tür hinter sich.

Ben und Jennifer sahen ihm hinterher. Als die Tür geschlossen war, unternahm Ben einen Versuch, Thomas anzusprechen. Doch auch ihn unterbrach Thomas mit einer Handbewegung.

»Was . . .?«, wollte Ben fragen.

»Pst!«, machte Thomas und legte einen Finger auf seinen Mund.

»Was ist los?«, fragte Jennifer.

Thomas notierte etwas auf einem Zettel, während er zu Jennifer sagte: »Ich würde dich sehr gern als meine Sekretärin einstellen!«

Jennifer öffnete den Mund, brachte aber keinen Laut heraus vor Empörung. Sie sollte Thomas' Sekretärin werden? Was bildete er sich ein?

Mit seiner rechten Hand gab er ihr den Zettel mit seiner Notiz, mit seiner linken bedeutete er nochmals, nichts zu sagen.

Jennifer nahm den Zettel stumm entgegen und las:

Spiel mit.

Ich vermute, dieser Raum wird abgehört.

Jennifer reichte den Zettel an Ben weiter und schaute sich im Raum um, ob sie versteckte Mikros entdecken konnte. Sie fragte sich, was Thomas vorhatte.

Doch auch Ben nahm die Sache ernst.

Master X wusste viel über sie, so viel stand fest. Er schien sie zu beobachten. Unklar war, ob er sie ständig im Bild hatte und alles hörte, was sie sagten, oder nur zeitweilig. Sie wussten nicht, ob sie an jedem Ort zu jeder Zeit gesehen und gehört werden konnten oder ob nur bestimmte Punkte in der Stadt überwacht wurden. Da Sarah auf die Handys als Ortungsinstrumente hingewiesen hatte, schien es zumindest Lücken in der Überwachung zu geben. Solange sie nicht genau wussten, wie das Spiel funktionierte, war es besser, davon auszugehen, dass sie ständig abgehört wurden.

Wenn dem so war, wusste Master X von ihren Plänen, in der Stadt aufzusteigen.

Das Problem war: All diese Gedanken konnte Ben Jennifer in diesem Augenblick nicht mitteilen.

Ben schrieb ebenfalls etwas auf den Zettel.

Jennifer las:

Frag nach der Toilette!

Jennifer wusste nun überhaupt nicht mehr, was los war.

Doch Ben nickte ihr heftig zu.

Thomas grinste sie an. Offenbar hielt er Bens Vorschlag für eine gute Idee.

»Es freut mich, dass du Interesse an dem Job hast«, sagte er laut. Seine Worte passten in keiner Weise zu dem, was er ihnen zeigte. Er tippte auf Jennifers Zettel.

Also tat Jennifer ihm den Gefallen.

»Wo ist denn hier die Toilette?«, fragte sie.

»Oh, gleich hier raus und links die erste Tür«, antwortete Thomas, schob sie dabei aus dem Büro und holte sich von Ben die stumme Bestätigung ein, dass er ihn richtig verstanden hatte.

Thomas schob Jennifer weiter bis zur Toilettentür. Sie öffnete sie und stellte verblüfft fest, dass Thomas und Ben ihr in die Toilette folgten. Erst jetzt schaltete Jennifer. Die beiden Jungs glaubten, hier auf der Mädchentoilette waren sie abhörsicher.

Kaum hatte sich die Tür hinter ihnen geschlossen, sprach Thomas auch sofort los: »Der wird ja wohl nicht die Mädchenklos abhören!«

Ben wusste, dass Thomas Master X meinte. Nun erzählte er, was ihm soeben durch den Kopf gegangen war.

Thomas stimmte ihm lebhaft zu. »Wir müssen damit rechnen, ständig beobachtet zu werden!«

»Du bist Bankdirektor geworden, um uns zu helfen?«, fragte Jennifer nach.

Thomas schaute sie verwundert an. »Natürlich, was dachtet ihr denn?«

Seine Stimme klang ein wenig enttäuscht. Etwas

mehr Vertrauen hätte er sich von seinen Freunden schon gewünscht.

Jennifer erzählte, was mit Kathrin passiert war.

Thomas schüttelte den Kopf.

Ben kam wieder zur Sache: »Wie bist du Direktor geworden?« Das war für ihn die entscheidende Frage. Sie waren bereit, Funktionen und Verantwortung in dieser Stadt zu übernehmen, aber sie wussten nicht, wie sie es anstellen sollten!

»Ich bin gefragt worden!«, sagte Thomas. »Ganz einfach!«

Alles hätte Ben sich vorgestellt, aber nicht das! Die braunen Cops hatten Thomas mit dem Angebot überrascht und Thomas hatte sofort zugesagt. Das bedeutete aber: Master X hatte gewollt, dass Thomas Bankdirektor wurde.

Ihre Theorie stimmte also: Achmed war verhaftet und verbannt und Thomas zum Bankdirektor befördert worden, um ihnen als Gruppe den Weg zu zeigen, die Stadt aufzubauen, sich wie Erwachsene zu benehmen und keinen Widerstand zu leisten. Bisher bestand in der leeren Unterstadt nur eine einzige Straße mit Geschäften und der Bank. Am Anfang war das Geld. Von hier aus sollte die Stadt zum Leben erweckt werden, wie die Cops ihnen immer wieder gesagt hatten.

Master X hatte sich Thomas ausgesucht als besten Verwalter unter ihnen, aber auch als das vermeintlich schwächste Glied in der Gruppe. Thomas hielt er offenbar für denjenigen, der sich am ehesten blenden und verführen ließ. Doch Master X hatte sich getäuscht. Thomas war über jede Bestechung erhaben. Thomas war ein treuer Freund und bereit, alles zu geben, um gemeinsam mit seinen Freunden einen Ausweg zu finden.

Die drei sahen sich verschwörerisch an.

»Wir müssen zurück«, mahnte Thomas. »Sonst fällt es auf.«

Er ging voran, als Zweiter betrat Ben wieder Thomas' Büro. Jennifer blieb noch draußen stehen.

Thomas und Ben begannen, sich wieder zu unterhalten, so als ob sie auf Jennifer warten würden, die von der Toilette zurückkehrte.

»Ich glaube nicht, dass sie Sekretärin werden will«, sagte Ben.

»Schade«, antwortete Thomas. »Dann müsst ihr allein klarkommen!«

In dem Moment betrat Jennifer den Raum.

»Ich möchte nicht Sekretärin werden«, sagte sie.

»Deine Entscheidung«, antwortete Thomas laut. »Ich hoffe nur, ihr findet euren Platz in unserem neuen Staat der Kinder!« Dabei schob er ihr erneut einen Zettel zu:

Treff heute Mitternacht Marktplatz

Jennifer nickte ihm stumm zu, verabschiedete sich laut.

◆ Thomas steckte beiden einen Umschlag zu.

»Was ist das?«, wollte Jennifer gerade fragen. Doch Thomas war ausnahmsweise mal schneller. Er hielt Jennifer den Mund zu.

Jennifer verstand. Ohne ein Wort zu sagen, sah sie in den Umschlag und entdeckte – Taler! Jetzt besaßen sie Geld, um sich in der entstehenden Stadt zu bewegen. Verschwörerisch lächelnd verließ sie zusammen mit Ben die Bank.

Das Programm läuft

Master X lehnte sich zufrieden zurück. Die Sache lief gut; äußerst gut. Besser, als er es sich ausgemalt hatte. Er hatte es immer gewusst: Man musste nur richtig mit Kindern umgehen, um sie auf den entsprechenden Weg zu bringen.

Sein Programm funktionierte! Das Programm, innerhalb dessen die Kinder sich gegenseitig zu ergebenen Erwachsenen erzogen, die keine Ansprüche stellten und ihre Pflichten erfüllten. Ein Programm, das die Kindheit frühzeitig beendete.

Kinder brauchten klare, strenge Regeln: Fügst du dich, wirst du belohnt, schießt du quer, folgt die Bestrafung. Das Prinzip war doch ganz einfach. Master X hatte nie begriffen, weshalb dieses Prinzip so wenig Anwendung fand.

Kathrin aus der neuen Gruppe hatte es als Erste begriffen. Kaum hatte er ihr die Hand gereicht, sich zu einer fleißigen Erwachsenen zu entwickeln, hatte sie sofort zugegriffen und ihre Chance beim Schopfe gepackt. Als hätte sie nur darauf gewartet.

Eifrig führte sie ihr Tierfuttergeschäft. Es war sinnlos, aber gerade das war das Besondere an seinem Programm. Seine Probanden fragten nicht, sie taten, was man ihnen auftrug, erledigten brav und fleißig, was sie für ihre Pflichten hielten, ohne den tieferen Sinn zu hinterfragen. Kathrin hatte jegliches Bedürfnis nach Kindheit abgelegt, und das schon nach wenigen Stunden. Andere brauchten dafür Jahre. Sie war nicht bereit, sich bei ihrer Pflichterfüllung ablenken zu lassen, auch nicht von ihren ehemaligen Freunden. Master X beschloss, dieses außergewöhnliche Mädchen zu belohnen. Die anderen sollten sehen, wie schnell man aufsteigen konnte, wenn man die Regeln befolgte.

Zwei von denen, die ihm gefährlich werden konnten, hatte er gefasst. Darunter endlich diese Sarah, die die Frogs aufgebaut hatte und hinter der er schon seit Langem her gewesen war. Es würde sicher nicht mehr lange dauern, bis er das Versteck der Frogs aufgestöbert und die ganze Gruppe vernichtet haben würde.

Und auch Thomas machte sich gut als Bankdirektor. Nun mussten sich noch Ben und Jennifer einfügen. Es war ein guter Plan gewesen, ausgerechnet diese Gruppe von Jugendlichen als Prototypen einzusetzen, die er als Erste zurück in die reale Welt schicken würde. Vollkommen verändert natürlich.

Master X rieb sich die Hände, seufzte zufrieden, gönnte sich ein Schlückchen seines besten Weines.

Nur Miriam bereitete ihm Probleme. Sie war verschwunden. Er vermutete sie bei den Frogs und damit außerhalb seiner Reichweite. Das ärgerte ihn am meisten. Hätte er besser aufgepasst, hätte sie ihn vielleicht zu dem Unterschlupf der Frogs geführt, nach dem er schon lange suchte. Trotzdem hegte er keinen Zweifel: Schon bald konnte er darangehen, sein Werk potenziellen Kunden zu präsentieren: kindheitslose Staatskinder!

Gewappnet

Als Ben und Jennifer die Straße betraten, war Frank verschwunden. Er hatte warten sollen, so war es abgesprochen. Da Frank nicht vorgehabt hatte, in der Stadt wirklich als Taxifahrer zu arbeiten, sondern diese Funktion nur zur Tarnung angenommen hatte, um so auch in den Besitz einer Rikscha zu kommen, schloss Ben aus, Frank könnte mit einer anderen Tour unterwegs sein.

Jennifer konnte es sich dennoch vorstellen. Vielleicht hatte er einen Cop fahren müssen, um seine Tarnung nicht aufzugeben. Sie schlug vor, vor der Bank auf Frank zu warten. Bestimmt würde er hierher zurückkommen.

Ben stimmte zu und so setzten sich beide auf die Eingangsstufen vor der Bank. Ben zog sein Handy aus der Tasche und überlegte, ob er es anschalten sollte, um Frank anzurufen. Sarah hatte sie zwar gewarnt, weil die Handys Master X offenbar auch zur Ortung dienten, aber Ben vermutete, das galt vornehmlich, wenn sie mit den Frogs zusammen waren, und besonders dann, wenn sie sich im Versteck der Frogs aufhielten. Hier auf offener Straße hatte Master X vermutlich ohnehin die Möglichkeit, sie auf Schritt und Tritt zu verfolgen. Da er es aber nicht so genau wusste, zögerte Ben, das Mobiltelefon einzuschalten.

In dem Moment kam Frank schon um die Ecke. Noch bevor er anhielt, entschuldigte er sich für sein Verschwinden.

»Zwei Cops waren hinter mir her!«, rief er aus der Rikscha heraus. »Ich falle unter den Rikscha-Fahrern sofort auf, weil ich als Einziger keine Uniform trage! Ich muss mir dringend eine besorgen!«

Er bremste vor Ben und Jennifer und war noch immer völlig außer Atem. Offenbar hatte er eine wilde Verfolgungsjagd hinter sich gebracht, während Ben und Jennifer sich in Ruhe mit Thomas getroffen hatten.

»Es war nicht leicht, sie abzuhängen!«, berichtete er weiter. Der Schreck stand ihm noch ins Gesicht geschrieben. Nicht auszudenken, was passiert wäre, wenn sie ihn erwischt hätten. Er dachte an Achmed und Sarah, während er so eilig aus der Rikscha heraussprang, als würde sie brennen. »Ohne Uniform setze ich mich nicht noch mal dort hinein! Und übrigens stimmt es: Nur diese Straße ist belebt. Dahinter ist alles noch leer!«

Ben sah sich um, ob noch irgendein Cop sie im Blick hatte. Für einen Moment schien die Luft rein zu sein. Auch er hatte keine Idee, woher sie eine Uniform bekommen sollten. Vielleicht musste man sich irgendwo offiziell als Taxifahrer anmelden?

Frank tippte sich an die Stirn. »Bankdirektor wird man einfach so und als Rikscha-Fahrer muss ich mich anmelden? Das wäre ja wohl das Allerletzte! Was macht denn Thomas?«

Jennifer erzählte ihm in Kürze, was sie mit Thomas besprochen hatten.

Ein Lächeln überzog Franks Gesicht. Er hatte es doch gleich gesagt: Thomas würde sie niemals hintergehen!

Da kam Kolja auf sie zugelaufen. »Kommt mit!«, rief er ihnen schon von Weitem zu.

»Wohin?«, fragte Jennifer.

»Zu Kathrin!«, grinste Kolja und ging voran in die Richtung, aus der er gekommen war.

Ben und Jennifer folgten. Frank warf seiner Rikscha einen letzten Blick zu. Ohne Uniform würde er nicht einsteigen, das hatte er sich geschworen. Also folgte er den dreien zu Fuß und hoffte, die Rikscha würde später noch dastehen.

»Ihr seid zu schnell abgehauen!«, sagte Kolja. Seine Stimme wurde leiser. Während er sprach, sah er sich mehrfach nach Cops um. Offenbar hatte auch er bereits mitbekommen, dass sie möglicherweise an jedem Ort beobachtet und abgehört werden konnten. Flüsternd fragte er Jennifer, Ben und Frank, ob sie irgendwo ein Tier gesehen hätten.

»Ein Tier?«, entfuhr es Ben.

»Psst!«, machte Kolja sofort, so wie auch Thomas es getan hatte.

Ben konnte sich noch immer nicht daran gewöhnen, selbst auf offener Straße nicht laut sprechen zu können. Es war einfach zu gefährlich.

Kolja wiederholte seine Frage. Ben und Frank schüttelten die Köpfe. Jennifer hingegen erinnerte sie an die tote Katze.

Kolja nickte ihr zu. »Aber ein lebendiges Tier?«

Das hatte auch Jennifer nicht gesehen. Keinen Hund, keine Katze. Nichts. Nicht einmal einen Vogel, der durch die Stadt flog.

Genau das war Kolja aufgefallen, als er vor Kathrins Laden stand. Deshalb war er bei Kathrin geblieben. Er hatte sich gefragt, weshalb Kathrin ein Tierfuttergeschäft leitete, wenn es in der ganzen Stadt kein Tier gab.

»Und?«, fragte Jennifer.

»Sie wusste es nicht!«, antwortete Kolja und erzählte, Kathrin hätte nur geglaubt, sie wären keinem Tier begegnet. Eine Stadt ohne Hunde, Katzen und Vögel konnte sie sich gar nicht vorstellen. Doch Kolja überzeugte sie davon. Die tote Katze war nur ein Köder von Master X gewesen, damit sie sich vor lauter Ekel schneller um Essen kümmerten. Sie sollten damit beginnen, Aufgaben wahrzunehmen. Und genau das war auch der Grund für Kathrins Tierfuttergeschäft. Es kam gar nicht darauf an, ob man das Geschäft benötigte oder nicht, Kathrin sollte nur beschäftigt werden.

»Und da sie sich für Tiere und Tierfutter interessiert, bekam sie eben so ein Geschäft!«, erklärte Kolja.

»Nur, um sich zu beschäftigen?«, zweifelte Jennifer.

»Nein, mehr«, glaubte Kolja herausgefunden zu haben. »Um sich wie eine Erwachsene zu benehmen. Darum geht es!«

Er zeigte auf die Kinder in der Straße, die in Anzügen mit Aktenkoffern durch die Gegend zogen. »Ich habe mir zwei von denen geschnappt und ihre Koffer geöffnet: Sie sind leer!«

»Leer?«, wunderte sich Frank. »Weshalb tragen sie die dann?«

Kolja wusste die Antwort: »Weil sie sonst aus der Oberstadt verbannt werden, entweder ins Gefängnis oder hierher in die leere Unterstadt!«

»Das gibt es doch nicht!« Jennifer blieb stehen. »Das glaube ich nicht. Was soll das denn?«

Ben glaubte zu begreifen: »Wir werden konditioniert!«

Frank verstand das Wort nicht und Jennifer übersetzte es frei: »Er meint Training!«

Das verstand Frank natürlich sofort.

Kolja bestätigte, dass er genau das meinte: »Wir sollen uns wie Erwachsene benehmen. Das meinen die Cops mit Stadt zum Leben erwecken. Mit Kathrin und Thomas aus unserer Gruppe hat er angefangen. Die Kinder aus der Oberstadt benehmen sich schon so.«

Noch mal zeigte Kolja auf diejenigen Kinder aus der Oberstadt, die sie sehen konnten, in ihren Anzügen und leeren Aktentaschen. »Ich weiß nur noch nicht, wozu das Ganze dienen soll. Was hat dieser Master X davon, uns unsere Jugend zu nehmen?«

Darauf wussten weder Jennifer noch Ben noch Frank eine Antwort. Auch Sarah hatte es nicht gewusst.

Ben war sich nur in einem sicher: »Wer einen solchen Aufwand dafür treibt, die ganze Stadt der Kinder umzuprogrammieren, sich die Kinder aus der realen Welt schnappt, um sie hier gemäß seines Programms abzurichten, der führt mehr im Schilde, als ein Spiel zu spielen.«

Das glaubte Jennifer auch. Die Sache war todernst. Sie mussten um ihr Leben kämpfen, ahnte Jennifer. Um ihr Leben als Kinder.

»Thomas ist jedenfalls auf unserer Seite«, dachte Ben laut. »Er ist unser erster großer Trumpf. Was ist mit Kathrin?«

Gerade als Ben das fragte, erreichten sie das Tierfuttergeschäft.

Als Antwort auf Bens Frage öffnete Kolja die Tür und rief Kathrin.

Sie kam sofort auf ihre Freunde zugelaufen und begrüßte sie in einem geheimnisvollen Flüsterton, der sich allmählich zur normalen Gesprächslautstärke unter den Kindern entwickelte: »Es tut mir leid, wie ich mich aufgeführt habe. Kolja hat recht: Die Cops wollen mich vor ihren Karren spannen. Gerade war jemand hier und bot mir an, Wirtschaftsministerin zu werden.«

»Was?«, rief Ben aus.

»Was ist das genau, eine Wirtschaftsministerin?«, fragte Frank. Er hatte den Begriff schon oft im Fernsehen gehört, hatte sich aber nie eine Vorstellung davon machen können, was so ein Wirtschaftsminister zu tun hatte.

»Na ja«, Kathrin zuckte mit den Schultern, als ob sie es selbst nicht so recht wusste. »Der Cop hat gesagt, ich werde gewissermaßen die Chefin aller Geschäfte, die wir ins Leben rufen, und derjenigen, die es schon gibt.«

»Wow!«, machte Kolja.

Ben verzog seine Miene zu einem düsteren Blick. »Master X denkt, er hätte uns im Griff: Thomas Bankdirektor, Kathrin Wirtschaftsministerin. Merkt ihr etwas? Wir sollen offenbar nicht nur die Unterstadt zum Leben erwecken, sondern einen Staat aufbauen. Einen Staat der Kinder.«

»Und Miriam sollen wir verraten und Achmed und Sarah vergessen!«, ergänzte Frank.

»Aber nicht mit uns, oder?«, Kolja blickte ernst in die Runde.

»Natürlich nicht!«, bestärkte Ben ihn. Sein Blick ging zu Kathrin, die sofort verstand und ihm Zustimmung signalisierte. Ben nahm sie erleichtert zur Kenntnis.

»Das heißt, eines werden wir machen!«, schränkte Jennifer ein. »Den Staat aufbauen!«

Kolja öffnete schon den Mund zum Protest, als Jennifer fortsetzte: »Aber ganz anders, als Master X es sich vorstellt!« Jennifer fasste zusammen: Thomas war Bankdirektor, Kathrin sollte ruhig den Posten der Wirtschaftsministerin annehmen. Damit hatten sie bereits zwei wichtige Positionen bekleidet. Sie hatten immerhin schon eine Straße mit Geschäften und Lebensmitteln. Miriam leitete die Untergrundbewegung der Frogs. Achmed und Sarah hatten sie nicht vergessen. Kolja, Frank, Ben und Jennifer waren noch ohne Aufgaben in der Stadt. Und genau dafür hatte Jennifer eine Idee: »Wir sollen die Stadt mit Leben füllen, also tun wir es. Bisher werden die Aufgaben offenbar von Master X beziehungsweise den Cops vergeben. Wie wäre es, wenn wir die weiteren Posten selbst erobern?«

»Erobern?«, fragte Kolja. »Wie sollen wir das machen?«

»Durch Wahlen!«, entschied Jennifer. »Wir set-

zen dem Regime von Master X freie Wahlen entgegen.«

»Wahlen zu was?«, wollte Frank wissen. »Zum
Rikscha-Fahrer?«

Jennifer lachte und schüttelte den Kopf. »Nein.
Wir lassen Ben zum Präsidenten wählen!«

Ben wurde blass im Gesicht. Kolja betrachtete
Ben mit skeptischem Blick. »Und die Cops?«, fragte
er.

Auch daran hatte Jennifer schon gedacht. »Die
musst du übernehmen!«

»Ich?« Kolja tippte sich selbst mit dem Zeigefinger auf die Brust. »Aber wie . . .?«

»Polizeipräsident!«, warf Jennifer ihm zu. »Wir
machen dich zum Polizeipräsidenten und damit
zum Chef aller Cops!«

Kolja lachte auf. »Das wird Master X doch niemals zulassen!«

Jennifer wog den Kopf bedächtig hin und her.
»Kommt drauf an. Er hat die Macht, aber wir haben das Geld!«

Master X selbst hatte Thomas zum Bankdirektor
und damit zum Verwalter über das vorhandene
Geld gemacht, weil er glaubte, sowohl ihn als auch
Kathrin auf seiner Seite zu haben. Damit hatte er
aber seinen größten Fehler gemacht und die
Grundlage seines eigenen Untergangs gelegt, war
Jennifer sich sicher. Denn er hatte ihnen die beiden

wichtigsten Machtinstrumente der Stadt in die Hände gelegt: das Geld und die Geschäfte. »Und damit«, so war Jennifer sicher, »gewinnen wir die Mehrheit der Kinder!«

Jennifer wusste, sie hatten noch eine Menge Arbeit und Abenteuer vor sich, aber sie war überzeugt, dass sie es schaffen konnten, den Staat der Kinder aufzubauen, um dann endlich gemeinsam den Ausweg zurück in die reale Welt zu ihren Eltern zu finden und dort als das anzukommen, was sie waren: Kinder!

Aufstand im Staat der Kinder

Mitternachtstreff

Jennifer und Ben war ganz und gar nicht wohl, sich hier um Mitternacht am Marktplatz zu treffen. Sarah hatte doch ausdrücklich darauf hingewiesen, wie sehr die Cops ihnen nachts überlegen waren. Und es war verboten, sich nach zehn Uhr abends auf den Straßen aufzuhalten. Thomas und Kathrin kannten diese Vorschriften offenbar nicht. Unbekümmert schlenderte Thomas über den dunklen Marktplatz, als er – natürlich zu spät – zum Treffpunkt erschien. Ben und Jennifer hielten sich in einem Hauseingang versteckt, von dem aus sie den Marktplatz überblicken konnten. Kathrin war schon da und saß am Brunnen des Marktplatzes. Auch sie wusste nichts von dem nächtlichen Ausgehverbot. Jennifer und Ben hatten sich noch nicht bemerkbar gemacht. Sie beobachteten, ob Kathrin von einem Cop angesprochen wurde.

Ben sah hinüber auf die andere Seite des Platzes. Von Frank war nichts zu sehen, aber er wusste, er hielt sich dort versteckt. Er lag unter der Rikscha, mit der er tagsüber versucht hatte, als Taxifahrer zu arbeiten. Doch ihm fehlte die Genehmigung und so hatte er gleich Ärger mit den Cops bekommen. Leider wusste noch niemand von ihnen, woher man eine solche Genehmigung bekam. Immerhin: Die Rikscha war noch da, konnte im Moment aber bestenfalls illegal benutzt werden.

Kolja hielt sich in der Nähe des Gullydeckels auf, durch den sie kurz nach ihrer Ankunft in dem neuen Level der Stadt der Kinder zum Untergrundversteck der Frogs gelangt waren.

Thomas begrüßte Kathrin und sah sich nach seinen Freunden Jennifer, Ben, Kolja und Frank um. Er schien sich zu wundern, weshalb keiner von ihnen am Treffpunkt zu sehen war, und blickte auf die Uhr.

Jennifer schaute sich noch einmal um, ob nicht einer der Cops zu sehen war. Die Luft schien rein zu sein. Wie sie vorher mit Ben verabredet hatte, sauste sie los, so geräuschlos, wie sie nur konnte. Sogar die Schuhe hatte sie ausgezogen.

»Pst!«, machte sie, als sie Thomas und Kathrin erreicht hatte.

Kathrin erschrak und Thomas wunderte sich, weshalb Jennifer in gebückter Haltung und auf Socken wie ein Dieb angeschlichen kam.

Jennifer erklärte den beiden, wie gefährlich es war, sich nachts auf der Straße blicken zu lassen, und wies sie dann an, ihr möglichst leise zu folgen.

Gleichzeitig gab sie Frank und Kolja, wie zuvor ausgemacht, ein schnelles Zeichen. Beide wussten, wohin Jennifer mit den beiden gehen würde. Der neue Treffpunkt war Koljas Idee gewesen. Eine Idee, die eigentlich auf der Hand lag, man musste nur darauf kommen. Es gab nur eine einzige Straße mit Geschäften. Dort konnten sich Ben und seine Freunde aber nicht treffen, da sie sicher waren, dass Master X alle bewohnten Räume überwachte und abhörte. Die übrige Stadt war leer und musste, wie die Cops sagten, erst aufgebaut und mit Leben gefüllt werden. Das war ihre Aufgabe. Sich auf der Straße zu treffen war aus bekanntem Grund zu gefährlich. Was also lag näher, als sich in einem der leeren Gebäude zu treffen. »Wo nichts ist, lohnt sich auch das Abhören nicht.«

Kolja hatte deshalb vorgeschlagen, sich genau dort zu treffen, wo Ben und seine Freunde ihr Quartier aufgeschlagen hatten, als sie sich einst das allererste Mal in der Stadt der Kinder wiedergefunden hatten: in der Schule.

Bis zur Schule waren es allerdings gut zehn Minuten zu gehen. Zehn Minuten illegal durch die dunklen Straßen, immer in Sorge, dass die Cops auftauchten, die im Dunkeln sehen konnten wie Katzen.

Dennoch hatten sie sich dafür entschieden. Die Schule sollte nicht nur für dieses eine Treffen herhalten. Die Schule sollte ihre Kommandozentrale, ihr Hauptquartier im Kampf gegen Master X sein.

Während Frank die kleine Kolonne mit Ben, Jennifer, Kathrin und Thomas anführte, blieb Kolja ein wenig zurück. Er ließ den anderen eine Minute Vorsprung, dann nahm er einen Stein und warf ihn in die Schaufensterscheibe von Kathrins Tierfuttergeschäft. Am Nachmittag hatte er sich dort genau umgesehen und feine Drähte in der Schaufensterscheibe entdeckt. Eine Alarmanlage, hatte er richtig vermutet. Kaum hatte der Stein das Glas zertrümmert, dröhnte der Alarm über den Marktplatz. Das würde die Cops eine Weile beschäftigen. Kolja floh keinesfalls, sondern wartete in Ruhe ab. Er war verblüfft, wie schnell die ersten Cops zur Stelle waren, und vor allem, woher sie kamen. Gerade noch hätte er geschworen, dass sich in der Nähe der ehemaligen Pizzeria kein Cop befand, doch schon stürzten zwei von ihnen aus dem Laden.

»Was ist hier los?«, fragte einer.

»Frogs!«, rief Kolja und zeigte in die Dunkelheit. Ben und die anderen waren genau in die entgegengesetzte Richtung gelaufen. »Dort sind sie! Es waren zwei!«

»Frogs?«, wunderte sich der eine Cop. »Hier in der Unterstadt? Hier gibt es doch nichts zu holen!«

Kolja zog ahnungslos die Schultern hoch. »Sahen jedenfalls aus wie Frogs.«

Der andere Cop machte sich schon auf den Weg, weitere kamen aus den Seitenstraßen herangelaufen und fragten, was passiert wäre. Der eine Cop zeigte in die Richtung, die Kolja angegeben hatte. »Frog-Alarm!«

Koljas Plan schien aufzugehen. Gleich würde er sich langsam davonschleichen und möglichst unauffällig seinen Freunden zur Schule folgen.

Doch da wurde der erste Cop stutzig.

»Was machst du eigentlich noch um diese Zeit hier auf der Straße?«, fragte er.

Kolja zuckte zusammen.

»Ich?«, begann er zögerlich.

»Ja!«, bohrte der Cop nach. »Du! Also? Ich höre!«

Kolja biss sich auf die Lippen. Er hielt es nicht länger durch, brav und untertänig zu tun. Dieser Cop ging ihm auf die Nerven. »Ihr könnt froh sein, dass ich gerade hier war!«, blaffte er. »Wo wart ihr denn? Die Frogs werfen hier fröhlich die Schaufensterscheibe ein und von euch ist weit und breit niemand zu sehen!« Kolja redete sich so in Rage, dass er allmählich schon selbst an seine erfundene Geschichte zu glauben begann. »Ich war es, der sie dabei gestört hat. Und ich habe euch gezeigt, wohin sie getürmt sind, während du hier deine Zeit mit mir vertrödelst!«

Der Cop sah ihn verblüfft an.

Kolja spürte, wie er Oberwasser gewann. Schnell legte er noch einen drauf.

»Wie heißt du eigentlich? Ich denke, ich werde mich über dich beschweren!«

»Beschweren?«, wunderte sich der Cop. »Wie soll das denn gehen?«

Nun war Kolja wiederum erstaunt. Ganz offenbar waren Kritik oder gar Beschwerden gegen die Cops in dieser Stadt der Kinder nicht vorgesehen. Es gab überhaupt keine Einrichtung dafür. Die Cops konnten schalten und walten, wie sie wollten. Jeglicher Willkür waren Tür und Tor geöffnet. Das machte die Sache umso gefährlicher, erkannte Kolja. Der Cop konnte ihn festnehmen, wenn er wollte, ohne Angabe von Gründen. Wehren konnte Kolja sich auch nicht. Bei Achmeds Verhaftung hatte er gesehen, mit welchen außerordentlichen körperlichen Fähigkeiten die Cops von Master X ausgestattet worden waren. Kolja durfte sich auf keinen Fall mit dem Cop anlegen – so gern er es auch getan hätte. Master X herrschte uneingeschränkt und die Cops waren seine Handlanger, ebenfalls mit unbeschränkter Macht versehen.

Master X! Darin sah Kolja seine Chance.

»Ich beschwere mich bei Master X!«, behauptete Kolja dreist.

Der Cop lachte. »Bei Master X?«

Kolja nickte. »Ja, wieso nicht?«

»Niemand hat direkten Kontakt zu Master X!«, stellte der Cop klar.

Kolja verstummte. Das hatte er noch nicht gewusst. Es war eine interessante Information. Dumm war nur, diese Information jetzt und auf diese Weise zu bekommen. Noch immer war für den Cop die Frage nicht beantwortet, weshalb Kolja sich nachts auf die Straße begeben hatte. Hätte er doch bloß seinen Mund gehalten! Er hatte sich doch schon so schön aus der Affäre gezogen, aber nein, er musste ja noch einen draufsetzen und dem Cop mit einer Beschwerde drohen! Kolja hätte sich vor Wut über sich selbst in den Hintern beißen können.

»Ich denke, wir klären das auf dem Revier!«, sagte der Cop. »Komm mal mit!«

Kolja schluckte. Es war genau das eingetreten, was er hatte vermeiden wollen. Die Cops nahmen ihn mit.

Von der Gefangeneninsel gab es laut Sarah nur zwei Fluchtwege. Einer, den die Frogs vor einiger Zeit entdeckt hatten, war verschlossen, weil er verraten worden war. Es gab einen Spion bei den Frogs, den sie noch nicht enttarnt hatten. Immerhin hatte er den Standort des Quartiers in der Kanalisation noch nicht verraten. Entweder war er noch nicht dazu gekommen oder er war an der Sicherung gescheitert, die die Frogs eingebaut hatten, um ihr Quartier finden zu können. Nur wenige kannten dieses Sicherungssystem.

Der zweite Fluchtweg führte durch den Fluss, der die Insel einschloss. Boote gab es nicht und so konnte man den Fluss nur durchschwimmen. Das aber war unmöglich, weil das Wasser des Flusses elektrisch geladen war. Doch Sarah wusste, dass man den Strom für eine gewisse Zeit unterbrechen konnte. Die geheime Schaltzentrale dazu lag angeblich im Wald der Insel. Und so war Achmed darauf angewiesen, Sarah zu vertrauen und ihr in den Wald zu folgen. Er war sehr froh über diese Fluchtmöglichkeit, denn obwohl Sarah ihn gewarnt hatte, stellte er sich den Gang durch den Wald als nicht allzu schwierig vor.

Achmed hatte keine Angst vor einsamen Wäldern.

Sarah hatte ihm nur ein mitleidiges Lächeln zugeworfen: »Das Problem des Waldes ist nicht, dass er einsam wäre«, hatte sie gesagt, »im Gegenteil!«

Sie ging voran und sie ging langsam. Äußerst vorsichtig setzte sie einen Schritt vor den anderen, obwohl sie sich auf einem ganz gewöhnlichen Wanderpfad durch den Wald befanden. Hier hätten Rentner einen Spaziergang machen können, fand Achmed. Der Wald wirkte friedlich und freundlich, lichtdurchflutet und hell. Achmed ahnte, dass der Schein trog. Dennoch konnte er sich nicht vorstellen, welche Gefahren hier lauern sollten. Sarah ging so vorsichtig, als wäre der Weg vermint.

So unglaublich es auch klang, aber sie konnten noch froh sein, auf der Insel und nicht in diesem Wald gefangen zu sein, erläuterte sie.

Achmed schnappte nach Luft. Er konnte sich kaum vorstellen, was noch schlimmer sein sollte als diese Insel. Es gab nichts als eine Zeile zertrümmerter Ruinen, in denen sie wohnen mussten. Die Lebensmittel wurden wie bei einer Raubtierfütterung von einem Hubschrauber abgeworfen, über die sich dann eine Horde verwahrloster Kinder hermachte, wobei sie sich gegenseitig verprügelten und sich die Brocken aus den Mäulern rissen. Es gab kein fließendes Wasser, keine Toiletten, keine ◆

Duschen, keine Betten. Was sollte noch schlimmer kommen?

Sarah sagte es ihm: »Wer sich hier nicht fügt, kommt in Einzelhaft in eine der Berghöhlen!«

»Wieso nicht fügen? Was kann man denn hier noch falsch machen?«

»Den Wald zu betreten war schon falsch. Es ist nämlich verboten!«

Achmed schreckte auf.

»Wieso das denn? Wieso gibt es den Wald denn, wenn man nicht hindurchgehen darf?«

»So wie die Insel vom Fluss umschlossen ist«, erklärte Sarah, »so sind die Berghöhlen vom Wald umschlossen. Der Wald dient zur Abschreckung, damit die Gefangenen nicht versuchen, aus den Höhlen zu fliehen!«

Achmed erstarrte. »Und damit . . .«

Sarah nickte: »Richtig: Der elektrische Fluss ist Kinderkram gegen die Gefahren des Waldes!«

»Na, super, ey!«, stöhnte Achmed.

Sarah sah sich um. »Wir müssen vorsichtig sein. Es wimmelt hier von Fallen!«

Achmed hatte es befürchtet. »Weißt du, was sonst noch auf uns zukommt?«

Als er das erste Mal in den Untergrund zu den Frogs hinabgeklettert war, hatte er mit Monstern gerechnet. Immerhin befanden sie sich als Figuren in einem Computerspiel. Warum sollte es dort keine Monster geben? Seiner Meinung nach konnte es in einem Computerspiel alles geben.

»Frogs, die schon mal hier gefangen gehalten wurden, berichteten von Heulsusen!«

Achmed lachte auf. »Wie bitte?« Doch er hatte richtig gehört. Sarah warnte vor Heulsusen! Doch bevor er weiterfragen konnte, blieb Sarah abrupt stehen. »Vorsicht!«

Sie tastete den Boden behutsam mit der Fußspitze ab. »Verdächtig weich!«, fand sie, setzte sich auf die Knie und strich mit der Hand das Laub beiseite. Darunter kamen Äste zum Vorschein, die kreuzweise angeordnet über ein tiefes Loch gelegt waren. »Wusste ich's doch!«

Achmed warf einen Blick in den Abgrund. Wer hier hineinfiel, hatte keine Chance, jemals wieder rauszukommen.

Sarah räumte die Äste beiseite und steckte rund um die entstandene Öffnung einige Äste senkrecht in den Boden, damit jeder, der hier entlangkam, sofort gewarnt war.

»Weiter!«, sagte sie und setzte den Weg fort, indem sie weiterhin vorsichtig einen Fuß vor den anderen setzte.

Ein Affe müsste man sein, dachte Achmed, dann könnte man sich von Baum zu Baum hangeln. Er blieb stehen und sah hinauf zu den Baumkronen. Tatsächlich! Wie er gehofft hatte. Die Stadt der Kinder war schließlich wie eine Stadt in Computerspielen aufgebaut und deshalb auch so ausgestattet. Folgerichtig waren es keine europäischen Bäume, die hier wuchsen, sondern Bäume mit Lianen. Er tippte Sarah auf die Schulter und zeigte nach oben.

Sarah verstand sofort, was Achmed für eine Idee hatte.

»Ein Versuch ist es wert!«, fand sie.

Diesmal ging Achmed voran, um den nächstgelegenen Baum zu erklimmen. Es ging besser, als er vermutet hatte. Mit einem Mal durchzuckte ihn ein entsetzlicher Schmerz, der sich vom Kopf angefangen in Millisekundenschnelle durch sein Rückenmark bohrte und auch seine Gliedmaßen erfasste. Achmed war kaum noch in der Lage, sich festzuhalten. Taumelnd hing er an einem dünnen Zweig, suchte mit seinen Füßen nach dem nächsten Ast, um wieder Halt zu finden. Auch Sarah hielt sich nur noch mit einem Arm. Sie schrie ihm etwas zu, Achmed konnte es nicht verstehen und begriff, woher der Schmerz kam. Ein Geräusch zermarterte seine Gehörgänge. Das Geräusch eines entsetzlich lauten und schrillen Schreis. Achmed konnte nicht verstehen, was Sarah ihm zurief. Der Schrei übertönte alles. Es war das Schrillste und Lauteste, was Achmed je gehört hatte. Er spürte nur noch Schmerz. Dann wurde ihm schlagartig klar, was sie ihm zurief: Heulsusen!

Das waren die Heulsusen?

Und dann sah er es. Auf dem Ast eines Nachbarbaumes stand ein kleines blondes Mädchen, die Haare zu zwei artigen Zöpfen gebunden, in einem rosafarbenen Glitzerkleid und schwarzen Lackschühchen – und weinte. Besser gesagt, es weinte nicht, es kreischte. Als ob eine Kreissäge sich in rostiges Metall fraß. Achmed wunderte sich, wieso sein Trommelfell nicht längst in tausend Stückchen zerfetzt war. Mit seiner ganzen verbliebenen Kraft schrie er dagegen an: »HALT'S MAUL!«

Das Kreischen verstummte.

Achmed konnte es nicht fassen.

Auch Sarah staunte ihn nur verblüfft an.

»ES HAT GEWIRKT!«, brüllte sie, weil sie sich an die plötzliche Ruhe noch nicht gewöhnt hatte.

Sarahs Gebrüll war für die Heulsuse allerdings fast schon wieder zu viel. Ihr Gesicht verzog sich abermals zu einer weinerlichen Grimasse.

Erschrocken rief Achmed ihr schnell zu: »Schon gut, schon gut. Keine Angst. Wir tun dir nichts!«

Nervös dachte Achmed nach, wie man dem Mädchen gute Laune bescheren konnte. Alles durfte geschehen, nur nicht, dass diese Heulsuse von Neuem zu kreischen begann.

»Mein Baum!«, jammerte das Mädchen.

»Dein Baum?«, fragte Achmed nach. »Sag mal, hast du sie nicht mehr al...«

Das Gesicht der Heulsuse verzog sich weiner-
lich.

»Schon gut, schon gut, ey. Alles easy. *Dein*
Baum, völlig klar! Super Baum, dein Baum, den
wollten wir nur mal angucken, ey. Keine Panik,
okay?«

Die Heulsuse hielt still.

Achmed atmete tief durch. Blöde Zimtzicke,
dachte er. Am liebsten hätte er sich hinüber zu dem
Ätzkind geschwungen und ihr ordentlich eine ver-
passt. Die hatte wohl nicht mehr alle Spangen in
den Zöpfen! Aber Achmed beherrschte sich. Bloß
nicht wieder dieser Schrei!

Langsam begann er, den Baum wieder hinab-
zuklettern. Die Miene der Heulsuse hellte sich auf.
Das war es, was diese kreischenden Biester wollten: Er und Sarah sollten die Bäume verlassen und
somit gezwungen werden, den mit Fallen über-
säten Weg entlangzugehen. Achmed kletterte weiter hinunter. Sarah erkannte die wohltuende Wirkung und folgte ihm – im festen Entschluss, am
nächsten oder übernächsten Baum wieder hinaufzuklettern. Doch daraus wurde nichts.

Unten angekommen, blickte Achmed hinauf, um
sich den nächsten Baum auszugucken. Da sah er
es: In jeder Baumkrone hockte eine Heulsuse. Mal
waren es kleine Mädchen in rosa Glitzerkleidchen
und blonden Zöpfen, mal kleine Jungs in Matrosen-

hemdchen und kurzen Hosen. Einige trugen sogar Strampelanzüge wie Babys. Achmed fühlte sich in seiner Befürchtung bestätigt: Entweder sie schlichen weiter über den Boden – mit dem Risiko, in eine der Fallen zu tappen. Oder sie wählten den Weg über die Bäume und liefen Gefahr, dass die Heulsusen mit ihrem Gekreische ihnen die Ohren zerfetzten. Achmed musste keine Sekunde überlegen: lieber durch die Fallen!

Die Entscheidung

Nervös sah Jennifer auf die Uhr. Kolja hätte längst bei ihnen sein müssen.

»Da ist etwas passiert!«, war sie sich sicher. »Die Cops haben ihn erwischt! Jede Wette!«

»Langsam, langsam«, versuchte Ben sie zu beruhigen. Es gelang ihm nicht. Es war zum Verzweifeln: Achmed und Sarah waren verhaftet. Von Miriam, die versuchte, bei den Frogs Fuß zu fassen, hörten sie nichts. Und nun war auch noch Kolja verschwunden.

Zwar hatten sie die Schule fast erreicht. Doch schon wartete die nächste böse Überraschung auf sie.

»Verdammt!«, fluchte Frank und blieb stehen.

Die Schule war umstellt von Cops, das Gebäude mit rot-weißem Absperrband abgeriegelt und der Haupteingang mit Gittern geschlossen.

»Die suchen uns!«, glaubte Frank, doch Jennifer widersprach. »Viel zu großer Aufwand. Wenn sie wüssten, dass wir zur Schule gehen, hätten sie uns locker unterwegs abfangen können.« Jennifer war sich sicher, die aufwendige Absperraktion galt nicht ihnen, sondern der Schule selbst.

Frank verstand nicht, was Jennifer meinte. Die

Schule war leer gewesen, komplett leer. Nicht nur, dass es dort keine Schüler gab, es gab auch keine Möbel, keine Bücher, nichts. Lehrer natürlich sowieso nicht.

Jennifer nickte. »Und Master X scheint ein gesteigertes Interesse daran zu haben, dass das auch so bleibt.«

Master X hatte ihnen zwar die Aufgabe gestellt, die Stadt zum Leben zu erwecken, also so aufzubauen, wie man Städte von Erwachsenen kannte, aber die Schule sollte davon offenbar ausgeschlossen bleiben.

»Master X will keine Schule!«, schlussfolgerte Jennifer.

»Der kriegt ja richtig sympathische Züge«, fand Thomas, der als Letzter der Gruppe nun auch um die Ecke geschaut hatte. Er erntete sofort heftigen Widerspruch von Jennifer.

»Das ist doch völlig klar, weshalb der keine Schule will!«, erläuterte sie. »Alle Kinder sollen brav und gehorsam Master X folgen. Da kann er keine Kinder brauchen, die gebildet sind und sich eine eigene Meinung über die Dinge machen!«

»Ist ja schon gut!«, wehrte Thomas ab. »Ich meinte ja bloß, so eine Zeit lang ist es ohne Schule doch ganz erholsam!«

»Eine Zeit lang?«, setzte Jennifer ihm weiter ▶

zu. »Sarah und die Frogs sind schon Monate hier!«

Ben und Frank nickten ihm betreten zu. Jennifer hatte recht. Vor allem aber, es warf die alte Frage wieder auf: Wozu das alles? Weshalb hatte Master X die Cops geschaffen, weshalb holte er sich Kinder aus der realen Welt hierher und konditionierte sie zu dümmlichen Handlangern, die den ganzen Tag unsinnigen Beschäftigungen nachgingen? Kathrin führte einen Tierfutterladen, obwohl es keine Tiere mehr gab. Die Bürokinder trugen leere Aktenkoffer mit sich herum. Sie hatten nichts zu tun, und trotzdem ließen sie sich per Taxi durch die Gegend chauffieren, als wären sie besonders wichtig. Nichts, was Kindheit ausmachte, durfte es hier geben. Die Kinder spielten nicht, sie sollten nichts lernen, sie durften nicht herumtoben, nichts fragen, sondern nur gehorchen. Die Kinder wurden zu kleinen Erwachsenen erzogen. Weshalb?

»Was machen wir denn jetzt?«, fragte Frank. Mittlerweile war es schon halb eins. Um Mitternacht hatten sie beraten wollen, wie sie weiter vorgehen wollten. Bis jetzt hatten sie noch nicht einmal einen Ort gefunden, an dem sie ungestört darüber reden konnten – und auch noch Kolja verloren!

Jennifer hatte schon zuvor vorgeschlagen, schein-

bar auf die Anweisungen von Master X einzugehen und alle Kraft daranzusetzen, den Staat der
Kinder aufzubauen – allerdings anders, als Master X sich das vorstellte. Bisher hatte Master X alle
Posten vergeben. Er war derjenige, der die Macht
innehatte und bestimmte, wer welche Aufgabe in
dieser Kinderwelt übernehmen musste. Auf diese
Weise war Thomas Bankdirektor und Kathrin Wirtschaftsministerin, also die Chefin aller Geschäfte,
geworden. Master X duldete keinen Widerspruch
und ließ alle Kinder durch die Cops überwachen.
Jennifer dagegen wollte Wahlen einführen und die
Kinder selbst bestimmen lassen, wie der Staat der
Kinder aussehen sollte. Nur: Wie sollten sie so etwas anstellen?

Für Frank bedeuteten Wahlen langweilige Diskussionen im Fernsehen und die Verschandelung
der Landschaft mit öden Parteiplakaten. Für Thomas waren das Wichtigste an Wahlen die Wer-
begeschenke. Meistens bekam man Kugelschreiber, Luftballons und selten auch etwas Originelleres
geschenkt. Kathrin hatte sich noch nie für Wahlen
interessiert. Aber wenn es jetzt welche geben sollte, dann wollte sie den Schutz der Tiere in ihr Wahlprogramm aufnehmen.

»Es gibt doch gar keine Tiere hier!«, erinnerte
Frank.

Und Ben fragte sich, von welchem Wahlprogramm Kathrin sprach? Er hatte nicht vor, sich irgendwohin zu setzen und ein Papier mit Wahlversprechen vollzuschreiben.

»Es muss anders laufen!«, fand er.

Thomas stimmte zu. »Genau. Wir verschenken Kugelschreiber und Notizblöcke. Die vergessen die Parteien nämlich meistens!«

Jennifer schüttelte den Kopf. »Was redet ihr denn da für einen Müll? Das ist doch genau das, was Master X will: dass wir uns benehmen wie Erwachsene!«

Thomas war beleidigt: »Es war doch dein Vorschlag, Wahlen zu organisieren!«

»Aber nicht solche!«, widersprach Jennifer.

Auch Ben und Frank verstanden nicht, was Jennifer vorhatte.

»Ist doch ganz einfach!«, erläuterte Jennifer. »Wir machen es nicht wie Erwachsene, sondern auf unsere Art – wie Kinder und Jugendliche!«

»Aha!«, machte Thomas.

»Hä?«, fragte Frank.

»Versteh ich nicht!«, kommentierte Kathrin.

Auch Ben runzelte die Stirn. »Und ... wie ... machen es Kinder und Jugendliche?«

»Was macht ihr am liebsten?«, fragte Jennifer in die Runde.

»Tiere pflegen!«, antwortete Kathrin prompt.

Thomas stöhnte auf und klopfte Kathrin mit dem

Fingerknöchel gegen die Stirn. »Hallo? Jemand zu Hause? Es gibt hier keine Tiere!«

»Ich mache am liebsten Sport!«, sagte Frank, obwohl es jeder wusste.

Jennifer hob abwehrend die Hände: »Und Thomas sammelt gern und Ben beschäftigt sich mit dem Computer. Ihr haltet mich für verrückt, aber ich lese und lerne gern.«

Die anderen nickten. Auch das wussten sie. Aber führte sie das weiter?

»Und Miriam . . .«

». . . macht am liebsten Party!«, beendeten die anderen den Satz im Chor.

»Und was ist in dieser Stadt von Master X und den Cops alles verboten oder zumindest nicht angesagt?«, fragte Jennifer. Sie gab die Antwort selbst: »Sammeln, spielen, Sport, lernen . . .« Sie wies auf die abgeriegelte Schule, zeigte dann auf Kathrin: ». . . und Tiere!«

»Sag ich doch!«, bestätigte Kathrin.

»Und?«, fragte Frank.

»Ja, und?«, wiederholte Jennifer. »Begreift ihr nicht?«

Ben schaltete als Erster: »Du meinst . . . !«

Jennifer nickte. »Jawohl, ich meine: Alles, was wir gern machen, ist verboten. Und deshalb tun wir genau das: Wir veranstalten eine riesige Sammel-, Spiel-, Sport-, Tier- und Tanzparty, kurz, ein echtes

◆ Kinder- und Jugendfest! Bezahlt von der Bank unter Leitung unseres Bankdirektors Thomas, ausgestattet von den vorhandenen Geschäften unter Leitung unserer Wirtschaftsministerin Kathrin. Und auf diesem Fest rufen wir den Staat der Kinder aus, geleitet von Ben. Ben, der Kinderpräsident!«

Cop-Revier

In der Unterstadt gab es nur eine mit Leben erfüllte Geschäftsstraße. Kolja hatte nicht gewusst, dass eines der wenigen Geschäfte gar kein Laden war, sondern ein Revier der Cops. ›Eiscafé‹ stand über der Eingangstür des kleinen Gebäudes hinter der Apotheke. Kolja überlegte, ob ihm das Café aufgefallen wäre, wenn er es am Tage schon gesehen hätte. Ein Eiscafé passte nicht so richtig in eine Erwachsenenwelt, fand er. Und so wirkte es fremd in dieser kleinen Geschäftsstraße. Eine Apotheke gab es, das Bankhaus von Thomas, den überflüssigen Tierfutterladen, das Haushaltswarengeschäft, eine Pizzeria, von der Kolja aber auch nicht wusste, ob es sich dabei wirklich um ein Restaurant handelte, einen Obst- und Gemüseladen, einen kleinen Supermarkt, und das war es auch schon. Die Straße hatte noch nichts mit der Stadt zu tun, in der sie in der realen Welt lebten. Bisher war die Stadt der Kinder ja eine exakte Kopie gewesen. Diese Straße aber gab es in Wirklichkeit nicht. Sie war der Oberstadt, also der Kopie der eigentlichen Stadt der Kinder, offenbar vorgeschaltet wie eine Eingangskontrolle.

Das sogenannte Eiscafé also hatte mit einem ▶

wirklichen Eiscafé nichts zu tun, was man auf den ersten Blick erkannte, sobald man einen Fuß über die Schwelle gesetzt hatte. Innen sah es genau so aus, wie man sich ein Polizeirevier vorstellte. Links eine karge Bank an der Wand, gegenüber ein Tresen, hinter dem ein Cop stand, um den Besuch zu empfangen, hinter ihm zwei Schreibtische, an denen zwei Cops jeweils etwas in Computer eintippten. Geradeaus eine verschlossene Tür, die – so vermutete Kolja – zu weiteren Räumen führte; vielleicht sogar zu Gefängniszellen.

Kolja fragte sich, weshalb das Revier als Eiscafé getarnt war. Jeder, der einmal hier war, wusste doch, dass es sich um ein Revier handelte, und konnte es weitererzählen.

Kolja erschrak über seinen Gedanken: Oder kam jemand, der einmal hier war, nie wieder hinaus, sondern gleich von hier aus ins Outlaw-Gebiet?

»Setz dich!«, sagte der Cop und wies auf die karge Bank. Kolja befolgte die Aufforderung und sah sich heimlich nach einer Fluchtmöglichkeit um. Die Fenster waren vergittert. Der einzige Weg hinaus führte durch die Eingangstür, durch die er gekommen war. Dort hatte sich jetzt ein weiterer Cop postiert.

Kolja rief sich ins Bewusstsein zurück, dass er in

der Unterstadt war. Hierher kamen die Neuankömmlinge. Vielleicht sollten sie nicht gleich auf ein Cop-Revier stoßen. Das würde die Tarnung erklären. Kolja hegte leise Hoffnung, doch noch heil von hier fortzukommen und zu seinen Freunden zurückkehren zu können.

Cops verwirren

Joshua erwies sich als guter Freund und Helfer. Ohne zu murren, hatte er Miriam als Anführerin der Frogs in Vertretung von Sarah akzeptiert und ihr ebenso geduldig wie zielstrebig die wichtigsten Räume und Verstecke der Frogs gezeigt.

Miriam war beeindruckt gewesen. Schon bei der ersten Begegnung mit den Frogs, als Sarah noch da gewesen war, hatte sie voller Hochachtung und Bewunderung registriert, was Sarah und die Frogs hier in der Kanalisation aufgebaut hatten. Aber da hatte sie sich das alles noch nicht so groß, gut ausgestattet und ausgeklügelt vorgestellt. Dass sie überhaupt hier unten sein konnte, hatte sie nur einem sehr feinen Sicherheitssystem zu verdanken, das sie – lange bevor Miriam es überhaupt hätte ahnen können – identifiziert und ihr den Zugang zu den Frog-Katakomben erlaubt hatte.

Beim Rundgang mit Joshua fiel Miriam als Erstes ein Ameisenbau ein. Genau wie diese in einem sehr verzweigten Gangsystem ihre Königin schützten, hatten auch die Frogs sich das unter der Stadt verzweigte Kanalisationssystem zunutze gemacht. Die einzelnen Feuerschutzräume und Arbeitsräume für das Arbeitspersonal dienten den Frogs als

Wohnkammern, Küche, Ess- und Aufenthaltsräume.

Sogar Trainingsräume gab es, in denen die Frogs sich mit Kampftechniken vertraut machten und das Schießen mit den Blasrohren übten, die einzigen Waffen, mit denen man etwas gegen die Cops ausrichten konnte.

Nur weshalb Master X dieses Gangsystem nicht längst ausfindig gemacht und zerstört hatte, konnte Miriam nicht begreifen.

Joshua versuchte es zu erklären, so wie die Frogs es sich selbst auch erklärt hatten. Genau wussten sie es selbst nicht.

Die gesamte Stadt, so hatte Joshua erläutert, ist ein Computerspiel, programmiert und geschaffen von Master X, nach dem Ebenbild der realen Stadt, in der Miriam und ihre Freunde wohnten.

»Die ersten Male war es das Ebenbild«, schränkte Miriam ein. »Inzwischen hat er ja viel verändert!«

Joshua stimmte ihr nickend zu. »Und dies eben auch!« Joshua deutete mit ausgebreiteten Armen die gesamte Kanalisation an. »In seinem Spiel kam die Kanalisation offenbar nicht vor!«

Miriam erinnerte sich. In den vorangegangenen Levels der Stadt der Kinder hatte es ein unterirdisches Labyrinth gegeben, aber keine Kanalisation.

Wieder nickte Joshua.

»Da muss ein Fehler passiert sein«, vermutete er. »Das, was früher das Labyrinth war, ist jetzt die Kanalisation. Und zwar offenbar ziemlich deckungsgleich mit jener, die in Wirklichkeit existiert. Und die kennt Master X eben nicht – weil er sie nicht programmiert hat. Er kennt die Gänge nicht, die Wege nicht, die Ein- und Ausgänge nicht. Und offenbar hat er auch keinen Zugang zu den Plänen.«

Nun nickte Miriam. Sie glaubte zu verstehen.

Doch Joshua hatte seine Ausführungen noch nicht beendet. »Hinzu kommt, dass es eine Kombination ist aus der echten Kanalisation und der Computerprogrammierung, denn die Ein- und Ausgänge lassen sich programmieren und damit verändern. Allerdings nicht von Master X, sondern von uns!«

»Genial!«, sagte Miriam anerkennend. »So etwas hätte ich sonst nur Ben zugetraut. Welcher kluge Kopf hat das herausbekommen?«

Joshua zuckte mit den Schultern.

»Das weiß nur Sarah!« Mit einem kleinen Lächeln ließ Joshua seine weißen Zähne aufblitzen und strich sich eine Strähne seiner pechschwarzen Haare aus der Stirn, dass Miriam auf der Stelle hätte dahinschmelzen können. Doch sie beherrschte sich und blieb beim Thema.

»Nur Sarah?«

»Ja!«, bestätigte Joshua, um sofort einzuschränken: »Und noch zwei vertraute Mädchen – Rahima und Lale. Darüber hinaus nur die Programmierer selbst. Ich weiß aber auch nicht, wie viele es sind und wo sie sich aufhalten.«

Miriam stutzte. »Moment mal. Heißt das . . .?«

Wieder zeigte Joshua lächelnd seine strahlend weißen Zähne. ». . . dass Sarah nicht einmal ihren eigenen Leuten traut. Genau!«

Sie waren in der letzten Kammer angekommen, die Joshua Miriam zeigen wollte. Er öffnete die Tür und ging voran. »Vermutlich ist das der Grund, weshalb die Cops uns noch nicht bekommen haben. Die Ein- und Ausgänge werden oft und unregelmäßig verändert. Niemals kennen wir alle, sondern immer nur die, die wir benötigen.«

»Klingt schlau«, fand Miriam. »Aber wenn Sarah nicht da ist, müsste ich doch jetzt wenigstens wissen, wer die Ein- und Ausgänge programmiert!«

»Tja«, räumte Joshua ein. »Kann sein, aber ich kann es dir nicht sagen, weil ich es selbst nicht weiß. Und ich bezweifle, ob Rahima und Lale es dir sagen werden.«

»Mm«, machte Miriam nachdenklich. Sie blieb hinter Joshua stehen und schaute sich erst einmal um, in welchen Raum Joshua sie geführt hatte.

»Wow!«, machte sie und erkannte sofort, wo sie sich befand. »Die Waffenkammer!«

»So ist es!«, bestätigte Joshua. »Du wolltest doch heute einen Zug in die Oberstadt machen!«

Miriam erinnerte sich an ihren eigenen Plan, den sie schon fast wieder vergessen hatte. »Natürlich!«, sagte sie schnell, um sich keine Blöße zu geben. Sie spürte, dass es nun endgültig kein Zurück mehr gab. Sie war die Führerin der Frogs. Für Miriam wurde die Sache ernst.

Sie atmete einmal tief durch und gab sich einen Ruck. Sie durfte nicht kneifen. Irgendwie würde sie ihre Aufgabe schon meistern. Sie hatte den Einbruch in die Oberstadt angeordnet, obwohl die Vorratskammern der Frogs prall gefüllt waren, genug, um die nächsten zwei Wochen ohne Mangel leben zu können. Joshua hatte sie ihr gezeigt. Für Miriam hatte die Aktion eine andere Bedeutung: Zum ersten Mal würde sie die Oberstadt kennenlernen; jenen Teil der Stadt der Kinder, der so aussah, wie sie es gewohnt war: eine komplette Stadt mit Wohnungen, Geschäften, Fahrzeugen, Strom, Wasser, einfach allem, was eine Stadt ausmachte – nur eben ohne Erwachsene. Je mehr Ben und die anderen in der leeren Unterstadt brav und gehorsam die Stadt aufbauten, desto mehr würde sich die Unter- mit der Oberstadt verbinden. Bisher gab es nur eine einzige belebte Straße mit wenigen Geschäften in der Unterstadt. Miriam und ihre Freunde waren überzeugt, der Weg zu Master X'

Machtzentrum und damit zurück in die reale Welt führte durch die Oberstadt. So versuchten sie auf zwei Arten, in die Oberstadt zu kommen und diese möglichst zu erobern: Ben und die anderen auf die legale Weise, indem sie den geforderten Staat der Kinder aufbauten, Miriam und die Frogs, indem sie ihre geheimen Zugänge nutzten und versuchten, gewissermaßen als Untergrundorganisation in der Oberstadt Fuß zu fassen und das Machtzentrum von Master X zu entdecken. In all den Monaten war es Sarah mit ihren Frogs nicht gelungen. Vielleicht hatte Miriam mehr Glück.

»Hat jeder eine Waffe?«, fragte Miriam. »Oder müssen wir erst jeden mit einer Waffe ausstatten?«

»Dies ist nur die Reserve!«, erklärte Joshua. »Jeder hat ein persönliches Blasrohr. Nur die Pfeile sind begrenzt. Wir müssen neue Munition ausgeben!«

Joshua zeigte auf eine offene Kiste, in denen kleine Silberstifte lagen, die die Frogs mittels Blasrohr auf die Cops schossen. Es war das einzig wirksame Mittel gegen die Cops. Sie funktionierten wie Giftpfeile, aber das waren sie nicht. Giftpfeile hätten die Frogs auch nicht selbst herstellen können. Die kleinen Pfeile waren nichts weiter als spitze, kleine Silberstäbe. Auf einem langen Tisch, der zu Miriams rechter Seite an der Wand stand, waren zwanzig Bunsenbrenner aufgereiht. Drei Frogs waren gerade damit beschäftigt, weitere Silberpfeile herzustellen, indem sie Silberschmuck, aber auch Bestecke erhitzten und zu kleinen Pfeilen umformten. Es war eine mühevolle Arbeit, doch sie lohnte sich.

»Die Cops sind programmierte Figuren, die einen Chip in ihrem Brustkorb tragen«, erläuterte Joshua. »In diesen Chips sind ihre besonderen Fähigkeit programmiert. Silber als Metall mit der besten elektrischen Leitfähigkeit verursacht – vereinfacht gesagt – eine Art Kurzschluss im Körper der Cops. Die Chips fallen aus und die Cops fallen gewissermaßen in Ohnmacht – bis ihnen jemand den Silberstab wieder entfernt. Vernichten also können wir die Cops nicht, aber für eine Zeit lang lahmlegen!«

Miriam erinnerte sich, wie ein Mädchen der Frogs vor ihren Augen zwei Cops niedergestreckt hatte. Jetzt wusste sie, wie es funktionierte. Neben der Kiste mit den Pfeilen stand eine weitere Kiste mit Schmuck, den die Frogs den Juwelieren der Oberstadt gestohlen hatten. Die Kiste war fast leer.

»Wir brauchen Nachschub!« Joshua zeigte auf die restlichen Schmuckstücke. »Das Problem ist nicht nur, dass die Cops die Juweliere mittlerweile streng bewachen, sondern dass es kaum noch Silberwaren gibt.«

»Nicht mal Bestecke?«

Joshua schüttelte den Kopf. »Die Cops wissen natürlich, womit sie verwundbar sind!«

»Okay«, sagte Miriam. Ihrer Meinung nach kam es nicht darauf an, möglichst viele Cops zu erlegen, sondern Hinweise auf Master X und dessen Machtzentrum zu gewinnen. Sie hätte gern Ben dabeigehabt, denn möglicherweise benötigte man Computerkenntnisse, um das Machtzentrum ausfindig machen zu können. Zumindest wäre das eine Erklärung, weshalb Sarah und die Frogs es seit Monaten nicht gefunden hatten. Dabei besaßen die Frogs doch selbst auch mindestens einen Computerspezialisten, den außer Sarah, Lale und Rahima leider niemand kannte. Nicht einmal der Ort, an dem er seinen Computer stehen hatte, war bekannt. Miriam überlegte, knabberte an ihren Lippen herum, kaute an einem Fingernagel und entschied schließlich: »Zuerst gehen wir mit einer kleinen Gruppe in die Oberstadt. Du, ich und noch zwei. Ich will mir erst einen Überblick verschaffen. Eine Nachhut bleibt in Bereitschaft.«

Dabei fiel ihr ein: »Wie verständigt ihr euch überhaupt?« Miriam erinnerte sich, dass laut Sarah Master X die Handyortung nutzte, um die Frogs zu verfolgen. Deshalb waren alle Handys ausgeschaltet.

Joshua öffnete die Tür eines Schranks an der

gegenüberliegenden Wand und zog ein Funkgerät heraus. »Davon haben wir leider nur fünf Stück!«

Miriam konnte sich ein leichtes Schmunzeln nicht verkneifen. Das hätte Thomas jetzt sehen müssen, dachte sie. Als sie das erste Mal in der Stadt der Kinder gewesen waren und ihr Hauptquartier in der Schule eingerichtet hatten, hatte Thomas sie alle mit Funkgeräten ausgerüstet. Fünf Stück waren allerdings wirklich wenig. Dennoch: Fürs Erste genügte es.

Miriam nahm sich eines der Funkgeräte. Tatsächlich war es die gleiche Marke wie jene, die sie damals benutzt hatten.

»Gut!«, sagte sie und bestimmte, welche beiden Frogs sie begleiten sollten: Sarahs engste Vertraute. Lale, das türkische Mädchen, das sie das erste Mal geholt und die beiden Cops betäubt hatte. Und Rahima, von der Joshua erzählt hatte, sie sei ein vierzehn Jahre altes Mädchen afrikanischer Abstammung.

»Eine gute Wahl«, fand Joshua. »Wann gehen wir?«

Miriam sah auf ihre Uhr. Es war mittlerweile ein Uhr nachts. »Sofort!«, bestimmte sie.

Joshua schaute sie an, als wäre sie volltrunken oder vollkommen plemplem.

»Nachts?«, fragte er entsetzt.

Miriam nickte. Sie wusste, wie sehr Sarah sie vor

nächtlichen Ausflügen gewarnt hatte. Die Cops waren ihnen nachts durch ihre speziellen Fähigkeiten haushoch überlegen. Aber genau das war der Grund, weshalb Miriam gerade nachts gehen wollte. »Die Cops kennen ihre Überlegenheit«, erläuterte sie ihren Plan. »Das macht sie überheblich und nachlässig. Vermutlich rechnen sie überhaupt nicht damit, dass wir frech genug sind, ausgerechnet nachts in die Oberstadt zu kommen. Das Überraschungsmoment liegt auf unserer Seite. Ehe die Cops bemerken, dass wir uns nachts in die Oberstadt gewagt haben, sind wir auch schon wieder weg!«

Joshua war verblüfft über Miriams Taktik. Sie könnte glatt funktionieren, dachte er.

»Und was ist unsere spezielle Aufgabe?«

Vorräte brauchten sie nicht, außer neues Silber für die Waffenproduktion. Insofern blieb die vordringlichste Aufgabe, Silber zu besorgen und irgendeinen Hinweis auf Master X zu bekommen. Wer sollte diesen Hinweis besser geben können als die Cops selbst? Natürlich unfreiwillig. Dazu musste man sie provozieren. Die Aufgabe also lautete: »Cops verwirren!«

Joshua zog staunend die Augenbrauen hoch. Sicherheitshalber vergewisserte er sich noch einmal: »Cops verwirren?« Eine solche Aufgabe hatte es unter Sarah in all den Monaten nicht gegeben.

Sarah hatte immer jeglichen Kontakt, jegliche direkte Konfrontation mit den Cops, so gut es ging, zu verhindern versucht. Miriam aber ging direkt auf die Cops zu. In diesem Punkt war Joshua sich überhaupt nicht mehr sicher, dass das gut gehen würde.

Genau das aber war der Unterschied zwischen Miriam und Sarah. Wie sollte man je an Master X herankommen, wenn man sich von den Cops fernhielt, fragte Miriam sich und richtete die Frage auch an Joshua. Niemand außer den Cops hatte schließlich direkten Kontakt zu Master X.

»Den haben die Cops auch nicht!«, wandte Joshua ein. »Sie werden nur über die Chips in ihrem Brustkorb gesteuert. Das glauben wir jedenfalls.«

Miriam dachte nach. Plötzlich schnipste sie mit dem Finger und rief: »Ich hab's! Ich weiß, was wir aus der Oberstadt holen!«

»Was?«, fragte Joshua interessiert nach.

»Wirst du schon sehen!«, grinste Miriam ihn an. »Stell die Gruppe zusammen. Wir müssen los!«

Nachts im Wald

Im Wald war es stockfinster. Dunkler, als Achmed und Sarah es je erlebt hatten. Achmed hielt sich die Hand vor die Augen, etwa zwanzig Zentimeter von seiner Nasenspitze entfernt – glaubte er. Er hatte es nur im Gefühl, kontrollieren konnte er die Position seiner Hand nicht, weil er sie nicht sah. Er blickte lediglich ins tiefe Schwarz.

Für einen kurzen Moment war Panik in ihm aufgestiegen, ob er nicht plötzlich erblindet war. Sarah neben ihm erging es ebenso. Auch sie sah absolut nichts.

Es hatte keine Dämmerung gegeben. Sie waren Schritt für Schritt durch den Wald geschlichen und mit einem Male war es finster geworden. Stockfinster. Schwarz wie in einem lichtlosen Raum tausend Meter unter der Erde.

Achmed breitete die Arme aus, um seinem Gefühl entgegenzuwirken, eingeschlossen zu sein. Dabei berührte er Sarahs Arm, die erleichtert und dankend zupackte.

»Jetzt habe ich wirklich Schiss!«, gab Achmed zu. »Was machen wir denn jetzt? Hast du eine Taschenlampe dabei oder ein Feuerzeug?«

»Nein!«, antwortete Sarah.

Sie hatten nichts, womit sie sich wenigstens ein wenig Licht hätten machen können.

Sarah fühlte mit ihrem Fuß den Boden unter sich in einem Umkreis von etwa zwei Metern ab. Er war trittfest. Wenigstens standen sie nicht gerade auf oder neben einer Falle. Deshalb schlug Sarah vor, sich einfach hier an Ort und Stelle niederzulegen und zu schlafen, bis der nächste Tag anbrach und sie ihren Weg fortsetzen konnten.

Achmed konnte sich nicht vorstellen, hier auf dem Weg in dem tiefschwarzen Wald schlafen zu können. Aber weiterzugehen war ganz und gar unmöglich und so setzten sich beide nebeneinander auf den Weg. Hinzulegen trauten sie sich nicht.

»Gibt's hier irgendwelche Tiere?«, fragte Achmed.

Sarah wusste es nicht.

In der Oberstadt

Obwohl Miriam als Einzige der vier noch nie in der Oberstadt gewesen war, ging sie voran. Die Stadt war menschenleer. Sonst aber gab es alles, das war auf den ersten Blick zu erkennen. Die vollen Schaufenster der Läden waren hell erleuchtet, die Straßenlaternen brannten und zu beiden Seiten der Straße parkten Autos. Nur Kinder waren keine zu sehen.

»Ausgehsperre ab 22 Uhr«, flüsterte ihr Joshua zu.

Miriam erinnerte sich.

»Wir müssen doppelt vorsichtig sein«, mahnte Joshua.

Miriam nickte ihm zwar zu, wollte sich aber nicht noch weitere Bedenken anhören.

Miriam überlegte, in welcher Straße sie sich befanden. Es war leider nicht die Straße, die als Einzige in der Unterstadt auch schon normal belebt war, sondern eine der Parallelstraßen, die in der Unterstadt noch leer standen.

Miriam überlegte, was eigentlich passieren würde, wenn sie durch die Straßen gehen würde bis zu jener, die die Verbindung zur Unterstadt darstellte. Konnte man auf diesem Wege von der Ober- in die Unterstadt wechseln?

»Ja!«, bestätigte Joshua, »aber zurück können nur jene, die aus der Oberstadt kommen. Umgekehrt gibt es keinen Durchlass.«

»Wohin jetzt?«, fragte Rahima.

»In einen der Wagen!«, bestimmte Miriam.

»Du willst doch nicht etwa mit dem Auto fahren?«, wandte Joshua ein. »Dann entdecken sie uns doch sofort.«

»Warum nicht?«, fragte Miriam. »Die Cops können uns ja ruhig entdecken. Sie dürfen uns nur nicht erwischen!«

Sie schlich voran bis zum ersten parkenden Wagen. Es war ein großer Van mit schwarz getönten Scheiben. Ideal, um nicht entdeckt zu werden. Sie betätigte den Türgriff. Zu ihrer Überraschung war der Wagen nicht verschlossen.

Sie gab den anderen ein Zeichen, öffnete die Tür und wollte gerade einsteigen, als ein greller Schrei sie zurückschrecken ließ. Miriam zuckte zusammen, stolperte einen Schritt zurück und machte sich sofort auf den Angriff eines Cops gefasst.

Statt eines Cops allerdings schaute ein Mädchen aus dem Wagen heraus und flehte: »Tut uns nichts!«

»Was macht ihr da?«, fragte Miriam. Diese Frage ausgerechnet aus Miriams Mund zu hören, wäre für Miriams Freunde ein köstlicher Spaß gewesen. Aber Miriam war zu verblüfft, um zu erkennen, was offensichtlich war. Sie begriff es erst, als hinter dem Mädchen ein zweiter Kopf auftauchte: der eines Jungen. Eines zerzausten, halb ausgezogenen Jungen, um genau zu sein, der ebenso ängstlich wie erstaunt auf die vier Gestalten vor sich schaute, die auch keinen besonders einladenden Eindruck machten. Miriam, Joshua, Rahima und Lale trugen natürlich die Frog-Anzüge und Kampfausrüstung.

Jetzt verstand auch Miriam. Sie stützte die Hände in die Hüften und fragte: »Sagt mal: Habt ihr keinen anderen Ort, wo ihr rumknutschen könnt?«

Das Mädchen und der Junge schüttelten die Köpfe.

»Wo sollten sie?«, amüsierte sich Rahima.

Miriam fiel auf, dass sie nicht wusste, wie die Kinder und Jugendlichen in der Oberstadt wohnten. Sie war davon ausgegangen, dass die meisten – wenn auch ohne Eltern – zu Hause wohnten. Sie musste zugeben, auch sie hatte – als sie die ersten beiden Male in der Stadt der Kinder gewesen war – es vorgezogen, sich mit ihren Freunden und Bekannten zusammenzutun und das erste Mal in der Schule, das zweite Mal im Museum zu wohnen.

»Wo wohnt ihr?«, fragte Miriam.

Joshua flüsterte ihr zu: »Alle Kinder wohnen in den Hotels.«

»In den Hotels?«, entfuhr es Miriam.

»In jedem Hotelzimmer schlafen mindestens vier Kinder, oft sechs bis acht«, klärte Joshua Miriam auf. »Die Hotels sind gut bewacht von den Cops. Nach 22 Uhr darf niemand mehr das Hotel verlassen. Um 22 Uhr 30 wird zentral das Licht ausgemacht.«

Miriam atmete tief durch. »Das ist ja wie in der Jugendherberge!«

Joshua nickte. Aber in Wahrheit war es noch schlimmer. In einer Jugendherberge sorgte höchstens ein Hausmeister oder Lehrer für die allgemeine Nachtruhe, aber hier war jedes Hotel gut von Cops bewacht.

»Wir waren zu spät dran und sind nicht mehr in unser Hotel reingekommen!«, klagte das Mädchen. »Oh Mann, wenn die uns erwischen!«

»Dann kommen wir zurück in die Unterstadt!«, befürchtete der Junge.

»Wir verpfeifen niemanden!«, versprach Lale.

»Aber hier könnt ihr auch nicht bleiben«, stellte Miriam klar.

»Wo sollen wir denn hin?«, fragte das Mädchen. Mittlerweile hatte es seine Kleidung wieder halbwegs ordentlich gerichtet.

Miriam wechselte einen Blick mit Joshua, Rahima und Lale. Sie hätten die beiden Jugendlichen mit ins Frog-Quartier nehmen können. Doch das erschien Miriam zu gefährlich. Sie konnte nicht ausschließen, dass es sich um eine Finte handelte. Möglicherweise spielten die beiden ihnen nur etwas vor und waren in Wirklichkeit Spitzel von Master X, die das Versteck der Frogs enttarnen sollten.

Sie durften hier aber auch nicht länger stehen bleiben. Jeden Augenblick konnte eine Cop-Patrouille um die Ecke kommen und sie alle gemeinsam entdecken.

»Erst mal alle in den Wagen!«, entschied Miriam.

Der Van bot genügend Raum für alle sechs. Miriam saß hinter dem Steuer, auf dem Beifahrersitz Joshua. Hinten die anderen vier.

»Wir sollten hier nicht bleiben«, warnte Joshua. »Viel zu unsicher. Wenn eine Patrouille kommt, haben sie uns gleich alle sechs!«

Rahima stimmte ihm zu. »Außerdem haben wir anderes zu tun!«

»Was denn?«, fragte der Junge.

»Wie heißt ihr eigentlich?«, fragte Miriam.

Die beiden nannten ihre Namen: Cornelia und Claus.

Miriam grinste. Cornelia und Claus! Das klang ein wenig wie Bernhard und Bianca, Ernie und Bert oder Dick und Doof. Sie verkniff sich aber ihre Bemerkung. Da erkannte sie endlich, was der Junge in seinem Mund trug: eine Zahnklammer, aber nicht irgendeine, sondern eine aus silberglitzerndem Edelmetall.

»Coole Klammer!«, bemerkte Miriam.

Claus grinste sie an und die Zahnklammer kam jetzt erst richtig zur Geltung.

»Wenn schon so eine blöde Klammer, dann wenigstens eine, die cool ist!«, antwortete er.

Miriam nickte. »Aber teuer, oder? Sieht aus wie Weißgold.«

»Ja!«, gab Claus zu. Sein Blick wurde traurig. Er dachte an seine Eltern, die er schon sehr lange nicht mehr gesehen hatte, erinnerte sich, wie er sich mit seinem Vater beim Kieferorthopäden die verschiedenen Varianten der Zahnklammern hatte zeigen lassen, musste schmunzelnd an seine Mutter denken, die im ersten Moment erschrocken war, als sie die auffällige Klammer ihres Sohnes sah, dann aber fand, Claus hätte nun etwas von einem Piraten – obwohl Claus nicht sicher war, ob Piraten Zahnklammern getragen hatten.

Miriam bemerkte den Stimmungswandel bei Claus und wechselte schnell das Thema. »In welchem Hotel wohnt ihr?«, wollte sie stattdessen wissen.

Die beiden wohnten im Astoria-Hotel. Miriam kannte es. Es war groß, pompös und teuer. Eigentlich nicht schlecht, dort zu wohnen. Aber der Grund, weshalb die meisten Kinder in Hotels und nicht zu Hause wohnten, war klar. In den Gemeinschaftsunterkünften waren sie durch Master X besser zu kontrollieren.

»Was hat das Hotel für Lampen?«, fragte Miriam.

Cornelia und Claus wussten nicht, was die Frage zu bedeuten hatte. Sie sahen sich verwundert an. Auch Joshua zog fragend die Augenbrauen hoch.

Miriam ließ sich nicht beirren.

»Keine Kronleuchter in der Empfangshalle?«, hakte sie nach.

Claus zuckte mit den Schultern, Cornelia dachte nach. Jetzt, da Miriam davon sprach, fiel es ihr wieder ein. Sie hatte nie darauf geachtet, aber in der großen Empfangshalle des Hotels hingen zwei große Kronleuchter. Oder waren es sogar drei? Oder gar vier?

»Aus Silber?«, fragte Miriam.

Bingo! Die anderen drei Frogs begriffen, worauf Miriam aus war. Und tatsächlich:

»Ja!«, bestätigte Cornelia. »Ich glaube schon. »Silber und Kristall!«

»Also auf ins Hotel!«, entschied Miriam. Sie sah aufs Zündschloss. Der Schlüssel steckte. Wie Miriam gehofft hatte. Die Stadt der Kinder war zwar von Master X umprogrammiert worden, aber die Erwachsenen waren offenbar wie immer plötzlich verschwunden. In diesem Wagen musste ein Erwachsener gerade noch gesessen haben. Zufrieden startete sie den Wagen.

»Bist du verrückt?«, rief Joshua entsetzt. »Du willst mit dem Wagen zum Hotel fahren? Das ist doch viel zu auffällig!«

»Ja«, lachte Miriam. »Das ist genau mein Plan!«

Auf der Fahrt zum Hotel erläuterte sie, was sie vorhatte.

Verhör

Kolja hatte richtig vermutet. Die Tür im Revier führte in einen langen Flur, von dem zu beiden Seiten weitere Türen abgingen, auf der rechten Seite normale Zimmertüren, links hingegen vergitterte Zellentüren. Kolja konnte nicht sehen, ob in den Zellen Kinder inhaftiert wurden, weil er gleich durch die erste Tür der rechten Seite in einen kleinen, weiß getünchten Raum geführt wurde, in dessen Mitte ein schlichter Tisch stand und zu beiden Seiten des Tisches je ein Stuhl. Mehr gab es in dem Raum nicht. Nicht einmal ein Fenster. Beleuchtet wurde der Raum von einer grellen Neonröhre an der Decke. Kolja sollte sich setzen und warten. Der Cop, der ihn in den Raum geführt hatte, blieb draußen und schloss die Tür hinter Kolja ab.

Kolja setzte sich nicht, sondern blieb stehen und sah sich in dem Raum um. Ein typisches Verhörzimmer, dachte Kolja. Ohne jegliche Fluchtmöglichkeit.

Kolja spürte, wie seine Hände feucht wurden. Er bekam Angst. Und er musste plötzlich dringend aufs Klo.

Die Toilette!

◆ Da hörte er draußen schon Schritte. Sie kamen, um ihn zu verhören.

Schnell setzte Kolja sich auf einen Stuhl.

In seinem Rücken wurde die Tür aufgeschlossen.

Als der erste Cop die Schwelle überschritt, hatte Kolja plötzlich eine Idee.

Tiere

Achmed und Sarah hockten dicht zusammengekauert auf dem Weg des stockfinsteren Waldes. Sie schwiegen und lauschten auf die Geräusche in der Dunkelheit. Doch sie hörten nichts. Im Wald war es grabesstill. Das war noch unheimlicher, als wenn hier und da etwas geraschelt hätte. Nur ihr schweres, verängstigtes Atmen nahmen sie gegenseitig wahr. Die Stille war unerträglich, weil sie unnatürlich war. Es gab keine stillen Wälder. In richtigen Wäldern raschelte Laub im Wind, knackten Äste auf dem Weg, wenn Tiere darüberschlichen oder Vögel in den Kronen landeten. In Wäldern musste es surren und schnurren, piepsen und krächzen, jaulen und fauchen. Irgendwas, was man von den Lebewesen eines Waldes mitbekam. Doch hier tat sich nichts. Nichts als Stille. Achmed hätte jetzt selbst eine Heulsuse in Kauf genommen, wenn dieser verdammte Wald nur irgendein Geräusch von sich gegeben hätte.

»Hörst du etwas?«, fragte er Sarah. Sein Flüstern durchbrach die Stille wie ein wilder Schrei. Er hatte das Gefühl, man konnte es am anderen Ende des Waldes noch hören.

Sarah flüsterte: »Nein! Absolut nichts!«

Achmed hätte gern auf seine Uhr gesehen, um abschätzen zu können, wann es wieder hell wurde und sie ihren Weg endlich fortsetzen konnten. Doch seine Uhr hatte keine Beleuchtung. Überhaupt war er nicht sicher, ob es jemals wieder hell werden würde. Wenn Master X es nicht wollte, würde es finster bleiben – unabhängig davon, ob es Tag oder Nacht war. Er fragte Sarah nach der Uhrzeit. Sarah drückte auf einen Knopf ihrer Uhr. Das Zifferblatt erleuchtete in einem schwachen dunkelblauen Licht. Ihr Gesicht bekam in dieser faden Beleuchtung etwas Geisterhaftes. Aber immerhin: Für einen Moment konnte Achmed Sarahs Gesicht sehen.

»Lass das Licht an!«, bat er, als Sarah den Knopf losließ und ihm die Uhrzeit mitteilte: ein Uhr nachts.

»Das hält die Batterie nicht lange aus«, glaubte Sarah. So blieben sie im Dunkeln sitzen. Dennoch beruhigte es Achmed ein klein wenig zu wissen: Wenn sie wollten, konnten sie ein wenig Licht machen. Ein klitzekleines nur, welches nicht einmal genügt hätte, um in einem Buch eine Zeile lesen zu können, aber in dieser Finsternis immerhin hell genug, um das Lächeln oder die Furcht des anderen zu erkennen.

»Mach noch mal kurz an, ey!«, bat Achmed.
Sarah tat ihm den Gefallen.
Achmed lächelte sie an.

»Schön, dein Gesicht zu sehen!«, sagte er.

Sarah lächelte zurück.

Achmed legte seinen Arm um sie.

Sarah löschte das blaue Licht ihrer Uhr und legte ihren Kopf an seine Schulter.

Achmed wurde warm ums Herz. Sarah spürte die wohlige Wärme seines Körpers und war bereit, für einen Moment zu vergessen, an welch ungemütlichem Ort sie zusammensaßen.

In diesem Moment hörten sie etwas!

Achmed fuhr zusammen.

Sarahs Kopf schnellte empor. »Was war denn das?«

»Ein Fauchen!«, glaubte Achmed.

Sarah meinte, eher ein Brummen zu hören. Ein leises, dumpfes, Furcht einflößendes Brummen! Noch schlimmer aber war, was sie sah. Mit zittriger Hand tippte sie Achmed an und flüsterte so leise, wie sie nur konnte: »Dreh dich mal langsam um. Aber nicht erschrecken.«

Nach einer solchen Vorankündigung traute sich Achmed gar nicht mehr, sich umzusehen, tat es dann aber doch. Und obwohl er sich fest vorgenommen hatte, nicht zu erschrecken, fuhr er zusammen, wäre beinahe aufgesprungen und hätte laut aufgeschrien, wenn Sarah ihn nicht gehalten und mit ihrer Hand den Mund zugehalten hätte. Sarah hatte es sich also nicht eingebildet. Aus der ▶

tiefen Finsternis heraus blitzten sie zwei große zitronengelbe Augen an.

Achmed hatte es ja gewusst! Es gab also doch Monster hier! »Oh Mann, Scheiße, ey. Wir müssen hier weg!«

Sarah packte ihn mit festem Griff. »Bloß nicht bewegen!«

Die gelben Augen starrten sie weiter reglos an.

»Das ist eine Katze, die auf der Lauer liegt!«, war Sarah sich sicher. Sie hatte zu Hause selbst drei Katzen. Sie wusste, wie geduldig und bewegungslos Katzen ihr Opfer im Blick behielten, um bei der kleinsten Bewegung ihrer Beute blitzartig zuzuschlagen.

»Eine Katze?«, fragte Achmed. »Eine verdammt große Katze!«

»Eine Raubkatze!«

Achmed zog Sarah am Arm. »Los, komm! Wir müssen weg hier!«

»Wohin?«, fragte Sarah.

»Weiß ich nicht!«, gab Achmed zu. »Erst einmal weg von hier. Das Monstrum kann uns jederzeit anfallen!«

»Eben!«, antwortete Sarah. Achmeds verblüfftes Gesicht konnte sie in der Dunkelheit nicht erkennen. Nur sein erstauntes »Hä?« hörte sie.

»Es hätte uns längst anfallen können!«, erklärte Sarah.

»Das Monstrum hat vielleicht gar kein Interesse an uns«, vermutete sie, »entweder weil es satt oder nicht auf Angriff programmiert ist. Es soll uns nur in die falsche Richtung treiben: fort von den Höhlen, hin zu den Fallen!«

»Zu den Fallen?« An die hatte Achmed vor lauter Angst gar nicht mehr gedacht. Vor ihnen saß die Riesen-Raubkatze, hinter ihnen lauerten die tückischen Fallen.

»Wenn es hier mehrere Tiere gibt, wird es dort, wo dieses Monstrum herkommt, keine Fallen geben. Sonst würden ja auch die Tiere in die Fallen tappen!«, schlussfolgerte Sarah.

»Oder sie wissen, wo sich die Fallen befinden«, warf Achmed ein. »Wenn sie programmiert sind, ist das möglich!«

Achmeds Einwand war nicht von der Hand zu weisen, dennoch glaubte Sarah nicht daran. Dort, wo die Tiere abschreckten, waren Fallen nicht notwendig.

»Gehen wir!«, entschied sie plötzlich.

Achmed wusste nun gar nicht mehr, was los war. »Nun doch?«, fragte er.

»Ja!«, sagte ihm Sarah und machte den ersten Schritt. Allerdings nicht vom Panther fort, sondern auf ihn zu!

»Spinnst du?«, rief Achmed entsetzt, doch Sarah setzte ihren Weg fort.

Das Tier begann zu fauchen.

»Bleib stehen!«, rief Achmed.

Sarah wagte einen weiteren Schritt.

»Nicht!« Achmed war außer sich. Sarah provozierte die Raubkatze! Statt sich leise von dem Panther fortzuschleichen, ließ sie sich nicht davon abhalten, noch einen Schritt auf ihn zuzugehen. Er sah es nicht in der Finsternis, aber er spürte, wie Sarah sich weiter von ihm fortbewegte, direkt auf die Gefahr zu. Die gelben Augen funkelten sie angriffslustig an, und Achmed glaubte für einen kurzen Moment, sogar die weißen Reißzähne des Tieres erkennen zu können.

»Du bist ja wahnsinnig!«, schimpfte Achmed.

Er hielt die Luft an, weil er eine Bewegung wahrnahm. Setzte das Raubtier jetzt zum Sprung an? Die gelben Augen blickten hinauf.

»Sarah?« Achmed hatte die Orientierung verloren. Er spürte Sarah nicht mehr. So weit konnte sie doch noch nicht von ihm fortgegangen sein!

»Hier!«, hörte er ihre Stimme.

Sie kam von oben, vielleicht zwei, drei Meter über ihm, schätzte er. Was um alles in der Welt trieb Sarah dort unmittelbar vor ihm, oder nun besser gesagt, über ihm? Ein weiteres Geräusch mischte sich ein. Ein Geräusch, das Achmed kannte; eines, das er doch glücklicherweise gerade überstanden hatte. Es war das wimmernde Geräusch einer Heulsuse, die soeben ansetzte, von Neuem loszukriechen.

»Verflucht, was tust du da?«, brüllte Achmed hinauf in die schwarze Nacht, wo er Sarah vermutete.

»Steck dir etwas in die Ohren!«, forderte Sarah ihn auf.

»Was?«

Sarah wiederholte ihre Forderung.

Achmed durchwühlte seine Hosentaschen. Er hatte nichts dabei, was er sich in die Ohren hätte stecken können. Wozu auch? Sarah brauchte ja nur vom Baum wieder herunterzuklettern, um die Heulsuse zu beruhigen. War es denn nicht genug, dass sie zwischen einem wilden Raubtier und den Fallen gefangen waren? Jetzt aktivierte Sarah auch noch die kreischenden Heulsusen! War sie vollends verrückt geworden?

»Sarah!«, rief er zu ihr hinauf, erhielt aber keine Antwort. Offenbar hatte Sarah sich schon etwas in die Ohren gestopft. Vielleicht waren seine Rufe aber auch schon nicht mehr zu hören, weil sie von dem Kreischen der Heulsuse übertönt wurden.

Achmed presste sich die Hände auf die Ohren.

Plötzlich kamen die gelben Augen in Bewegung. Hektisch irrten sie in der Dunkelheit hin und her. Aus dem gefährlichen Fauchen wurde ein klagendes, schmerzverzerrtes Miauen.

Achmed begriff: Raubkatzen waren nicht in der ▶

Lage, sich etwas in die Ohren zu stopfen. Für ihr feines Gehör mussten sich die Heulsusen noch um ein Vielfaches furchtbarer anhören als für ihn und Sarah. Achmed kratzte sich hastig ein paar Blätter vom Weg zusammen und stopfte sie sich in die Gehörgänge. Denn die Heulsuse hatte den Höhepunkt des Schreckens noch längst nicht erreicht. Ihre Stimmlage wurde immer höher, immer kreischender, immer schriller. Der Schrei immer lauter. Achmed riss sich sein Shirt vom Leib, wickelte es sich um den Kopf und presste sich den Stoff so fest an die Ohren, wie es nur ging. Dem Schrei der Heulsuse konnte er dennoch nicht entkommen, sondern lediglich den Schmerz ein wenig dämmen, den er in seinen Ohren auslöste. Vielleicht gerade genug, um bleibende Hörschäden oder gar ein Platzen des Trommelfells zu verhindern.

Achmed stand zitternd da, kniff Augen und Lippen fest zusammen, um den Schmerz auszuhalten. Tränen rannen ihm über die Wangen, aber die Heulsuse ließ nicht nach.

»Komm runter!«, flehte er Sarah an. »Komm sofort vom Baum herunter!« Er wusste nicht, ob er diese Worte nur dachte, flüsterte oder schrie. Er hatte jegliches Gefühl für die eigene Stimme verloren, stand nur da mit weichen Knien, die Hände auf die zugestopften Ohren gepresst, und begann, vor sich hin zu zählen.

Bei zehn hört sie auf, dachte er.

Bei elf angelangt, begann er von Neuem. »Bei zehn hört sie auf!« Nach dem vierten vergeblichen Versuch wagte er kurz, die Augen zu öffnen, und sah die Erlösung.

Die gelben Augen verschwanden fluchtartig in der Tiefe des Waldes.

Nicht einmal eine Sekunde später vernahm Achmed einen dumpfen Aufprall neben sich. Sarah war vom Baum gesprungen und neben ihm gelandet.

Die Heulsuse verstummte.

Kronleuchter

Miriam parkte den Wagen in der Nähe des Hotels. Erstaunlicherweise ging alles gut. Sie wurden von keinem Cop aufgehalten, obwohl es kaum vorstellbar war, dass niemand von ihnen etwas bemerkt haben sollte. Vielleicht war ein fahrendes Auto auch derart ungewöhnlich in dieser neuen Stadt der Kinder, dass sich kein Cop getraut hatte einzuschreiten, weil es eigentlich nur auf direkte Anweisung von Master X unterwegs sein konnte. Mit einer Kühnheit, wie sie Miriam an den Tag legte, hatten die Cops wohl schlicht nicht gerechnet.

Miriam stieg aus, die anderen folgten.

»Lasst die Türen offen!«, flüsterte Miriam ihnen zu. »Das Zuschlagen wäre zu laut. Außerdem kommen wir so schneller zurück in den Wagen, falls wir schnell abhauen müssen.«

Joshua, Rahima, Lale, Claus und Cornelia kauerten sich dicht hinter dem Wagen zusammen und hörten aufmerksam zu, was Miriam ihnen weiter zu sagen hatte.

»Den Rest zu Fuß«, entschied Miriam. »Und zwar in Zweiergruppen. Joshua und ich nähern uns dem Hotel von der linken, Lale und Rahima von der rechten Seite!«

»Und wir?«, fragte Claus.

»Ist doch klar«, antwortete Miriam wie selbstverständlich. »Ihr geht zum Haupteingang des Hotels!«

Claus sah Miriam mit großen Augen an. Das konnte Miriam doch nicht ernst meinen! Er hatte ihr vertraut und jetzt wollte sie ihn und Cornelia doch den Cops ausliefern?

»Die Cops werden uns erwischen!«, jammerte er.

»Aber das sollen sie doch!«, erwiderte Miriam.

Claus' Miene verfinsterte sich. »Du falsche Schlange!«, schimpfte er.

Miriam machte eine Scheibenwischerbewegung und wandte sich an Cornelia. »Der Hellste ist dein Freund nicht, oder?« Dann wieder zu Claus: »Nun macht schon. Die Cops werden euch nichts tun. Während sie sich mit euch beschäftigen, kommen wir von hinten und überwältigen sie.«

Miriams Blick ging zu Rahima und Joshua, die ihnen selbstbewusst zunickten. Sie hatten verstanden. Lale bereitete bereits ihr Blasrohr vor, indem sie es mit einem Silberpfeil bestückte.

»Also los!«, forderte Miriam die anderen auf. »Wir haben schon genug Zeit vertrödelt. Sonst kommen die Cops uns noch zuvor.«

Claus fügte sich nun der Anweisung und ging mit Cornelia vor zum Hoteleingang.

Miriam und Joshua liefen geduckt voran, Lale und Rahima schlichen sich von der anderen Seite ans Hotel heran.

Miriam rechnete mit zwei Cops, die sich um Claus und Cornelia kümmern würden. Damit war die Gefahr aber noch nicht überstanden. Laut Cornelia hielten drinnen im Foyer mindestens drei weitere Cops Wache.

Miriam erstaunte diese Anzahl. Wenn überall, wo Kinder schliefen, fünf Cops Wache hielten, musste die Stadt nur so von Cops wimmeln.

Doch Claus und Cornelia wohnten in einem der größten Hotels. An anderen Schlaforten wachten angeblich weniger Cops.

Die ersten beiden kamen schon auf Claus und Cornelia zugelaufen, kaum dass diese dreißig Meter an den Eingang herangekommen waren.

»Halt!«, rief der erste Cop. »Wo kommt ihr jetzt her?«

»Von dort drüben!«, sagte Cornelia wahrheitsgemäß und zeigte mit dem Finger in die Richtung, aus der sie gekommen waren.

Der Cop ließ sich tatsächlich ablenken und wandte den Kopf in die Richtung. In dem Moment sackte sein Partner neben ihm zusammen. Im Genick steckte ein Silberpfeil, den Lale abgeschossen hatte.

Bevor der andere auch nur etwas sagen oder tun

konnte, erlitt er das gleiche Schicksal. Rahima hatte gut getroffen.

Obwohl Claus und Cornelia vorher eingeweiht worden waren, zuckten sie erschrocken zusammen. Mit einem solchen Angriff hatten sie dann doch nicht gerechnet.

»Sind die tot?«, fragte Cornelia mit angewidertem Gesicht.

»Quatsch!«, beruhigte Rahima. »Die haben nur einen Kurzschluss!«

»Einen was?«, fragte Cornelia nach.

Cornelia wusste offenbar nicht, was die Cops für Wesen waren. Rahima begriff und sagte: »Er ist nur eine Zeit lang betäubt!«

Cornelia schien beruhigt.

»Weiter!«, drängte Miriam.

Das Foyer eroberten Miriam und die Frogs auf die gleiche Weise: Cornelia und Claus gingen voran. Die Cops kamen direkt auf sie zu. Kaum, dass sie ihre erste Frage stellen konnten, kippten sie schon getroffen von den Silberpfeilen um. Allerdings nur zwei Cops. Cornelia hatten von mehr Wachleuten gesprochen. Aber außer den beiden, die im Foyer nun zu ihren Füßen lagen, konnten sie keinen entdecken.

»Und jetzt?«, fragte Rahima. »Wie bekommen wir die schweren Kronleuchter von dort oben herunter?« Sie blickte auf die gewaltigen Leuchter und stellte sich vor, welches Gewicht sie besaßen. Zwei-, dreihundert Kilo schätzte sie. Niemals würden sie die Leuchter tragen können. Bestenfalls, wenn sie noch einige Helfer fanden, konnten sie die Leuchter ins Auto heben, aber sie hinunter in die Kanalisationsschächte zu ihrem Frog-Versteck zu tragen war unmöglich.

Miriam runzelte die Stirn. Sie musste zugeben, sich verschätzt zu haben. So groß und schwer hatte sie sich die Kronleuchter nicht vorgestellt.

Trotzdem: Aufzugeben war nicht ihre Art.

»Okay!«, rief sie. »Dann plündern wir alles, was wir sonst so finden. Wir schwärmen aus, durchkämmen das gesamte Hotel und treffen uns in ...«, sie unterbrach sich, schaute auf die Uhr und entschied: »... in zehn Minuten wieder hier. Rafft so viel Silber zusammen, wie ihr kriegen könnt!«

»Die Cops haben doch schon sämtliches Silber aus der Stadt verbannt!«, warf Joshua ein.

Miriam ließ den Einwand nicht gelten. »Keine Diskussionen, sondern suchen. Los!«

Sie rannte los, sprang über den Empfangstresen und fing an, die Fächer und Schubladen zu durchsuchen. Sie hoffte nicht, hier besonders viel Silber zu finden, sondern sie suchte nach dem Schlüssel für den Hotelsafe.

Joshua lief in die Küche, aber auch er hatte wenig Hoffnung, dort noch Silberbesteck zu finden.

Cornelia fiel etwas ein. »Die Blumenvasen!«, rief sie.

Rahima sah sie an. »Was für Blumenvasen?«

Cornelia erinnerte sich, dass in jedem Badezimmer eine kleine Vase mit einer kleinen künstlichen Blume neben dem Waschbecken stand. Und diese Vasen waren aus Silber. Da war Cornelia sich ganz sicher.

»Die Cops haben die Vasen noch nicht eingesammelt?«, wunderte sich Rahima.

Cornelia schüttelte den Kopf. »Ich glaube, die meisten Kinder haben die Vasen ohnehin in die Schränke gestellt, um mehr Ablagefläche neben den Waschbecken zu haben. Außerdem: Vielleicht haben die Cops gar nicht erkannt, dass die Vasen aus Silber sind, sondern es für billigen Chromstahl gehalten!«

»Du bist aber sicher, dass es echtes Silber ist?«, fragte Rahima nach.

»Klar!«, bestätigte Cornelia. »Chromstahl läuft nicht an. Manche Vasen sind aber schon ganz dunkel, weil sie keiner putzt.«

»Wie viele Zimmer gibt es?«, wollte Rahima wissen.

Cornelia zuckte mit den Schultern. »Ich glaube, fünfzig!«

Über Rahimas Gesicht zog sich ein breites Grinsen. Wenn stimmte, was Cornelia sagte, würden sie fette Beute machen: Fünfzig silberne Vasen. Wenn sie aus jeder Vase nur drei Pfeile anfertigen konnten, wäre ihr Waffenarsenal wieder beträchtlich aufgefüllt.

»Worauf warten wir noch?«, rief Rahima begeistert. Begleitet von Joshua und Lale, stürmte sie die Treppenstufen hinauf zu den Zimmern.

»Vorsicht!«, rief Miriam ihnen hinterher. »Manche Kinder, die hier wohnen, könnten uns bei den Cops verpfeifen. Also beeilt euch.«

Miriam suchte weiter den Empfangstresen ab und stieß tatsächlich auf eine Schale mit Schlüsseln, sehr vielen Schlüsseln. Mindestens zwanzig Stück, schätzte sie auf den ersten Blick.

Sehnsüchtig dachte sie an Thomas. Der hätte mit seinem Riecher für gefundene Dinge bestimmt sofort den richtigen Schlüssel herausgefunden und auch schnell gewusst, wo sich die Safes befanden. Miriam hatte noch nie etwas Nützliches gefunden, besaß keinerlei Talent für solche Dinge und war sich sicher: Egal, für welchen Schlüssel sie sich entscheiden würde, es wäre der falsche.

Sie musste es dennoch versuchen. Sie grapschte in die Schale, griff sich alle Schlüssel und lief ins Büro hinter dem Empfangstresen. Und hatte Glück. Gleich hinter dem Schreibtisch sah sie den mannshohen Tresor.

Hastig probierte sie den ersten Schlüssel aus. Es

war wie Weihnachten und Ostern zusammen. Das achte Weltwunder. Der Schlüssel passte!

»Ja!«, stieß sie aus, machte die Siegerfaust, öffnete die Tür, riss sie förmlich auf und – fluchte.

Ganz leer war der Safe zwar nicht: Aber Miriam fand darin nicht, was sie gesucht hatte: Schmuck. In dem Safe befanden sich nichts als Akten. Blöde, langweilige Akten. Miriam riss sie förmlich aus dem Tresor heraus, warf sie hinter sich und ließ sie achtlos auf dem Boden liegen, bis der ganze Safe wie leer gefegt war.

Sie ging zurück ins Foyer, um nach den anderen zu sehen. Claus stand noch immer da und rührte sich nicht.

»Was ist mit dir?«, fragte sie.

»Ich behalte sie im Auge!« Claus deutete auf die betäubten Cops.

»Danke!«, sagte Miriam und verschwieg, dass ihnen die Hilfe nicht besonders viel nützte. Wenn die Cops erwachten, wären sie geliefert. Gegen die Cops mit ihren außerordentlichen Fähigkeiten war nichts zu machen. Ihr Vorrat an Silberpfeilen war äußerst gering. Miriam hätte sie ungern verbraucht, nur um die Handvoll Cops im Hotel still zu halten.

»Rahima?«, rief sie die Treppe hinauf, erhielt aber keine Antwort. »Lale? Joshua?«

Sie lauschte.

Nichts zu hören.

»Hat sich einer von ihnen gemeldet?«, fragte sie Claus.

Claus schüttelte den Kopf. »Ich mache mir auch schon Sorgen um Cornelia.«

Miriam stieg die Treppe hinauf, um nach den anderen zu suchen.

»Miriam?«, rief Claus ihr hinterher.

Miriam drehte sich auf halber Treppe um.

»Wenn ihr fertig seid ...«, druckste Claus herum. »Ich meine, Cornelia und ich können nun schlecht hierbleiben. Die Cops werden uns verhaften.«

Miriam sah ihn ernst an.

Claus rückte mit seiner Bitte heraus: »Nehmt ihr uns dann mit?«

»Zu den Frogs?«, fragte Miriam.

Claus nickte.

Miriam überlegte.

Sie wusste nicht, wie und woher Sarah die Mitglieder für die Frogs rekrutiert hatte. Sie aber hielt es für sehr gefährlich, jeden, der ihnen über den Weg lief, gleich mit zu den Frogs zu nehmen.

Sie nickte Claus unverbindlich zu, als von oben ein Schrei durch die Flure dröhnte.

Miriam rannte die Treppe hinauf. Kurz bevor sie die letzte Stufe erreichte, kam ihr Rahima entgegengelaufen.

»Cops! Im letzten Zimmer links!«, zeigte Rahima, wobei sie Miriam fast umgerannt hätte. »Wir müssen weg! Lale und Cornelia haben sie schon erwischt. Wo Joshua ist, weiß ich nicht!«

Rahima lief die Treppe hinunter.

»Wir können sie nicht alleinlassen!«, rief Miriam ihr nach.

Rahima blieb stehen und fragte, was Miriam denn tun wolle. Gegen die Cops konnte man nichts tun. Nicht ohne Silberpfeile. Rahima breitete die leeren Hände aus.

»Wo ist dein Köcher mit den Pfeilen?«, wollte Miriam wissen.

»Joshua hat ihn gehalten, während ich die Vasen einsammelte. Dann war Joshua plötzlich weg und die Cops tauchten auf. Cornelia und Lale haben sie die Köcher abgenommen, bevor sie die Pfeile benutzen konnten. Sie kamen zu schnell!«

Oben auf dem Flur hörten sie schon die wütenden Rufe der beiden Gefangenen.

Miriam nahm die letzte Stufe und sah um die Ecke in den Flur. Die Cops zerrten gerade Cornelia und Lale aus dem Zimmer heraus.

Eine Zimmertür nach der anderen wurde geöffnet, und die Kinder, die eigentlich schlafen sollten, schauten hinaus. Manche mit zufriedenen Gesichtern. Sie schienen die Frogs für gemeine Diebe zu halten. Andere ängstlich. Wenigen war Mitleid mit den Gefangenen anzusehen. Offenbar waren sie zufrieden damit, wie die Cops für Recht und Ordnung sorgten.

Miriam zog sich zurück, biss sich auf die Lippen und überlegte, was sie tun konnte. Ohne Waffen war gegen die Cops nichts auszurichten. Aber wenn sie nichts unternahm, würden die Cops die beiden in die Outlaw-Zone schleppen. Miriam durfte das auf gar keinen Fall zulassen. Wenn nur Jennifer bei ihr wäre! Jennifer hatte in solchen Situationen immer eine Idee. Irgendeine List wäre ihr sicher eingefallen.

Miriam hielt inne. Eine List! Das wär's! Aber wie konnte sie die Cops überlisten? Sie wusste zu wenig von ihnen, hatte noch keinen persönlich kennengelernt, und deshalb . . .

Sie hatte es!

»Schnell!«, wies sie Rahima an. »Runter ins Foyer!«

»Sag ich doch die ganze Zeit!«, meckerte Rahima.

Aber Miriam hatte es anders gemeint. Sie dachte gar nicht daran, abzuhauen. Sie stürzte an Rahima vorbei hinunter.

»Beeile dich!«, drängte sie. Schon von der Treppe aus rief sie Claus zu, die betäubten Cops ins Büro hinter dem Tresen zu schleppen.

Claus fragte verwundert nach.

»Frag nicht, mach!«, herrschte Miriam ihn an. Ihnen blieb nicht viel Zeit. Sie hörte die Cops schon oben auf dem Flur. Miriam hoffte, Lale und Cornelia würden genug Widerstand leisten, um den Weg der Cops zu verzögern.

Miriam packte einen der betäubten Cops an den Füßen und schleifte ihn über den glatt gebohnerten Boden des Hotelfoyers.

Claus stand noch immer regungslos da und tat nichts, außer sich zu wundern.

Rahima hingegen packte sofort mit an, obwohl auch sie nicht wusste, was Miriam vorhatte.

Erst als Rahima ihren Cop schon ins Büro gezogen hatte, begann endlich auch Claus, sich zu regen. Da stand Miriam schon wieder im Foyer, um sich von draußen auch noch die anderen beiden zu schnappen.

»Schnell!«, herrschte sie Claus erneut an.

Rahima zog den letzten Cop an den Beinen und überholte Claus. Wäre es nicht so brenzlig gewesen, hätte man es für ein lustiges Rennen auf einem Kindergeburtstag halten können, wie Miriam, Rahima und Claus jeweils einen Cop über den Boden des Hotelfoyers in den Nebenraum schleiften.

»Tür zu!«, befahl Miriam, als Claus mit seinem Cop endlich im Büro angekommen war. »Und ausziehen!«

Claus schreckte hoch. »Was?«

»Wir müssen ihre Kleidung anziehen und uns als Cops ausgeben!«, erklärte Miriam und hatte ihren Frog-Anzug schon halb abgestreift.

»Was machen wir mit den Haaren?«, fragte Rahima. Sie selbst hatte bunt gefärbte, aber immerhin kurze Haare, die sich gut unter einer Mütze verstecken ließen. Allerdings hatte sie keine Mütze. Miriam aber trug langes rotes Haar. Wie wollte sie die verstecken?

Alle Cops, die sie bisher gesehen hatten, waren ausschließlich Jungs und sie trugen alle kurze schwarze, glatte, streng gescheitelte Haarfrisuren.

»Weiß ich jetzt auch nicht auf die Schnelle!«, gestand Miriam. »Aber wir haben keine andere Chance.«

Sie blickte auf Claus. Auch er hatte welliges Haar, aber immerhin kurz und schwarz.

»Du musst vorangehen!«, rief sie ihm zu.

»Ich?«, fragte Claus ängstlich. »Aber ich weiß doch gar nicht . . .«

»Hör auf zu nörgeln!«, zischte Rahima ihn an.

Claus verstummte.

Miriam grinste Rahima zu. Sie hatte ihr aus der Seele gesprochen.

Zum Glück gab es im Büro des Hotels keinen Spiegel. Miriam kam sich zu blöd vor in den kurzen braunen Hosen der Cops, dazu das steif gebügelte

Oberhemd mit der Krawatte, schlimmer als eine englische Schuluniform. Aber immerhin passte alles bis auf die Stiefel. Miriam fluchte. Sie konnte den Cops schlecht barfuß gegenübertreten. Claus hatte das gleiche Problem: »Die Schuhe sind zu klein!«

»Prima!«, antwortete Miriam. »Meine sind zu groß. Los, tauschen!«

Schon warf sie Claus einen Stiefel zu.

»Die passen auch nicht!«, klagte Claus.

»Anziehen!«, befahl Miriam. »Und raus mit dir! Halt sie auf!«

Claus zwängte sich mit schmerzverzerrtem Gesicht in die Stiefel.

»Was soll ich denen denn sagen?«

»Dass wir die Gefangenen übernehmen!«

»WAS?«

Miriam musste sich zusammenreißen. Wieso war Claus so schwer von Begriff?

»Sonderauftrag! Direkter Befehl von Master X. Was weiß ich, denk dir was aus, aber sie müssen uns die Gefangenen übergeben!«

»Oh Mann, das kann ich nicht!«

»Es geht um deine Freundin, du Hosenscheißer!«, fuhr Rahima ihn an.

Sie wurde Miriam von Minute zu Minute sympathischer.

»Genau!«, pflichtete Miriam ihr bei. »Raus jetzt!« ▶

Claus und die Cops mit Lale und Cornelia trafen zeitgleich im Foyer ein.

»Halt!«, rief Claus ihnen zu und wusste selbst nicht, woher er den Mut dazu aufbrachte.

Es waren nur zwei Cops, die Lale und Cornelia abführten. Der eine hielt die beiden an den Armen, der andere hielt Lales Rucksack, den Köcher mit zwei Silberpfeilen und das Blasrohr in den Händen.

Beide blieben stehen. So viel hatte Claus' Ausruf schon bewirkt. Aber wie sollte es weitergehen?

»Wer bist du?«, fragte der Cop, der die Sachen in den Händen hielt, mit Blick auf Claus' Haare.

Cornelia sah erstaunt auf seine kurzen Hosen und sein Hemd mit Krawatte.

Claus begriff: Seine Verkleidung hatte nicht funktioniert. Trotzdem spielte er seine Rolle weiter. Wenn auch nur, weil ihm nicht Besseres einfiel.

»So . . . äh, so . . .«, stotterte er, bis er es endlich herausbrachte: »Sonderkommando. Wir sollen die beiden übernehmen!«

Die beiden Cops sahen sich an: »Was denn für ein Sonderkommando. Spinnst du?«

»Ich verbitte mir diesen Ton!« Mit scharfer Stimme fuhr Miriam in das Gespräch.

Lale und Cornelia zuckten zusammen, als sie Miriam sahen. Die beiden Cops staunten bloß.

Miriam trat aus der Tür des Büros. Sie trug neben der Cop-Uniform einen Kopfverband. Rote Flüssigkeit sickerte an einer Stelle durch.

»Wir setzen hier unser Leben aufs Spiel und ihr spuckt hier große Töne!«, fuhr Miriam die beiden Cops an.

Ihr Tonfall wirkte. Die beiden Cops ließen die Schultern sinken, betrachteten sich gegenseitig unsicher, wussten offenbar nicht, wie sie reagieren sollten.

Im Hinterzimmer war Rahima noch dabei, sich den Mullverband aus dem Apothekerkasten, der neben der Tür an der Wand hing, umzuwickeln und sich den Rest des Kirschsaftes, den sie in einem der Schreibtische gefunden hatten, daraufzuträufeln.

Genau das aber war der Fehler, den Miriam und sie nicht bedacht hatten.

»Es sind noch mehr Frogs hier«, schwindelte Miriam. »Ein Großangriff steht bevor. Sie ...«, Miriam zeigte auf Lale, »... gehört zu den Anführerinnen. Wir haben sie sofort und unverzüglich ins Outlaw-Gebiet zu bringen!«

»Wer sagt das?«, fragte einer der Cops misstrauisch.

»Das ist geheim!«, behauptete Miriam.

Rahima im Hinterzimmer kam mit dem Verband nicht klar. Gerade wollte sie ihn feststecken, als ihr das Ende aus der Hand glitt und sich der gesamte Verband wieder aufwickelte und zu Boden fiel.

»Verflixt!«, fluchte sie und bückte sich nach dem Verband. Dabei sah sie die Akten, die Miriam aus dem Safe gezerrt hatte.

»Weißt du was?«, sagte der Cop, der Lale und Cornelia hielt. Seine Stimme wirkte plötzlich verdächtig ruhig und besonnen. Er hatte seine Selbstsicherheit zurückgewonnen. Er nahm Miriam die Maskerade nicht ab. »Was mich wundert, ist, dass du blutest!«

»Mich hat ein Silberpfeil gestreift!«, versuchte Miriam, sich herauszuwinden. Sie hatte gehofft, allein der Anblick der Verwundung würde den Cops den nötigen Respekt einflößen. Das Gegenteil war der Fall.

»So, so!«, schmunzelte der Cop Miriam an. »Das Seltsame daran ist bloß: Wir Cops bluten nicht!«

Miriam taumelte, als hätte sie jetzt wirklich einen Schlag vor den Kopf bekommen. Was sagte der Cop da? Weshalb hatte Rahima sie nicht darauf hingewiesen? Woher sollte sie das wissen? Dann waren die Cops tatsächlich rein virtuelle Figuren?

Der andere Cop sah Miriams Entsetzen mit sichtlichem Vergnügen. Er nahm seine Sachen alle in die linke Hand, huschte mit einem blitzschnellen

Schritt hin zu Miriam und packte sie im Genick, wie ein Bauer eine streunende Katze griff. Miriam hatte das Gefühl, ihr Hals wäre in einen Schraubstock eingespannt worden.

Mit ähnlichem Griff wurden Cornelia und Lale gehalten. Für Claus genügte ein scharfer Blick des einen Cop und er ergab sich.

Alle Hoffnungen lagen nun auf Rahima. Und: Wo war eigentlich Joshua?

»In einem Punkt hattest du ja recht«, feixte der Cop, der Miriam am Genick gepackt hatte und noch einmal genüsslich fester zudrückte.

Miriam schrie auf.

»Du kommst so schnell wie möglich ins Outlaw-Gebiet«, fuhr der Cop fort. »Allerdings nicht, um Gefangene abzuliefern, sondern um selbst dort einzuwandern!«

Aber er lachte nicht. Trotz des Schmerzes fiel es Miriam auf. Der Cop machte sich über sie lustig, aber er lachte nicht, ebenso wenig wie sein Komplize.

Rahima sammelte die Akten auf, betrachtete sie mit großem Interesse. Gern hätte sie sich mehr in sie vertieft, aber sie wusste, dass sie draußen erwartet wurde. Um zu schauen, ob die Cops schon da waren, lugte sie vorsichtig um die Tür herum und sah, was Miriam und den anderen widerfahren war.

»Also, gehen wir!«, rief der eine Cop gerade, zog Miriam mit sich und ging mit entschlossenem Schritt zum Ausgang. Der andere, mit Lale und Cornelia im Schlepp, folgte ihm. Claus trottete artig hinterher, ohne dass ihn jemand festhielt.

Pfeife!, dachte Rahima. Mit einem schnellen Blick registrierte sie die Kinder oben auf der Galerie. Zahlreiche Kinder, die hier im Hotel übernachteten, hatten sich hinter dem Geländer oben im ersten Stock versammelt, sahen hinunter ins Foyer und beobachteten schweigend, wie Miriam und die anderen abgeführt wurden.

Niemand wagte, etwas einzuwenden, seine Stimme zu erheben oder sich gar aktiv für die Abgeführten einzusetzen. Manche hielten Miriam und die anderen sicher für Diebe und unterstützten, dass sie nun festgenommen worden waren. Doch Rahima war überzeugt, nicht wenige von ihnen wussten sehr genau, dass Claus und Cornelia nichts angestellt hatten und dass die Frogs keineswegs Verbrecher oder Terroristen waren, sondern nur darum kämpften, zurück in die reale Welt gelangen zu können.

Doch auch von ihnen erhob niemand ein Wort gegen die Festnahme. Sie fühlten sich ohnmächtig, dachte Rahima.

Sie zog den Kopf zurück. Ihr musste etwas einfallen. Sie ärgerte sich, dass sie in dem blöden

Cop-Anzug steckte. In ihrem Frog-Kostüm hätte sie sich nicht nur wohler, sondern auch stärker und beweglicher gefühlt. Zum Umziehen blieb nun aber keine Zeit mehr. Sie blickte sich in dem Büro um, ob sie nicht irgendetwas Nützliches finden konnte. Plötzlich sah sie etwas.

Ein kühnes Angebot

Zwei Cops betraten den Verhörraum, in dem Kolja sich schnell zurück an den Tisch gesetzt hatte. Einer setzte sich vor Kolja auf den freien Stuhl, der andere blieb bedrohlich hinter Kolja stehen. Es war ein unangenehmes Gefühl für Kolja, den Cop im Nacken zu wissen, ohne ihn sehen zu können. Jeden Moment konnte von hinten eine Attacke gegen ihn gestartet werden, ohne dass Kolja auch nur den Hauch einer Chance gehabt hätte, ihr auszuweichen oder gar sich zu wehren. Wie ein böser Schatten wachte der Cop hinter ihm.

Kolja zwang sich, so gut es ging, sich nicht von ihm beirren zu lassen. Er hatte einen Plan und musste diesen verfolgen. Durch nichts wollte er sich davon abbringen lassen.

»Also?«, begann der Cop vor ihm ohne Umschweife mit dem Verhör. »Angeblich hast du Frogs gesehen. Wir konnten aber niemanden entdecken. Wo also sollen die Frogs gewesen sein? Und was hast du nachts auf der Straße verloren? Es gibt eine Ausgangssperre. Ist dir das entgangen?«

»Ich will mit dem Chef sprechen!«, antwortete Kolja ungerührt.

Der Cop hatte eine solche Antwort nicht erwartet. Er musste erst einmal schlucken, bevor er wusste, wie er auf Koljas Forderung reagieren konnte.

Seine Antwort bestand aus einem kurzen Kopfnicken, das allerdings nicht Kolja galt, sondern seinem Kollegen.

Unerwartet traf Kolja ein Schlag gegen den Hinterkopf.

Wie Kolja befürchtet hatte. Er war den Cops hilflos ausgeliefert. Es waren programmierte Wesen. So etwas wie Mitgefühl schienen sie nicht zu kennen. Kolja überlegte, ob er seine Strategie ändern musste, entschied sich aber schnell, sie beizubehalten. Standfest bleiben!, befahl er sich selbst.

»Du hast hier Fragen zu beantworten und keine Forderungen zu stellen«, stellte der Cop vor ihm klar. »Kapiert?«

»Alles, was ich zu sagen habe, kann ich nur dem Chef mitteilen!«, beharrte Kolja. »Dafür ist es zu brisant.«

Ein zweiter Schlag traf Kolja. Diesmal zuckte Kolja unter dem Schlag nicht zusammen. Er war darauf vorbereitet gewesen und hatte sich auf den Schlag eingestellt. Wie bei einem Boxkampf, in dem man auch vorher weiß, dass man einige harte Schläge einstecken muss.

»Master X ist schon lange hinter den Frogs her!«, argumentierte er unbeirrt weiter. »Vergeblich hinterher, muss man dazu sagen!«

Der Cop vor ihm hob die Hand. »Und?«, fragte er interessiert nach.

»Und ich weiß, wie man die Frogs fassen kann!«, sagte Kolja. »Denn ich weiß, wo sie sind!«

Es fiel Kolja schwer, diesen Satz zu sagen. Er kam sich vor wie ein Verräter, und kaum hatte er ihn ausgesprochen, befiel ihn ein großer Zweifel, ob sein Plan richtig war; ob er sich nicht verschätzt und nun das Gespräch in eine Richtung gelenkt hatte, die er nicht mehr kontrollieren konnte. Aber es war gesagt und nun gab es kein Zurück mehr.

Unruhig rutschte Kolja auf seinem Stuhl hin und her, während der Cop vor ihm die Augenbrauen hochzog und sagte: »Ach? Und wo sind sie, die Frogs?«

»Das eben muss ich mit dem Chef bereden!«

»Welchem Chef denn?«, fragte der Cop.

»Master X!«, sagte Kolja.

Der Cop öffnete den Mund, sagte aber nichts. Er war sprachlos. Hinter sich vernahm Kolja ein leises Zischen. Der zweite Cop schien an der Forderung ebenso zu knabbern.

Der Cop vor ihm sprang plötzlich wütend auf: »Hast du nicht mehr alle Sinne beisammen? Was

298

fällt dir ein? Niemand, hörst du, niemand ist befugt, Master X persönlich zu treffen . . .«

»Oder eine Begegnung zu fordern!«, ergänzte der Cop hinter ihm.

»Ich bin mit einer Gruppe hierhergekommen und wurde von den Frogs gefangen«, erzählte Kolja und blieb insoweit auch bei der Wahrheit. »Sie ließen mich frei, weil ich ihre Anführerin kannte. Ihr habt sie gefangen und nun führt Miriam die Frogs an. Sie gehört zu meiner Gruppe und vertraut mir. Ich kann euch zu ihr führen und damit zu den Frogs. Aber das kann ich nur mit Master X besprechen.«

Der Cop vor ihm sagte nichts, sondern kaute auf seiner Unterlippe. Er schien angestrengt zu überlegen, was er tun sollte. Kolja schöpfte neue Hoffnung. Sein Plan schien aufzugehen. Gleichzeitig machte es ihm Angst. Was, wenn sie auf seine Forderung eingingen? Dann wäre er der Erste, der direkten Kontakt zu Master X aufnahm. Er würde in die Höhle des Löwen gelangen und womöglich erfahren, wie man zurück in die reale Welt gelangen konnte. Aber um welchen Preis würde er dieses Wissen erlangen? Würde Master X ihn mit diesem Wissen wieder laufen lassen? Würde Kolja es hinbekommen, alle Geheimnisse von Master X zu erfahren, ohne seine Freunde und die Frogs zu verraten?

»Warte hier!«, sagte der Cop, erhob sich, gab ▶

seinem Kollegen ein Zeichen und verließ mit ihm gemeinsam den Verhörraum, natürlich nicht, ohne die Tür hinter sich abzuschließen.

Kolja saß wieder allein in dem Raum, aber mit erheblich mehr Angst im Bauch als zuvor. Auf was hatte er sich da bloß eingelassen?

Hauptquartier

Da die Schule von den Cops abgeriegelt war, hatte Ben vorgeschlagen, die Bank als Hauptquartier zu nutzen. Dort gab es ein Klo, eine kleine Teeküche – und sogar einen Ruheraum mit etlichen Liegen. Thomas war begeistert, dass ausgerechnet »seine« Bank zur neuen Kommandozentrale werden sollte.

Noch immer ungeklärt war die Frage, wo Kolja abgeblieben war. Jennifer und ihre Freunde befürchteten das Schlimmste.

Thomas öffnete die Tür zu seinem Büro, und von dem Moment an verfielen alle in eine absolute Geräuschlosigkeit, so wie sie es vorher vereinbart hatten.

Jennifer wünschte sich nichts sehnlicher, als sich auf eines dieser provisorischen Betten zu legen und endlich ein paar Stunden zu schlafen. Aber was würden die Cops am nächsten Morgen sagen? Thomas war Bankdirektor. Und in Büros von Bankdirektoren war es nicht üblich, dass Kinder darin ihr Bettenlager aufschlugen. Einen anderen Ort aber gab es nicht. Zum Glück hatte Ben da eine wunderbare Idee.

Da er nicht reden konnte, schaltete er den Computer in Thomas' Büro ein und schrieb seine Idee auf. Das hatte auch den Vorteil, dass er sie danach wieder löschen könnte. Vorher vergewisserte er sich, dass der Computer nicht mit irgendeinem Netzwerk oder Internetanschluss verbunden war, damit niemand mitverfolgen konnte, was er schrieb, schon gar nicht Master X.

Als Thomas und Jennifer Bens Plan lasen, mussten sie lachen. Ben wollte den gesamten Raum mit Eierverpackungen verkleiden.

»Eierverp...!?«, wäre es Thomas beinahe herausgerutscht. Gerade noch rechtzeitig hielt er sich selbst die Hand vor den Mund.

Doch Bens Erklärung klang dann doch vernünftiger, als sie im ersten Moment schien. Eierverpackungen brachen den Schall, dämpften einen Raum also akustisch ab. Ben hatte das mal in dem Übungsraum der Schulband gesehen. Wenn sie sich außerdem noch angewöhnten, in Thomas' Büro besonders leise zu sprechen, so war ziemlich gewiss, dass Master X über die Wandmikros kein Wort mehr verstehen konnte.

Gleich am nächsten Morgen wollten sie losziehen, an die wenigen Kinder der Unterstadt Geld verteilen, damit sie Geschäfte gründen konnten. Je mehr Geschäfte, desto eher würden sie mit der Oberstadt verbunden werden. Zuvor aber mussten sie unbedingt schlafen. Jennifer ließ sich auf ihre

Liege fallen – und dachte an Miriam bei den Frogs, an Kolja, wo immer er in diesem Augenblick sein mochte, und an Achmed und Sarah in der Gefangenschaft.

Neue Waffen

Rahima war klar, dass sie nur einen Versuch hatte. Draußen im Foyer waren zwei Cops dabei, Miriam, Lale und Claus abzuführen. Von Joshua fehlte noch immer jede Spur. Rahima sah auf das kleine Kästchen, das sie auf einem der Schreibtische entdeckt hatte. In dem Kästchen lagen Anstecknadeln mit dem Emblem des Hotels. Vielleicht hatte man früher, als die Welt noch real und in Ordnung war, jedem Gast eine solche Anstecknadel geschenkt. Rahima wusste es nicht und es war ihr in diesem Augenblick auch egal. Entscheidend war, ob die Nadeln aus Silber oder einem billigeren Metall hergestellt worden waren. Waren sie aus Silber, so konnten sie möglicherweise als Ersatz für die bisherigen Blasrohrpfeile dienen. Sie waren zwar deutlich kürzer und dünner, doch einen Versuch war es wert – einen Versuch. Vielleicht lagen die Anstecknadeln nur noch deshalb hier, weil sie den Cops nichts anhaben konnten. Vielleicht hatten die Cops sie aber auch nur übersehen, als sie sämtliches Silber aus der Stadt hatten verschwinden lassen. Die silbernen Vasen in den Zimmern hatten sie schließlich auch übersehen. Rahima hatte nichts zu verlieren. Die Zeit lief ihr davon. Die Cops öffneten schon die Außentür des Hotels. Beherzt griff Rahima in die Schachtel, um sich eine Handvoll der Nadeln einzustecken. Versehentlich verletzte sie sich an einer der spitzen Nadeln. Mit einem kurzen Aufschrei zog sie ihre Hand zurück, steckte sich die blutende Fingerkuppe in den Mund und fluchte. Mit der anderen Hand nahm sie nun die Nadeln, diesmal mit etwas mehr Bedacht, und verließ das Foyer.

»Halt!«, rief sie den Cops zu, die noch immer Miriam, Lale und Cornelia hielten. Claus stand nach wie vor freiwillig daneben und wagte keinen Widerstand. Einer der Cops hatte gerade die Tür geöffnet und drehte sich nun zu Rahima um.

Nachlässig in Cop-Kleidung gehüllt, mit schief geknöpftem Hemd, verrutschter kurzer Hose, ohne Schuhe und mit bunt gefärbten Haaren, die wild ins Gesicht hingen, war Rahima unschwer als Nicht-Cop auszumachen.

»Noch eine!«, stellte der Cop fest und gab seinem Kollegen, der nur Miriam hielt, einen Wink, damit dieser sich um Rahima kümmerte.

Der Cop setzte sich in Bewegung und zerrte Miriam dabei mit einer Leichtigkeit mit sich, als ob es sie gar nicht gäbe. Jeder Versuch von Miriam, sich zu widersetzen, war schon im Ansatz zum Scheitern verurteilt.

»Ihr habt eine Kleinigkeit vergessen!«, rief Rahima den Cops zu.

»So?«, fragte der Cop, der Lale und Cornelia hielt. »Was denn?«

Der Cop mit Miriam hatte Rahima schon erreicht. Es war unglaublich, wie schnell diese virtuellen Cops sich bewegen konnten.

»Eure Andenken!«, sagte Rahima, sprang auf den Cop zu und rammte ihm die kleine Stecknadel in den Hals.

Der Cop blieb stehen, taumelte, aber mehr schien die kleine Nadel nicht bei ihm zu bewirken. Doch Rahima schaltete sofort. Mit einer schnellen Bewegung riss sie dem Cop das Hemd auf und steckte ihm die Nadel auf den kleinen, quadratischen goldenen Chip, der wie ein Muttermal auf der Brust des Cops klebte.

Auf der Stelle fiel der Cop um wie in einen Dornröschenschlaf.

»Es klappt!«, freute sie sich.

Der zweite Cop begriff. Er schleuderte Cornelia und Lale beiseite. Cornelia rutschte über den glatten Boden quer durchs Foyer und krachte gegen den Empfangstresen. Lale wurde gegen die Scheiben neben dem Eingang geschmettert. Gerade noch konnte sie mit den Armen ihren Kopf vor dem Aufprall schützen. Im nächsten Moment fasste der Cop Rahima schon mit einer Hand am Kehlkopf und drückte fest zu. Rahima röchelte nach Luft, schlug um sich, konnte aber gegen den Cop nichts ausrichten. Die Nadeln fielen ihr aus der Hand und kullerten in alle Richtungen über den Boden.

Miriam warf sich zu Boden, bekam eine der Nadeln zu fassen und wollte gerade wieder aufstehen, als auch sie von dem Schraubstock-Griff des Cops gefasst wurde. Er war ihr gefolgt, ohne Rahima loszulassen. Jetzt hob er beide Arme, und links und rechts von ihm baumelten die beiden Mädchen hilflos zappelnd in der Luft wie zwei Gänse, die zu Weihnachten zur Schlachtbank getragen werden.

»Claus!«, stieß Miriam mit versiegender Stimme aus. Der Cop drückte ihr fest die Kehle zu.

Auch jetzt brauchte Claus wieder einen entsetzlich langen Moment, um die Situation zu erfassen. Der Cop grinste ihn an und schoss die Nadeln auf dem Boden mit einem einzigen Tritt fort, sodass sie nochmals in alle Richtung fortspritzten. Die Nadeln waren nun wie unsichtbar verschwunden. Irgendwohin getrudelt ohne Chance, sie so ohne Weiteres auf dem glänzenden Foyerboden des Hotels zu finden.

»Tu was!«, flehte Miriam Claus mit ihren letzten Worten an.

Claus stand da, suchte mit seinen Blicken den Boden ab, konnte keine der Nadeln mehr entdecken. Aber plötzlich hatte Claus eine Idee.

Er griff sich in den Mund und stürmte plötzlich mit einer Geschwindigkeit, die Miriam ihm niemals zugetraut hätte, auf den Cop los. Miriam konnte nur schemenhaft erkennen, dass er irgendetwas in seiner Hand hielt, von dem sie nicht einmal ahnte, worum es sich handeln könnte. Er musste es vorher in seinem Mund gehabt haben.

Claus schlug dem Cop mit dem Gegenstand gegen die Brust. Oder er stach sogar zu. Miriam konnte nicht erkennen, ob der Gegenstand spitz genug war.

Aber es funktionierte. Wie den ersten Cop verließen auch diesen Cop sofort die Kräfte. Sein Griff löste sich von den Hälsen der Mädchen, beide fielen seitwärts weg, während der Cop regungslos zu Boden sank.

»Super!«, lobte Miriam Claus, als sie sich wieder aufrappelte. »Womit hast du ihn lahmgelegt?«, fragte Rahima.

Claus zeigte auf den Cop, dem der Gegenstand noch in der Brust steckte.

Rahima quiekte auf, weil sie nicht glauben konnte, was Claus als Waffe benutzt hatte: »Deine Zahnklammer! Du hast ihn mit deiner Zahnklammer erstochen!«

Beobachtung

Master X betrachtete seinen Monitor mit nervösem Blick. In der vergangenen Nacht war viel geschehen. Es hatte einen Überfall der Frogs auf ein Hotel gegeben. Nur eine Handvoll von Frogs war es gewesen, und doch war es ihnen gelungen, die Wach-Cops zu überwältigen und ihnen zu entkommen. Und nicht nur das: Wie er der Meldung der Wachen entnahm, hatten die Frogs eine Reihe von kleinen Blumenvasen mitgehen lassen. Silberne Blumenvasen.

Master X schlug verärgert mit der Faust auf den Tisch. Silberne Blumenvasen! Hatte er nicht angeordnet und programmiert, dass sämtliches Silber aus der Oberstadt zu verschwinden hatte? Master X wusste, was diese Panne bedeutete. Die Frogs hatten sich neue Munition besorgt. Offenbar planten sie einen größeren Überfall.

Seine Wut über dieses Missgeschick konnte nur durch eine weitere Meldung der Nacht ein wenig gedämpft werden. Andere Cops hatten Kolja festgenommen, der nach eigenem Bekunden das Versteck der Frogs kannte und bereit war, es zu verraten.

Master X lehnte sich in seinem Sessel zurück und ▶

war wieder versöhnt. Das Versteck der Frogs! Wie lange suchte er es schon! Er hoffte sehr, dass dieser Kolja ihm die Wahrheit sagen würde. Sofort veranlasste er, Kolja zu ihm zu bringen.

Aufgeregt sah Master X, was sonst noch so geschehen war, und vor allem, was sich aktuell in der Unterstadt tat.

Er richtete eine der Überwachungskameras auf den Marktplatz der Stadt. Nach dem ersten flüchtigen Blick beugte er sich ein Stückchen weiter vor. Was war dort los? Auf dem Marktplatz schienen die Kinder der Unterstadt sich zu versammeln. Was hatte das zu bedeuten? Was war mit den Cops? Wieso gaben sie keine Meldung?

Master X griff zur Tastatur, um Kontakt mit einem der Cops vor Ort aufzunehmen, als ihn eine andere Meldung von seinem Vorhaben abhielt.

»Kolja ist jetzt da!«

Master X zog seine Hände von der Tastatur zurück und betätigte das Sprechfunkgerät. »Okay!«, sagte er. »Ich komme!«

Er brannte darauf zu erfahren, wo sich das Versteck der Frogs befand. Der Marktplatz konnte warten.

Geldregen

Obwohl es für Jennifer und ihre Freunde ein ebenso langer wie anstrengender Tag gewesen war, wachten sie in aller Frühe auf.

»Guten Morgen!«, flüsterte Jennifer zu Kathrin hinüber. Ben neben ihr schlief noch. Thomas saß an seinem Schreibtisch. Jennifer wusste nicht, was er dort tat.

Frank machte Liegestütze, weil ihm der Sport fehlte.

»Nicht einmal ein Vogel!«, antwortete Kathrin, ohne sich nach Jennifer umzudrehen.

Jennifer verstand. Sie hatte mit ihrer Vermutung richtiggelegen. Kathrin suchte nach Tieren, hatte gehofft, die Unterstadt hätte sich über Nacht ein wenig weiterentwickelt, wenigstens so weit, dass erste Tiere in der Stadt auftauchten. Spatzen vielleicht oder Tauben, wenn schon keine Hunde und Katzen. Kathrin wären vermutlich sogar Mäuse oder Ratten recht gewesen oder Mücken oder Wespen, wenn es nur irgendeinen Hinweis auf eine Tierwelt gegeben hätte.

Jennifer schlug ihre Decke beiseite und gesellte sich zu Kathrin. Gar nicht mal so unpraktisch, sich in kompletter Kleidung abends schlafen zu legen, dachte sie. Man brauchte morgens nur aufzustehen und war schon fertig – wie ein Hund oder eine Katze. Nur ihre Zähne hätte Jennifer gern geputzt. Ein schaler, pelziger Geschmack hatte sich über ihre Zunge gelegt und bestimmt roch sie schon unangenehm aus dem Mund. Aber noch besaßen sie keine Zahnbürsten.

»Ich hab's!«, rief Thomas von seinem Schreibtisch aus.

Müde warf Jennifer ihm einen Blick zu. Was mochte Thomas nun wieder gefunden haben?

Thomas grinste freudestrahlend von seinem Schreibtisch durch den Raum.

»Wenn das nicht der Safeschlüssel ist!«

Frank unterbrach seine Liegestütze, Kathrin beendete ihre Ausschau nach Tieren und selbst Ben erwachte nun, rieb sich die Augen und hörte Jennifer fragen: »Was?«

»Der Safe!«, rief Thomas ihnen zu. »Wir brauchen doch Geld, damit die Kinder Geschäfte eröffnen können!«

»Was ist denn mit dem los?«, wunderte sich Ben. Noch nie war es vorgekommen, dass Thomas mal der Erste war, soweit er sich erinnerte.

Das schien auch Thomas bewusst zu sein und er genoss es. Aufmunternd klatschte er in die Hände: »Also, gehen wir!«

»Wohin?«, fragte Kathrin.

Thomas verstand die Frage nicht: »Na, zum Safe natürlich!«

Kathrin hätte vermutet, der Safe würde in diesem Büro stehen. Wo sonst sollte ein Banksafe stehen, wenn nicht im Büro des Bankdirektors?, fragte sie sich.

Thomas lachte. »Hast du noch nie einen Krimi gesehen? Die Saferäume sind immer im Keller!«

Jennifer nickte. Ihre Mutter besaß in einer Bank ein Schließfach, in dem sie den geerbten Schmuck ihrer Urgroßmutter und einige wichtige Papiere aufbewahrte. Einmal war Jennifer mitgegangen zum Schließfach – im Keller der Bank, wo auch der Saferaum gewesen war.

Genau wie in dieser Bank.

Thomas behielt recht.

Staunend stand Kathrin vor der riesigen, gepanzerten Tür, die von zwei Cops bewacht wurde.

Frank kam sich angesichts der monströsen runden Tür mit den drei schweren lenkradartigen Türgriffen schon vor wie in einem James-Bond-Film.

Thomas hielt den beiden Cops einen Ausweis vor die Nase.

»Bankdirektor Thomas! Ich muss dort hinein!«

Jennifer wunderte sich, woher Thomas einen Dienstausweis besaß, und musste lachen, als Thomas ihr erzählte: »Selbst gemacht natürlich!«

Mit anderen Worten, der Ausweis war absolut ▶

überflüssig, aber Thomas fühlte sich wichtiger mit einem Ausweis in der Tasche.

Die beiden Cops wussten durch Master X' Programmierung, wer Thomas war, und ließen ihn die Tür des Safes öffnen.

Ben merkte, wie sein Herz klopfte. Er wusste nicht genau, weshalb, aber es war ein aufregendes Gefühl, eine etwa drei Meter im Durchmesser große Sicherheitstür eines großen Bankgebäudes zu öffnen.

Ben wusste aus dem Fernsehen, wie die Safes großer Banken von innen aussahen. Akkurat aufgestellte Regale mit schmucklosen Kästen oder Schubladen oder nochmals verschlossenen Fächern, hinter denen das Geld und die Goldbarren und die Wertpapiere und was immer eine Bank an Wertvollem besaß, lagerten.

Ihm blieb die Spucke weg, als Thomas die Tür öffnete. Der Raum war über und über gefüllt mit goldenen Talern, glitzernden Edelsteinen, Schmuck, Vasen, Schatztruhen und Kelchen. Wie bei Dagobert Duck!

Thomas blieb ehrfurchtsvoll an der Türschwelle stehen. Es war die grandioseste Sammlung, die er je in seinem Leben gesehen hatte. Mit Unbehagen dachte er an ihren Plan. Sollten sie wirklich diese fantastische Sammlung von Wertgegenständen antasten und einen Teil davon verschenken, um die Kinder der Unterstadt Geschäfte eröffnen zu lassen? Es brach Thomas das Herz, wenn er nur daran dachte, eine solch märchenhaft schöne Sammlung angreifen zu müssen.

Kathrin hatte da weniger Hemmungen. Wie eine Prinzessin, der erstmalig in ihrem Leben die Schatzkammer des Königs eröffnet wurde, sprang sie juchzend auf den Schmuckberg, behängte sich mit Perlen- und Edelsteinketten, warf Diamanten und Rubine, Smaragde und Saphire durch die Luft.

Ben ließ eine Handvoll Gold durch seine Finger gleiten, Frank hatte eine schöne, sehr teuer aussehende Armbanduhr gefunden. Er prüfte, ob sie auch eine Stoppuhr hatte und bis wie viel Meter Tiefe sie wasserdicht sein sollte.

Auch in Thomas kam nun wieder Bewegung.

»Wisst ihr was?«, rief er in die Runde. »Einige der Edelsteine stecke ich mir ein. Für die Zeit, wenn wir zurückkehren in die richtige Welt!«

Nur Jennifer ließ sich von dem Glanz und Zauber der Schätze nicht anstecken.

Sie kippte einen großen Koffer mit Geldscheinen aus und sagte zu Thomas: »Ich glaube nicht, dass das echte Edelsteine sind!«

Kathrin unterbrach das Werfen mit den Steinen und sah verwundert zu Jennifer hinüber: »Wieso nicht?«

Jennifer hielt ihr einen Bündel Geldscheine entgegen. »Das sind Taler!«

Kathrin zuckte mit den Schultern. Was hatten die Taler mit den Edelsteinen zu tun? Taler war eben die Währung hier in der Stadt der Kinder.

Jennifer stimmte ihr zu. »Eben! Taler gibt es nur hier. Und ich vermute, auch die Edelsteine gibt es nur hier.«

Thomas sah enttäuscht auf die drei schönen Steine, die er gerade einstecken wollte. Steine, die man nicht sammeln konnte, waren wertlos. Er warf sie zurück auf den Haufen.

»Aber für unsere Zwecke reicht es!«, erklärte Jennifer. Sie packte das Geld zurück in den Koffer und klappte ihn zu. »Dieses Geld müsste fürs Erste genügen! Außerdem nehmen wir noch ein paar Edelsteine mit. Packt mal mit an!« Ein Koffer voller Papier war recht schwer. Frank und Ben trugen ihn gemeinsam hinauf auf die Straße, während Thomas den Safe schloss und Kathrin und Jennifer voran auf die Straße gingen und die große Neuigkeit verkündeten, indem sie einfach laut in die Gegend riefen: »Wer Geld braucht, bitte hierherkommen!«

Im ersten Moment reagierten die Kinder skeptisch, blieben nur stehen und schauten von der anderen Straßenseite ein wenig schüchtern herüber, was die Mädchen da riefen. Aber allmählich überwog die Neugier und so kamen sie Schritt für Schritt näher, besonders als Jennifer das erste Mal in den Koffer griff, einige Geldscheine herausholte und sie in die Luft warf, dass sie wie Schneeflocken wieder zu Boden segelten.

Aber selbst dann trauten sich die Kinder noch nicht, wirklich loszulaufen und zuzupacken.

Unsicher schauten sie zu den Cops, von denen sich sofort die Ersten in der Straße zeigten, um zu sehen, was hier passierte. Argwöhnisch betrachteten sie Jennifer und Kathrin und wussten nicht so recht, wie sie darauf reagieren sollten. Eigentlich wären sie sofort eingeschritten, aber sie wussten: Thomas war der von Master X erwählte Bankdirektor und Kathrin die Wirtschaftsministerin. Wenn die beiden Geldscheine unter die Leute warfen, dann würden die ihren Grund dafür haben und alles würde mit rechten Dingen zugehen. Die Cops waren es nicht gewohnt, gegen Obrigkeiten vorzugehen. Deshalb schritten sie nicht ein.

Die Kinder auf der Straße blieben dennoch zögerlich. Es war nicht üblich, dass man ihnen Geschenke machte. Im Gegenteil, bei den kleinsten Vergehen drohte die Verhaftung durch die Cops und die Verbannung ins Outlaw-Gebiet. Auch war den meisten nicht so richtig klar, was sie mit dem Geld anfangen sollten. In der Unterstadt existierte nur eine einzige Straße mit Geschäften. Die Kinder waren hauptsächlich damit beschäftigt, sich mit den nötigsten Lebensmitteln zu versorgen. Manche von ihnen machten es, wie Jennifer und ihre Freunde es bisher auch getan hatten. Sie waren zu Fuß hinaus aufs Feld gegangen, um Gemüse und Obst zu ernten. Die meisten waren direkt aus der Oberstadt hierhergeraten und wussten noch immer nicht, wie das geschehen war, wie sie wieder zurückkommen sollten, und irrten seitdem ziellos und verzweifelt durch die leere Stadt.

Jennifer begriff schnell, worin das Problem bestand. Es genügte nicht, den Kindern Geld zu geben. Sie brauchten auch eine Anleitung, um sich selbst zu helfen.

Aber genau dafür war Kathrin ja da.

»Los, mach was!« Jennifer stieß Kathrin von der Seite an.

»Was denn?«, fragte Kathrin verwundert zurück.

»Du bist die Wirtschaftsministerin!«, zischelte Jennifer ihr zu. »Die Leute müssen Läden gründen, damit wir uns mit der Oberstadt verbinden und das große Fest organisieren können, damit Ben Präsident werden kann!«

»Ich kenne unseren Plan«, flüsterte Kathrin zurück. »Aber was soll ich denn tun? Etwa durch die Gegend brüllen: ›Gründet Geschäfte‹?«

»Sag ihnen, wie man ein Geschäft gründet!«, schlug Jennifer vor.

»Ich weiß ja selbst nicht, wie man ein Geschäft gründet!«, wehrte Kathrin ab.

Jennifer stöhnte, aber sie musste zugeben: Kathrin hatte recht. Zwar besaß Kathrin einen Tierfutterladen, aber sie hatte ihn gewissermaßen von Master X geschenkt bekommen. Kathrin wusste nicht einmal, wie die Ware in ihr Geschäft gekommen war.

Jennifer biss sich auf die Lippen. So machte sie es immer, wenn sie nachdachte.

Noch immer trauten die meisten Kinder sich nicht, das geschenkte Geld anzunehmen. Die meisten Scheine, die Jennifer und Kathrin in die Menge geworfen hatten, flatterten achtlos über den Boden.

Nur drei Kinder hatten einiges Geld aufgesammelt und es eingesteckt. Einer von den dreien war Thomas.

Jennifer ging auf ihn zu. »Wir geben das Geld nicht in die Menge, damit du es wieder aufhebst, du Knalltüte!«

Thomas war sich keiner Schuld bewusst. »Wenn die das nicht haben wollen?«

Jennifer schüttelte den Kopf. Ihr Plan hatte einen Fehler. Sie hatten nicht bedacht, wie viel Angst in den Kindern steckte, ihr Schicksal selbst in die Hand zu nehmen, etwas zu wagen, ein Risiko einzugehen. Lieber standen sie da und schienen darauf zu warten, dass die Cops sie offiziell aufforderten, das Geld an sich zu nehmen und damit etwas anzufangen.

Genau das war die Idee!, fiel Jennifer in diesem Moment ein. Man musste den Leuten offenbar sagen, was sie zu tun hatten.

Jennifer ging auf die beiden anderen Kinder zu, die sich Geld vom Boden aufgesammelt hatten.

»Du!«, sagte sie zu dem einen, obwohl er recht klein wirkte. Vermutlich war er gerade mal zehn Jahre alt. Aber sie hatte jetzt keine Wahl. »Du eröffnest ein Gemüsegeschäft!«, befahl sie ihm.

Doch der Kleine dachte gar nicht daran, sich etwas befehlen zu lassen.

»Wieso ich?«, fragte er kess zurück. »Ich mag kein Gemüse!«

Jennifer stützte die Hände in die Hüften. Was sollte das denn heißen? Es gab in dieser Unterstadt ohnehin nichts anderes zu essen. Wovon wollte der Knirps sich ernähren? Außerdem war es nicht die Frage, ob er selbst es mochte oder nicht. Er war mutig genug gewesen, sich Geld zu nehmen, ohne auf eine Anweisung zu warten, und jetzt muckte er sogar gegen Jennifer auf. Also genau der Richtige, um den Anfang zu machen und die anderen Kinder mitzuziehen, für ihr eigenes Überleben aktiv zu werden, fand Jennifer.

»Wen interessiert, was du magst und was nicht?«, blaffte Jennifer ihn an. »Wir brauchen ein Gemüsegeschäft. Du hast Geld genommen, also wirst du es jetzt auch für die Gemeinschaft verwenden und ein Gemüsegeschäft eröffnen!«, wies Jennifer ihn zurecht.

Doch der Junge hörte nicht. »Pöh!«, sagte er bloß und wandte sich von Jennifer ab.

Jennifer blieb mit offenem Mund stehen. Sie konnte nicht fassen, wie wenig Respekt der Junge ihr entgegenbrachte.

Nach einigen Metern blieb der Junge stehen, drehte sich zu Jennifer um und teilte ihr mit: »Ich mache einen Laden für Computerspiele auf!«

Jennifer glaubte, sich verhört zu haben. Sie tippte mit dem Zeigefinger gegen ihre Stirn.

»Bist du bescheuert? Wir müssen überleben! Wer braucht denn hier einen Laden für Computerspiele?«

»Ich!«, antwortete der Junge und ging.

Jennifer blieb sprachlos zurück.

Ben und Frank grinsten, was Jennifer nur noch wütender machte.

»Was lacht ihr so blöde?«, fuhr sie die Jungs an. »Einen Computerspiel-Laden braucht doch wohl wirklich niemand!«

»Einen Laden für Tierfutter auch nicht!«, erinnerte Frank. »Solange es keine Tiere gibt!«

Jennifer verstummte erneut. Es stimmte, was Frank sagte. Es kam Master X offenbar gar nicht auf den Nutzen der Geschäfte an, sondern darauf, dass es überhaupt welche gab und die Kinder glaubten, wie Erwachsene bestimmte Pflichten erfüllen zu müssen.

»Hauptsache, er eröffnet einen Laden!«, stimmte Ben ihr nun zu. »Das wird uns ein Stückchen näher an die Oberstadt heranführen.«

Jennifer fasste sich an den Kopf. »Hoffentlich!«, meckerte sie. »Das wird mir nämlich allmählich zu blöd hier!«

Kathrin wandte sich an das zweite Kind, das sich Geld eingesteckt hatte: ein rothaariges Mädchen in einem karierten Kleid. Kathrin schätzte es auf zehn oder elf Jahre.

»Hast du nicht Lust, einen Gemüseladen zu eröffnen?«, fragte Kathrin.

»Nö!«, sagte das Mädchen.

Kathrin hatte es sich schon gedacht. Wie sollte man eine Stadt aufbauen, wenn niemand zu überzeugen war, das zu tun, was notwendig war?

»Aber wir brauchen einen!«, versuchte Kathrin es noch mal.

Das Mädchen zuckte mit den Schultern. »Dann eröffne du doch einen. Ich will einen Musikladen aufmachen!«

»Einen Musikladen!«, stöhnte Kathrin.

Das rothaarige Mädchen lief davon.

Jennifer legte Kathrin eine Hand auf die Schulter.

»Ich glaube, sie hat recht!«, sagte Jennifer.

»Dass sie einen Musikladen eröffnen will?«, wunderte sich Kathrin.

»Nein!«, erwiderte Jennifer. »Dass wir selbst machen müssen, was wir für wichtig halten. Ich werde den Gemüseladen eröffnen!«

Kathrin staunte Jennifer an. Aber Jennifer war noch nicht fertig mit ihrer Idee.

»Du funktionierst deinen Tierfutterladen um zu einem Restaurant«, schlug Jennifer vor.

»Aber . . .«, wollte Kathrin einwenden, doch Jennifer ließ sie nicht zu Wort kommen.

»Frank eröffnet ein Hotel!«

»Ich bin schon Taxifahrer!«, warf Frank ein, doch Jennifer winkte ab.

»Wir brauchen ein Hotel.« Dann zeigte sie auf Ben. »Und bevor du Präsident wirst, musst du eine Bäckerei aufmachen!«

»Was?«, empörte sich Ben. »Wie soll ich das denn machen?«

Jennifer überhörte seinen Einwand und erklärte: »Seht euch um. Es gibt eine einzige funktionierende Straße. Und schon eine ganze Anzahl von Kindern, die stupide mit leeren Koffern durch die Gegend rennen wie hirnlose virtuelle Figuren. Die Kinder werden Hunger bekommen. Sie müssen irgendwo wohnen. Das ist denen noch nicht klar, aber wenn wir nichts unternehmen, werden wir alle große Probleme bekommen. Wir müssen uns mit

der Oberstadt verbinden und so lange unser Überleben sichern: das heißt Lebensmittel und Wohnungen organisieren. Also brauchen wir Betten: das
Hotel. Wir brauchen Nahrung: Gemüse und Brot.
Und wir brauchen einen Platz zum Essen: das Restaurant. Alles klar?«

»Wisst ihr was?«, sagte Thomas.

Alle sahen ihn an.

»Ich glaube«, fuhr Thomas fort: »Jennifer sollte
unsere Präsidentin werden!«

Flucht aus Outlaw

Vorsichtig nahm Achmed die Finger aus den Ohren.

»Komm!«, bat Sarah und reichte ihm die Hand. »Lass uns weitergehen!«

Nach wie vor konnten sie die Hände nicht vor den Augen erkennen, so dunkel war es. Doch sie mussten einfach versuchen, sich in der Dunkelheit zu den Höhlen durchzuschlagen, um dort den Strom abzuschalten, damit sie durch den Fluss zurück in die Unterstadt schwimmen konnten. Es war ihre einzige Chance.

Sarah war sich sicher, dass sie nur in die Richtung zu laufen brauchten, in die der Panther gelaufen war, um zu den Höhlen zu gelangen.

Achmed glaubte nicht daran, dass der Weg so einfach sein sollte. Eine andere Möglichkeit sah er allerdings auch nicht. So ergriff er Sarahs noch immer ausgestreckte Hand, indem er nach ihr tastete, und ließ sich von ihr hochziehen.

Sarah drückte ihm etwas in die Hand.

»Was ist das?«, wollte Achmed wissen.

Sarah hatte ihren Gürtel von der Hose gelöst, hielt das eine Ende in ihrer Hand und reichte Achmed das andere. Auf diese Weise konnten sie beim

Durchqueren des Waldes eine etwas größere Distanz zwischen sich zulassen, ohne sich in der Finsternis zu verlieren.

Sie ging einen weiteren Schritt voran. Blieb kurz stehen, tastete die Umgebung vor sich mit der freien Hand ab, spürte nichts, was ihr gefährlich erschien, und machte den nächsten Schritt. Das war das Tempo, in dem sie vorankamen. Schritt-Tasten-Schritt. Wie jemand, der von einer Sekunde auf die andere erblindet war und nun versuchen musste, sich ungeübt und orientierungslos fortzubewegen. Genau das war das zweite Problem: die Orientierung.

Schon nach dem zehnten Schritt zweifelte Achmed an der Richtung: »Ich habe das Gefühl, wir bewegen uns im Kreis!«

»Glaube ich nicht«, widersprach Sarah.

Achmed blieb skeptisch. »Was macht dich da so sicher?«

»Das Moos!«, lautete Sarahs Antwort, die Achmed entsprechend überraschte.

»Schau!«, sagte Sarah zur Erklärung, doch Achmed konnte ebenso wenig sehen wie Sarah.

Sie lächelte, was Achmed aber natürlich auch nicht sehen konnte.

»Fühl«, korrigierte sie und führte Achmeds freie Hand mit der ihren zum unteren Ende eines Baumstamms, eben über der feuchtmodrigen Walderde.

»Fühlst du's?«

Achmed zog schnell seine Hand zurück.

»Bäh!«, machte er. »Eklig schleimig fühlt sich das an!«

Sarah lachte laut auf. »Du bist ein echtes Stadtkind, Achmed! Das ist feuchtes Moos.«

»Na und?«, entgegnete Achmed. »Trotzdem eklig!«

»Fass auf die andere Seite!« Wieder führte sie Achmeds Hand. Mit nur leichtem Widerstand und mit äußerster Vorsicht ließ Achmed es geschehen. Sarah legte seine Hand auf die andere Seite des Baumstammes. Hier fühlte sich der Stamm hart, holzig und relativ trocken an. Nicht so schleimig wie auf der anderen Seite.

»Das Moos wächst meist nur auf einer Seite des Stammes, je nach Wetterseite. Moos braucht Schatten«, erklärte Sarah. »Das Raubtier rannte in die Richtung, in der das Moos nicht wächst. Ich gebe zu, es ist nur eine grobe Orientierung, aber wenn wir immer in die Richtung gehen, in der kein Moos wächst, ist die Wahrscheinlichkeit hoch, dass wir nicht im Kreis gehen. Wenn die Sonne aufgeht, können wir es besser überprüfen.«

»Wenn die Sonne aufgeht?«, fragte Achmed nach.

»Ja. Halte den Stundenzeiger deiner Uhr gegen die Sonne. Genau zwischen 12 Uhr und dem Stundenzeiger ist Süden. So können wir uns tagsüber orientieren.«

»Wow!«, machte Achmed. »Echt krass, ey. Woher weißt du das denn?«

»Bücher!«, lachte Sarah. »Wirklich eine tolle Erfindung. Ich lese ganz gern. Vor allem Abenteuergeschichten und Krimis. Praktisch, oder?«

»Total praktisch. Ich schwöre, ey, wenn wir hier heil herauskommen, lese ich auch mal ein Buch.«

»Wow!«, kicherte Sarah. »Du schreckst ja vor nichts zurück!«

Obwohl sie nur sehr langsam vorankamen, war es erheblich besser, als auf dem Waldweg auf Tageslicht zu warten. So taten sie wenigstens etwas. Einen Schritt, stehen bleiben, tasten, wieder einen Schritt. Nach drei, vier Schritten prüfte Sarah anhand des Mooses, ob sie noch immer in die gleiche Richtung gingen. Etwa zehn Minuten bewegten sich Sarah und Achmed auf diese Weise fort, ohne dass etwas passiert wäre. Achmed atmete innerlich schon auf und hoffte, der Weg zu den Höhlen würde so unbeschwert und leicht bleiben. Er verfluchte sich sofort für diesen Gedanken. Denn kaum hatte er ihn gedacht, kündigte sich der nächste Zwischenfall an. Wieder durch ein Geräusch. Und ein kurzes Aufleuchten, einen Lichtblitz in der Finsternis.

Auch Sarah hatte das metallische Leuchten, wie

sie es nannte, gesehen. Sie legte unwillkürlich den Kopf in den Nacken, um nach einem Gewitter Ausschau zu halten. Doch über ihr war ebenfalls nichts als Finsternis.

Sarah verbrachte schon lange in dieser computergesteuerten Stadt der Kinder, aber sie hatte noch nie Regen gesehen. Trotzdem vertrockneten die Pflanzen nicht. Es schien gar keine echte Atmosphäre zu geben, obwohl sie Luft zum Atmen hatten, die Pflanzen gediehen und die Sonne tagsüber schien. Nur echtes Wetter gab es nicht. Ein Gewitter also war auszuschließen. Was aber hatte sonst vor ihnen aufgeblitzt? Was war das für ein Geräusch, das sich nun in unregelmäßigen Abständen zu wiederholen begann? Unterschiedliche, quietschende Geräusche in unterschiedlichen Tonlagen. Als ob mehrere alte, ungeölte Türen im Wind quietschten. Sarah hoffte, ihre Vermutung würde sich als richtig erweisen. Wo Türen waren, waren Gebäude. Gebäude waren besser als ein wilder, finsterer Wald. Sie konnten Schutz bieten und vielleicht würde es in ihnen sogar Licht geben.

Sarah ging weiter. Mit jedem Schritt verkürzten sich die Abstände der Geräusche, die lauter wurden und unangenehmer.

»Bitte nicht schon wieder diese verdammten Heulsusen, ey!«, wünschte sich Achmed. Unwillkürlich legte er seine Hände auf die Ohren, obwohl sie nicht das geringste Anzeichen von Schmerz zeigten. Die Geräusche schienen diesmal seinen Gehörgängen nichts auszumachen.

Sarah jedoch schrie plötzlich kurz auf.

»Was ist?«, fragte Achmed besorgt nach.

Sarah wusste es nicht. Wie ein kurzer, aber heftiger Nadelstich hatte ein bestialischer Schmerz ihren linken Fuß durchzogen, war durchs Bein bis hinauf in ihre Hüfte gezuckt und dort verendet, als hätte er an der Hüfte einen Ausgang aus dem Körper gefunden. Solch einen außergewöhnlichen Schmerz hatte Sarah niemals zuvor gespürt. Sie konnte ihn sich nicht erklären.

»Vielleicht bist du auf etwas getreten?«, vermutete Achmed.

Doch Sarah hatte sich in dem Augenblick des Schmerzes gar nicht bewegt.

Achmed zuckte mit den Schultern und schrie nun ebenfalls auf. Exakt so, wie Sarah ihren Schmerz im Bein geschildert hatte, durchzog es ihn in den Schultern. So plötzlich, wie er gekommen war, war er auch schon wieder verschwunden.

»Verflucht, was war das?« Achmed fuchtelte mit den Armen in der Luft herum. Vielleicht hing irgendetwas von den Bäumen, das sie angriff? Giftige Tentakel, Spinnen, irgendetwas in dieser Richtung, aber dann hätte es Sarah eigentlich nicht im Bein schmerzen können.

Die Geräusche verstärkten sich ebenso wie das metallische Blitzen. Als hätten sie das Zentrum eines Gewitters erreicht, blitzte es um sie herum. Achmed und Sarah hielten sich schützend die Hände vor die Augen, so hell und grell schossen ihnen die Lichter in die Augen, während das Kreischen immer noch lauter wurde. Und mit einem Mal wurde Achmed bewusst, was das für Geräusche waren: Sägen.

Motorsägen, Laubsägen, Eisensägen, Fuchsschwänze ... Mit jedem Kreischen und jedem Blitz, der von den Reflexionen der blanken Sägeblätter verursacht wurde, durchfuhr ein neuer Schmerzstoß ihre Körper.

Sarah begriff, was mit ihnen geschah: Ihre Nerven spielten verrückt! Und mit dieser Erkenntnis verstand sie, wer ihnen in dieser massiven Art und Weise zusetzte: Nervensägen!

Fortzulaufen hatte keinen Sinn. Zwar wären sie den Schmerzen, die die Nervensägen in ihnen erzeugten, entkommen, aber wiederum bei den Fallen, Heulsusen und vermutlich auch dem Raubtier gelandet – auf jeden Fall weit weg von den Höhlen, die ihnen die einzige Chance boten, vom Outlaw-Gebiet zu fliehen.

Sie mussten weitergehen.

Das Kreischen der Sägeblätter verstärkte sich unaufhörlich. Das Blitzlichtgewitter wurde heftiger, das Schlimmste aber: Die Schmerzen nahmen zu.

Sarah wusste nicht, wie sie das noch aushalten würde. Achmed war zum Laufen nicht mehr imstande. Er kroch zurück, nur weg von den Nervensägen. Doch Sarah hielt ihn fest. Sie wusste, fortzulaufen war keine Lösung, wenngleich ihr auch keine andere einfiel. Wie sollte einem auch etwas einfallen, wenn der Schmerz einem die Fähigkeit zum Denken raubte? Sie hatten schließlich keine Nerven wie Drahtseile.

Sarah hielt inne in ihrem Gedanken. Was war ihr da durch den Kopf geschossen? Nerven wie Drahtseile? Eine Redewendung. Lag darin die Lösung, ähnlich wie bei den Heulsusen?

Draht war etwas, was Sägen nicht oder nur schlecht durchtrennen konnten. Sarah nahm all ihre Kraft zusammen, um sich aufzurichten.

»Drahtseile!«, rief sie Achmed zu. »Such nach Drahtseilen!« Achmed begriff nicht, was Sarah ihm sagen wollte. Hatte der Schmerz ihr den Verstand geraubt?

Sarah schaute sich um, wo Drahtseile verborgen sein konnten und in welcher Form, wenn es sie gab, sie da sein mochten: gerollt? Der Länge nach ausgerollt oder – hängend?

Mit einem Satz sprang sie auf. Es verursachte ihr einen Schmerz in der Magengegend, als hätte eine

Kreissäge sie in der Mitte durchtrennt. Trotzdem ließ sie sich nicht aufhalten. Sie sprang auf den nächsten Baum zu, griff nach einer der herunterhängenden Lianen und spürte es sofort: Das war keine Pflanze, was sie da in der Hand hielt. Das war – ein Drahtseil!

»Hier!«, rief sie Achmed zu. »Drahtseile!«

»Was sollen wir damit?«, ächzte Achmed.

»Nerven wie Drahtseile!«, rief Sarah. »Es muss irgendetwas damit zu tun haben! Mit den Drahtseilen können wir die Nervensägen überwinden!«

»Nervensägen?«, wunderte sich Achmed. »Wie denn?«

»Ich weiß noch nicht, wie!«

Aber es musste ihr einfallen. Die Drahtseile wie Lianen zu benutzen und sich durch die Sägen hindurchzuschwingen, erschien ihr aussichtslos. Man konnte sich nicht gut genug an den Drahtseilen festhalten. Außerdem schienen ihr die Lianen dafür fast zu kurz zu sein. Eher wäre es möglich ... Sarah stockte. Aber natürlich! Jetzt sah sie es! Es gab nicht nur Drahtseil-Lianen, die von den Bäumen herunterhingen, sondern auch welche, die wie Hängematten quer von einem Baum zum nächsten baumelten. Sich an denen entlangzuhangeln, wäre wahrlich ein Drahtseilakt! Wieder so eine Redewendung. Sarah wähnte sich auf der richtigen Spur.

Die waagerechten Drahtseil-Lianen hingen nicht einmal besonders hoch, vielleicht zwei bis zweieinhalb Meter über ihren Köpfen. Es musste möglich sein, sie zu benutzen, ohne erneut die Heulsusen auf den Plan zu rufen.

»Das schaffen wir nicht!«, befürchtete Achmed, nachdem Sarah ihm ihren Plan erläutert hatte. Wie sollten sie die Kraftanstrengung bewältigen, sich unter den Schmerzkrämpfen, die nach wie vor ihre Körper durchzuckten, an einem Drahtseil entlangzuhangeln?

Sarah hielt ihren Gürtel in die Höhe: »Damit!«

Achmed verstand noch weniger: Sarahs Gürtel, Drahtseile. Wie sollten sie damit dem unerträglichen Schmerz entkommen, den die Nervensägen ihnen zufügten?

Sarah erklärte nicht, sie handelte. Sie schnürte den Gürtel um eines der waagerechten Drahtseile wie eine Schlaufe, durch die das Seil nun führte.

»Festhalten!«, befahl Sarah.

Sie selbst und Achmed klammerten sich mit beiden Händen an die Schlaufe.

»Und los!«

Mit dem Fuß stieß Sarah sich vom Baumstamm ab, als ob sie ein Boot vom Anlegesteg aus starten wollte. Die Schlaufe zurrte über das Seil. Wie an einer Seilbahn geklammert, schwebten Sarah und Achmed direkt auf die Nervensägen zu, die wie ein dichter Wald undurchdringlich und gefährlich auf sie warteten.

»Das klappt nicht!«, schrie Achmed.

»Festhalten!«, schrie Sarah zurück. »Mach die Augen zu!«

Sie jedenfalls schloss die Augen, wollte nicht sehen, was die Nervensägen mit ihnen anstellten, wenn sie nicht durchkamen. Und sie würden nicht durchkommen. Sie schätzte es genauso ein wie Achmed. Aber nun war es zu spät für eine Korrektur. Sie hatte die Entscheidung gefällt, war sich sicher gewesen, dass die Drahtseile sie durch die Nervensägen führen würden. Aber es war eine Fehleinschätzung gewesen. Sie rasten mit hohem Tempo auf ihr Verderben zu. Sarah kniff die Augen zusammen, schrie – vor Angst, vor Schmerz, vor Verzweiflung.

»Wir müssen springen!«, rief Achmed.

Doch Sarah wollte nicht springen. Sie würden im Zentrum der Nervensägen landen. Das konnte keine richtige Entscheidung sein.

»Nein!«, widersprach sie energisch. »Nicht! Halt dich fest!«

Achmed blieb keine Zeit, die Argumente abzuwägen, das Für und Wider zu erörtern. Mehr als eine Zehntelsekunde blieb ihm nicht, eine Entscheidung zu treffen. Schon zu spät zum Springen. Instinktiv klammerte er sich weiter fest, behielt die

Augen offen – und glaubte nicht, was er sah. Achmed hatte das Gefühl, die Sägen würden ihm die Beine absäbeln, so dicht war er schon dran, als sich sämtliche Sägen unter lautem Gekreische wie Palmen im Wind zu beiden Seiten wegbogen und eine Gasse bildeten, durch die Sarah und Achmed am Gürtel hängend hindurchsausten.

Achmed hielt für einen Moment die Luft an. Als er wieder aufatmete, waren sie schon durch und knallten gegen den Baum, an dem das Drahtseil endete. Sarah konnte die Wucht des Aufpralls gerade noch mit den Füßen ein wenig abdämmen.

Erschöpft ließen die beiden den Gürtel los und fielen hinunter auf weiches Moos.

»Oh Mann, ey!«, stöhnte Achmed. »So etwas mache ich nicht noch mal in meinem Leben. Echt nicht.«

Verbindung mit der Oberstadt

So schrecklich Jennifer die Unterstadt auch emp-
fand, es war faszinierend, wie schnell hier alles
ging. Um ein Restaurant, ein Hotel oder einen Laden zu eröffnen, musste man nicht erst wie in der
realen Welt einen Raum suchen, einen Kredit aufnehmen, sich etliche Genehmigungen besorgen,
die Räume renovieren, Ware einkaufen, Werbung
machen und hoffen, dass tatsächlich Gäste kamen.
Es genügte fast, einfach nur die Entscheidung zu
treffen. Alles Weitere ergab sich in Computerchip-
Geschwindigkeit nahezu von selbst. Als ob man in
einem Computerspiel die Taste drückte ›Restaurant
eröffnen‹ oder sich beim Monopoly-Spiel ein Hotel
kaufte und es auf den Spielplan stellte.

Jennifer war in eines der leeren Gebäude gegangen, hatte das Licht angeknipst und die Außenbe-
leuchtung eingeschaltet. Schon leuchtete draußen
das Schild ›Zum Goldenen Hirsch‹.

Allerdings war das Restaurant immer noch komplett leer.

Plötzlich aber stand ein Cop in der Tür und fragte: »Brauchst du Möbel?«

»Ja!«, gab Jennifer verwundert zurück.

Im nächsten Moment fuhren drei Rikschas vor,

die große Anhänger mit Tischen und Stühlen dabeihatten.

»Sonderangebot!«, rief der erste Rikscha-Fahrer ihr zu. »Nur zweihundert Taler alles zusammen!«

»Es klappt!«, freute Ben sich.

Auch bei den anderen funktionierte es. Ben sah den kleinen Jungen, der seinen Computershop einrichtete. Auch er wurde von einem Rikscha-Fahrer beliefert, ebenso wie das Mädchen mit ihrem Musikladen. Es war faszinierend und bedrückend zugleich. Faszinierend, wie alles wie am Schnürchen lief. Ihre Idee, das Geld aus der Bank zu holen und an die Kinder zu verteilen, war goldrichtig gewesen.

»Ben, was ist?«, riss Jennifer ihren Freund aus den Gedanken.

Ben zeigte auf die Straße.

Jennifer war so sehr mit ihrer Möbellieferung beschäftigt gewesen, dass sie gar nicht bemerkt hatte, wie schnell sich die Stadt veränderte.

Wie auf einem Ameisenhaufen wimmelten die Kinder über die Straße, hinein in die Läden, heraus, schleppten rikschaweise Waren an, halfen sich gegenseitig, packten an, räumten auf, richteten ein, staffierten aus, als ob jedes der Kinder einem exakten Plan folgte und genau wusste, was es zu tun hatte.

»Wie kommt das?«, fragte sich Jennifer. »Eben zeigte mir der Knips da vorn noch den Stinkefinger, als er einen Gemüseladen eröffnen sollte, und jetzt rackert der wie ein Wahnsinniger, um seinen Computershop einzurichten.«

Frank fand daran nichts Besonderes. Ein Computerladen machte ihm eben Spaß, ein Gemüseladen nicht.

Jennifer runzelte ihre Stirn zu einem skeptischen Blick. Bisher hatte es in der Unterstadt nichts gegeben, was nach Spaß ausgesehen hätte. Sie wollte aber nicht länger spekulieren und ging deshalb direkt auf den Jungen zu: »Hey, wieso eröffnest du einen Computerladen?«

Der Junge schaute Jennifer verwundert an. »Habe ich doch gesagt, dass ich einen Gemüseladen blöde finde.«

Jennifer nickte. »Ich meinte, wieso gründest du überhaupt ein Geschäft?«

Der Junge schaute nun noch verwunderter. »Wovon soll ich denn sonst leben?«

Er tippte sich mit dem Zeigefinger gegen die Stirn, als ob er Jennifer für vollkommen plemplem hielt.

»Wovon hast du denn bisher gelebt?«, fragte Jennifer, woraufhin der Junge sie noch seltsamer anblickte, bevor er antwortete: »Von meinem Laden in der Oberstadt natürlich!«

Jennifer begriff gar nichts mehr. Sie unternahmen alle Anstrengungen, um irgendwie eine Verbindung zur Oberstadt zu schaffen, um aus dieser schrecklichen Unterstadt herauszukommen, und der Junge verließ freiwillig die ersehnte Oberstadt, gab dort seinen Laden auf, um hierher in die Unterstadt zu kommen?

Als sie nachfragte, erklärte der Junge sie endgültig für verrückt. Natürlich war er nicht freiwillig gekommen, berichtete er. Und ob Jennifer denn nicht wisse, was geschehe, wenn man sich dem Willen der Cops widersetze.

Jennifer konnte es sich vorstellen. Dennoch musste sie mehrfach nachfragen, um zu begreifen, was dem Jungen passiert war. Die Cops hatten seinen Laden gestürmt, ihn hinausgeworfen und einen anderen Ladeninhaber eingesetzt. Dann hatten sie den Jungen in die Unterstadt gejagt und von ihm verlangt, hier neu anzufangen.

»Weshalb haben sie dich aus deinem eigenen Geschäft geworfen?«, fragte Jennifer.

»Silber!«, antwortete der Junge.

Und Jennifer begriff wieder nicht.

Der Junge stöhnte auf.

»Ich hatte ein Computergeschäft, also auch viele DVDs. DVDs sind aus Silber. Capito?«

Nein, Jennifer kapierte nicht.

»Silber ist in der Oberstadt verboten«, erklärte

der Junge. »Weil die Frogs es für ihre Waffen benötigen.«

Jennifer war erstaunt. Davon hatte sie noch nichts gewusst. Sie nahm den Jungen beiseite, schob ihn in eine einsame Ecke der Straße und bat ihn flüsternd, ihr alles genau zu erklären.

Auf diese Weise erfuhr Jennifer von der Verletzlichkeit der Cops, den Silberpfeilen der Frogs und der Herrschaft der Cops auch in der Oberstadt.

Das Erstaunlichste aber war, dass der Junge hier in der Unterstadt wieder einen Computerladen eröffnete.

»Na ja, ohne DVDs, CD-ROMs, Platinen und Chips funktioniert ein Computerladen eben nicht«, erklärte er. Und in der Oberstadt gab es alles, auch Computer. Die Cops benötigten Computer und Ersatzteile. Also konnte man den Laden nicht schließen – nur anderweitig besetzen. Ein paar Cops hatten seinen Laden übernommen.

Jennifer begriff. Das bedeutete, dieser Laden, den der Junge neben ihr soeben eröffnete, war nicht nur ein harmloses Geschäft, es war gleichzeitig ein Waffenlager gegen die Cops. Damit war Jennifer klar, die Ware, die der Junge gerade einsortierte, musste geschützt werden. Sie mussten außerdem dringend Kontakt zu Miriam aufnehmen und ihr mitteilen, dass die Frogs von diesem Laden neue Waffen würden bekommen können. Schnell informierte sie die anderen.

Ben runzelte die Stirn. Jennifers neue Information hatte weitreichende Auswirkungen. Zwar besaßen sie jetzt den Rohstoff für die Waffenherstellung, aber sie hatten nicht vor, Krieg gegen die Cops zu führen. Vielmehr hatten sie den Staat der Kinder aufbauen wollen, mit Bankdirektor, Wirtschaftsminister und Präsident. Dazu benötigten sie keine Waffen. So wie es schien, herrschten die Cops aber auch in der Oberstadt rigoros. Wenn sie einem kleinen Jungen das Geschäft wegnahmen, nur weil sie ihm eine Freundschaft zu den Frogs unterstellten, war das schon eine schlimme Sache.

Was würde dann erst mit ihnen geschehen, wenn sie – wie sie ja nach wie vor planten – ein riesiges Kinderfest organisierten, bei dem alles angeboten wurde, was von den Cops verboten worden war: spielen, lachen, toben, Unsinn machen.

»Wir machen das Fest«, beschwor Jennifer die anderen. »Anders kriegen wir die vielen Kinder nicht auf unsere Seite, um Ben zum Präsidenten zu machen. Aber wir müssen unser Fest schützen.«

»Und wie?«, wollte Thomas wissen. »Wir sind zu wenige, um gegen die Cops zu kämpfen.«

»Ich will nicht gegen die Cops kämpfen«, stellte Kathrin klar. »Das ist mir zu gefährlich.«

Frank verstand, worauf Jennifer hinauswollte:

Die Frogs sollten das Fest schützen. Die Frogs würden zu ihrer Armee werden.

»Stimmt's?«, fragte Frank mit Blick auf Jennifer.

Jennifer nickte.

Die Gesichter ihrer Freunde wurden ernst. Allen war klar, auf welch gefährliches Abenteuer sie sich hier einließen.

Koljas Hände schwitzten vor Aufregung. Unmerklich wischte er sie an seinen Hosenbeinen trocken. Gleich würde er Master X gegenüberstehen! Wenn das seine Freunde wüssten. Er hatte es bis in die Höhle des Löwen geschafft, aber leider allein. Niemand von seinen Freunden wusste, wo er sich befand. Das war gefährlich, aber dennoch: Kolja war dicht vor der Lösung, nach der sie alle suchten. Er würde einen direkten Kontakt mit jener Person bekommen, die sich Master X nannte und die Stadt der Kinder programmiert hatte. Master X kannte den Ausgang in die reale Welt. Hier, wo Kolja sich befand, lag die Lösung ihrer Probleme. Von hier aus gab es ein Zurück in die Welt zu ihren Eltern, zu den Erwachsenen, zu der wirklichen Welt. Kolja musste nur Augen und Ohren offen halten, vielleicht ein wenig nachhaken und sich umsehen. Er würde den Weg zum Ausgang aus der virtuellen Welt entdecken können und ihn seinen Freunden mitteilen können. Er wusste noch nicht, wie er unbemerkt von hier wieder würde verschwinden können, aber darüber machte er sich im Moment auch keine Gedanken. Zunächst einmal musste er die Begegnung mit Master X überstehen und den Ausgang in Erfahrung bringen.

Kolja fühlte sich wie ein Spion auf dem Höhepunkt seines Schaffens. Er stand in einem tristen, kahlen, fensterlosen Raum, der nur von einer Neonröhre an der Decke beleuchtet wurde. Kolja wusste nicht, wo in der Stadt sich der Raum befand. Die Cops hatten ihm die Augen verbunden, bevor sie ihn hierhergeführt hatten. Lange waren sie nicht gegangen. Nur wenige Minuten. Sie waren nicht einmal draußen in der Stadt gewesen, sondern nach Koljas Empfinden nur durch Gänge und Räume gegangen. Demnach musste sich das Zentrum von Master X in unmittelbarer Nähe seines Verhörraumes befinden. Doch konnte er sich darauf nicht verlassen. In dieser Stadt funktionierte alles nach den Regeln des Computerspiels. Da war es möglich, große Entfernungen manchmal nur durch wenige Schritte zu überwinden, wie man am Bildschirm durch einen Mausklick mitunter von einem Level ins nächste wechselte.

Der triste Raum, in dem Kolja stand, hätte somit auch eine Schleuse zwischen zwei Ebenen sein können. Merkwürdigerweise gab es in dem Raum auch nur eine einzige Tür. Der Weg zu Master X musste also durch jene Tür führen, durch die Kolja gekommen war. Er hatte beim Hineinführen aber überhaupt nicht das Gefühl gehabt, in einem Machtzentrum oder einem Büro oder etwas Ähnlichem gewesen zu sein.

Kolja rieb sich noch einmal die Hände an den Hosenbeinen trocken und wartete ungeduldig. Plötzlich erlosch die Neonröhre. Kolja erschrak. Und stand im Dunkeln.

Er horchte, ob jemand durch die Tür kam. Doch es blieb alles ruhig. Er musste keine Angst haben, versuchte er sich zu beruhigen. Er war allein im Raum. Die Tür hatte sich nicht bewegt, also konnte auch niemand den Raum betreten haben, der ihm etwas hätte antun können. Trotzdem fühlte er sich unwohl in dem finsteren Raum. Vor ihm flackerte plötzlich etwas. Kolja wich unwillkürlich ein wenig zurück. Auf der Wand vor ihm erschien ein Bild, wie mit einem Beamer auf eine Leinwand projiziert. Ein Schattenbild, eine Silhouette, wie in einem Scherenschnitttheater. Es war die Statur einer Person zu erkennen, die seitlich zu ihm – oder besser gesagt: zur Kamera – stand und eine Kapuze trug.

Auweia!, dachte Kolja. Master X ist ein Verrückter. Ein Spinner auf der ganzen Linie!

»Du kennst das Versteck der Frogs?«, fragte ihn plötzlich eine tiefe Stimme.

Kolja war sich sofort sicher, nicht die Originalstimme von Master X zu hören, sondern eine künstliche, von einem Computer erzeugte Stimme.

Kolja stotterte eine Antwort, die er zuvor auch

schon den Cops gegeben hatte. Er bejahte die Frage, verlangte aber wie zuvor, direkt mit Master X zu sprechen, um das Geheimnis des Verstecks zu verraten. Es fiel Kolja schwer, die Forderung zu stellen. Aber jetzt durfte er auf keinen Fall nachlassen. Wenn er jetzt einfach so das Versteck der Frogs preisgeben würde, würde Master X die Information entgegennehmen und von der Projektionsfläche verschwinden, ohne dass Kolja auch nur den Hauch einer Chance erhalten würde, die Identität von Master X und vor allem aber den Ausgang zur realen Welt zu erfahren.

Zu Koljas Überraschung erntete er auf seine Forderung nur ein tiefes, dumpfes Gelächter von Master X.

Dann blitzte etwas in dem finsteren Raum auf. Kolja stolperte geblendet zurück, schrie auf, hielt sich die Augen. Es war, als hätte ihm jemand mit einem Blitzlicht direkt in die Augen geblitzt. Für einen Moment sah Kolja nur noch viele bunte Sternchen, begleitet von einem stechenden Schmerz in seiner Brust.

Er stürzte zu Boden, keuchte, hielt sich den Brustkorb, fühlte, dass sein Shirt zerrissen war.

Master X' Stimme meldete sich wieder: »Du musst es mir nicht sagen! Du wirst mich zu ihnen führen!«

Mit diesen Worten verschwand das projizierte ▶

Bild von der Wand, die Neonlampe flackerte, stabilisierte sich und füllte den Raum wieder mit ihrem grellen, kalten Licht.

Kolja hockte noch immer auf dem Boden, sah an sich herab, erkannte, wie sehr sein Shirt über der Brust auseinandergerissen war, regelrecht zerfetzt, und sah einen kleinen goldenen Chip auf seinem Brustkorb blitzen.

Spion

Miriam war froh, wieder im Hauptquartier der Frogs zu sein. Ohne Claus' genialen Einfall mit seiner Zahnklammer wären sie den Cops in die Hände gefallen und auf die Outlaw-Insel verschleppt worden.

Alles war schiefgegangen, resümierte Miriam missmutig. Die Vasen, die sie eingesammelt hatten, hatten sie im Kampf und wegen der anschließenden Flucht liegen lassen müssen. Die äußerst wirksamen Anstecknadeln lagen so gut wie unsichtbar auf dem spiegelblanken Parkettboden des Hotels verstreut, und sie hatten nicht die Zeit gehabt, die Nadeln wieder einzusammeln.

Und Joshua war noch immer verschwunden. Möglicherweise hatten sie ihn im Einsatz verloren.

Immerhin, so tröstete Miriam sich, wussten sie nun, dass Zahnklammern als Waffen gegen die Cops taugten. Darin lag eine große Chance, fand Miriam. Denn etliche Kinder in der Stadt trugen Zahnklammern. Vermutlich sogar die Mehrheit der Kinder.

Somit trug fast jedes zweite Kind eine ständige Waffe gegen die Cops mit sich. Das Problem war nur, die Kinder wussten davon nichts. Im Gegenteil: Nach ihrem Kampfeinsatz war es denkbar und vermutlich sogar wahrscheinlich, dass die Cops nun von der Gefährlichkeit der Zahnklammern wussten und fortan beginnen würden, den Kindern die Zahnklammern abzunehmen und damit alle Kinder zu entwaffnen.

»Brauchen wir denn unbedingt Waffen?«, warf Cornelia ein, nachdem Miriam ihre Sorge geäußert hatte.

Einer der Frogs stellte einen großen Topf Spaghetti auf den Tisch, ein anderer brachte die Schüssel mit Tomatensoße.

»Wow!«, machte Claus. »Das ist in der Oberstadt verboten!«

»Was?«, fragte Miriam und schaute sich um, was er gemeint haben könnte. Entsprechend verblüfft war sie, als Claus auf die Spaghetti zeigte.

»Spaghetti mit Tomatensoße sind verboten?«, fragte Miriam nach. Sie konnte es nicht glauben. Was sollte an Spaghetti mit Tomatensoße gefährlich sein, dass man die verbieten musste?

»Die sind nicht gefährlich, aber alle Kinder lieben sie«, erläuterte Cornelia. »Alles, was Kinder mögen, ist in der Oberstadt verboten: Spaghetti mit Tomatensoße, Nussnugatcreme, spielen, lachen, träumen, toben.«

Miriams Blick huschte hinüber zu Rahima und

Lale, die sich schon reichlich Nudeln aufgefüllt hatten.

»Stimmt das?«

Beide nickten.

Miriam erhob sich, bedeutete Claus und Cornelia, sich zu setzen, und füllte beiden eine ordentlich große Portion Spaghetti auf die Teller.

»Allein deshalb schon brauchen wir Waffen!«, sagte Miriam mit Blick auf Cornelia. »Wer Kindern Spaghetti verbietet, mit dem kann man doch nicht reden!«

Cornelia ließ ein kurzes Lächeln aufblitzen, dennoch war sie nicht überzeugt. Auch sie mochte nicht in der Oberstadt leben mit all den Verboten und der ständigen Gefahr, verhaftet zu werden. Nichts wünschte sie sich sehnlicher, als den Weg zurück in die reale Welt zu finden, in der alles, was Kinder gern mochten, erlaubt und normal war. Aber mit Waffen gegen die Cops vorzugehen, erschien Cornelia nicht der richtige Weg zu sein. Der Kampf in dem Hotel hatte es ihrer Meinung nach deutlich gezeigt. Sie hatten sich einer großen Gefahr ausgesetzt, waren um ein Haar alle verhaftet worden – und mit welchem Ergebnis? Mit gar keinem, urteilte Cornelia.

Rahima knallte mit der Handfläche auf den Tisch.

»Das stimmt nicht!«, widersprach sie. »Unsere Mission war es, Waffen zu besorgen, und wir hätten es auch geschafft, wenn wir nicht verraten worden wären!«

Miriam sah erstaunt auf. Was sagte Rahima da? Verrat?

»Woher kamen die Cops plötzlich?«, fragte Rahima in die Runde. »Wieso waren die Kinder, die im Hotel schliefen, plötzlich alle gegen uns? Als ob sie jemand auf unseren Besuch vorbereitet und gegen uns aufgehetzt hätte!«

Das war ein schwerwiegender Vorwurf, den Rahima da erhob.

Miriam schob ihren Teller beiseite und sah Rahima ernst an: »Wen hast du im Verdacht?«

Rahima hörte ebenfalls auf zu essen und legte ihre Gabel beiseite, schaute Miriam in die Augen – und schwieg.

Miriam wiederholte ihre Frage, ohne den Blick von Rahima abzuwenden.

Rahima hielt dem Blick stand. Und schwieg weiterhin.

Auch Lale unterbrach das Essen, schaute zwischen Miriam und Rahima hin und her.

Im Raum hörte man die Luft knistern.

Cornelia hielt die Luft an und Claus schluckte nur, aber sein Schlucken dröhnte durch den totenstillen Raum.

Langsam erhob Miriam sich und stellte ihre Frage zum dritten Male, diesmal bedrohlich langsam.

Rahima zeigte keine Angst. Ihr Blick durchbohrte Miriam.

»Bisher hatten wir keine Probleme mit einem Spion«, stellte Rahima kurz und knapp fest. Den Rest brauchte sie nicht auszusprechen. Allen am Tisch war klar, was Rahima ausdrücken wollte: Sie hatten es zum ersten Mal mit einem Verrat zu tun, seit Miriam da war.

Miriam ging mit bedächtigen Schritten um den Tisch herum direkt auf Rahima zu und forderte sie auf, sich zu erheben. Rahima stand wortlos auf.

Beide Mädchen schauten sich in die Augen.

»Sag es mir ins Gesicht, dass du mich für eine Verräterin hältst!«, forderte Miriam.

Rahimas Augen funkelten angriffslustig. Doch bevor sie antworten konnte, ging Lale dazwischen: »Im entscheidenden Moment fehlten uns die Waffen!«

Rahima und Miriam schauten Lale gleichzeitig an.

Lale setzte fort: »Joshua hat unsere Pfeile getragen. Aber als es drauf ankam, war er nicht da. Er fehlt bis jetzt!«

»Was willst du damit sagen?«, fragte Rahima.

»Nichts!«, entgegnete Lale. »Jedenfalls nicht mehr als du mit deinem Verdacht gegen Miriam!«

Rahima wechselte ihren Blick zwischen Miriam und Lale, dann setzte sie sich wieder, zog mürrisch

■ ihren Spaghetti-Teller zu sich heran und brummte: »Wer auch immer es ist, wir haben eine undichte Stelle unter uns!«

In dem Moment stürmte einer der Frogs, der gerade Wachdienst schob, in den Speisesaal: »Ein Eindringling!«

Die Höhlen

Sarah und Achmed gönnten sich nicht die Zeit, sich zu erholen. Zu sehr fürchteten sie sich, abermals unvorbereitet von schrecklichen Wesen überrascht zu werden. Sie waren froh, die Nervensägen heil überstanden zu haben.

Der Wald wurde dichter und undurchdringlicher. Sie kamen kaum noch voran. Achmed hätte sich ein Buschmesser gewünscht. Aber sie stapften unbewaffnet durch das Dickicht. Alle paar Schritte schlug ihm ein dorniger Ast ins Gesicht, trafen ihn die Hiebe peitschenartiger Zweige.

»Bleib mal stehen!«, forderte Sarah ihn auf.

Achmed blieb stehen.

»Schau!« Sarah zeigte voran auf das Dickicht, durch das sie durchmussten.

Jetzt sah Achmed es.

Er hatte geglaubt, die Schläge rührten von den Zweigen her, die er beim Hindurchschreiten unwillkürlich zur Seite biegen musste und die dann wie von einer starken Feder getrieben zurückschleuderten. Jetzt erkannte er, dass die Äste und Zweige, die ihm so zusetzten, sich selbstständig bewegten!

»Sie greifen uns an!«, schrie Achmed auf. »Wir müssen umkehren!«

Er machte schon eine entsprechende Bewegung, aber Sarah fragte ihn: »Du willst zurück zu den Nervensägen?«

Fieberhaft dachte sie nach. Es musste eine andere Möglichkeit geben!

»Wir müssen auf die Bäume klettern!«, rief sie plötzlich.

»Niemals!«, lehnte Achmed ab. »Da kommen wieder die Heulsusen und ...«

Doch Sarah war schon vorangeklettert.

»Oh Mann«, seufzte Achmed. »Ich werde hier noch wahnsinnig!«, und kletterte hinterher.

Sarah war bis in die Krone des Baumes gelangt. Mit jedem Meter, den sie hinaufkletterte, wurde es heller. Sie sah hinunter auf den Boden und konnte erkennen, wie unten, dicht über dem Weg, die Bäume mit ihren Ästen noch immer ausschlugen.

Achmed kam nun auch oben an und mochte kaum hinunterblicken.

»Warum bist du so hoch hinaufgeklettert?«, fragte er.

»Bin ich nicht!«, antwortete Sarah. »Es ging von allein! Schau!«

Sie zeigte hinunter und Achmed sah es. Wieder hatten sie sich ein Stück höher hinaufbewegt. Der Baum wuchs mit atemberaubender Schnelle.

»Oh Mann!«, stöhnte Achmed. »Wir müssen hier runter. So schnell wie möglich, sonst ...«

»... wachsen wir in den Himmel!«, ergänzte Sarah.

Wieder war es so ein Sinnspruch. Bäume wachsen nicht in den Himmel, hieß es. Aber dieser schon!

Achmed hatte recht. Sie durften auf keinen Fall hier in dem Baum sitzen bleiben. Schon bald würden sie so hoch gewachsen sein, dass sie es nicht mehr hinunterschaffen würden.

»Wohin sollen wir denn?«, fragte Achmed mehr sich selbst. Ihm war bewusst, dass auch Sarah darauf keine Antwort wusste. Er sah sich um, ob er irgendetwas entdeckte, was sie retten konnte.

Und plötzlich sah er etwas.

»Sag mal, wie weit sind wir eigentlich vom Höhleneingang entfernt?«, fragte er Sarah.

Sarah wusste es nicht. Sie wusste nicht einmal, ob sie überhaupt auf dem richtigen Weg waren. Mehr oder weniger hatte sich der Weg, über den sie sich durch den Wald durchgeschlagen hatten, von selbst ergeben.

Achmed hatte es sich schon gedacht. »Dann weißt du sicher auch nicht, wie der Eingang aussieht, oder?«

Sarah bestätigte Achmeds Vermutung. Sie hatte nur von den Höhlen gehört, wusste, dass sich in ihnen die Schaltzentrale für den elektrischen Strom befinden sollte. Mehr wusste sie nicht. Sie hatte gehofft, den Höhleneingang zu erkennen, wenn sie davorstand.

»Vielleicht haben wir ihn schon gefunden!«, sagte Achmed.

Sarah staunte. »Wie kommst du denn darauf?«

»Sieh mal!« Er zeigte ins Zentrum der Baumkrone, die – während sie sich unterhalten hatten – schon wieder einige Meter in die Höhe geschossen war.

Sarah erkannte, was Achmed meinte: »Der Baum ist innen hohl!«

Achmed nickte. »Dass ein so hoher, dicker, kräftiger Baum mit einer so dichten grünen Krone innen hohl ist, das gibt es auf der ganzen Welt nicht!«

»Du meinst . . .«, fragte Sarah vorsichtig nach.

»Ja!«, sagte Achmed. »Der Eingang zur Höhle ist nicht in einem Berg oder im Boden zu suchen, sondern hier: von oben, innen durch den Baumstamm hinab.«

»Kein schlechtes Versteck für einen Eingang«, musste Sarah zugeben.

Achmed kletterte über die Äste hinweg ins Zentrum der Krone bis zum Stamm.

»Was siehst du?«, rief Sarah. Auch sie machte sich nun auf den Weg zum Stamm.

»Nichts als ein schwarzes Loch«, antwortete Achmed.

»Und wenn es nicht der Eingang zu den Höhlen ist?«, warf Sarah ein.

Dann sah es schlecht für sie aus. Das war auch Achmed klar.

»Vielleicht ist es nur eine neue Falle!«, befürchtete Sarah.

Achmed widersprach nicht. Andererseits konnten sie auch niemanden fragen. »Und wenn es der Eingang ist und wir ihn nicht nutzen, dann rennen wir hier noch Jahre durch den Wald!«

Sarah seufzte. Es fiel ihr schwer, eine Entscheidung zu treffen. Vorsichtig sah sie hinunter in das schwarze Loch.

Es sah ganz und gar nicht so aus, als würde diese schwarze Finsternis in irgendeine Höhle führen. Eher schon in ein furchtbares Verlies, aus dem sie nie wieder entkommen würden.

Sarah tendierte dazu, es nicht zu versuchen. Das Risiko, für immer in dem Baum gefangen zu sein, schien ihr zu groß. In dem Moment schrie Achmed auf.

»Was ist?«, fragte Sarah erschrocken.

»Die Äste!«, rief Achmed entsetzt. Er hatte kaum noch Gelegenheit, Sarah zu zeigen, was er meinte. Aber es war auch nicht nötig. Sarah spürte es selbst. Die Äste klappten zusammen wie eine Blüte in der Abenddämmerung, oder genauer: wie die Blüte einer fleischfressenden Pflanze sich um ihre Beute schloss. Achmed und Sarah hockten als Opfer mittendrin im Zentrum der Blüte und wurden von dem hohlen Stamm eingesogen und kopfüber heruntergerissen.

Sie schrien, trudelten in die Tiefe, schrammten sich am Innern des Baumstammes, purzelten übereinander und stürzten schließlich auf einen Untergrund, der weicher war, als sie befürchtet hatten. Er war mit Stroh ausgelegt.

Stöhnend rappelten die beiden sich auf und prüften, ob sie sich verletzt hatten. Achmeds Knie schmerzte, weil Sarah mit ihrem Fuß daraufgekracht war. Sarah hielt sich die linke Schulter. Mehr schien aber nicht passiert zu sein.

Wieder steckten sie im Finstern und konnten die eigene Hand vor Augen nicht erkennen.

»Ich hab's doch gewusst!«, jammerte Sarah. »Verflixt, wären wir bloß eher abgehauen! Hier ist nicht der Eingang zu den Höhlen. Hier ist unser Ende!«

»Abwarten!«, versuchte Achmed, sie zu beruhigen. Nicht, weil er eine berechtigte Hoffnung oder gar auch nur einen Anhaltspunkt dafür gehabt hätte, sondern einfach nur, weil er sich nicht vorstellen konnte, nun am Ende und für immer verloren zu sein. Man kann es sich nie vorstellen. Katastrophen erleben immer nur die anderen, denkt man, bis man selbst in einer steckt. Sollte es diesmal so sein? Täuschte sich Achmed? War dies sein Ende?

Flucht der Frogs

Das Warnsystem der Frogs funktionierte perfekt. Kaum hatte der Eindringling die erste Schranke des geheimen Eingangs im Kanalschacht durchdrungen, waren die Wachen alarmiert und hatten Miriam verständigt.

Obwohl Miriam die Anführerin der Frogs geworden war, war sie noch nicht lange genug bei ihnen, um nicht beeindruckt zu sein. Sarah hatte wirklich ein perfektes System aufgebaut, musste sie insgeheim zugeben. Es war nicht das erste Mal, dass Miriam sie vermisste. Miriam fühlte sich überfordert von ihrer Aufgabe. Auch jetzt spürte sie die misstrauischen Blicke von Rahima, die nicht nur wie Lale auf Anweisungen wartete, sondern eindeutig diese brenzlige Situation auch für Miriam als Prüfung sah, ob sie ihrer Rolle als Anführerin der Frogs gerecht werden würde.

Miriam stand am Ende des Tisches und hatte die Hände auf die Tischkante gelegt, als ob sie zu einer Rede ansetzen wollte. Das tat sie aber nicht, sondern fragte die Wache nur, wie viele Eindringlinge sie zu verzeichnen hatten.

»Nur einen!«, antwortete die Wache.

Miriam stutzte. »Nur einen?«

Die Wache nickte: »Er ist dir bekannt. Es ist Kolja!«

Miriam wunderte sich und schlug gleichzeitig verärgert mit der Hand auf den Tisch: »Und deshalb macht ihr solchen Aufstand? Ihr müsstet allmählich begriffen haben, dass er ein Freund ist!«

Die Wache schwieg betreten.

Rahima sprang auf. »Die Wache hat richtig gehandelt!«

»Ach ja?«, fragte Miriam gereizt.

»Ja!«, sagte Rahima bestimmt. »Die Wache hat Anweisung, jeden aufzuhalten, der unangemeldet zu uns kommt. Wieso hat dein Kolja sich nicht angemeldet, wenn er zu uns kommen will?«

Dein Kolja! Miriam hörte aus der Formulierung deutlich heraus, wie sehr Rahima auf Distanz zu einem ihrer Freunde gegangen war. Und damit auch auf Distanz zu ihr.

»Und wie sollte er?«, fragte Miriam zurück. »Sich auf den Marktplatz stellen und rufen: ›Hallo Frogs. Ich will euch treffen!‹?«

Rahima biss die Lippen aufeinander.

Miriam hatte den kurzen Schlagabtausch für sich entschieden. Trotzdem musste sie vorsichtig sein. Rahima beäugte sie misstrauisch. Und vielleicht sogar zu Recht, dachte Miriam. Kolja war zu den Frogs vorgedrungen. Konnte er sich so sicher sein, nicht verfolgt oder beobachtet worden zu sein?

War Kolja sich nicht bewusst, wie sehr er das Versteck der Frogs gefährden konnte, wenn er einfach so hierherkam? Und weshalb war er allein gekommen? Wo waren Jennifer, Ben und die anderen? War mit denen etwas passiert, was Kolja ihnen mitteilen wollte? War er vielleicht der Letzte ihrer Freundesgruppe, der überhaupt noch frei herumlief?

»Wo ist er jetzt?«, fragte Miriam.

»Hier!« Kolja stand plötzlich im Raum.

Rahima riss die Augen entsetzt auf. »Wie kommst du hier hinein – ohne Wachen?«

»Niemand hat mich aufgehalten!«, sagte Kolja.

Rahima konnte es nicht glauben. »Du lügst!«

»Stopp!«, befahl Miriam.

Rahima klappte den Mund zu.

»Was ist das überhaupt für ein Empfang?«, wunderte sich Kolja. »Was soll das?«

Er ging freundlich auf Miriam zu.

»Was ist mit den anderen?«, fragte Miriam. »Wieso bist du allein hier? Ist etwas passiert?«

»Nein, nein!«, winkte Kolja ab. »Alles in Ordnung.« Er ging weiter auf Miriam zu. »Schön, dich wiederzusehen!«

Im Hintergrund schlich sich Rahima zur Tür hinaus.

Lächelnd setzte Kolja an, Miriam zur Begrüßung zu umarmen.

Ohne Vorwarnung schlug Miriam zu. Ansatzlos traf ihre rechte Gerade Koljas Kinn.

Kolja taumelte einige Schritte zurück, sah Miriam verwundert an. »Sag mal, tickst du nicht richtig?«, brachte er gerade noch hervor.

»Raus hier!«, brüllte Miriam. »Sofort raus hier!«

Cornelia und Claus sahen Miriam erschrocken an. Was war in sie gefahren? Auch Lales Gesicht zeigte nichts als pures Entsetzen.

»Hört ihr nicht? Das ist eine Falle!« Wie zum Beweis sprang sie mit beiden Füßen voran gegen Koljas Brust, warf ihn um, stürzte sich auf ihn und riss ihm das Hemd auf. Auf seinem Brustkorb blitzte ein goldener Chip.

»Er ist ein Cop geworden!«, brüllte Lale entsetzt.

»ALARM!« Rahima war zurück. »Eine Cop-Armee im Anmarsch!«

»Scheiße!«, fluchte Lale.

Cornelia und Claus sprangen von ihren Sitzen.

»Hier entlang!« Lale zeigte auf die Wand gegenüber der Eingangstür, in der noch immer Rahima stand und hektisch hinausschaute, ob von der Cop-Armee schon etwas zu sehen war.

»Er hat die Wachen erledigt und damit den Weg für die Cops frei gemacht!«, schlussfolgerte Miriam, die noch immer auf Kolja saß. »Claus, schnell!«

»Schöne Freunde hast du«, zischte Rahima.

»Das ist nicht der Kolja, den ich kenne«, gab

Miriam zurück. »Claus, wo bleibst du denn, verdammt?«

Kolja rappelte sich auf. Miriam, die noch immer auf seinem Brustkorb saß und versuchte, ihn am Boden zu halten, stellte für ihn überhaupt kein Hindernis dar.

»Claus!«, schrie Miriam. »Deine Zahnklammer!«

Claus begriff endlich.

Mit einem Tempo, das Miriam nicht zu hoffen gewagt hatte, sprang Claus auf Miriam zu, riss sich die Klammer aus dem Mund und reichte sie Miriam.

Kolja hatte sich gerade halb erhoben. Im Fallen griff Miriam die Klammer und drückte sie auf Koljas Chip.

Auf der Stelle sackte er ohnmächtig zusammen.

»In letzter Sekunde!«, stellte Cornelia fest.

»Jetzt aber los!«, rief Lale. Hinter ihr öffnete sich eine Tür in der Wand, die zuvor absolut unsichtbar gewesen war. Miriam hatte von diesem Ausgang nichts geahnt.

»Was ist das denn?«, fragte sie entsprechend verblüfft.

»Der Absolute Notausgang!«, verriet ihr Lale. Dann wandte sie sich Cornelia und Claus zu. »Herzlich willkommen!«

»Wir dürfen bei den Frogs mitmachen?«, fragte Cornelia freudig erregt.

»Ihr müsst!«, präzisierte Rahima. »Wer diesen Ausgang kennt, muss mitmachen!«

»Nun los!« Lale war schon halb durch die Tür. Sie winkte Cornelia und Claus zu sich, die eilig herangelaufen kamen. Auch Rahima rannte los.

»Halt! Warte!«, rief Miriam sie zurück.

Rahima blieb stehen. »Was ist?«

Miriam zeigte auf Kolja.

Rahima brauchte einen Moment, ehe sie verstand, weil sie nicht glauben konnte, was Miriam ihr da im Ernst vorschlug. »Du willst ihn mitnehmen? Tickst du nicht mehr richtig? Er ist ein Cop!«

»Es ist Kolja, den sie umprogrammiert haben!«, erwiderte Miriam.

»Hä?«, machte Rahima.

»Daran hab ich's doch erkannt«, erklärte Miriam in aller Eile. »Er hätte mich niemals zur Begrüßung umarmt. Das hat er noch nie gemacht. Schon gar nicht in einer solchen Situation!«, ergänzte Miriam. »Sie haben ihn umprogrammiert!«

»Erst recht ein Grund, ihn hierzulassen«, mischte sich Lale vom Notausgang her ein.

»Wenn er umprogrammiert wurde, dann müssen wir das rückgängig machen. Und wenn wir herausgefunden haben, wie das geht, können wir übers gleiche Programm vielleicht auch die anderen Cops besiegen!«, beschwor Miriam die anderen.

Lale zeigte ihr einen Vogel. »Wir haben für solche Mätzchen keine Zeit. Wir müssen weg, bevor die Cops hier sind. Sie dürfen uns und diesen Notausgang auf keinen Fall entdecken!«

Rahima hingegen lenkte ein. »Miriam hat recht!«

Miriam staunte. Von Rahima hätte sie am wenigsten Unterstützung erwartet.

»Ich habe im Hotel Pläne gefunden!«, erklärte Rahima. »Ich glaube, die bringen uns weiter!«

Sie lief zurück zu Miriam, packte den ohnmächtigen Kolja an den Füßen und forderte Miriam auf, mitzuhelfen.

Miriam strahlte Rahima an, griff Kolja unter den Schultern und trug ihn gemeinsam mit Rahima durch den Absoluten Notausgang aus dem Raum.

Cornelia und Claus rannten voraus. Lale sah sich noch einmal um, dann schloss sie die Tür hinter sich.

Als der erste Cop den Speisesaal der Frogs erreichte, war von dem Absoluten Notausgang nichts mehr zu sehen.

Vorbereitung auf das Kinderfest

Niemals hätte Jennifer sich träumen lassen, dass die Vorbereitung eines Kinderfestes eine derart geheimnisvolle und gefährliche Mission sein könnte. Niemand durfte von den Vorbereitungen erfahren, um den Aufbau der Stadt und damit die Verbindung zur Oberstadt nicht zu gefährden.

Der Aufbau der Stadt ging zügig voran.

Sobald ein Kind von der Bank – also von Thomas – Geld erhalten und sich einen Laden ausgesucht hatte, waren Lieferanten zur Stelle, die die Waren lieferten. Jennifer kam es vor, als hätte sich ein Monopoly-Spiel selbstständig gemacht. Eine Geschäftsstraße nach der anderen entstand. Jedes neues Geschäft belieferte sofort wieder das nächste. Der Bäcker lieferte Brot zum Restaurant. Das Restaurant brachte Essen zu den Kindern im Haushaltswarengeschäft. Das Haushaltswarengeschäft lieferte Geschirr zum neuen Imbiss, rund um den Imbiss entstanden ein Gemüsegeschäft, eine Boutique und ein Schuhgeschäft.

Jetzt wurde es Zeit, die Frogs in den Plan einzuweihen. Diese Aufgabe sollte Frank übernehmen. Er sollte genau dort in das Kanalsystem hinabsteigen, wo sie schon einmal Zugang zu der Welt der Frogs gefunden hatten.

Ben und Jennifer begleiteten Frank, um ihm zu helfen, den schweren Gullydeckel beiseitezuschieben. Doch als sie um die Ecke bogen, trauten sie ihren Augen kaum: Um den Einstieg herum stand eine große Traube von Cops, die nacheinander in den Schacht einstiegen.

Ben stockte der Atem. »Sie haben sie erwischt!«, stieß er aus. »Das gesamte Frog-Lager!«

Einzeln zogen die Cops die Frogs aus dem Gullyschacht heraus, einen nach dem anderen. Die Hände der Frogs auf den Rücken zusammengebunden.

»Jetzt ist alles aus!«, resignierte Frank. Wie sollten sie ohne die Hilfe der Frogs gegen die Cops ankämpfen?

Ratlos und verzweifelt beobachteten Frank, Ben und Jennifer, wie die gefangenen Frogs sich auf der Straße in Dreierreihen aufstellen mussten.

»Da muss man doch etwas tun!«, flüsterte Jennifer vor sich hin. Aber sie wusste auch: Sie konnten nichts tun. Die Cops waren per Computer mit außergewöhnlichen Kräften ausgestattet. Es gab keine Chance, direkt gegen sie vorzugehen.

Nur die Frogs hatten es geschafft, sich den Cops zu widersetzen.

Jennifer reckte den Hals. »Wo ist Miriam?«, fragte sie.

Auch Ben und Frank konnten sie nirgends entdecken.

Etwa vierzig Frogs standen nun aufgestellt in Dreierreihen auf der Straße, umzingelt und gefangen von den Cops.

Weitere Cops kamen aus dem Gullyschacht, schleppten Blasrohre, Geschirr, Betten, Decken und alles sonst, womit die Frogs ihr Versteck eingerichtet hatten, heraus und warfen alles auf einen großen Haufen mitten auf die Straße.

Die Nachricht sprach sich in Windeseile herum: Die Frogs waren besiegt! Von allen Seiten kamen die Kinder herangeströmt.

Auch Kathrin und Thomas waren mittlerweile dazugekommen.

Frank stieß Ben in die Seite. »Miriam ist nicht dabei!«

»Sie haben sie nicht gekriegt!«, stellte Jennifer erleichtert fest.

Frank bezweifelte das: »Wie soll sie da herausgekommen sein? Und dann noch offenbar als Einzige!«

Jennifer ließ ein kurzes Lächeln aufblitzen: »Du kennst doch Miriam!«

»Aber dann läuft Miriam jetzt ganz allein dort unten durch die Kanalisation!«, gab Frank zu bedenken. »Können wir ihr nicht irgendwie helfen?«

Jennifer stimmte Frank zu. Nur eine Idee hatte sie leider auch nicht.

Mittlerweile herrschte dichtes Gedränge.

»Wo kommen all die vielen Kinder plötzlich her?«, fragte Kathrin.

Genau das hatte Ben sich auch schon gefragt. »Es gibt nur eine Erklärung«, behauptete er. »Wir sind nun endgültig mit der Oberstadt verbunden!«

»Wieso?«, fragte Jennifer skeptisch nach. »Wir haben die Unterstadt doch noch gar nicht aufgebaut. Nur weil wir gerade mal ein paar Geschäfte gegründet haben?«

Ben wusste es auch nicht, aber er hatte eine Vermutung: »Es ist ein Geschenk von Master X!«

Frank lachte auf. »Warum sollte der uns etwas schenken?«

Ben zeigte auf die gefangenen Frogs: »Deshalb. Sarah hat doch erzählt, wie lange es die Frogs schon gibt. Sicher werden sie seitdem verfolgt. Es muss ein Festtag für Master X sein, nun endlich das Versteck der Frogs gefunden und ausgehoben zu haben. Und vor allem: Er hat nun nichts mehr zu befürchten!«

Die Mienen der anderen wurden ernst:

»Das bedeutet nichts Gutes für uns, oder?«

Das sah Ben ganz genauso.

Höhle des Löwen

Achmed und Sarah hatten alles versucht, ihrer finsteren Falle zu entkommen. Sie hatten den Stamm von innen nach einer Tür oder einem Ausgang abgetastet, laut um Hilfe gerufen, den Boden befühlt, in der Hoffnung, eine Klappe oder Ähnliches zu finden. Alles war vergeblich. Sie saßen fest. Gefangen wie ein Tier in der Falle, dazu verdammt, elendig zu verhungern und zu verdursten.

Nachdem alle Mühen und Versuche erfolglos geblieben waren, hatten sie sich eng umschlungen, hielten sich, um sich gegenseitig die Angst zu nehmen – und warteten. Worauf, wussten sie nicht. Auf Hilfe. Auf ein Wunder. Auf irgendetwas, das sie aus dieser aussichtslosen Lage befreite. Sie hatten keine große Hoffnung, dass so etwas passieren würde. Aber was anderes konnten sie nicht tun. Nichts als warten und hoffen. Und beten, bestenfalls.

Bis Sarah plötzlich ein Geräusch hörte. Ganz deutlich und laut. Das Geräusch war sehr nah.

Aber es war keineswegs ein beruhigendes Geräusch. Sarah hatte keinen Zweifel, was sie da gehört hatte.

»Das Raubtier!«, rief sie entsetzt. »Das Raubtier ist wieder da!«

Achmed sprang auf, obwohl es gar nicht sein konnte, was Sarah da meinte, gehört zu haben. Sie hatten alles abgesucht. Es gab keinen Ausgang aus diesem hohlen Baumstamm, also gab es auch keinen Eingang. Woher sollte das Raubtier gekommen sein? Doch da – hörte er es nicht nur, sondern sah es auch. Es war nicht das Raubtier, das ihnen durch sein Gebrüll das Herz in die Hose rutschen ließ, sondern ein Löwenkopf, der wie aus dem Nichts direkt vor ihnen erschien. Sein mächtiger Kopf schaute, beleuchtet wie von einem Spot, durch die Außenwand ins Innere des Baumstamms hinein.

Sarah schrie auf vor Entsetzen. Aus dem gleichen Grund brachte Achmed keinen Ton heraus. Ihm stockte der Atem, während sein Puls zu rasen begann. Achmed schloss die Augen, presste die Lippen zusammen und hegte keinen Zweifel: Sein letztes Stündlein hatte geschlagen.

Als er seine Augen nur einen kurzen Moment später wieder öffnete, war der Kopf des Löwen nicht mehr dicht vor, sondern über ihm. Achmed musste zu ihm hinaufschauen. Seit wann konnten Löwen fliegen?, wunderte sich Achmed noch, als er merkte, wer sich in Wahrheit bewegte. Der Löwe driftete nicht himmelwärts ab, sondern er und Sarah sanken in die Tiefe.

Sarah hielt sich unwillkürlich an Achmed fest, um nicht umzukippen. Die Wände des Baumstammes bewegten sich nicht. Nur der Boden, auf dem sie standen, fuhr abwärts.

»Was passiert hier? Wo fahren wir hin?«, fragte sich Sarah.

Achmed wusste es auch nicht. Plötzlich jedoch fiel ihm etwas ein.

»Das Labyrinth!«, antwortete er und berichtete, wie er mit Ben und seinen Freunden zu Beginn, als sie wieder in die Stadt der Kinder geraten waren, das Labyrinth gesucht hatte. Schon beim ersten Mal, als er und Sarah noch nicht dabei gewesen waren, war Kolja in dem Labyrinth verschwunden gewesen. Beim zweiten Mal war das Labyrinth von einem Löwen bewacht worden. Und auch bei diesem dritten Mal hatte Ben gehofft, durch das Labyrinth vielleicht in die reale Welt mit den Erwachsenen zurückkehren zu können. Er selbst war mit Kolja in den Schacht hinabgestiegen, aber an der gewohnten Stelle hatte es kein Labyrinth mehr gegeben. Stattdessen waren sie auf Sarah und die Frogs gestoßen.

»Dort unten war auch kein Labyrinth!«, bestätigte Sarah. Schließlich hatte sie selbst das Versteck für die Frogs entdeckt und eingerichtet.

»Allerdings . . .«, gab sie zu bedenken.

»Was?«, hakte Achmed nach.

Sarah überlegte. »Da gab es noch etwas . . .«

»Was denn?« , drängelte Achmed.

Sie fuhren weiter abwärts. Achmed schaute hinauf, ob er den Löwen noch sehen konnte. Doch der Löwe war verschwunden. Auch von dem Licht war nichts mehr zu sehen. Um ihn und Sarah herum war es wieder stockfinster geworden. So tief konnten sie in der kurzen Zeit aber nicht gefahren sein, war Achmed sich sicher. Also musste der Löwe sich wieder verzogen haben. Aber wohin?

»Wir hatten einen Geheimraum eingerichtet«, berichtete Sarah. »In dem wir unsere Zentrale aufgebaut hatten und die nur durch einen geheimen Gang zu erreichen war. Als letzte Sicherheitsmaßnahme, falls die Cops uns finden würden.«

»Und?«, fragte Achmed.

Die Fahrt stoppte. Sie standen wieder.

»Von diesem Geheimgang führte eine Tür weiter, die aber verschlossen war. Wir haben sie nie öffnen können, und ich weiß bis heute nicht, was sich dahinter verbarg!«

»Du meinst, dahinter war das Labyrinth?«, fragte Achmed.

Sarah zuckte mit den Schultern, was Achmed im Dunkeln aber nicht sehen konnte.

»Schon möglich. Wenn du sagst, dass es eigentlich hätte dort sein müssen.«

»Wow!«, machte Achmed. »Weißt du, was das bedeutet?«

»Ja!«, antwortete Sarah. Mehr konnte sie dazu

aber nicht mehr sagen. Der Boden setzte sich erneut in Bewegung. Diesmal allerdings nicht hinunter, sondern seitwärts. Sarah schwankte und kippte gegen Achmed, der sich an der Wand abstützen wollte. Aber da war keine Wand mehr. Er griff ins Leere und verlor das Gleichgewicht. Er kippte, ruderte mit den Armen, fiel und schrie: »Halt mich!«

Sarah packte blitzschnell zu. Obwohl sie nichts sah, griff sie instinktiv in die richtige Richtung und bekam Achmed zu fassen.

»Ich hab dich!«

Achmed fing sich, sprang schnell einen Schritt zurück und klammerte sich an Sarah.

»Mann, ey, das war knapp!«, keuchte er. »Der Boden ist frei schwebend.« Und damit war er sich nunmehr sicher: »Wir sind in dem Labyrinth.«

Achmed wusste, wie das Labyrinth funktionierte. Es bestand aus unzähligen Quadern, die sich frei schwebend dreidimensional in alle Richtungen bewegten. Eine Fortbewegung durch das Labyrinth war nur möglich, indem man von einem Quader zum nächsten sprang, wenn diese sich gerade auf gleicher Höhe befanden.

Wenn Sarah recht hatte und sich hinter der geheimnisvollen, verschlossenen Tür tatsächlich das Labyrinth befand und sie sich jetzt ebenfalls im Labyrinth befanden, dann . . .

». . . gibt es eine Verbindung vom verbotenen

Wald der Outlaw-Zone zur Kanalisation der Unter- und Oberstadt!«, fasste Sarah zusammen.

»Genau!«, stimmte Achmed zu. »Und wir müssen nicht zurück zum elektrischen Strom, um ihn zu durchschwimmen.«

»Genial!«, fand Sarah.

Allerdings gab es da noch eine Schwierigkeit: Ein Labyrinth hieß zu Recht Labyrinth. Es war dazu da, jeden, der es durchqueren wollte, zu verwirren. Hinzu kam das fehlende Licht. Achmed und Sarah waren wie blind und konnten die sich absolut geräuschlos bewegenden Quader nur erahnen und auf gut Glück zu ihnen hinüberspringen. Täuschten sie sich, würden sie in die Tiefe hinabstürzen.

»Und es gibt noch etwas!«, wandte Sarah ein.

»Was denn noch? Ich finde, es ist schon schlimm genug. Wenn nicht sogar unmöglich, das Labyrinth zu durchqueren. Da wäre ich fast lieber durch den Fluss geschwommen!«

»Das Innere des Baumes war nicht nur der Eingang zum Labyrinth«, vermutete Sarah. »Sondern auch die Höhle, die wir gesucht haben. Die Höhle des Löwen.«

»Ja und?«

»Wenn das so ist, dann muss hier der Schalter sein, um den Strom im Fluss abzuschalten. Dann wären alle Gefangenen der Insel frei. Bleibt nur die Frage: Wo könnte der Schalter sein?«

In dem Augenblick sahen sie wieder ein Lämpchen brennen, das diesmal nicht nur den Kopf, sondern den ganzen Löwen sichtbar machte. Er saß auf einem der schwebenden Quader, riss das Maul weit auf und brüllte.

Das Lämpchen war nur eben hell genug, den Löwen und den Quader, auf dem er saß, auszuleuchten. Und es genügte, um zu erkennen, dass unter dem Löwen, auf dem Boden des Quaders, noch etwas leuchtete: viele kleine rote, grüne und gelbe Birnchen.

Der Quader mit dem Löwen war weit genug von Sarah und Achmed entfernt, um ihnen nicht gefährlich werden zu können. Aber dicht genug, um zu erkennen, welche Bedeutung die bunten Birnchen vermutlich besaßen.

»Der sitzt auf einer Schalttafel!«, stellte Sarah entsetzt fest.

»Denkst du auch, was ich denke?«, fragte Achmed.

Sarah nickte. Weil sie selbst aber noch immer im Dunkeln saßen, fügte sie an: »Ja. Das sind die Schalter, an die wir heranmüssen!«

»Ne, ey. Dieser Master X hat doch total einen Sprung in der Schüssel. Dem haben sie ins Gehirn gespuckt, ey. So etwas Abgefahrenes! Wir können doch nicht den wilden Löwen beiseiteschubsen, um eine Lampe anzuknipsen!«

Doch Achmeds ganze Empörung nützte nichts. Master X hatte ihnen eine Falle gestellt. Wenn sie den Strom im Fluss abschalten und Licht im Labyrinth haben wollten, um den Ausgang zu finden, ohne abzustürzen, mussten sie den ausgewachsenen, wilden, brüllenden Löwen überwinden!

Miriam sah sich um, wo sie überhaupt gelandet waren. Sie stand in einem nicht allzu großen Raum, der vielleicht mal ein Schutzraum gewesen sein mochte oder ein Abstellraum für Arbeitsgeräte von Kanalarbeitern oder Ähnliches.

Ursprünglich schien es in diesem Raum nur kahle graue Wände und eine einzige grelle Glühbirne gegeben zu haben.

Man musste aber genau hinsehen, um dies noch erkennen zu können. Die grauen Wände waren von oben bis unten mit Graffiti besprüht, die teilweise an Höhlenmalereien erinnerten: Mehrere Kampfszenen zeigten starke Frogs, die gerade dabei waren, schwache Cops zu besiegen.

Wenn das so einfach wäre, dachte Miriam.

Der Raum hatte einen schwarz gestrichenen Boden und war in dunkelblaues Licht gehüllt, in dem man die Monitore am besten erkennen konnte, die an der linken Seite aneinandergereiht auf einer langen Tischplatte standen. Davor saßen sieben Frogs an Computern wie in der Leitzentrale einer Metro. Manche Monitore zeigten Webcam-Bilder von der Stadt oben, auf anderen ratterten nur Zahlenkolonnen von oben nach unten, und die Frogs davor hielten diese Kolonnen gelegentlich an, um weitere Zahlen hinzuzutippen und die Kolonnen aufs Neue laufen zu lassen.

Auf der gegenüberliegenden Seite standen alte Sofas und zerschundene Sessel, zwischen denen sich Berge von Pizza-Pappkartons, Milchshakes, Bechern und leeren Chipstüten stapelten. Es erinnerte Miriam sehr an den Clubraum von Bens Computerclub. Obwohl Miriam die Anführerin der Frogs war, kannte sie diesen Raum nicht. Joshua hatte ihn ihr nicht gezeigt.

»Joshua kennt diesen Raum nicht«, erklärte Rahima.

Miriam sah sie verwundert an. Joshua war Sarahs Stellvertreter. Er war derjenige, der sie in alle Gepflogenheiten der Frogs eingewiesen hatte. Wenn einer diesen Raum hätte kennen müssen, dann er.

»Sarah hat so ihre Eigenarten«, ergänzte Lale. »Und vermutlich hatte sie sogar recht. Es deutet alles darauf hin, dass Joshua es war, der uns im Hotel verraten hat.«

»Ach ja?« Miriam kannte Sarah aus einem früheren Abenteuer. Sie war wirklich in mancher Hinsicht ein besonderes Mädchen.

»Sie hat Joshua irgendwie misstraut«, berichtete Rahima weiter. »Von diesem Raum jedenfalls wissen nur Lale und ich – und die dort!«

Rahima zeigte auf die sieben Frogs an den Monitoren.

»Die besten Computerfreaks, die wir in der Oberstadt auftreiben konnten.«

»Von denen, die bereit waren, sich uns anzuschließen«, schränkte Lale ein. »Trotzdem: Alle sind sehr gut!«

»Das hättet ihr eher sagen sollen. Ben wäre hier sehr gut aufgehoben gewesen!«, sagte Miriam. »Aber was machen die hier?«

»Der getarnte Eingang in der Kanalisation ist zum Beispiel eine gute virtuelle Täuschung, die sie programmiert haben!«

»Wir sehen von hier unten immer, was oben los ist!« Lale zeigte auf einen der Monitore mit den Webcams. Sie sah, wie oben gerade die Frogs zusammengepfercht und festgenommen wurden. Lales Miene verfinsterte sich. »Ich vermute, Joshua hat uns verraten. So eine Sauerei!«

»Das vermute ich auch!«, stimmte Rahima zu und tippte mit dem Finger auf den Monitor.

Miriam musste sich vorbeugen, um zu erkennen, was Rahima meinte. Als sie es sah, musste sie tief Luft holen vor Empörung: »Joshua!«

»Sarahs Ahnung war richtig gewesen!«, stellte Rahima anerkennend fest. »Gut, dass er von diesem Raum nichts weiß.«

»Können wir denen da oben helfen?«, fragte Miriam.

Rahima zuckte mit den Schultern. »Der Rest unseres Verstecks wurde von den Cops ausgeräumt. Unsere Blasrohre, unser Proviant. Wir haben nichts mehr.«

Miriam nickte mit ernster Miene.

»Kommen wir hier wieder heraus oder sitzen wir wie Mäuse in der Falle?«

Außer dem Weg, den sie gekommen waren, der aber jetzt von den Cops besetzt war, gab es nur einen weiteren Ausweg, erklärte Rahima. Aber es war mehr eine theoretische Möglichkeit. Denn noch niemand war diesen Weg je gegangen.

»Und was ist das für ein seltsamer Weg?«, wollte Miriam wissen.

Lale ging an die Stirnseite des Raumes, an dessen Wand eine rote Tür gemalt war. Sie tippte darauf. »Diese Tür ist nicht nur aufgemalt«, erklärte sie. »Man kann wirklich hindurchgehen.«

»Aber?« Miriam ahnte, die Sache hatte einen Haken.

»Wir haben es noch nicht geschafft, sie zu öffnen, und wir wissen auch nicht, was sich dahinter verbirgt.«

Jennifer, Thomas, Kathrin, Frank und Ben hatten sich dezent hinter eine Hausmauer verzogen und beobachteten von dort die Gefangennahme der Frogs. Nach wie vor sorgten sie sich um Miriam, aber im Moment sahen sie keine Möglichkeit, mit ihr Kontakt aufzunehmen. Das Einzige, was sie in diesem Augenblick vielleicht tun konnten, war, die Festnahme der Frogs zu vereiteln. Mehr noch, sie mussten es tun. Ohne die organisierten und kampferprobten Frogs würden sie kaum eine Chance haben, sich gegen die Cops aufzulehnen. Aber wie sollten sie einschreiten? Wenn nicht einmal die gefangenen Frogs selbst Widerstand leisteten, was konnten sie ausrichten?

»Auf keinen Fall können wir tatenlos zusehen, wie sie zur Outlaw-Zone verschleppt werden«, stellte Jennifer klar. Aber eine Idee, wie sie das verhindern sollten, hatte sie auch nicht.

»Man müsste sie ablenken«, fiel Kathrin ein. »Bei Kampfhunden ist es so!«

»Hä?«, machte Thomas.

»Wenn Kampfhunde einen angreifen wollen, hilft manchmal, ihre Aufmerksamkeit auf etwas zu lenken, das sie noch mehr interessiert oder worauf sie vielleicht sogar trainiert sind: ein fliehendes Kaninchen, ein springender Ball . . . irgend so etwas!«

»Super Idee!«, nörgelte Frank. »Du kannst den Cops ja mal ein paar Gummibälle an den Kopf werfen. Vielleicht laufen sie dann weg!«

»Blödmann! So meinte ich das doch nicht!«, verteidigte sich Kathrin. »Aber vielleicht gibt es etwas, worauf die Cops gedrillt sind?«

»Ja!«, stieß Frank aus. »Auf die Verhaftung von Frogs zum Beispiel. Sieht man doch!«

Kathrin winkte ab. Sie fühlte sich unverstanden.

Jennifer sprang ihr bei. Sie fand den Gedanken nicht so dumm. Die Cops waren immerhin von Master X programmierte Wesen. Mit Sicherheit waren sie auf Dinge programmiert, auf die sie sofort reagieren würden.

Der Meinung stimmte auch Ben zu. Die Frage war nur, was konnte das sein?

»Frogs!«, wiederholte Frank. Für ihn war das eindeutig. »Das sieht man doch!«

Jennifer schüttelte den Kopf. Sie war sicher, die Frogs waren nur ein Nebenaspekt. Die Frogs wurden nicht gejagt, weil sie die Frogs waren, sondern weil sie die Ordnung bedrohten und . . .

»Die Ordnung!«, rief Jennifer aus.

Frank verzog das Gesicht. Er verstand nur Bahnhof. Und er sah sich verwirrt um. Was denn für eine

⬛ Ordnung? War irgendetwas um sie herum unordentlich? Gab es etwas aufzuräumen?

Jennifer stieß einen langen Seufzer aus. »Manchmal bist du echt eine Hohlbirne, Frank! Die gesellschaftliche Ordnung meine ich natürlich. Das System von Master X' Kinderstaat. Die Cops sollen es erhalten und alles unterbinden, was das System stört oder behindert. So wie die Frogs.«

»Sag ich doch!«, gab Frank beleidigt zurück. Von wegen Hohlbirne!

»Und wenn etwas passiert, was die Ordnung noch mehr angreift, dann würden die Cops sich sofort darum kümmern!«

Jetzt wurde es auch Thomas zu viel. »Und wie willst du mal eben die gesellschaftliche Ordnung angreifen, damit die Cops von den Frogs ablassen? Du hast manchmal auch echt verschrobene Ideen!«

Frank nickte heftig. »Wir haben keine Zeit!« Er zeigte hinüber zu den gefangenen Frogs. »Gleich werden sie abgeführt. Uns muss etwas einfallen, was schnell geht und die Cops ablenkt!«

»Geld!«, fiel Ben ein.

Alle sahen ihn an.

»Master X will eine Erwachsenenwelt schaffen. Er verbietet und bekämpft alles, was Kindern Spaß macht. In einer Erwachsenenwelt beruht alles auf Geld!«

»Stimmt!«, fand Jennifer. »Geld ist die Grundlage der Erwachsenen. Ohne Geld läuft gar nichts!«

Auch die anderen stimmten zu. Diese Erfahrung hatten sie alle gemacht.

»Und umgekehrt: Mit Geld läuft alles!«, übernahm Ben wieder das Wort. Er sah Thomas an und führte fort: »Und wir haben Geld. Denn Thomas ist Bankdirektor!«

»Das hatten wir doch schon!«, warf Kathrin ein. »Mit dem Geld haben wir die Geschäfte gegründet!«

»Und die Verbindung zur Oberstadt geschafft!«, bestätigte Ben.

Aber was hatte das mit den gefangenen Frogs zu tun?, fragte sich Frank. Durch die Geschäfte und die Verbindung mit der Oberstadt hatten sie doch nur der Welt entsprochen, die Master X schaffen wollte.

Ben grinste in die Runde. Je mehr er darüber nachdachte, desto mehr war er von seinem Plan überzeugt.

»Und jetzt machen wir es umgekehrt!«, erläuterte er seinen Plan. »Erinnert euch an das erste Mal, als wir in der Stadt der Kinder waren!«

»Das war das totale Chaos!«, stöhnte Thomas. Er erinnerte sich, wie die Geschäfte geplündert wurden, die Kinder Lebensmittelschlachten veranstaltet, getrunken und randaliert hatten und sogar Auto gefahren waren.

»Die Kinder hatten sich in der Erwachsenenwelt ausgetobt, wie es ihnen gefallen hat. Das genaue Gegenteil der Erwachsenenwelt!«, fasste Ben zusammen. »Und genau das können wir wieder organisieren!«

»Und wie?«, fragte Frank.

»Wir werfen Geld in die Menge. Regelrechte Geldbomben. Ihr werdet sehen, wie sich alle darauf stürzen und die Geschäfte stürmen werden. Nicht nur die neu gegründeten in unserer Unterstadt. Sondern in der ganzen Stadt. In der Oberstadt gibt es doch alles.«

»Die Kinder verhalten sich regelgerecht, denn einkaufen ist erwachsen!«

»Und trotzdem werden sie Chaos anrichten, weil sie viel zu viel Geld haben und es in viel zu kurzer Zeit ausgeben wollen. Eben echt kindlich!«, schlussfolgerte Jennifer.

»Wir schlagen Master X mit seinen eigenen Waffen!«, begriff nun auch Kathrin.

»Die Cops werden völlig verwirrt sein, denn es bricht Chaos aus, ohne dass sich ein Einzelner wirklich falsch verhält. Das verkraftet die Logik des Computerprogramms nicht. Ein Computerprogramm kann nicht mit Widersprüchen leben. Es kennt nur Ja oder Nein. Und nicht Ja, aber . . .«

Der Löwe ist los!

Achmeds Augen hatten sich an die Dunkelheit längst gewöhnt. Dennoch sah er in dem Labyrinth so gut wie nichts. Wenn er die Augen zusammenkniff und sich sehr konzentrierte, meinte er, ganz schwach die Konturen der nächsten vorbeischwebenden Quader erkennen zu können.

Der Löwe war immer noch gut zu sehen, denn er war nach wie vor beleuchtet.

Und er kam näher.

Sarah tippte Achmed aufgeregt an.

»Das ist unsere Chance!«, glaubte sie.

Achmed stieß einen verächtlichen Lacher aus.

»Oder seine! Vielleicht kommt er nur näher, um uns anzufallen!«

Sarah gab nichts auf Achmeds Einwand.

»Wenn er vorbeikommt, müssen wir an die Schalttafel herankommen!«

Achmed fasste sich an den Kopf. »Wie willst du das denn schaffen? Wir können schlecht den Löwen von seinem Block schubsen!«

»Keine schlechte Idee«, fand Sarah hingegen. »Warum denn nicht?«

»Warum denn nicht?«, wiederholte Achmed aufgebracht. »Weil der das nicht mit sich machen lässt.

Bevor du auch nur den Versuch unternimmst, ihn anzugreifen, fegt der dir mit seiner Pranke den Kopf vom Hals. Guck mal, was das für ein Riesentier ist!«

In der Tat wurde der Löwe immer größer, je näher er kam.

Und er kam näher. Er schwebte direkt auf Achmed und Sarah zu, als wollte er ohne Verzögerungen den alles entscheidenden Kampf herausfordern.

Achmed sah dem Löwen ängstlich entgegen.

»Wir sollten machen, dass wir hier wegkommen!«, schlug er vor.

»Angsthase!«, warf Sarah ihm an den Kopf.

»Angsthase?«, empörte sich Achmed. »Ich bin kein Angsthase. Ich bin nur nicht bescheuert und lege mich mit einem ausgewachsenen Löwen an!«

»Wir haben bisher jedes Hindernis geschafft. Es muss auch eine Lösung geben, mit dem Löwen fertigzuwerden!«

»Und welche?«

»Ich weiß es nicht!«

»Na, super!«

Der Löwe rückte näher. Achmed zweifelte nicht mehr: Der Löwe hatte es auf sie abgesehen. Er versuchte, sich nach einer Fluchtmöglichkeit umzusehen, aber um ihn herum herrschte nichts als Finsternis.

»Das war's dann!«, ließ Achmed schon jede Hoffnung fallen.

»Aber wir haben keine andere Chance. Wir müssen es schaffen!«, beschwor Sarah ihn.

»Dann sag, was wir machen sollen!«, forderte Achmed. »Ich habe keine Idee. Nicht die geringste!«

Der Löwe war nur noch wenige Meter von ihnen entfernt.

»Ich biete mich als Köder!«, schlug Sarah vor.

Achmed glaubte, sich verhört zu haben.

Doch Sarah meinte es ernst. »Ich lenke seine Aufmerksamkeit auf mich, damit er mich verfolgt. Dann springe ich auf einen anderen Quader. Wenn er mir folgt, springst du auf seinen Block und versuchst, den Fluss ab- und das Licht im Labyrinth anzuschalten!«

»Du spinnst!«, widersprach Achmed entsetzt.

»Es ist die einzige Möglichkeit!«, beharrte Sarah.

»Es ist zu gefährlich! Tu es nicht!«

Doch Achmed konnte sie nicht mehr zurückhalten.

Der Block mit dem Löwen dockte soeben an den Quader der beiden Kinder an. Sarah sprang mit erhobenen Händen auf den Löwen zu.

»Hier bin ich. Komm!«, rief sie.

Der Löwe riss sein Maul auf und brüllte.

Achmed schreckte zurück.

»Sarah!«, schrie er und versuchte, sie zurückzu-
reißen.

In dem Moment hüpfte Sarah zum Löwen auf
dessen Quader.

Achmed stockte der Atem.

Die Pranke des Löwen zuckte. Da war Sarah
schon wieder abgesprungen. Zum nächsten Quader.

Dachte sie. Stattdessen aber fiel sie in die Tiefe.

»Sarah!«, schrie Achmed hinter ihr her, stürzte
zum Rand seines Blocks, sah hinunter, musste sich
aber vor dem Löwen in Acht nehmen, der nun auf
ihn aufmerksam wurde.

»Duck dich weg!«, hörte Achmed Sarahs Stimme.

Wie in einem offenen Fahrstuhl kam sie plötzlich
wieder hochgefahren, direkt an Achmed vorbei.

Achmed atmete erleichtert auf, als er Sarah unversehrt sah. Doch die Erleichterung währte nur
kurz. Der Löwe interessierte sich nicht weiter für
Sarah, sondern sprang auf Achmed zu.

Achmed fuhr der Schrecken in die Glieder, er
stolperte rückwärts, verlor den Halt und kippte rücklings von seinem Block, den nun der Löwe eingenommen hatte.

»Achmed!«, schrie nun Sarah in Angst um ihren
Gefährten.

»Scheiße!«, hörte sie irgendwo aus dem Dunkeln
heraus. »Mein Fuß!«

»Was ist mit dir?«, fragte Sarah

Der Block mit dem Löwen schwebte aufwärts.

Sarah bemerkte, wie ihr Quader ebenfalls abdriftete. Hektisch sah sie hinüber zum Block mit der Schalttafel, der sich soeben absenkte. Sie durfte die Chance nicht verpassen, hinüberzuspringen, solange sie den Block überhaupt noch erkennen konnte. Die Entfernung war schon recht groß geworden und wuchs mit jeder Sekunde. Sarah atmete tief durch, fasste sich ein Herz – und sprang.

Noch nie war sie aus dem Stand so weit gesprungen. Und auch diesmal schaffte sie die Entfernung nicht. Mit dem aufsetzenden Fuß glitt sie ab, trat ins Leere, fiel hinab und konnte sich gerade noch mit einer Hand an dem Quader mit der Schalttafel halten.

Achmed rief nach ihr. Sarah erklärte ihm, in welcher Lage sie sich befand.

Achmed schilderte, wie er sich den Fuß verknackst hatte. »Ich kann nicht auftreten ... und ... der Löwe kehrt zurück.«

»Verflucht!«, schimpfte Sarah vor sich hin, bekam nun auch die zweite Hand an den Block und versuchte, sich mit einem Klimmzug hinaufzuziehen. Es gelang ihr nicht.

Beim nächsten Versuch gab sie sich ordentlich Schwung mit den Beinen, nahm all ihre Kraft zusammen und schaffte es so weit, bis ihr Kinn auf dem Quader ruhte.

Sarah hielt sich in dieser Stellung, schnaufte durch, sammelte neue Kraft, gab sich noch mal Schwung mit den Beinen, zog sich weiter hoch, zappelte, zerrte, kämpfte sich höher und höher. Nun schon bis zur Hüfte. Noch ein Stückchen, dann ließ sie sich vornüber auf den Quader fallen.

»Ich hab's geschafft!«, rief sie Achmed zu. »Ich bin bei der Schalttafel!«

»Super!«, freute sich Achmed.

»Aber der Löwe ist gleich bei mir!«

Sarah besah sich hastig die Schalttafel. Sie hätte sie sich einfacher vorgestellt. Vor ihr blinkten Hunderte kleiner Lämpchen, leuchteten ebenso viele Knöpfe, Regler und Schalter. Keiner von ihnen war beschriftet.

Nervös fuhr sie sich durchs Haar, legte die Hand willkürlich auf einige der Regler, traute sich nicht, sie zu betätigen, zog die Hand wieder zurück, kaute auf einem Fingernagel und überlegte, was sie anrichten konnte, wenn sie einen falschen Regler oder Schalter betätigte.

»Gleich ist der Löwe bei mir!«, hörte sie Achmed verzweifelt rufen. »Ich kann hier nicht weg. Gleich hat er mich, verflucht! Kannst du die Quader nicht anhalten?«

In dem Augenblick blieb das gesamte dreidimensionale, bewegliche Labyrinth stehen.

Achmed atmete tief durch.

»Das war in letzter Sekunde!«, rief er. »Danke!«

»Ich hab überhaupt nichts gemacht!«, antwortete Sarah. Sie schaute sich um und überlegte, was passiert sein mochte.

Schaltzentrale

Miriam nahm die Meldung des Computer-Frogs verwundert entgegen: »Im Labyrinth ist jemand!«

»Im Labyrinth?«, fragte Miriam nach. »Wieso im Labyrinth? Was habt ihr plötzlich mit dem Labyrinth zu tun?«

»Gar nichts«, erläuterte Lale. »Wir haben es irgendwann mal per Monitor entdeckt und wissen nicht einmal, wo es sich befindet. Aber unsere Computer melden, wenn jemand dort ist. Es ist allerdings das erste Mal seit Monaten!«

Miriam, Rahima, Lale und auch Cornelia und Claus reihten sich hinter dem Frog auf und starrten auf den Bildschirm.

»Wer ist denn jetzt im Labyrinth?«, fragte Miriam.

Das Labyrinth war dunkel und die Figuren nur schemenhaft zu erkennen. Drei Figuren erkannte Miriam. Zwei hockten auf zwei verschiedenen Blöcken. Und auf einem dritten Block saß etwas . . .

Miriam kniff die Augen zusammen, beugte den Kopf noch weiter vor. »Ist das eine Katze?«, fragte sie.

Der Frog vor ihr nickte und stieß einen kurzen Lacher aus.

»So kann man es auch sagen. Es ist ein Löwe!«

»Ein . . .!« Miriam blieb der Ausruf im Halse stecken. Sie nahm einen zweiten Anlauf. »Ein Löwe! Was macht der da?«

Der Frog vor ihr drehte sich zu ihr um. »Was soll der schon machen? Der bewacht das Labyrinth und jagt die Eindringlinge!«

Miriam starrte den Frog an.

»Und wer sind die Eindringlinge? Sind das Cops?«, setzte Miriam voller Ungeduld nach. Musste man diesem Computergenie im grünen Anzug denn wirklich alles aus der Nase ziehen?

»Es sind Achmed und Sarah!« Der Frog tippte mit dem Zeigefinger auf den Bildschirm.

»WAS?«, schrie Miriam auf. »Das sagst du erst jetzt? Wir müssen ihnen helfen. Wir . . .!«

Der Frog hob die Hände. »Hab ich doch. Die Quader stehen still.«

Miriam schaute auf den Monitor und erkannte: Das Labyrinth bewegte sich tatsächlich nicht. Die Blöcke standen in der Luft wie eingefroren.

Gott sei Dank, dachte sie. Aber ihre Erleichterung machte gleich der nächsten Befürchtung Platz. Denn der Löwe war so dicht an Achmed dran, dass er nach ihrer Einschätzung leicht hinüberspringen konnte.

»Er muss dort weg. Der Löwe muss dort weg!«

»Das kann ich nicht!«, bedauerte der Frog. ▶

»Ich bin schon froh, dass ich die Blöcke anhalten konnte. Der Löwe steuerte genau auf Achmed zu.«

»Mist!«, ärgerte sich Miriam. Angestrengt dachte sie nach.

»Und das Licht?«, fragte sie. »Muss es dort so dunkel sein?«

Der Frog zeigte zu seiner Nachbarin. »Sie vielleicht!«

Das Mädchen am benachbarten Computer nickte. Auch sie trug einen Frog-Overall, außerdem kurz geschorene hellblonde Haare und ein Piercing in der Augenbraue.

»Ich kann es versuchen.« Sie ließ ihre Finger über die Tastatur fliegen, wobei Miriam ihre schwarz lackierten Fingernägel entdeckte.

Das Frog-Mädchen drückte die Enter-Taste und der bisher beleuchtete Löwe stand nun ebenfalls im Dunkeln. Im Labyrinth sah man nun überhaupt nichts mehr.

»Mist!«, fluchte das Frog-Mädchen.

»Was machst du denn?«, schimpfte Miriam.

»Falscher Code!«, erklärte das Mädchen. »Master X ändert seine Codes täglich, manchmal stündlich. Da ist es schwer, immer wieder ins Zentralsystem zu kommen.«

Miriam nickte. Dann erst begriff sie, was das Frog-Mädchen ihr da gesagt hatte.

»Wir haben Zugang zum zentralen Computersystem von Master X?«

»Nur bedingt«, übernahm Rahima das Wort. »Sonst hätten wir ja vermutlich auch längst einen Ausgang in die reale Welt gefunden. Auf die Cops haben wir leider keinen Einfluss, wie auch auf die meisten anderen wichtigen Funktionen im Staat der Kinder nicht. Unsere Freunde hier . . .«

Sie zeigte mit einer ausladenden Handbewegung auf die Frogs, die an den Computern saßen.

». . . arbeiten Tag und Nacht daran. In Schichtdiensten. Bisher leider vergeblich.«

Miriam dachte an Ben. Vielleicht hätte er ihnen helfen können. Andererseits: Sarah hatte gewusst, über welche Computerkenntnisse Ben verfügte. Und wenn diese Computerfreaks hier seit Monaten nicht weiterkamen . . . Ben war ein Computerfreak, aber kein Genie.

»Auf das Labyrinth können wir Einfluss nehmen«, ergänzte Lale. »Leider wussten wir bisher nicht, was uns das nützt. Wie gesagt, wir wissen ja nicht einmal, wo sich das Labyrinth befindet und wozu es gut sein soll!«

»Früher war es dort, wo euer Eingang ist. So sind wir ja auf euch gestoßen!«, berichtete Miriam. »Wir wollten doch ins Labyrinth und dann kamt ihr dazwischen!«

Rahima starrte Miriam an.

»Mach keinen Quatsch!«, sagte sie. »Wir dachten immer, das Labyrinth müsste irgendwie vom Zoo ausgehen. Es gab Gerüchte von einer Pyramide, die als Eingang dient . . .«

»Ja!«, bestätigte Miriam. »Das stimmt. Dort gibt es auch noch einen Eingang!«

Rahima schüttelte den Kopf. »Wir haben dort keine Pyramide gefunden! Aber wenn du sagst, einer der Eingänge war hier, dann . . .«

». . . dann?«, fragte Miriam.

Rahima und Lale sahen sich an. Dann ging beider Blick zu der geheimnisvollen Tür, die von diesem Raum abging.

»Dort hindurch?«, fragte Miriam.

Rahima zuckte mit den Schultern.

»Wir wissen nicht, wohin diese Tür führt. Wir haben sie noch nie öffnen können!«

Miriam begriff. »Mann, wenn das stimmt. Dann sind Achmed und Sarah direkt hinter dieser Tür!«

»Und dann gibt es von hier eine direkte Verbindung zum Outlaw-Gebiet. Wir können alle Gefangenen herholen!«

»Wir müssen durch diese Tür«, beschloss Miriam. »Sofort!«

»Wir wissen nicht, wie!«, wiederholte das blonde Frog-Mädchen am Computer.

Miriam fluchte. Ihnen blieb keine Zeit für lange Diskussionen. Sarah und Achmed hingen in einem finsteren Labyrinth fest und wurden von einem Löwen bedroht. Sie mussten sofort helfen. »Was können wir tun?«, fragte sie.

Das blonde Frog-Mädchen huschte mit den Fingern wieder über die Tasten.

Einmal, zweimal, immer wieder, unterbrochen von einigen wüsten Flüchen des Mädchens. Doch dann endlich verzog sich ihr Gesicht zu einem Lächeln.

Miriam sah, wie auf dem Monitor das Labyrinth plötzlich hell erleuchtet war.

Die Rettung

Achmed erschrak, als urplötzlich das Licht aufleuchtete. Nun sah er Sarah auf ihrem Quader hocken und vor sich den Löwen. Verdammt dicht. Achmed wich unwillkürlich ein wenig zurück, auch wenn es nichts nützte. Der Abstand zwischen den beiden Blöcken war so gering. Mühelos würde der Löwe zu ihm hinüberspringen können.

Und wenn Achmed sich nicht täuschte, dann begab sich der Löwe auch gerade in Sprungposition.

Sarah erkannte die Gefahr. Sie sprang auf, hüpfte auf ihrem Block herum, wedelte mit den Armen und schrie. Die Ablenkung funktionierte. Der Löwe drehte seinen Kopf zu ihr. Nur, wie lange würde er sich auf Sarah konzentrieren? Und: Solange Sarah wie ein Hampelmännchen auf ihrem Quader herumsprang, blieb ihr keine Möglichkeit, sich um die Schalttafel vor ihren Füßen zu kümmern und herauszufinden, wie sie den Löwen oder die Fahrtrichtung der Quader manipulieren konnte.

Sarah sah einige Lämpchen, die eben noch nicht geleuchtet hatten. Sie wusste aber nicht, was dies zu bedeuten hatte. Fest stand nur: Sie hatte nichts getan und das Licht war angegangen.

Dies ließ nur einen Schluss zu: Jemand anderes hantierte an der Schaltung des Labyrinths.

Sarah wusste, wer es nur sein konnte: ihre Frogs. Sie hatten Zugang zum Labyrinth bekommen, das wusste sie. Aber sie hatten nie gewusst, wie sie diesen elektronischen Zugang nutzen konnten. Den realen Aus- oder Eingang zum Labyrinth hatten sie nie gefunden.

»Hallo!«, rief sie. »Hier sind wir!«

»Mit wem sprichst du?«, fragte Achmed.

Sarah erklärte es ihm.

Achmed sah sich um, als ob die Frogs nicht in der Schaltzentrale an den Computern sitzen, sondern ebenfalls irgendwo durchs Labyrinth schweben würden. Dann erst begann er zu begreifen. Plötzlich spürte er einen Ruck unter sich. Der Block, auf dem er saß, bewegte sich wieder. Ebenso wie alle anderen Quader. Achmed schwebte wieder direkt auf den Löwen zu.

»Verdammt!«, stieß er aus.

Genau den gleichen Fluch verwendete der Frog an seinem Computer. »Die Blocks bewegen sich wieder!«, stellte er unter den entsetzten Blicken der anderen fest.

»Tu etwas!«, brüllte Miriam.

Doch der Frog wusste nicht, was. Verzweifelt hackte er auf der Tastatur herum, aber seine Bemühungen blieben ohne Wirkung.

Der Löwe hatte sich von Sarah abgewandt und widmete sich wieder seiner eigentlichen Beute: Achmed.

Sarah beendete das Hampeln, weil es ohnehin nichts mehr nützte. Im nächsten Moment würde der Löwe zu Achmed hinüberspringen.

Sarah sah keine Chance, ihm zu helfen. Es blieb nur eine einzige Möglichkeit. Sarah drückte irgendeinen Knopf auf der Schalttafel zu ihren Füßen. Sie hatte nichts mehr zu verlieren, da konnte sie ebenso gut willkürlich einen der Knöpfe betätigen. Schlimmer konnte es ja nicht mehr kommen.

Es kam schlimmer.

Kaum hatte Sarah den Knopf gedrückt, fiel ihr Block hinab wie ein Stein in die Tiefe.

Sarah schrie, kreischte und bekam gerade noch den Knopf zu fassen, um ihn ein zweites Mal zu betätigen.

Sarah hielt sich an dem Quader fest, von dem sie um ein Haar heruntergerutscht wäre, und atmete tief durch.

Der Löwe brüllte.

Achmed schluchzte.

Und Sarah betätigte einen weiteren Knopf.

Jetzt war es Achmed, der in die Tiefe sauste. Auch er schrie vor Entsetzen. Schnell drückte Sarah den Knopf ein zweites Mal. Achmed saß zwar der Schreck in den Gliedern, aber sein Quader hatte sich weit von dem des Löwen entfernt. Der Löwe konnte ihm nicht mehr direkt gefährlich werden.

Sarah drückte den dritten Knopf und rechnet nun fest damit, den Löwen zum Absturz zu bringen. Doch es passierte nichts. So erschien es jedenfalls.

Lale bemerkte als Erste, welche Wirkung Sarahs Knopfdruck hatte.

»Die Tür!«, rief sie aufgeregt und zeigte auf jene Tür, die sie seit Monaten nicht hatten öffnen können.

Langsam schob sie sich zur linken Seite und gab den Zugang zum Labyrinth frei.

Miriam schaltete am schnellsten. Mit einem Sprung war sie zur Stelle und steckte ihren Kopf durch die Tür hinein ins Labyrinth.

»Miriam!«, riefen Achmed und Sarah.

»Hier entlang!«, winkte Miriam ihnen zu.

Geldregen und Tortenschlacht

Thomas fühlte sich prächtig. Er hatte sich oben auf dem Dach einer Rikscha platziert und warf von dort mit vollen Händen Geld in die Menge.

Kathrin hatte sich für die elegantere Methode entschieden, schlich durch die Menge und steckte den Kindern Geldbündel zu. Jennifer ging die Geschäfte einzeln ab, blieb jeweils am Eingang stehen und rief in die Läden: »Alles geht auf meine Rechnung!«

Frank schleppte Säcke mit Geldscheinen aus der Bank auf die Straße.

Die Nachricht breitete sich in der Stadt aus wie ein Flächenbrand. In nur wenigen Minuten war überall bekannt: Der Bankdirektor und seine Freunde verschenkten Geld.

Zunächst zögerten die Kinder. Nicht, dass sie keine Wünsche gehabt hätten. Aber es kam ihnen doch recht seltsam vor, dass die Bank säckeweise Geld verschenkte.

Unsicher schauten sie zu den Cops, die noch immer mit den Frogs beschäftigt waren. Aber die schritten nicht ein.

Jennifer flüsterte es einem Jungen ins Ohr: »Es ist der Bankdirektor, der hier das Geld verschenkt. Du brauchst keine Angst zu haben! Es hat alles seine Richtigkeit!«

Der Junge strahlte, besah sich das Geldbündel in seiner Hand und wollte gerade losrennen, um etwas einzukaufen, als er plötzlich wieder stoppte und ein missmutiges Gesicht zog.

»Was hast du?«, fragte Jennifer.

»Was soll ich denn kaufen?«, fragte der kleine Junge.

Jennifer wunderte sich über die Frage. Dann fiel ihr ein, was der Junge meinte: Es gab keine Spielzeuggeschäfte. Jegliches Spielzeug war aus der Stadt verbannt. Der Junge, der einen Computerladen eröffnet hatte, war in die Unterstadt verbannt worden, weil CDs Silber enthielten und verboten waren. Somit gab es weder Computerspiele noch Musik. Selbst Sportarten, die nur dem reinen Vergnügen und nicht der gezielten Körperertüchtigung dienten, waren nicht erlaubt: Somit waren alle Ballspiele verboten, folglich gab es weder Fußballtrikots noch Fußballschuhe zu kaufen.

Jennifer begriff immer mehr, welches Problem der kleine Junge hatte: Alles, was ihn interessierte, war verboten.

Die älteren Mädchen hatten es da leichter: Sie stürmten ohne zu zögern die Boutiquen und kleideten sich unter großem Gejohle und Geschnatter neu ein. Und das rief nicht einmal die kleinste Reaktion bei den Cops hervor, denn sich einzukleiden war erwachsen und nicht kindlich. Nur die Mengen, in denen die Mädchen neue Blusen, Shirts, Röcke und Schuhe aus den Läden schleppten, ließen den einen oder anderen Cop stutzig werden, aber etwas Unerlaubtes konnten sie darin auch nicht erkennen.

»Hol dir doch ein neues Fahrrad!«, schlug Jennifer dem kleinen Jungen schließlich vor.

Auf dem Gesicht des Jungen machte sich ein Lächeln breit. »Auch ein Rennrad?«, fragte er.

Jennifer lächelte ihn an. »Klar! Das beste, das sie haben!«

Freudestrahlend zog der Junge ab. Jennifer sah, wie er anderen Jungs von seinem Plan erzählte, die sich sofort anschlossen. Als kleine Gruppe machten sie sich auf zum nächsten Fahrradladen.

Fahrräder galten im Staat der Kinder als Hauptverkehrsmittel. Insofern erfüllten auch die Räder nicht den Zweck, den Jennifer und ihre Freunde verfolgten.

»Wir brauchen etwas Kindliches!«, rief sie Ben zu.

»Karneval!«, fiel Frank ein, der gerade einen neuen Sack mit Geldscheinen neben Thomas' Rikscha abstellte.

»Karneval?« Kathrin verzog die Stirn. »Was ist an Karneval kindlich?«

»Es macht Spaß und ist nur zum Vergnügen da«, erklärte Frank.

»Karneval ist gut!«, stimmte Thomas ein. »Und Wettessen! Früher auf meinen Kindergeburtstagen haben wir immer Schokoladen-Wettessen gespielt!«, erinnerte er sich. »Oft musste ich nach meinen Geburtstagen dann kotzen!«

Die anderen lachten.

»Gute Idee, Thomas!«, stichelte Kathrin. »Das ist wirklich ganz toll kindlich. Wir fressen uns alle mit Schokolade voll, bis wir kotzen. Damit werden wir die Frogs bestimmt befreien!«

»Wir haben ohnehin keine Schokolade!«, erwiderte Thomas. »Ist verboten in diesem blöden Staat der Kinder!«

»Zu spät!«, warf Kathrin ein. »Seht mal!«

Die Cops gaben den Befehl zum Abmarsch. In Dreierreihen aufgestellt und rundum von den Cops strengstens bewacht, mussten die gefangenen Frogs sich in Bewegung setzen. »Sie werden abgeführt!«

Mit bitteren Mienen beobachteten Jennifer, Kathrin, Thomas, Ben und Frank, wie die Frogs an ihnen vorbeizogen.

Ihr Plan hatte nicht funktioniert.

»Karneval!«, stieß Kathrin verächtlich aus. »Schokoladen-Wettessen!« So konnte man die Cops nicht aus dem Konzept bringen.

Doch Ben hielt seine Idee nach wie vor für gut. ▶

Sie funktionierte auch. Wenn er sich umschaute, sah er all die Kinder, wie sie mit den Händen voller Geld die Geschäfte stürmten, sich Kleidung und Schuhe, Fahrräder und Taschen, Uhren und Schmuck, Getränke und Essen kauften. Das alles brachte aber die Ordnung nicht durcheinander. Alles war erwachsen. Und alles, was kindlich gewesen wäre, konnte man nicht kaufen.

Ein Karnevalsfest zu organisieren, wie Frank es vorgeschlagen hatte, dauerte zu lange. Genauso das Wettessen. Wie sollten sie das so schnell auf die Beine stellen? Sie mussten etwas finden, das die Cops sofort auf den Plan rief.

»Musik!«, fiel Jennifer ein.

Aber Musik war auch verboten.

Doch Jennifer erinnerte sich an den Jungen mit dem Computerladen. Ohne CDs kann man keinen Computerladen eröffnen, hatte er gesagt und unbeirrt weitergemacht. Wo immer er die Dinger herhatte, er hatte CD-ROMs in seinem Sortiment. Jennifer hatte es mit eigenen Augen gesehen.

»Haltet sie auf!«, rief sie ihren Freunden zu.

Ben glaubte, nicht richtig gehört zu haben. »Wie sollen wir denn die Cops aufhalten?«, fragte er, doch da war Jennifer schon losgerannt.

Ben fiel nichts anderes ein, als sich wie ein Verkehrspolizist vor den Cops aufzubauen und die Hand zum Stoppzeichen zu erheben.

»HAAALLLTT!«, rief er.

Zu seiner eigenen Überraschung wirkte es.

Der ganze Pulk stoppte.

»Was ist?«, fragte der Cop, der den Tross anführte.

Gute Frage, dachte Ben bei sich. Was sollte er sagen? Weil Jennifer ihn aufgefordert hatte, hatte er spontan entschieden, den Zug auf diese Weise anzuhalten. Aber nun wusste er auch nicht weiter.

»Äh, der Bankdirektor würde dich gern sprechen!« Ben wusste nicht, wie er ausgerechnet auf diese Idee gekommen war.

»Der Bankdirektor?«, wunderte sich der Cop.

Noch verwunderter war Thomas. Er starrte Ben an und sein Gesichtsausdruck sagte: Spinnst du?

Doch nun konnte Thomas nicht mehr zurück.

Der Cop wandte sich an ihn.

»Was willst du?«, fragte er.

Ben sprang ihm bei.

»Wie ihr seht, verteilen wir Geld zur Ankurbelung der Wirtschaft!«, begann Ben.

Thomas und Frank staunten ihn an. »Ankurbelung der Wirtschaft«. Das klang enorm wichtig. Ben hatte den Ausdruck aus dem Fernsehen. Dort sagten sie es immerzu.

»So, so«, brummte der Cop. »Und was haben wir damit zu tun?«

»Na ja«, stotterte Ben weiter. »Da können wir es ▶

uns nicht leisten, dass wir überfallen werden. Wenn jetzt aber alle Cops fortgehen . . . Vielleicht gibt es noch weitere Frogs in der Nähe?«

Der Cop sah sich um. »Es sind noch Cops da!«, versicherte er.

Ben fand, dass sein spontaner Einfall gar nicht mal so schlecht war. Es gelang ihm nicht nur, die Cops aufzuhalten, wie Jennifer ihm aufgetragen hatte, sondern nebenbei erhielt er sogar noch weitere wertvolle Informationen.

»Sind denn sicher keine Frogs mehr da?«, fragte er nach.

Der Cop schüttelte den Kopf. »Ganz sicher nicht. Wir haben alle festgenommen.«

Innerlich fluchte Ben. Er hätte sich gewünscht, dass wenigstens ein paar den Cops entkommen wären. Andererseits: Miriam fehlte nach wie vor. Wenn der Cop vor ihm dennoch glaubte, alle festgenommen zu haben, dann hatte er nicht nur welche übersehen, sondern dann hieß es, dass Miriam zurzeit nicht gesucht oder verfolgt wurde.

Sicherheitshalber aber fragte er nach. »Ist jemand bei der Festnahme umgekommen?«

»Unsinn!«, antwortete der Cop barsch. »Wer behauptet denn so etwas?«

»Niemand!«, beschwichtigte Ben schnell. Und atmete innerlich erleichtert auf.

In dem Moment sah er Jennifer, die zurückkehrte

und ihm mit hochgestrecktem Daumen ein Zeichen machte. Was immer Jennifer vorgehabt hatte, es schien ihr gelungen zu sein.

»Also, macht euch keine Sorgen!«, beendete der Cop das Gespräch und wollte soeben weiterziehen, als ihn ein ohrenbetäubender Lärm zusammenzucken ließ.

»Was ist das denn?«, fragte er laut.

Es war Musik!

Musik, die über den gesamten Marktplatz dröhnte.

Im nächsten Moment erkannte Ben, woher die Musik kam. Ein Musikvideoclip wurde in überdimensionaler Größe an eine Hauswand projiziert.

Als ob ein fantastisches Feuerwerk entzündet worden wäre, glotzten die Kinder mit großen Augen und offenen Mündern auf die Projektion.

Die Cops teilten sich auf. Die eine Hälfte bewachte die gefangenen Frogs, die andere schwärmte aus, um den Urheber der Projektion ausfindig zu machen.

Das aber war genau das, was Jennifer bezweckt hatte. Der Tross der Gefangenen war stehen geblieben. So hatten sie schon mal Zeit gewonnen.

»Pass auf!«, flüsterte Jennifer Ben zu.

Eine zweite Projektion begann. Auf der Häuserwand gegenüber. Abermals waren die Cops gezwungen, sich zu teilen und in entgegengesetzte Richtungen zu laufen.

»Super!«, freute sich Ben. »Wie viele Beamer haben wir zur Verfügung?«

»Auf die Schnelle nur drei!« Mit ihrer Antwort setzte die dritte Projektion ein, an einer Hauswand ein Stückchen weiter die Straße hinauf. Die drei Projektionen bildeten ein großes Dreieck.

»Aber es darf nicht bei den Projektionen bleiben«, dachte Jennifer schon weiter. »Jetzt müssen wir nachsetzen.«

Das war nicht so leicht. Rigoros trieben die Cops die Kinder auseinander, die sich fasziniert die Musikclips auf den Leinwänden anschauten.

»Weiter, weiter«, schrien die Cops. »Hier gibt es nichts zu sehen!«

Das sahen die Kinder völlig anders. Es gab etwas Wunderbares zu sehen. Etwas, das sie seit Monaten nicht mehr gesehen hatten: Musik, tanzende Menschen, Fernsehen!

Die ersten Kinder wippten schon mit den Füßen mit, manche begannen fast zu tanzen. Die meisten aber kuschten sofort vor den rabiaten Cops.

»Party!«, rief Jennifer in die Menge. »Ihr habt Geld! Holt euch Klamotten, verkleidet euch. Lasst die Sau raus! Wir machen heute ein Kinderfest!«

Ein großer Jubel brach unter den Umstehenden aus. Sehr weit drang Jennifers Stimme in der Menge nicht, aber ihre Worte wurden von Mund zu Mund weitergetragen, und wie bei einer Welle im Meer konnte man an den erstrahlenden Gesichtern der Kinder ablesen, in welchem Tempo Jennifers Botschaft sich durch die Menge fortpflanzte. Die Begeisterung ebbte jedoch ebenso schnell wieder ab, sobald die Cops in die Nähe kamen. Rücksichtslos frästen sie sich durch die Menge. Die Kinder flogen zwei, drei, manchmal sechs, sieben Meter weit zu beiden Seiten. Ängstlich duckten die dahinterstehenden Kinder sich weg, um nicht als Nächste erwischt zu werden. Die weiter entfernt Stehenden ergriffen panisch die Flucht.

»Es kommt zur Massenpanik!«, befürchtete Kathrin. »Wir müssen etwas unternehmen!«

»Panik oder Chaos«, sinnierte Ben. »Das ist hier die Frage!«

Kathrin sah ihn mit seltsamem Blick an.

»Früher mussten wir in der Stadt der Kinder das Chaos verhindern, um die Lebensmittel zu retten«, begann Ben zu erklären.

Kathrin nickte. Sie erinnerte sich.

»Ich denke«, setzte Ben fort, »jetzt müssen wir für eine Zeit lang das Chaos entfachen!«

»Wieso?«, fragte Kathrin.

»Weil es kindgemäß ist!«, behauptete Ben.

»Und wie willst du das anstellen?«, fragte Frank.

Ben grinste Frank an. »Komm mit!«

Auch Jennifer und Kathrin gab er ein Zeichen, ihm zu folgen.

»Bleib du weiter bei dem Geld, Thomas!«

Thomas nickte ihm zu.

Ben lief zur Bäckerei. Kathrin blieb vor der Tür stehen. »Jetzt haben wir wirklich keine Zeit zum Kuchenessen!«

Ben drehte sich im Laufen nur kurz zu Kathrin um: »Nein!«, lachte er. »Aber dafür . . .!«

»Wofür?«, rief Kathrin ihm nach, aber da war Ben bereits in der Konditorei verschwunden.

Nur wenige Sekunden später kam er auch schon wieder zurück.

Kathrin hatte sich noch nicht vom Fleck gerührt.

Ben hielt eine große rosafarbene Cremetorte in der Hand. »Wenn das keine Kindertorte ist!«, freute er sich.

»Was willst du damit?«, fragte Kathrin.

Zur Antwort drückte Ben Kathrin die Torte ins Gesicht.

Kathrin spuckte, kreischte, schlug wild um sich: »Was soll das?«, schimpfte sie, wischte sich die Creme aus den Augen, suchte nach Ben und ging wutentbrannt auf ihn los, als sie ihn erspäht hatte.

Jennifer hielt Kathrin zurück.

»Rache ist süß!«, sagte sie und hielt Kathrin eine sahnige Schokotorte hin. Ohne weiter nachzudenken, nahm Kathrin die Torte und warf sie Ben an den Kopf.

Sie traf ihn am Kinn. Aber Ben war keineswegs sauer. Er hatte nicht einmal den Versuch unternommen, der Torte auszuweichen. Stattdessen lief er wieder in die Konditorei und kehrte diesmal mit einer Fruchttorte in der Hand zurück.

»Untersteh dich!«, warnte ihn Kathrin. »Wehe, du wirfst noch einmal nach mir!«

Aber das hatte Ben nicht vor.

Er holte aus, nahm Maß und feuerte die Fruchttorte ab. Sie flog weit an Kathrin vorbei.

Kathrin verfolgte die Flugbahn und erkannte, wem der Wurf galt.

Sie traf einen der Cops genau am Hinterkopf. Sofort spurtete der Cop auf Ben los.

»Feuer!«, rief Ben.

Jennifer und Frank feuerten ihre Torten ab. Beide trafen den Cop.

Kathrin begriff noch immer nicht so recht, was das sollte. Ben bildete sich doch wohl nicht ernsthaft ein, diese unbesiegbaren Cops mit Torten bekämpfen zu können?

»Mit Torten nicht!«, berichtigte Ben. »Aber mit einer Tortenschlacht!«

Jetzt bemerkte Kathrin, welche Auswirkungen Bens Aktion hatte.

Die Kinder liefen johlend in die Konditorei, plünderten die Regale, stürmten mit Torten und Kuchenstückchen bewaffnet wieder heraus auf die Straße und mischten sich in die Schlacht ein.

»Aufhören! Sofort aufhören!«, brüllten die Cops, aber der Bann war gebrochen. Die Kinder sahen, wie die bislang als unbesiegbar geltenden Cops hilflos in der Menge standen und nicht wussten, was sie tun sollten.

Ein Teil der Cops bewachte immer noch die Frogs, ein anderer Teil suchte nach den Beamern, die die Musikclips an die Wand projizierten. Sie hatten sie zwar längst gefunden, aber sie kamen nicht an sie heran. Zu viele Kindern hatten sich um die Beamer herum versammelt. Die Kinder tanzten und lachten auf der Straße, auf der sie eine gigantische Torten- und Sahneschlacht entfacht hatten.

Jennifer und Kathrin hatten Coladosen als Wurfgeschosse gegen die Cops entdeckt. Kräftig schütteln, öffnen und die zischende Dose auf die Cops feuern. Auch diese Art von Angriff fand schnell Dutzende Nachahmer. Unzählige Cola- und Limonadendosen sausten und zischten nun wie Raketen durch die Luft.

Machtlos

Master X blickte fassungslos auf seine Monitore. Was war dort in der Stadt geschehen? Mitten auf der Straße war eine Tortenschlacht im Gange. Das durfte nicht sein. Wieso griffen seine Cops nicht ein? Wozu hatte er sie zu unbesiegbaren Kampfrobotern programmiert?

Hektisch tippte Master X auf einer seiner Tastaturen herum. Wo steckten seine Cops?

Da! Nun hatte er wieder welche im Visier. Aber die Cops waren wie gelähmt. Master X ließ die Maus über seine Schreibtischplatte huschen, er jonglierte und lenkte, aber das Chaos wurde immer größer.

Wo war eigentlich Kolja?, fragte sich Master X.

Kolja hatte seine Sache gut gemacht und schnell das erledigt, wozu sein erster Spion über Wochen nicht in der Lage gewesen war: Er hatte den Cops Einlass in die Frog-Zentrale verschafft. Aber jetzt war er nicht mehr zu sehen. Kolja erschien nicht mehr auf seinem Schirm. Master X hatte ihn verloren. Also mussten die Frogs innerhalb ihres Verstecks noch ein weiteres Versteck haben.

Master X hämmerte wutentbrannt auf seine Tastatur ein, um seine Cops mit neuen Anweisungen zu füttern.

Viel Zeit blieb Miriam, Achmed und Sarah nicht, ihr Wiedersehen zu feiern.

Noch bevor Rahima oder Lale etwas erklären konnten, gab Miriam das Oberkommando über die Frogs an Sarah zurück. Miriam fühlte sich schuldig. Monatelang hatte Sarah das Versteck eingerichtet, abgeschirmt vor den Cops, und das Leben der Frogs organisiert. Miriam hatte nur wenige Tage benötigt, um alles zunichtezumachen. Sie hatte Kolja zu spät enttarnt.

Sarah nahm den Bericht von Miriam mit bitterer Miene entgegen. Vorwürfe aber machte sie ihr nicht. Sie betrachtete Kolja, der noch immer bewusstlos vor ihnen auf dem Boden lag, seine goldene Platine auf der Brust deutlich sichtbar.

»Ich wäre auch auf ihn hereingefallen«, bekannte Sarah.

»Danke!«, hauchte Miriam.

Achmed schüttelte den Kopf. Er konnte nicht glauben, was Master X mit seinem Freund angestellt hatte.

»Wie habt ihr ihn überwältigt?«, fragte Sarah.

Miriam berichtete von der Zahnklammer-Methode und stellte bei der Gelegenheit noch mal Cornelia und Claus vor, die seit dem Überfall auf das Hotel zu ihnen gestoßen waren.

»Zahnklammer!«, wiederholte Sarah. »Genial. Viele Kinder dort oben tragen eine Zahnklammer. Das heißt, die meisten Kinder sind – in Bezug auf die Cops – bewaffnet!«

Miriam nickte. Das hatten sie auch schon festgestellt. »Fragt sich nur, wie man so dicht an die Cops herankommt, um sie mit einer Zahnklammer zu erledigen!«, bemerkte Achmed.

»Aber das will ich euch doch die ganze Zeit sagen«, mischte sich nun Rahima ein. »Ich bin aber bisher nicht dazu gekommen. Es war so viel los.«

Sie griff in ihre Tasche, kramte ein paar Papiere hervor, breitete sie auf dem Boden aus und strich die einzelnen Bögen glatt.

Auf dem Papier waren eine Menge Zahlen und Formeln aufgeschrieben, teilweise unterbrochen durch einfache Bleistift-Skizzen, die aussahen wie die Umrisse von Menschenkörpern.

»Was ist das?«, fragte Sarah. »Und wo hast du das her?«

»Aus dem Hotel«, antwortete Rahima. »Ich glaube, ich weiß, was das ist.«

Sarah sah sie fragend an.

»Ich glaube, das sind Programmierpläne der Cops!«, sagte Rahima.

Sarah winkte die Frogs herbei, die an den Monitoren saßen. »Seht euch das an!«, forderte sie die Computerspezis auf. »Könnt ihr damit etwas anfangen?«

»Jetzt müsste Ben hier sein«, entfuhr es Achmed.

Miriam nickte ihm zu. Aber sie wusste: Die Spezialisten der Frogs waren auch nicht schlecht.

Ein kurzer Blick auf die Pläne genügte und der erste rief in die Runde: »Na, und ob! Das ist der Quellcode der Cop-Programmierung!«

Die Computer-Frogs brachen in Jubelschreie aus.

Sarah, Miriam, Claus, Cornelia und Lale sahen sich fragend an.

»Was ist ein Quellcode?«, wagte Miriam zu fragen.

Achmed wusste und erklärte es: »Einfach gesagt: Das ist der Text der Programmiersprache. Mithilfe dieses Textes kann man in die Programmierung einsteigen, sich umschauen, Änderungen herbeiführen und gegebenenfalls durch Umwandlung im Betriebssystem ausführen.«

»Moment mal!«, unterbrach ihn Miriam. »Soll das heißen, dass ...«

»... wir ins System hineinkommen und die Cops umprogrammieren können, ja!«

Sogleich machten sich die Computer-Frogs an die Arbeit und begannen, sich das System der Programmierung anzuschauen. Natürlich war auch sofort klar, an wem sie zuerst probieren wollten, ob ihre theoretische Vermutung auch praxistauglich war.

Kaum hatten sie mit der Arbeit begonnen, kam die nächste Meldung: »Oben in der Stadt ist die Hölle los!«

Weil alle sich nur auf die Befreiung von Achmed und Sarah aus dem Labyrinth konzentriert hatten, hatte niemand gesehen, was Jennifer und die anderen oben angestellt hatten, um den Abtransport der Frogs zu verhindern.

»Wahnsinn!«, kommentierte Sarah, als sie zusammen mit den anderen am Monitor die Tortenschlacht verfolgte. »Die Cops sind völlig ratlos!«

Sarah gönnte sich nur eine Minute der Verwunderung, dann besann sie sich, was zu tun war: Sie mussten den neuen Weg durch das Labyrinth nutzen und die Gefangenen der Outlaw-Insel befreien. Sie mussten hinauf in die Stadt und Jennifer, Ben und den anderen helfen, die Cops zu besiegen.

»Mann!«, rief Sarah in die Runde. »Du glaubst, du hast nichts bewegt, Miriam? Wenn wir unsere Aufgaben schaffen, dann finden wir den Weg zurück in die reale Welt! Dank deiner Hilfe!«

Miriam fühlte sich zu Unrecht gelobt: »Ich hab doch gar nichts gemacht!«, glaubte sie.

Die Schlacht geht weiter

Wäre die Lage nicht so ernst und der Grund für die Tortenschlacht nicht so dramatisch, es wäre einer der schönsten Tage gewesen, die Frank je erlebt hatte. Wie oft hatte er sich als kleines Kind gewünscht, einmal eine wirkliche, riesige Tortenschlacht mitzumachen. Es hatte genügt, nur einen kleinen dieser uralten Stummfilme zu sehen, in dem der eine dem anderen mal eine kleine Torte ins Gesicht warf, und Frank hatte sich jedes Mal auf die Schenkel geschlagen, laut vor sich hin gekichert und sich gewünscht, ein einziges Mal im Leben so etwas auch machen zu dürfen.

Manchmal hatte er es sich sogar zum Geburtstag gewünscht, wenn seine Eltern ihn fragten. Aber akzeptiert oder gar erfüllt hatten seine Eltern diesen Wunsch nie!

»Eine Tortenschlacht, also bitte, Frank!« Nicht einmal ernst genommen hatten sie diesen Wunsch, wenn er jetzt darüber nachdachte. Ben hatte recht: Eine Tortenschlacht war etwas ganz und gar Kindisches. Erwachsene zeigten nicht das geringste Verständnis dafür. Das war bei Tortenschlachten noch schlimmer als bei Kissenschlachten.

Frank hielt in seinen Gedanken inne. Gerade

hatte er einem Cop eine Schwarzwälder Kirschtorte auf dem Kopf zerdrücken wollen. Aber es war seine letzte Torte. Er sah hinüber zur Konditorei, aus der einige Kinder mit leeren Händen gelaufen kamen.

»Alle!«, rief der Kleinste. Sein Gesicht war eine einzige verschmierte Sahnemasse. Seine Kleidung triefte von Schokolade. Ein etwas größeres Mädchen neben ihm bestätigte: »Die Konditorei hat keine Torten mehr!«

»Mist!«, ärgerte sich Jennifer.

Bis jetzt war es ihnen recht gut gelungen, die Cops lahmzulegen. Die Cops hatten sich in alle Richtungen zerstreut, um dem Chaos Einhalt zu gebieten. Die Frogs wurden kaum noch bewacht. An jeder Ecke, in jedem Winkel des Platzes und der Seitenstraßen hatten die Cops alle Hände voll zu tun, die gigantische Tortenschlacht in den Griff zu bekommen, was ihnen bislang überhaupt nicht gelungen war. Aber es war nur eine Beschäftigung für die Cops gewesen, kein Sieg über sie.

Dennoch: Sie durften nicht aufhören.

»Was sollen wir jetzt machen?«, fragte Kathrin.

»Eine Kissenschlacht!«, schlug Frank vor.

Ben war sofort begeistert von der Idee und schrie die Parole in die Menge: »KIIIIISSSEEENNN-SCHLACHT!«

Sie waren mit der Oberstadt verbunden, wo es ▶

wieder alles gab, was nicht ausdrücklich verboten worden war. In den Häusern gab es also wieder Möbel und Betten. Allein in den Hotels, in denen die Kinder meist wohnten, gab es Hunderte Kissen. Die Schlacht konnte unbeirrt weitergehen, um die Cops weiterhin aus dem Konzept zu bringen.

Die Idee fruchtete mehr, als Frank gedacht hatte. Es war den Cops anzusehen. Sie waren nicht nur um Ordnung bemüht, sondern sie reagierten immer unzurechnungsfähiger, immer verrückter. Gerade sah Ben einen Cop, der sich immer um sich selbst drehte und dabei in eine Trillerpfeife blies. Wie ein Aufziehmännchen, das gegen ein Hindernis gestoßen war und nun so lange die immer gleichen Bewegungen vollzog, bis die Batterie leer war. Und so ähnlich war es auch. Die Cops kamen mit ihrer Programmierung nicht klar und begannen allmählich durchzudrehen. Auf ein Kinderchaos solchen Ausmaßes waren sie schlicht nicht vorbreitet.

Ben sah auch, dass Master X das Problem erkannt haben musste und gerade dabei war, es zu beheben.

Er stieß Jennifer in die Seite und zeigte auf einen Cop: »Schau mal!«

Jennifer erschrak bei dem Anblick. Normalerweise sahen die Cops aus wie normale Kinder, die man in schreckliche Uniformen gezwängt hatte. Aber der Cop, auf den Ben zeigte, stand mit krummem Rücken da, den Kopf weit vornübergebeugt, und ließ die Arme schlaff hängen. Tatsächlich eine Aufziehpuppe, der die Energie ausgegangen war.

»Was hat das zu bedeuten?«, fragte Jennifer.

»Er wird umprogrammiert!«, vermutete Ben. »Das bedeutet: Wenn sein neues Programm geladen ist, wird er sich auf die neue Situation einstellen und entsprechend handeln können!«

»Aber das ist ja . . .«, entfuhr es Jennifer.

». . . brandgefährlich für uns«, beendete Ben ihren Satz. »Das sehe ich auch so.«

In dem Augenblick erreichte Ben eine Meldung, die er nicht glauben mochte:

»Die Gefangenen fliehen von der Outlaw-Insel!«

Master X schlug wütend mit der flachen Hand auf die Tischplatte. Einer seiner Überwachungsmonitore meldete Alarm. Der elektrische Strom im Fluss vor der Outlaw-Insel hatte ausgesetzt. Master X wandte sich von seinem Computer ab, mit dem er gerade die Cops umprogrammierte, um sich um das nächste, noch dringendere Problem zu kümmern. Der Notstrom reagierte nicht. Damit war die Outlaw-Insel unbewacht. Schon sprangen die ersten Gefangenen ins Wasser, um den Fluss zu durchschwimmen und von der Insel zu fliehen.

»Woher wissen die das so schnell, verflucht!«, schimpfte Master X vor sich hin.

In der Stadt war der Teufel los, er besaß nicht genug Cops, um von dort welche abzuziehen und die Ausbrecher zu verfolgen. Ein Teil der Cops war in diesem Augenblick überhaupt nicht zu gebrauchen. Schlaff und bewegungslos wie Marionetten, die niemand führte, steckten sie mitten im Update, um sie auf die neue Situation vorzubereiten.

Noch einmal versuchte Master X vergeblich, den Strom wiederherzustellen oder den Notstrom zu aktivieren. Sarah und Achmed hatten es tatsächlich geschafft, in die Höhle des Löwen zu gelangen und dort den Gefängnisstrom lahmzulegen.

Master X müsste für den Outlaw-Bereich eine komplette Systemwiederherstellung durchführen, aber dafür blieb keine Zeit, denn soeben erreichte ihn die Nachricht, dass zusätzlich zur Torten-schlacht mitten in der Stadt eine Kissenschlacht begonnen hatte, die reif wäre, ins Guinessbuch der Rekorde zu gelangen.

»Jetzt reicht's!«, brüllte Master X seine Computer an.

Mit einigen Tasten veränderte er das Update der Cops. Sie sollten nicht nur mit dem Chaos fertig-werden, sondern mit der höchstmöglichen Härte nun gegen alle vorgehen, die sich nicht sofort ihren Anweisungen fügten.

Von nun an würden sich seine Cops auf keine Diskussionen mehr einlassen, weder Mitleid zeigen noch über irgendwelche Befehle nachdenken. Aus seiner Überwachungs-Polizei würde von nun an eine reine Vollstrecker-Armee werden.

»Euch kriege ich klein!«, schrie Master X außer sich vor Wut. »Euch werde ich es zeigen!«

Kolja

»Hast du's?«, fragte Miriam.

»Moment!«, bat einer der Computer-Frogs noch um Geduld. Aber Miriam hatte keine Geduld. Es gab zu viel zu tun. Sie mussten hinauf, um Ben und seinen Freunden zu helfen.

In dem Moment erreichte sie die Meldung, dass der Fluss vor der Outlaw-Insel ohne Strom war und die ersten Gefangenen schon durchschwammen.

»Was?«, fragte Sarah aufgeregt nach. »Das ist ja fantastisch! Dann müssen die nicht alle durch den gefährlichen Wald.«

»Wie kommt das?«, fragte Rahima.

Achmed und Sarah sahen sich an und Achmed erklärte es den anderen: »Die Schalttafel auf Sarahs Block im Labyrinth muss dafür zuständig gewesen sein. Schließlich wurde die ja extra von dem Löwen bewacht.«

Sarah nickte bestätigend. »Um Achmed zu helfen, habe ich einfach sämtliche Knöpfe gedrückt. Damit muss ich automatisch die gesamte Outlaw-Insel befreit haben. Ohne es zu wissen!«

»Mut lohnt sich eben«, grinste Miriam.

»Wir müssen die Flüchtenden abholen. Sie brauchen frische Kleidung, etwas zu essen, und wir müssen sie organisieren, um gegen die Cops vorzugehen!«

»Aber wir haben nichts mehr«, wandte Miriam ein. Ihr schlechtes Gewissen meldete sich wieder. Warum nur hatte sie nicht besser aufgepasst?

»Hast du's jetzt?«, fragte sie erneut, mit Blick auf Kolja.

Diesmal konnte der Computer-Frog mit einer besseren Antwort aufwarten: »Ja, wie es scheint, habe ich Verbindung!«

»Super!«, freute sich Miriam. »Kannst du Koljas Programm löschen?«

Der Computer-Frog nickte.

»Die Platine in seiner Brust ist wie eine Festplatte«, erklärte das Computer-Frog-Mädchen. »Darauf hat Master X ein Programm gespeist, das seine Handlung bestimmt. Kolja ist gewissermaßen zu einer Computerfigur geworden, genauso wie die Cops.«

»Und wir löschen einfach das Programm«, erklärte wieder der Junge.

»Gut!«, stimmte Miriam zu.

Doch plötzlich rief Rahima dazwischen: »Nicht! Nicht das Programm löschen!«

»Wieso nicht?«, wollte Miriam wissen.

Auch Sarah verstand nicht ganz.

In Miriam meldeten sich sämtliche Alarmglocken. Sollte Rahima auch zu den Cops gehören, so wie sie sich auch von Kolja hatte täuschen lassen?

»Kannst du die Festplatte nicht einfach nur abschalten?«, fragte Rahima.

Miriam beruhigte sich wieder ein wenig, denn aus ihrer Sicht machte es keinen Unterschied, ob man das Programm löschte oder die Festplatte abschaltete. Beides würde hoffentlich dazu führen, ihren alten Kolja wiederzubekommen.

»Das halte ich für gefährlich«, wandte das Frog-Mädchen ein. »Was ist, wenn sie dann wieder von irgendwem aktiviert wird? So können wir die Cops nie besiegen!«

Rahima widersprach dem nicht, aber so hatte sie es auch nicht gemeint. »Bei den Cops bin ich auch für Löschen. Nur bei Kolja nicht!«

»Weshalb nicht?«, wunderte sich Miriam.

»Kolja war für Master X ein besonderer Cop. Denn er war einer, den wir für einen Freund gehalten haben!«

»Ja!«, brummelte Miriam. »Das wissen wir.« Man brauchte sie nicht ständig an ihren Fehler zu erinnern, fand sie.

»Deshalb kann es sein, dass Kolja direkten Kontakt zu Master X hatte oder zumindest in seiner Zentrale gewesen ist!«

Miriam zuckte mit den Schultern. »Und wenn?«

Rahima sah bedeutungsvoll in die Runde. »Dann

ist der Ort von Master X vielleicht auf Koljas Chip festgehalten und gespeichert!«

Sarah hielt vor Spannung den Atem an. Wenn das stimmte!

»Wir müssen das Programm analysieren!«, schlug Rahima vor.

Niemand widersprach.

»Dann werden wir das Programm auf unseren Computer kopieren und danach Koljas Festplatte löschen!«

Das Computer-Frog-Mädchen erntete allgemeine Zustimmung.

Miriam sah sorgenvoll auf Kolja. Sie hoffte sehr, ihren alten Freund unversehrt wiederzubekommen.

»Ich kümmere mich um die ankommenden Flüchtlinge!«, bot Achmed sich an. »Wo werden sie ankommen?«

Lale holte eine Karte hervor, entrollte sie und zeigte Kolja die Stelle.

»Was wollen wir mit ihnen machen? Wo sollen wir zuerst mit ihnen hin?«, fragte Achmed.

»Am besten ist, wir vereinigen sie sofort mit unseren gefangenen Frogs«, bestimmte Sarah. Ihr Vorschlag löste Verwunderung aus.

»Mit den gefangenen Frogs?«, wiederholte Rahima. »Wie willst du das denn machen?«

Sarah zeigte zu einem der Monitore. »Seht doch. Ein großer Teil ist gar nicht mehr gefangen!«

In dem Cop, der wie eine schlaffe Marionette bewegungslos in sich zusammengesackt war, entstand neues Leben. Sein Oberkörper richtete sich auf, er ließ seine Arme schlackern, als wollte er prüfen, ob sie noch mit ihm verbunden waren, fasste sich dann in den Nacken und ließ seinen Kopf einmal nach links und einmal nach rechts kreisen, als wollte er ihn nach längerer Abwesenheit wieder einrasten.

»Die Cops sind wieder da!«, rief Ben. Denn nicht nur dieser Cop war aus seiner vorübergehenden Bewegungslosigkeit erwacht. Auch die anderen reaktivierten sich in gleicher Prozedur.

Die meisten Frogs standen noch unschlüssig zusammen.

»Ihr müsst abhauen!«, rief Ben ihnen zu. »Sofort! Ich wette, die Cops sind jetzt besser gewappnet als zuvor!«

»Nix da! Hiergeblieben!«, ging einer der Cops dazwischen, die nicht kurzzeitig weggetreten waren. Aber er konnte nicht mehr so viel ausrichten. Nur noch fünf Cops bewachten die Frogs. Trotz ihrer übermenschlichen Fähigkeiten waren sie zu wenige, um den Pulk an Frogs zusammenzuhalten.

Auf ein Kommando rannten die Frogs in alle Richtungen auseinander. Den Cops blieb nichts, als hilflos mit anzusehen, wie ihnen alle Gefangenen entwischten.

Währenddessen erreichte die Kissenschlacht in der Stadt ihren Höhepunkt. Zigtausend Federn aus Hunderten zerfetzter Kissen stoben durch die Lüfte und ließen die Straße aussehen wie in einem Schneesturm. Auf dem mit Torten und Kuchen verschmierten Asphalt blieben sie kleben und verwandelten die Straße in einen zuckersüßen Sumpf.

Auch an den mit Sahne und Teig verschmierten Kindern blieben die Federn kleben, die wie wilde Hühner durch die Straßen zogen, kreischten, juchzten, gackerten und mit jeder Torte und jedem Kissen das gigantische Chaos noch vergrößerten.

Doch nun waren die Cops wieder zur Stelle. Sie wunderten sich nicht mehr. Sie zeigten keinerlei Anzeichen von Unsicherheit mehr, sondern im Gegenteil: Zielgerichtet stampften sie in die Menge wie Planierraupen, rissen die Kinder beiseite, schlugen mit Peitschen und Stöcken um sich, wirbelten die Kinder teilweise meterhoch in die Luft, ohne Rücksicht darauf, ob die sich beim Fallen verletzen konnten oder nicht.

So hatte auch ihr erster Angriff ausgesehen, als sie gegen die Musikvideoclips hatten vorgehen wollen. Doch diesmal war etwas Neues hinzugekommen. Jedem Kind, das sie erwischten, fesselten sie in Sekundenbruchteilen die Hände auf den Rücken und banden sie aneinander fest. In Windeseile entstand eine riesige Kette gefesselter Kinder.

Die Massenschlacht verwandelte sich binnen weniger Sekunden in eine Massenpanik.

Die Kinder schrien, versuchten, vor den Cops zu flüchten, fielen hin, überrannten sich gegenseitig und liefen Gefahr, sich in der Panik zu zertrampeln. Und wer sich nicht schnell genug in Sicherheit brachte, hing blitzartig am Haken und reihte sich in die gefesselte Kette ein.

Dabei hantierten die Cops dermaßen schnell, als spulte man ein Video im Schnelllauf vor. Es war unmöglich, dem einzelnen Cop zuzusehen. Man sah hinterher immer nur das Ergebnis. Schon dreißig, vierzig oder mehr Kinder zappelten gefangen in der Kette.

Ben und seine Freunde hatten nichts dabei, um dem Treiben der Cops Widerstand leisten zu können. Nicht einmal Messer, um die Gefesselten zu befreien.

Anders die Frogs. Eben noch auf der Flucht und in alle Winde zerstreut, hatten sie sich neu formiert und unternahmen einen groß angelegten Befreiungsversuch.

So wie die Cops von der einen Seite das Feld systematisch aufrollten und jeden, der ihnen in die

Quere kam, in Fesseln legten, so robbten die Frogs in Formation von der anderen Seite her, huschten durch die Menge und schnitten jedem, dem sie begegneten, die Fesseln wieder auf.

Das wäre vielleicht ewig so weitergegangen. Aber die Cops arbeiteten im Computerchip-Tempo. Wenn die Frogs einen befreiten, hatten die Cops schon wieder drei weitere Kinder gefesselt.

»Sie kommen nicht dagegen an!«, stellte Ben fest. Hilflos sah er sich um, was sie noch tun konnten. Die Kinder versuchten zu fliehen, die Cops hetzten hinter ihnen her. Aus der kindlichen Kissenschlacht war eine Hetzjagd auf die Kinder geworden.

Auch Ben und Jennifer mussten aufpassen, sich nicht von den Cops erwischen zu lassen. Sie hatten sich einfach in die Reihe der gefesselten Kinder eingereiht. So fiel am wenigsten auf, dass sie selbst noch gar nicht gefesselt worden waren. Thomas stand noch immer da und bot sein Geld an. Aber im Moment zeigte niemand Interesse an ihm. Dennoch verschonten die Cops ihn. Offenbar erkannten sie ihn noch immer als Bankdirektor an. Frank war zu Thomas zurückgelaufen und saß mit ihm auf den Geldsäcken. Für die Cops sah er damit aus wie ein Bewacher und sie ließen ihn ebenfalls in Ruhe.

Und Kathrin?

Ben reckte den Hals, sah sich nach ihr um, konnte sie aber nicht sehen. Nur ihre Stimme hörte er. Sie schrie um Hilfe. Ben ging auf die Zehenspitzen, hüpfte hoch und sah sich dabei um.

Es war aber Jennifer, die Kathrin entdeckte: »Dort!«

Jetzt sah Ben sie auch. Ein Cop hatte sie erwischt und legte ihr soeben Fesseln an. Kathrin wand sich, trat um sich, versuchte, ihre Arme aus der Gewalt des Cops zu befreien, natürlich alles vergebens.

Und dann geschah etwas, womit Ben niemals gerechnet hätte.

Kathrin begann zu weinen. Sie schluchzte und schniefte zum Steinerweichen. Sie heulte wie . . .

». . . nur Kinder heulen!«, fiel Ben ein.

Und es wirkte. Der Cop schreckte verwundert zurück.

Auch andere Kinder begannen jetzt plötzlich zu weinen.

Es war ein typisch kindliches Weinen, wie Babys oder Kleinkinder schrien. Es war wie die Tortenschlacht. So etwas machten nur Kinder.

»Schluss!«, forderte der Cop. »Sofort aufhören!«

Es wirkte!, staunte Ben. Verwirrt sah der Cop sich um. Außerdem schien ihm Kathrins Gebrüll auf die Nerven zu gehen. Er hielt sich die Ohren zu, schlug auf Kathrin ein, doch das verstärkte nur Kathrins Gebrüll.

Ein zweiter Cop kam hinzu. »Bring sie weg!«, befahl er. »Bring sie schnell weg!« Auch er hielt sich die Ohren zu.

Immer mehr Kinder begannen zu brüllen wie Kathrin. Ähnlich wie Hofhunde sich nachts von Hof zu Hof gegenseitig anstachelten zu bellen, so setzte sich nun das Kindergeschrei fort wie ein Lauffeuer.

Der Cop drehte sich panisch um sich selbst. »Aufhören!«, schrie er. »Sofort aufhören!«

Selbst Jennifer hielt sich die Ohren zu. »Das ist ja entsetzlich!«, rief sie.

»Ja!«, gab Ben zu. »Aber es hilft! Die Cops wissen nicht, was sie dagegen tun sollen. Das Fesseln unterbindet das Werfen von Torten und Kissen, aber man kann mit Fesseln kein Geschrei abstellen!«

Die Cops machten den Eindruck, als suchten sie etwas.

»Die suchen Knebel!«, war Ben sich sicher. »Aber sie finden nichts Geeignetes.«

Aufgeschreckt durch das Gebrüll, kehrten die ersten Kinder, die geflohen waren, zum Platz zurück und schauten vorsichtig nach, was hier passierte.

Plötzlich meldete sich hinter Ben eine Stimme, die er kannte.

»Das ist ja schrecklich, ey. Wie die Heulsusen!«

Ben drehte sich um: »Achmed!«

Er sprang ihm in die Arme und drückte ihn herzlich. »Wo kommst du denn her? Haben sie dich freigelassen?«

Achmed schüttelte den Kopf. »Das ist eine lange Geschichte!«

Er erzählte sie in aller Kürze. Das Wichtigste war: Die Gefangenen der Outlaw-Inseln hatten sich befreit und Achmed und Sarah wollten sie in Empfang nehmen.

»Du und Sarah?«, fragte Jennifer. »Ist denn . . .«

Aber da sah Jennifer sie schon.

Auch Sarah hatte natürlich viel zu erzählen. Zuallererst aber musste sie berichten, wie es Miriam ergangen war.

Jennifer fiel ein Stein vom Herzen, als sie hörte, dass mit Miriam alles in Ordnung war. Doch viel mehr konnten sie nicht austauschen. Die Zeit drängte.

»Die Cops wollen die gefesselten Kinder abtransportieren«, sagte Ben und zeigte auf das entsetzliche Chaos, das um sie herum herrschte. In den mit Sahne, Torten, Kuchenteig und Federn verschmierten Straßen rannten, rutschten, krochen, krabbelten und robbten die Kinder vor den Cops her, die die Kinder wie Kaninchen jagten, erlegten und fesselten, worauf die Kinder mit ohrenzerfetzendem Lärm brüllten, was wiederum die Cops noch nervöser werden und brutaler agieren ließ.

»Was werden die Cops wohl tun, wenn sie merken, dass ihr Gefängnis nicht mehr existiert, weil jeder von der Outlaw-Insel wieder verschwinden kann?«

»Das möchte ich auch wissen!«, bestätigte Sarah. »Deshalb müssen wir uns beeilen, die Outlaw-Kinder abzuholen.«

»Wir kommen mit!«, entschieden Ben und Jennifer sofort.

Doch Sarah winkte ab. »Nein, ihr habt hier Wichtigeres zu tun!«

Jennifer und Ben sahen sich an. »Was denn?« Sie wussten nicht, was sie in diesem Chaos im Moment Nützliches vollbringen konnten.

»Geht zu unserem Eingang«, sagte Sarah ihnen. »Miriam wird mit Rahima und Lale kommen, um den Angriff auf die Cops zu organisieren.«

»Den Angriff?« Ben riss vor Erstaunen die Augen auf. »Was denn für einen Angriff?«

Sarah grinste und überließ es Achmed, ihnen von den Zahnklammer-Waffen zu erzählen.

Erwachen

Miriam, Rahima, Lale, Cornelia und Claus standen um Kolja herum, der zwischen ihnen rücklings auf dem Boden lag und sich nach wie vor nicht rührte.

»Glaubst du wirklich, du bekommst das hin?«, fragte Miriam.

Der Computer-Frog zuckte mit den Schultern. »Woher soll ich das wissen? Ich hab das noch nie gemacht!«

Doch bevor Miriam etwas einwenden oder sagen konnte, hatte der Computer-Frog schon die Enter-Taste gedrückt.

»Die Daten werden jetzt kopiert!«, gab er bekannt.

Auf dem Bildschirm konnte man an einem blauen Balken den Fortgang der Datenübertragung verfolgen. Sie ging schnell. Miriam dachte an ihren alten Computer zu Hause, bei dem so etwas immer sehr lange dauerte. Zu Hause. Ob sie es jemals wiedersehen würde? Was ihre Eltern wohl machten? Die letzten Male waren sie jeweils zum selben Zeitpunkt in die reale Welt zurückgekehrt, zu dem sie verschwunden waren. Für die Erwachsenen in der realen Welt war also keinerlei Zeit vergangen, weshalb sie ihre Kinder auch nie vermisst hatten und von den Abenteuern, die sie in der gewissermaßen zeitlosen Ebene des Spiels ›Stadt der Kinder‹ verbrachten, auch nie etwas ahnten oder wussten. Würde es diesmal genauso sein?, fragte sich Miriam gerade, als Rahima sie aus den Gedanken riss: »Hey, warum geht es auf einmal so langsam?«, fragte sie.

Miriam schaute auf den blauen Balken, der sich jetzt tatsächlich deutlich langsamer bewegte als zuvor.

»Keine Panik!«, versuchte das Mädchen zu beruhigen. »So etwas kommt vor!«

Rahima beruhigte es trotzdem nicht. Miriam auch nicht. Aber sie wussten auch, dass sie nichts tun konnten, außer zu warten. Kolja bewegte sich nach wie vor nicht.

»Ich dachte, er wäre nur ohnmächtig oder so«, sagte Miriam. »Aber jetzt . . .«

»Was?«, fragte Cornelia. Sie und Claus hatten sich lange zurückgehalten, das Geschehen um sie herum nur schweigend und mit Spannung verfolgt. Sie waren hier ungewollt hineingerutscht und wussten nicht so recht, wie sie sich nützlich machen konnten. Ursprünglich hatten sie einfach nur heimlich in einem parkenden Auto knutschen wollen, und nun standen sie hier im Sicherheitsbunker der Untergrundbewegung und sahen zu, wie die Frogs ▶

daran knobelten, wie man die Polizeiliche Armee des Herrschers Master X ausschalten konnte.

»Na ja«, antwortete Miriam. »Ich hoffe, er kommt überhaupt wieder zu sich!«

Cornelia verstand Miriams Sorge. Sie kniete sich hinunter zu Kolja und legte ihren Kopf auf seine Brust.

»Sein Herz schlägt!«, sagte sie.

»Okay!«, sagte Miriam. Aber überzeugt war sie nach wie vor nicht.

Das Computer-Frog-Mädchen nahm Miriams Hand und drückte sie fest.

»Wir schaffen das!«

Miriam nickte.

»Wie heißt du eigentlich?« In all der Aufregung war sie gar nicht dazu gekommen, nach dem Namen zu fragen.

Das Mädchen schüttelte mit dem Kopf. »Wir hier unten im Computerbunker haben einen Schwur geleistet. Wir nennen uns erst wieder beim Namen, wenn wir hier herausgefunden haben. Seit Monaten arbeiten wir fieberhaft an den Computern, um Master X zu besiegen und einen Weg nach Hause zu finden. Das ist wichtig und notwendig. Aber es hat mit einem menschlichen Leben nichts zu tun. Also tragen wir auch keine menschlichen Namen. Erst, wenn wir wieder zu Hause sind.«

Miriam zog die Augenbrauen hoch. Sie respektierte die Entscheidung, die die Computerfreaks der Frogs für sich getroffen hatten.

»Und wie wirst du heißen, wenn du wieder zu Hause bist?«, fragte Claus.

Das Mädchen warf ihm nur ein mildes Lächeln zu.

Der blaue Balken kam zum Stillstand.

Miriam bemerkte es sofort und zeigte es den anderen.

»Was hat das zu bedeuten?«

Das Mädchen sah mit ernster Miene erst auf den Monitor, dann auf Kolja. Beide zeigten keinerlei Veränderungen.

»Wenn der Computer sich während einer Datenübertragung aufhängt, besteht die Gefahr, dass wir alle Daten verlieren!«, erklärte der Junge besorgt. »Das wäre echt Mist!«

»Alle Daten?«, hakte Miriam nach. »Was heißt das? Auch, dass . . .«

Ihr Blick fiel auf Kolja, dann auf das Mädchen.

Das Mädchen nickte stumm. »Es wäre möglich!«

In der Runde herrschte betretenes Schweigen. Alle starrten auf den blauen Balken.

Nur Miriam nicht. Miriam schaute auf Kolja. Ihr war es egal, was mit dem Balken oder den Daten geschah, wichtig war, dass Kolja wieder erwachte!

Sie kniete sich neben ihn und legte ihre Hand auf seine Stirn.

»Es geht wieder!«, rief der Junge so plötzlich, dass Miriam erschreckt ihre Hand zurückzog.

Der Balken blieb wieder stehen.

»Was ist das denn? Mach weiter. Mach weiter!«, rief er Miriam zu.

»Womit?«, fragte Miriam zurück.

»Weiß nicht!«, sagte der Junge. »Was du eben gemacht hast. Was hast du gemacht? Irgendwas musst du gemacht haben, dass die Übertragung weiterging.«

»Ich habe gar nichts gemacht!«, sagte Miriam entschieden. »Nur so . . .«

Sie legte ihre Hand wieder auf Koljas Stirn.

Der blaue Balken setzte sich fort.

»Ja!«, rief der Junge. »So bleiben. Unbedingt so bleiben!«

Miriam ließ ihre Hand auf Koljas Stirn ruhen. Auch, wenn es ihr komisch vorkam. Als ob sie selbst ein elektronisches Kabel wäre oder so.

»Bingo!«, rief der Computer-Frog erleichtert. »Die Datenübertragung ist abgeschlossen!«

Kolja aber rührte sich noch immer nicht.

»Jetzt lösche ich seinen Chip«, rief der Computer-Frog, drückte wieder einige Tasten, und ein neues Fenster auf dem Monitor erschien, in dem ange-zeigt wurde, wie viele Daten auf dem Chip gespeichert waren. Der Löschprozess hatte begonnen und im Fenster wurden die Daten heruntergezählt. Zu schnell, um die Zahlen mit bloßem Auge mitverfolgen zu können.

In einer unteren Leiste zeigte das Fenster an, wie viel Zeit der Löschvorgang noch beanspruchen würde.

»Noch eine Minute dreißig Sekunden!«, informierte der Computer-Frog die anderen.

Kolja lag noch immer regungslos am Boden.

Miriam hielt weiterhin ihre Hand auf Koljas Stirn.

Niemand sagte etwas. Alle warteten auf das Ende des Löschvorgangs und sahen mit sorgenvoller Miene auf Kolja.

Würde er je wieder zu sich kommen? War es möglich, einfach den Chip zu löschen, ohne dessen Träger zu schaden?

»Fertig!«, rief der Computer-Frog.

Alle Augen waren nun auf Miriam und Kolja gerichtet.

»Und?«, fragte Rahima. Es war das erste Wort, das seit einigen Minuten gesprochen wurde.

Miriam schwieg, schaute Kolja an, der nicht reagierte. Sie blickte hoch zu Rahima. Rahima erkannte Tränen in Miriams Augen.

Miriam nahm die Hand von Kolja Stirn, um sich die Tränen aus den Augen zu wischen.

In dem Moment rief Cornelia: »Da! Er hat gezwinkert!«

Miriam sah durch ihre Tränen nur verschwommen. Sie wischte ihre Augen noch mal ordentlich trocken und erkannte es endlich auch: Tatsächlich zuckten Koljas Augenlider. Er zwinkerte. Seine Augen öffneten sich. Kolja sah starr an die Decke; einen Moment lang, dann bewegten sich die Pupillen. Er sah sich um, hob den Kopf ein wenig an, hielt inne, fasste sich mit der Hand an den Kopf, stöhnte leise, setzte die Aufwärtsbewegung fort, hob erst den Kopf, dann den Oberkörper, bis er eine Sitzhaltung eingenommen hatte. Jetzt erst schaute er den Umstehenden in die Gesichter.

»Miriam?«, wunderte er sich. Claus und Cornelia kannte er nicht, ebenso wenig wie die anderen Frogs. Rahima und Lale war er begegnet, als sie ihn zu Beginn, als er das erste Mal in den Schacht gestiegen war, festgenommen und Sarah zugeführt hatten.

»Wo bin ich? Was macht ihr hier?«

Ein erleichtertes Lächeln überzog Miriams Gesicht. Sie war sich sicher: Kolja war kein Cop mehr! Aber das wussten die Cops nicht. Und so konnten sie mit Koljas Hilfe wieder in die Stadt hinaufkommen.

Die letzten Vorbereitungen

Der Plan ging auf. Kolja hatte die Cops, die den Ausgang der Frogs bewachten, einfach fortgeschickt und angekündigt, dass er gleich oben eine Rede im Namen von Master X halten würde. Allen Cops war bekannt, dass Kolja eine – fast – direkte Audienz bei Master X gehabt hatte, und so hörten sie auf ihn, als Kolja ihnen die Anweisung gab, alle Cops sollten sich versammeln.

Nachdem der Weg frei war, waren zunächst Sarah und Achmed in die Stadt hinaufgegangen, um Ben und seine Freunde zu informieren. Die anderen sollten dann folgen.

Seit einiger Zeit schon warteten Jennifer und Ben nun am Gullyschacht auf Miriam, Rahima und Lale, wie Sarah und Achmed es ihnen gesagt hatten.

Mittlerweile hatte sich das Bild in der Stadt gewandelt. Die Frogs, die zuvor gefangen gehalten worden waren und abtransportiert werden sollten, hatten sich zwar befreien können. Stattdessen hatten die Cops aber inzwischen fünfzig andere Kinder verhaftet. Sie warteten, bewacht von den Cops, auf ihren Transport zur Insel. Da die Cops ziemlich brutal vorgingen, hatten sich die Kinder in die Häuser verzogen. Das große Fest war vorbei. Die Stadt schien plötzlich wie ausgestorben.

»Wir haben verloren«, bekannte Ben. »Es wäre fast besser, Miriam würde nicht mehr kommen. Hier oben wird sie nur verhaftet!«

In dem Moment erschien Miriams Kopf aus dem Schacht in der Straße.

»Miriam!«, quiekte Jennifer freudig auf.

Die beiden Mädchen fielen sich in die Arme. So viel Chaos konnte es auf der ganzen Welt nicht geben, dass die beiden sich ihre Wiedersehensfreude nehmen lassen würden.

Jetzt kamen Rahima und Lale zum Vorschein.

»Wo sind Sarah und Achmed?«, fragte Rahima.

Ben erklärte es ihr. Wie geplant waren sie vorausgegangen, um die geflohenen Outlaws zu empfangen.

»Und die Frogs?«, wollte Lale wissen.

Auch das erklärte Ben. Sie hatten fliehen können. Ben hatte keine Ahnung, wohin. Die Frogs waren plötzlich einfach wie vom Erdboden verschluckt.

Rahima ließ ein kurzes Lächeln aufblitzen. »Mein Training!«, sagte sie nicht ganz ohne Stolz. »Zuschlagen und verschwinden.«

»Aha!«, machte Ben. »Und wohin sind sie verschwunden?«

»Sie sind in der Nähe!«, versicherte Rahima.

Jetzt erschienen auch Cornelia und Claus.

Lale stellte sie Ben und Jennifer vor.

»Und er hier ...«, Miriam zeigte auf Claus, »... trägt eine wirksame Waffe gegen die Cops bei sich.«

Miriam klopfte Claus auf die Schulter, Claus öffnete seinen Mund und ließ seine silberne Zahnklammer aufblitzen.

Miriam erzählte, wie sie damit im Hotel die Cops lahmgelegt hatten und auf diese Weise auch den zum Cop programmierten Kolja erst überwältigt, dann gerettet hatten.

»Was?«, stieß Ben aus. »Kolja ist bei euch? Wo?«

Miriam legte den Zeigefinger auf den Mund zum Zeichen, dass Ben schweigen sollte. Danach zeigte sie vorsichtig in die Richtung der Cops. Kolja stand plötzlich auf der Straße und ging auf die Cops zu, die die Kinder bewachten.

»Kolja war die Speerspitze beim Überfall auf die Frogs. Aber wir haben ihn wie gesagt retten und von der Programmierung befreien können.«

»Das wissen die Cops aber nicht«, ergänzte Rahima. »Ohne ihn wären wir hier gar nicht herausgekommen.«

Miriam übernahm wieder das Wort: »Kolja wird die Cops um sich versammeln. In der Zeit müssen wir möglichst viele Zahnklammern zusammenbekommen.« Ben und Jennifer verstanden.

»Also los!«

Cornelia und Claus gingen mit Ben und Jennifer, auch Miriam folgte. Lale und Rahima verschwanden, ebenso schlagartig wie zuvor die flüchtenden Frogs.

Viel Erfolg hatten Ben und die Freunde allerdings nicht bei den Kindern der Stadt. Die meisten hatten zu viel Angst vor den Cops.

Gerade hatten sich die Freunde wieder eine Abfuhr geholt, als wie aus dem Boden gestampft zwei Cops vor ihnen standen. Sie waren in eine Sackgasse geraten. Auch Ben konnte höchstens noch in den Hausflur zurücklaufen, aus dem Jennifer gerade herauskam.

»Stopp!«, zischte er ihr zu. Jennifer blieb stehen.

Hinter den Cops, also zur Ausgangsseite der Sackgasse, kamen gerade Cornelia und Claus zurück auf die Straße. Auch sie blieben sofort stehen, als sie Miriam in der Zange der Cops sahen.

Schon einmal hatte Claus mit seiner Zahnklammer Miriam und die anderen in letzter Sekunde vor den Cops retten können. Aber jetzt waren es zwei.

Miriam sah Claus über die Schultern der Cops hinweg in die Augen. Würde Claus ein zweites Mal den Mut aufbringen? Er war ihre letzte Chance.

Claus kapierte. Und er war auch dieses Mal mutig genug. Entschlossen schlich er sich von hinten an die Cops heran, nahm sich vorsorglich schon die Zahnklammer aus dem Mund.

Doch die Cops waren neu programmiert, hatten ein Update bekommen, das sie noch vorsichtiger, noch misstrauischer, noch aufmerksamer und vor allem noch schneller machte.

Kaum hatte Claus einen Fuß vor den anderen gesetzt, wirbelte einer der beiden Cops herum, schoss hinüber zu Claus und verpasste ihm einen Stoß, dass der rückwärts gegen die Hauswand donnerte. Die Zahnklammer kullerte ihm aus der Hand und blieb auf der Straße liegen. Keinen Atemzug später stand der Cop schon wieder grinsend vor Miriam.

Miriam sah ihr Ende gekommen.

Doch sie sah noch etwas: Hinter dem Rücken der Cops wurden lautlos Seile von den Dächern heruntergelassen. Zwei, drei . . . sieben, acht, zehn. Und dann kamen Frogs an den Seilen heruntergerutscht. Miriam erkannte Rahima, die lautlos auf dem Boden aufsetzte und Claus' Zahnklammer aufhob, während nun Lale und die anderen Frogs an den Seilen folgten.

Rahima zischte: »Pst, pst.«

Die Cops drehten sich um, da hatte Rahima dem ersten bereits die Zahnklammer auf seinen Chip gerammt. Sofort sackte der Cop in sich zusammen.

Noch ehe der zweite Cop Piep sagen konnte,

pustete ihm Lale mit ihrem Blasrohr einen der letzten Silberpfeile, die sie noch besaßen, auf die Brust. Auch er ging in die Knie wie eine Marionette, deren Fäden man einfach fallen lässt.

Nicht nur Ben, Jennifer, Claus und Cornelia hatten diese Aktion mit großen Augen bestaunt, sondern auch all die Kinder, die sich in dieser Gasse vor den Cops versteckt hielten und sich eben noch geweigert hatten, ihre Zahnklammern für den Kampf gegen die Cops herauszugeben.

Nach dieser Vorführung allerdings sah es völlig anders aus.

Ein kleines Mädchen kam aus einem Hauseingang hervor, trug ihre Zahnklammer wie eine Krone vor sich auf der Hand und fragte: »Könnt ihr die gebrauchen?«

Lale lächelte das Mädchen an: »Und ob! Vielen Dank!«

»Noch jemand?«, fragte Lale laut in die Straße hinein.

Nun war der Bann gebrochen.

Begleitet von fünfzehn mit Zahnklammern bewaffneten Kindern verließen Miriam, Ben, Jennifer, Claus, Cornelia, Rahima und Lale die kleine Sackgasse.

Ruhe vor dem Sturm

Die Lage auf dem Marktplatz hatte sich beruhigt. Die Cops hatten die Lage im Griff. Glaubten sie.

Kolja hatte ganze Arbeit geleistet. Er stand auf dem Dach einer Rikscha und hielt eine Rede wie der Kommandant einer Armee. Die Cops hatten sich rund um die Rikscha versammelt und hörten ihm aufmerksam zu. Die gefesselten Kinder aber ließen sie dabei nicht aus den Augen.

»Was erzählt der da?«, fragte sich Jennifer.

Ben zuckte mit den Schultern. »Keine Ahnung, aber schlecht kann es nicht sein. Sonst wären Thomas und Frank nicht bei ihm.«

Thomas saß ebenfalls auf dem Rikscha-Dach, direkt neben Kolja. Zu seinen Füßen stand Frank auf der Straße und wachte über die Geldsäcke.

Je näher Jennifer und die anderen heranrückten, desto mehr Brocken verstand sie von Koljas Rede. Von Belohnung hörten sie etwas, während Thomas sich einige Geldbündel von Frank geben ließ und diese für alle sichtbar in die Höhe hob.

»Kolja soll Belohnungen verteilen«, erläuterte Miriam, die zuvor im Bunker der Frogs den Plan detailliert mit Kolja durchgesprochen hatte.

»Belohnung? Wofür?«, fragte Ben.

Miriam tippte Ben gegen die Stirn. »Wofür?«, wiederholte sie. »Denk mal nach, du kleines Superhirn!«

»Zur Ablenkung!«, begriff Jennifer.

Miriam nickte. »Die Cops funktionieren wie Erwachsene. Und was zieht bei Erwachsenen besser als Geld?«

»Nichts!«, stimmte Jennifer sofort zu.

»Eben!«, machte Miriam weiter. »Solange die Cops aufs Geld achten, achten sie nicht auf uns. Einen Augenblick warten wir noch. Dann verteilen wir uns!«

»Worauf warten?«, fragte Ben.

Miriam blieb stehen, hob die Hand, um den Tross, der hinter ihr hermarschierte, ebenfalls zum Stehen zu bewegen.

Miriam schaut Rahima an, die auf die Uhr sah.

»Ich hoffe, sie liegen im Zeitplan.«

»Wer?«, wollte Ben wissen. Er wurde das Gefühl nicht los, dass die anderen mehr wussten als er. Er hasste dieses Gefühl.

»Wir müssen uns beeilen!«, drängte er. »Es ist ja ein toller Plan, dass Kolja die Cops um sich herum versammelt. Aber allzu lange sollten wir ihm das nicht zumuten. Kolja war noch nie ein großer Redner. Das ist doch nur eine Frage der Zeit, bis die Cops merken, dass da etwas nicht stimmt.«

»Da hast du recht!«, pflichtete Miriam ihm bei.

»Na also?« Ben wollte gerade weitergehen, als Miriam ihn zurückhielt. »Trotzdem warten wir noch eine Minute.«

»Wieso?«, wollte Ben wissen. »Auf wen?«

Miriam blickte über den Markplatz auf die andere Seite. Aber die Straße, die dort abging, war leer. Trotzdem zeigte Miriam dorthin.

»Wir warten auf Sarah und Achmed!«, lüftete Miriam das Geheimnis.

Ben wusste, die beiden wollten die Outlaw-Flüchtlinge in Empfang nehmen. Das war schwierig genug. Woher wollte Miriam wissen, dass sie genau jetzt zurückkehren würden? Es war ja schon fraglich, ob sie überhaupt zurückkehren würden.

»Sarah, Achmed und wir haben es so besprochen«, teilte Miriam mit. »Sie kommen um diese Uhrzeit zurück – mit oder ohne die Outlaws. Das werden wir sehen!«

»Ohne!«, sagte Jennifer.

Sie sah zwei Gestalten aus der leeren Straße kommen. Schon von Weitem erkannte sie Achmed an seinem Gang.

Auch Ben und Miriam waren sich sofort sicher.

»Sie haben es nicht geschafft!« Lale schaute auf Kolja, der sich noch immer abmühte, die Aufmerksamkeit der Cops auf sich zu lenken. »Wir müssen bald handeln. Schaffen wir das ohne die Outlaws?«

»Nicht so voreilig!«, warf Ben ein. »Schaut mal!«

Sarah und Achmed machten einen Bogen, gingen nicht über den Markplatz, sondern um ihn herum, und fingen plötzlich an zu laufen.

»Die haben etwas vor!«, war Miriam sich sicher.

»Aber was?«, fragte sich Rahima. »So war das nicht abgesprochen. Was tun die da? Sollen wir jetzt angreifen oder nicht?«

»Was war denn genau abgesprochen?«, fragte Jennifer nach.

Miriam berichtete: »Wenn sie zurück sind, greifen wir an. Egal, ob mit oder ohne Outlaws!«

»Na also!«, fand Jennifer. »Dann los! Ich bin bereit!«

Ihr war bewusst, welch schwieriges Unterfangen das war. Es waren rund hundert Cops, die sie zu besiegen hatten. Sie selbst waren fünfzehn Frogs, zwanzig Kinder aus der Straße, die sich ihnen angeschlossen hatten, plus Rahima, Lale, Jennifer, Miriam, Ben, Claus und Cornelia. Mit nur 15 Zahnklammern. Lale hatte noch acht Silberpfeile, die sie verteilt hatte. 23 Waffen gegen 100 Cops. Im Zentrum standen noch Frank, Kolja und Thomas, die aber weder Zahnklammern noch andere Waffen besaßen. Mit jeder Waffe also mussten sie mindestens vier Cops überwältigen. Das konnte niemals gut gehen.

»Irgendetwas haben Achmed und Sarah vor, ich

bin mir sicher!«, versuchte Jennifer den anderen Mut zu machen.

Ben pflichtete ihr bei. »Welche andere Chance haben wir denn sonst? Unser Tortenaufstand ist ja gründlich schiefgegangen. Also: Wir haben keine Chance, nutzen wir sie!«

»Genau!«, stimmte nun auch Miriam ein. »Angriff!«

Der letzte Kampf

Allen war klar, sie mussten schnell sein. Nur im Überraschungsmoment lag ihre Chance. Würden die Cops den Angriff entdecken, bevor sie diese erreicht hatten, waren sie chancenlos. Die Cops waren zu schnell, zu geschickt und zu stark, als dass man im direkten Zweikampf nah genug an sie herangekommen wäre, um sie auszuschalten.

Ben und seine Freunde sowie die zwanzig Kinder aus der Straße liefen mit den Zahnklammern in der Hand voran. Sobald sie den Pulk erreicht hatten, sollten sie sich ducken, damit die zweite Reihe – die Frogs mit den Blasrohren – freies Schussfeld hatte. Sobald die ersten Cops durch die Silberpfeile niedergestreckt waren, sollten Ben und die anderen die dahinterstehenden Frogs angreifen. Diesen kurzen Moment mussten die Frogs nutzen, um die Silberpfeile aus ihren ersten Opfern herauszuziehen, damit sie die ein zweites Mal benutzen konnten. Nur so würde die geringe Menge an Munition für alle Cops ausreichen. Mit jeder Waffe mussten vier Cops erlegt werden. Dazu mussten sie wirklich verdammt schnell sein.

Der Auftakt gelang besser, als Ben es zu hoffen gewagt hatte.

Kolja, der erhöht stand und in die Richtung der

Angreifer schaute, erkannte Ben und die anderen sofort. Obwohl ihm absolut nichts mehr einfiel, was er noch hätte sagen können, erhob er noch einmal seine Stimme, um die Aufmerksamkeit auf sich zu lenken, und wiederholte einfach, was er zuvor gesagt hatte.

Seine Strategie ging auf. Niemand bemerkte die Angreifer. In einer Reihe schlichen Ben, Jennifer, Frank, Miriam, Claus und Cornelia sich an die Cops heran, duckten sich weg, und die zweite Reihe, bestehend aus Rahima, Lale und den anderen Frogs, schoss ihre Pfeile schnell, präzise und vor allem leise ab.

Acht Cops fielen fast gleichzeitig um.

Ben machte innerlich die Siegerfaust. Um sie wirklich zu ballen, dazu blieb keine Zeit.

Er sprang dem nächsten Cop auf den Rücken und rammte ihm die zuvor zurechtgebogene Zahnklammer in den Hals.

Aber der Cop kippte nicht um. Auch der Cop, den Jennifer attackierte, wankte nicht. Ebenso wenig der von Miriam oder Cornelia. Lediglich der Cop, den Claus sich geschnappt hatte, sackte auf der Stelle in sich zusammen.

Mit Entsetzen erkannte Ben sofort das Problem: Seine Klammer enthielt kein Silber! Die von Cornelia, Miriam und den meisten anderen Kindern auch nicht.

»Weg hier!!«, schrie Ben. Doch es war zu spät.

Es war eine Sache von wenigen Minuten, bis Ben und seine Freunde ebenso wie Rahima, Lale und die anderen Frogs verhaftet waren.

»Wenigstens kann man von der Outlaw-Insel fliehen«, versuchte Miriam, sich Mut zu machen.

Das war das Stichwort für Ben, sich noch einmal nach Sarah, Achmed und den Outlaws umzusehen. Aber er konnte sie nirgends entdecken.

Frank, Thomas und Kolja waren ebenfalls verschwunden.

Vorsichtig, damit es keiner der Cops mitbekam, drehte sich Ben um. Hinter ihm gingen Rahima und Lale mit einem weiteren Frog.

Fünfzehn Frogs gingen in dem Gefangenenzug. Aus dem ersten Tross hatten sich aber mehr befreien können. Wo steckten die?

Rahima zwinkerte ihm zu, und Ben erinnerte sich daran, was Rahima ihm mal erzählt hatte: Dank ihrer Schulung waren die Frogs in der Lage, nahezu spurlos in der Stadt zu verschwinden und wieder aufzutauchen.

Der Gefangenentross verließ den Marktplatz und Ben schielte aus den Augenwinkeln hinauf auf die Dächer. Doch er entdeckte nicht einen einzigen Frog.

Da blieb der Tross plötzlich stehen.

»Was ist?«, hörte Ben einen Cop fragen.

»Der Bankdirektor und Kolja haben uns angehalten«, bekam er zur Antwort.

Und dann ging es so blitzartig, dass selbst die computerschnellen Cops überrumpelt wurden.

Aus allen Richtungen stürmten Frogs und Outlaws heran. Weitere Outlaws kamen aus der Kanalisation oder seilten sich von den Dächern ab. Sie kamen von allen Seiten, als hätten die Cops in ein Wespennest gestochen.

»Alarm!«, hörte Ben die Cops rufen.

Natürlich zögerten Ben, Jennifer, Miriam, Rahima, Lale und die anderen keine Sekunde, warfen sich von hinten gegen die Cops, um sie an der Gegenwehr zu hindern, ihnen im Weg zu stehen oder irgendwie den Weg für die befreundeten Angreifer frei zu machen.

Frogs und Outlaws sprangen die Cops an wie Raubkatzen die Gazellen. Statt wie diese ihre Opfer aber in den Nacken zu beißen, drückten sie ihnen etwas auf die Brust, worauf die Cops augenblicklich zusammensackten und regungslos auf der Straße liegen blieben. Einer nach dem anderen.

Ben fragte sich, über welche Wunderwaffen seine Freunde plötzlich verfügten, um die Cops derart zügig und so gründlich auszumerzen. Der ganze Angriff dauerte bestenfalls ein, zwei Minuten, da lagen sämtliche Cops bewusstlos auf der Straße zwischen ihren Gefangenen.

»Was war das denn?«, staunte Ben.

Auch Jennifer und Miriam begriffen nicht, wie dieser Angriff möglich gewesen war – bis plötzlich Thomas vor ihnen stand und ihnen grinsend einen Taler entgegenhielt.

»Master X hat sämtliches Silber aus der Stadt entfernen lassen. Nur an eines hat er nicht gedacht: sein eigenes Geld!«

Und nun?

Obwohl sie eifrig mitgeholfen hatten, konnten die zwanzig Kinder von der Straße nicht fassen, was sie soeben erlebt hatten. Die Cops waren besiegt. Es gab keine Aufpasser mehr. Eine natürliche Reaktion wäre gewesen, Freudentänze auf den Straßen zu tanzen, zu feiern, zu toben – eben alles zu tun, was so lange verboten gewesen war. Aber das Gegenteil war der Fall. Die Kinder standen schweigend da und schauten einfach nur auf die auf der Straße liegenden Cops, als ob sie befürchteten, dass sie jeden Moment wieder erwachen und das Kommando übernehmen würden.

Miriam konnte sie beruhigen. Sie wussten seit Kolja nun, wie man die Programme der Chips löschte. Das würde bei hundert Cops zwar ein wenig dauern, aber es war eine Aufgabe, die der Computer-Frog und das Mädchen liebend gern in Angriff nehmen würden.

Trotzdem wollte auch bei ihnen so eine richtige Begeisterung nicht aufkommen. Dafür hatten sie zu lange unter der Herrschaft der Cops gelitten. Den Outlaw-Kindern erging es natürlich erst recht so. Vorsichtig blickten sie sich um, als ob ihnen im nächsten Moment jemand alles wieder nehmen und sie auf die schreckliche Insel der Verdammten zurückschleppen würde. Nur sehr langsam gewöhnten sie sich an die neu gewonnene Freiheit.

Auch Rahima, Lale und Sarah freuten sich nur verhalten über ihren Sieg. Denn sie wussten – ebenso wie Ben, Jennifer, Miriam, Frank, Achmed, Kolja, Thomas und Kathrin –, dass ihnen die wichtigste Aufgabe noch bevorstand: Sie hatten die Diener besiegt, aber noch nicht den Herrn. Die Cops waren entmachtet, aber wo steckte Master X? Welche Trümpfe trug er noch im Ärmel? Und vor allem: Wie kamen sie endlich aus diesem Computerspiel heraus zurück in die reale Welt?

Die mögliche Antwort auf diese Fragen winkte ihnen von Weitem zu: der Computer-Frog und das Mädchen.

Lächelnd schritten sie auf Ben und seine Freunde zu. Miriam begrüßte sie und wollte sie Ben und den anderen vorstellen, aber sie wusste ihre Namen nicht.

Das Mädchen lächelte sie an: »Wir hatten uns mal geschworen, solange wir in dem Bunker bleiben müssen, bleiben wir namenlos. Erst wenn wir unser Ziel erreicht und die Cops besiegt haben, wollten wir uns wieder bei unseren Namen nennen.« Sie schaute den Computer-Frog an. »Nicht wahr, Urs?«

»Urs?«, fragte Frank nach. »Den Namen habe ich noch nie gehört.«

Das Mädchen lachte. »Dann bist du wohl noch nie in der Schweiz gewesen? Das ist bei uns ein völlig gebräuchlicher Name.«

Frank musste zugeben, noch nie in der Schweiz gewesen zu sein. »Nun sag nicht, du heißt Heidi!«, grinste er.

»Nein!«, lachte das Mädchen zurück. »Ich heiße Kleopatra!«

»Was? Echt?«, rief Jennifer entzückt. »Wie die berühmte ägyptische Königin?«

Das Mädchen winkte ab. »Nein, es war ein Scherz. Ich heiße Cleo. Aber ich habe etwas viel Interessanteres für euch als unsere Namen!«

Gespannt warteten alle darauf, dass das Geheimnis gelüftet wurde.

Cleo und Urs entfalteten einen Computerausdruck, den Urs unter dem Arm getragen hatte. »Nachdem wir die Daten von Koljas Chip kopiert hatten, haben wir sie uns genau angesehen«, erzählte Urs.

»Und dabei das hier entdeckt!«, ergänzte Cleo.

»Einen Stadtplan?«, fragte Thomas. Er mochte Stadtpläne und hatte natürlich in seiner Garage eine große Sammlung.

»Na ja, kein gewöhnlicher Stadtplan!«, schränkte Urs ein. Er wandte sich an Kolja: »Du bist bei Master X gewesen?«

»Was?«, entfuhr es Ben. »Davon hast du gar nichts erzählt. Mann. Wir suchen den doch!«

Kolja winkte ab. »Wann hätte ich davon denn erzählen sollen? Außerdem: Ehrlich gesagt kann ich mich kaum daran erinnern!«

Ben fasste sich an den Kopf.

Achmed spuckte aus. »Du bist so ein Hirni, ey. Wir opfern uns auf, und du Hohlbirne vergisst, wo Master X sitzt!«

Jennifer und Miriam gingen sofort dazwischen, bevor sich ein neuer Streit entfachen konnte.

»In gewisser Weise hat Achmed recht«, schmunzelte Urs. »Kolja ist wirklich eine Hohlbirne!«

Kolja verzog sein Gesicht zu einer bösen Miene und wollte gerade auf Urs losgehen.

Frank hielt ihn zurück.

»Aber er kann nichts dafür!«, beschwichtigte Urs.

»Ne!«, lästerte Achmed. »Der ist schon seit Geburt so!«

Kolja schnaubte vor Wut. »Ohne mich hätten wir die Cops nie besiegt, ihr Blödmänner!«

Urs nickte. »Ja, natürlich. Das stimmt. So war das doch nicht gemeint. Ich meinte nur, du kannst nichts für deine verlorenen Erinnerungen, denn wir haben sie!«

»Hä?«, machte nun Achmed.

Urs deutete auf den Computerausdruck. »Koljas

Erinnerungen als Cop wurden nicht in seinem Gehirn gespeichert, jedenfalls die meisten nicht, sondern auf dem Chip. Deshalb wissen wir . . .« Er deutete auf sich und Cleo. ». . . mehr, was er als Cop gemacht hat, als er.«

»Ach!«, machte Kolja. »Und was habe ich gemacht?«

»Du warst bei Master X!«

Kolja nickte. »Hab ich doch gesagt!«

Urs berichtete weiter: »Aber er hat sich dir nur virtuell gezeigt, über eine projizierte Computeranimation. Und zwar . . .«

Cleo tippte für Urs auf eine bestimmte Stelle des Stadtplans: »Genau dort!«

Alle Köpfe beugten sich hinunter auf die Karte.

»Kenne ich nicht«, bekannte Achmed.

»Kein Wunder«, lachte Jennifer. »Das ist auch die neue Schule für Hochbegabte! Ein Privat-Internat. Gibt es erst seit einem Jahr.«

»Dort sitzt Master X?«, fragte Ben.

Cleo und Urs nickten. »Davon gehen wir aus!«

Master X

Das Internat für hochbegabte Schüler, eine große alte Villa, lag nicht weit vom Marktplatz.

Alle waren mitgekommen, um Master X endlich zu stellen. Ben und seine Freunde, Cornelia und Claus, Sarah, Lale, Rahima, Urs und Cleo, die Frogs, die Outlaws und viele andere Kinder. Als sie die Villa erreicht hatten, blieb Kolja, der voranging, am Eingang stehen. »Der hat sich eine Gemeinheit ausgedacht!«, war Kolja sich sicher. »Wir müssen höllisch aufpassen!«

Auch Sarah und Rahima rechneten noch mit einem Angriff durch Master X. Aber nachdem sie Outlaw-Insel, Horrorwald und Cops überwunden hatte, besaß Sarah genügend Mut und Selbstvertrauen, sich auch dieser letzten Auseinandersetzung mit Master X zu stellen. Achmed nahm die Sache gelassener. Er war überzeugt, dass Master X längst geflohen war, nachdem er mitbekommen haben musste, wie seine Cops besiegt worden waren.

»Das wäre die schlechteste aller Möglichkeiten«, sagte Ben. »Denn ich befürchte, unser Weg zurück führt nur über Master X.«

In der großen Villa war kein Lebenszeichen auszumachen. Kein Licht brannte, keine Gardine bewegte sich. Kein Geräusch war zu hören, auch nicht aus dem gewaltigen Garten, der die Villa umgab.

Achmed schob Kolja beiseite und bot sich an: »Ich gehe vor!«

Er öffnete das Schultor.

In dem Moment ertönte ein ohrenbetäubender Knall. Ein Feuerball schoss aus dem Fenster im ersten Stock und ließ Glasscherben regnen.

Erschrocken warfen die Kinder sich zu Boden.

»Was war das denn?«, fragte Sarah.

»Eine Explosion«, antwortete Ben, obwohl das ja jeder mitbekommen hatte.

»Wenn Achmed schon mal vorgeht«, lästerte Kolja.

»Was kann ich denn dafür, ey?«, wehrte sich Achmed. »Wenn der Typ sich umbringt!«

»Du meinst, Master X hat sich ...«, wollte Miriam nachfragen, wurde aber von Rahima unterbrochen.

»Es brennt!«, rief Rahima. »Die erste Etage brennt!«

»Das schöne Gebäude!«, bedauerte Jennifer.

»Die Zentrale!«, fiel Ben plötzlich ein. »Verflucht, die Computerzentrale!«

Jennifer stöhnte. »Du hast ja vielleicht Sorgen ...!«

»Mann!«, fuhr Ben seine Freundin an und sprang auf. »Begreifst du nicht? Master X ist abgehauen ...«

»... hab ich doch gleich gesagt!«, stellte Achmed klar.

»... und sprengt seine Computerzentrale!«, sprach Ben aufgebracht weiter. »Wenn aber die Computerzentrale zerstört wird, kommen wir nicht mehr zurück!«

Jetzt erst begriff auch Jennifer. Sofort sprang sie auf. »Los, Leute! Löschen!«

Ohne weiter abzuwarten oder auch nur noch irgendeine Vorsichtsmaßnahme zu beachten, stürmte Jennifer los.

»Jennifer!«, rief Ben ihr hinterher. »Warte!«

Doch Jennifer stürmte schon in die Villa hinein.

»Gibt es hier eine Feuerwehr?«, fragte Ben.

»Vergiss es!«, nahm ihm Lale jede Hoffnung. »Wir müssen uns selbst helfen.«

Ben rannte Jennifer nach.

Miriam blieb draußen. »Gartenschläuche!«, rief sie bloß. »Bei so einem Garten muss es eine Bewässerung geben. Sucht nach Gartenschläuchen, Eimern, Brunnen, alles was ihr finden könnt, was mit Wasser zu tun hat.«

Die Outlaws reagierten am schnellsten und schwärmten in alle Richtungen aus. Die Frogs schlossen sich sofort an.

Claus sah einen alten Brunnen. Er rannte hin, entdeckte einen alten Metalleimer, der an einer Kette befestigt war, die über ein rostiges Rad geführt wurde. Claus ließ den Eimer in den Brunnen hinab.

Achmed und Kolja schleppten zwei Gartenschläuche heran. Und während sie aus den beiden Schläuchen schon mit vollem Wasserdruck ihre Löscharbeiten begannen, kam Thomas mit einem Stapel Eimer, Frank hatte Seile gefunden.

Die Löscharbeiten mit den Eimern konnten beginnen. Fehlte nur noch das Wasser.

Jennifer und Ben kämpften sich derweil im ersten Stock durch den beißenden Rauch.

»Lange können wir nicht hierbleiben!«, war Jennifer klar.

Das wusste auch Ben. »Wir müssen nur sehen, ob wir von dem Computer etwas retten können, um an das Programm heranzukommen. Sonst sitzen wir fest!«

»Hallo!«, rief Jennifer. »Ist hier noch jemand drinnen?«

Sie erreichten das brennende Zimmer.

Sarah stand unten im Foyer des Schulhauses und fragte sich, wo Master X steckte.

Entweder stimmte die Auswertung von Koljas Chip nicht, die ihnen Urs und Cleo präsentiert hatten, oder Master X hatte sich versteckt.

»Urs!«, rief sie.

Urs löste sich aus der Kette, in die er sich einge-reiht hatte, und sprintete zu Sarah.

»Lös Achmed ab und schick ihn hierher!«, bat Sarah.

Mit Achmed hatte sie die schlimmsten Abenteuer ihres Lebens durchgestanden. Er war ihr am liebs-ten als Begleiter, um jetzt nach Master X zu su-chen.

»Es ist sowieso noch kein Wasser da«, sagte Urs.

Jennifer und Ben hatten ihre Shirts hochgezogen und verdeckten damit ihre Gesichter bis zu den Augen, um sich ein wenig vor dem Rauch zu schüt-zen.

In dem Zimmer brannten die Schulmöbel, von Computern keine Spur. Die Möbel waren aufeinan-dergestapelt zu einem hohen Berg, der lichterloh brannte wie ein Osterfeuer. Der verbrennende Lack der Möbel verursachte diesen beißenden, giftigen Rauch. Unter dem Berg und am Fenster waren noch die Reste der Sprengsätze zu erkennen, mit denen das Feuer entfacht worden war.

»Eine Finte!«, war Ben sich sicher. »Hier gibt es nichts Wichtiges zu vernichten. Das Feuer soll uns nur ablenken. Nichts wie raus hier!«

Ben und Jennifer zogen sich zurück. Plötzlich ex-plodierte ein weiterer Sprengsatz im Flur. Gerade noch rechtzeitig konnten Jennifer und Ben in den benachbarten Klassenraum springen, um nicht von dem Feuerball getroffen zu werden, der durch den Flur schoss.

Mit angekokelten Haaren und einem gehörigen Schrecken in den Gliedern lagen die beiden nebeneinander auf dem Boden.

»Alles okay bei dir?«, fragten beide gleichzeitig.

»Wieso kein Wasser?«, wunderte sich Sarah.

»Der Brunnen ist trocken, behauptet Claus!«, berichtete Urs. »Er hat den Wassereimer hochgezogen, aber es war kein Wasser drin!«

»Und wieso steht ihr dann noch alle in der Reihe?«, fragte Sarah.

»Miriam wollte noch mal nachschauen!«

Sarah lief aus dem Foyer heraus, sah, wie Achmed und Kolja weiter tapfer löschten.

Plötzlich riefen Jennifer und Ben aus dem Fenster um Hilfe.

»Der Flur brennt. Wir können nicht mehr heraus!«

Sarah blickte hinauf zu den beiden. »Verflixt!«

Sie schaute sich um, womit man den beiden helfen konnte. Es gab aber keine Leiter oder Ähnliches.

»Die Seile!«, entschied sie und rief nach Miriam.

Miriam stand am Brunnen, sah und hörte erst jetzt Jennifer und Ben am Fenster im ersten Stock, nachdem Sarah sie gerufen hatte.

Sarah machte nur noch stumme Handzeichen.

Miriam verstand: Jennifer und Ben sollten an den Seilen herabklettern.

Schnell löste Miriam den Eimer vom Seil, wickelte sich das Seil über den Arm und rannte zum Haus. Noch aber hatte sie keine Idee, wie sie das Seil zu ihren beiden Freunden hinaufbefördern sollte.

Sie blieb vor dem Haus stehen, nahm das Ende vom Seil, drehte es kreisförmig in der Luft und versuchte, das Seilende hinaufzuschleudern, sodass Jennifer oder Ben es fangen konnte. Der Versuch endete kläglich. Das Seilende schlug gerade mal einen halben Meter über Miriams Kopf gegen die Hauswand.

»So wird das nichts!«, erkannte Sarah.

Frank kam herangelaufen, sah an der Hauswand hoch.

Es war keine dieser modernen, glatt verputzten Hauswände, sondern die Wand einer alten verschnörkelten Villa, mit Vorsprüngen, Reliefs, Verzierungen, kurz: ideal für Freeclimbing. Seit sie an ihrer Schule eine Freeclimbing-Wand hatten, war Frank von ihr kaum noch wegzubekommen.

»Ich bringe das Seil hinauf!«, bot er sich an,

band sich das Seilende um den Bauch und begann, sofort an der Hauswand hinaufzuklettern.

Jennifer lehnte sich so weit wie möglich aus dem Fenster, um Frank mit ihren Händen entgegenzukommen.

»Was ist mit der Computerzentrale?«, fragte Urs hinauf zu Ben.

Ben erzählte, dass sie in den brennenden Zimmern nichts gefunden hatten.

»Eine Finte!«, wiederholte Ben seine Vermutung.

Wie Sarah es sich gedacht hatte. Master X hatte einen Plan. Sie mussten ihn finden.

Sarah überlegte, ob sie ins Haus hineinlaufen sollte. Aber Master X würde nicht das Haus anzünden, in dem er sich selbst versteckt hielt.

Sie drehte sich um, sah übers Gelände, dachte nach. Immer noch stand die Reihe der Kinder da und wartete auf Wasser aus dem Brunnen.

»Was ist mit dem Wasser?«, rief sie hinüber zu Rahima und Lale, die mit dem Metalleimer herumhantierten.

»Nichts!«, kam zur Antwort.

»Aber der Brunnen ist nicht trocken!«, fügte Rahima noch an. »Denn der Eimer ist feucht!«

Sarah vergewisserte sich, ob sie hier wirklich nicht mehr gebraucht wurde. Aber Frank war schon oben am Fenster angelangt. Jennifer nahm das Seil entgegen und reichte es weiter hoch zu Ben, der es ins Zimmer hineinzog. Er schaute sich um, wo er es am besten befestigen konnte, und knotete das Seilende schließlich an die Tafel.

Sarah lief zum Brunnen und sah hinein. Sie konnte nichts erkennen. Es war zu dunkel in dem Schacht.

Sie sammelte einen Stein vom Wegrand auf, warf ihn in den Brunnen und horchte. Es war kein Plätschern zu hören, sondern ein Plopp. Als ob der Brunnen durch eine Holzplatte oder etwas Ähnliches verschlossen worden wäre.

»Da unten ist etwas!«, war Sarah sich sicher.

Ben und Jennifer retteten sich über das Seil aus dem Haus.

Sarah sah zu ihnen hinüber.

»Ich brauche das Seil!«, rief sie.

»Wie sollen wir das denn machen?«, fragte Ben zurück, kaum dass er wieder festen Boden unter den Füßen hatte. »Das Seil ist oben an der Tafel festgemacht!«

Frank klebte noch wie eine Echse an der Hauswand. Das Seil benötigten sie ohnehin, um Wasser aus dem Brunnen zu schöpfen, dachte er sich und rief den anderen zu: »Ich hole es schnell!«

Tatsächlich fast so flink wie ein Gecko huschte Frank an der Wand hoch und sprang in das Klassenzimmer hinein.

»Spiderman ist nichts dagegen!«, kommentierte Miriam anerkennend.

Im nächsten Moment flog das Seil im hohen Bogen aus dem Fenster und landete vor Bens Füßen.

Frank kletterte so an der Hauswand wieder herunter, wie er auch hinaufgekommen war, während Ben das Seil zu Sarah brachte.

»Was hast du vor?«, fragte er.

»Dort unten ist etwas!«, wiederholte Sarah. »Irgendwo hält sich Master X versteckt. Ich bin mir sicher!«

»Im Brunnen?«, wunderte sich Ben.

Auch Kolja glaubte es nicht. Er hatte seinen Gartenschlauch an eines der Outlaw-Kinder übergeben. Achmed begleitete ihn, denn mittlerweile hatte Urs seine Stelle an dem Schlauch eingenommen.

Beide – Achmed und Kolja – hatten sich auf ein fulminantes Ende, einen letzten entscheidenden Kampf mit Master X eingestellt. So kannten sie es aus dem Kino.

»Die wirklichen Diktatoren verschanzen sich am Ende oft in Bunkern oder Erdlöchern!«, wusste Jennifer beizusteuern. Sie glaubte deshalb eher an Sarahs Theorie.

»Aber wenn du recht hast, kannst du dort nicht allein hinunter!«, wandte Kolja ein. Er dachte daran, wie er und Achmed zu Beginn dieses Abenteuers auf der Suche nach dem Labyrinth in den Schacht gestiegen waren. Es war unheimlich und gefährlich gewesen.

»Natürlich kann ich das!«, widersprach Sarah.

Achmed, der mit Sarah den Horrorwald überstanden hatte, musste ihr zustimmen: »Die kann das!«

Sarah warf Achmed ein kurzes Lächeln zu.

»Ich komme trotzdem mit!«, beharrte Rahima, doch auch das lehnte Sarah ab.

»Viel zu eng!«

»Wir gehen nacheinander!«, schlug Ben vor. »Wenn Sarah recht hat, stoßen wir dort unten auf die Computerzentrale. Vermutlich eine riesige Höhle und . . .«

Jennifer unterbrach ihn, indem sie ihrem Freund gegen die Stirn klopfte. »Was redest du da? Wir jagen nicht James Bond!«

Ben zog nur die Augenbrauen hoch. Die leere Stadt, in der sie hatten überleben müssen, war schlimmer als James Bond, fand er.

Sarah stieg in den Brunnen. Anders als in dem Schacht, der zu den Frogs geführt hatte, gab es hier keine Stiegen. Sarah ließ sich langsam an dem Seil heruntergleiten.

Auf halber Höhe stoppte sie.

»Hier geht ein Gang ab!«, rief sie hinauf.

»Ich hab's doch gesagt!«, schimpfte Ben. »Die Zentrale! Wir müssen ihr nach!«

»Geht nicht!«, bremste Frank ihn. »Wir haben nur ein Seil. Solange Sarah daranhängt, kann niemand nachgehen. Erst wenn sie das Seil dort unten irgendwo festgemacht hat.«

»Sag es ihr!«, forderte Ben ihn auf.

»Geht nicht!«, antwortete Frank wieder.

»Wieso nicht?«

Frank zeigte in den Brunnenschacht. »Ich sehe sie nicht mehr!«

Ben fluchte.

Jetzt konnten sie nichts tun, als auf Sarah zu warten.

Plötzlich zuckte das Seil.

»Sie gibt ein Zeichen!«, rief Frank aufgeregt.

»Hochziehen!«, deutete Rahima. »Das heißt hochziehen!« Frank, Kolja und Achmed begannen, das Seil hochzuziehen.

»Das Feuer ist gelöscht!«, meldete Urs plötzlich.

»Ja, schon gut!« Niemand hatte ein Ohr für ihn. Zu aufregend war die Frage, was mit Sarah passiert war.

»Sie kommt!«, rief Miriam, die in den Schacht hineinschaute, während die anderen weiterzogen. »Vorsichtig!«

»Wie geht's ihr?«, fragte Achmed besorgt nach.

»Die ist gefesselt!«, antwortete Miriam, worauf Achmed, Kolja und Frank gleich noch schneller zogen.

»Langsam, langsam!«, bremste Miriam ab. »Sie knallt sonst gegen die Wände.«

Obwohl es ihnen schwerfiel, jetzt noch Geduld zu üben, mühten sich die drei Jungs, Sarah langsam und vorsichtig hinaufzuziehen.

Plötzlich bemerkte Miriam: »Das ist gar nicht Sarah!«

»Was?« Achmed hätte beinahe das Seil losgelassen.

»Wer denn?«, fragte Frank.

Miriam zuckte mit den Schultern. »Kenn ich nicht!«

In dem Augenblick erschien auf der Hälfte des Brunnenschachtes Sarahs Kopf aus dem Gang.

»Nicht befreien!«, brüllte sie hinauf. »Ich glaube, das ist er!«

Wieder stoppten die Jungen das Ziehen.

»Master X?«, kam Frank ehrfürchtig über die Lippen. Der große Herrscher und Diktator des Staates der Kinder baumelte jetzt gefesselt an ihrer Leine, die sie aus einem Brunnenloch hochzogen?

Sie zogen weiter. Oben am Brunnenrand kam ein Jugendlicher zum Vorschein. Zart, schmächtig, mit blasser Haut, kurz geschorenen, zerzausten, eingefettete Haare, denen anzusehen war, dass sie normalerweise geschniegelt und gestriegelt wurden.

Er trug eine dunkelblaue Schuluniform, aus deren kurzer Hose dünne blasse Beinchen wie Streichhölzer hervorschauten. Die Uniform war durch die Flucht in den Brunnen stark ramponiert. Seine Krawatte hing schief und war halb abgerissen, die Manschetten des Hemdes waren ebenfalls zerrissen.

Ein letzter Ruck. Master X rutschte haltlos über den Brunnenrand und knallte mit dem Kopf voran auf den Boden. Seine Arme waren in dem Seil gefesselt, das Sarah ihm um den Bauch gewickelt hatte.

Kolja zog sein Taschenmesser aus der Hose und schnitt das Seil so ab, dass Master X gefesselt blieb, das Ende aber zu Sarah in den Brunnen hintergeworfen werden konnte. Frank und Achmed holten Sarah hoch, während alle anderen nur stumm Master X betrachteten. Niemand hatte ihn sich so vorgestellt.

»So ein halbes Hemd hat die ganze Stadt terrorisiert!«, staunte Miriam.

»Ihr versteht gar nichts, ihr Bastarde!«, schimpfte der kleine gefesselte Giftzwerg. »Ihr habt alles kaputt gemacht! Ich hätte Millionen verdienen können und die Gesellschaft hätte gleichzeitig Milliarden gespart!«

»Bist du ein bisschen bescheuert?«, fragte Miriam ihn.

»Wie man's nimmt!«, erwiderte Jennifer. »Du gehst auf diese Eliteschule, oder?«

Jennifer zeigte auf die Villa, aus deren Fenster es noch rauchte.

»Die Sprinkleranlage!«, erklärte Urs schnell. »Sie ging spät an, aber immerhin. Sie hat alles gelöscht!«

Master X nickte. »Ja, ich gehe auf diese Schule!«

»Und was hattest du mit uns vor?«, wollte Rahima wissen.

Statt Master X antwortete Jennifer. »Das ist doch völlig klar. Diese Schule ist eine ziemlich elitäre Privatschule. Die reichen Eltern zahlen ein Vermögen, um ihre Knirpse zur Elite auszubilden. Da gibt es kein Spiel und keinen Spaß. Da zählt nur Leistung. Richtig?«

Master X nickte.

»Allerdings. Wir nutzen das Potenzial, das in uns steckt, und vertrödeln nicht unsere Zeit mit Partys und Spielchen und Saufen und Drogen!«

»Und die Elite, die dabei entsteht, sind dann Geistesgestörte wie du?«, fragte Miriam.

Master X schwieg.

Jennifer übernahm wieder das Wort. »Offenbar! Jedenfalls hat er gesehen, wie viel die Erwachsenen bereit sind zu zahlen, um ihre Kinder zur Elite auszubilden!«

»Ach so!« Jetzt kapierte auch Ben. »Und da dachte er, er könnte Millionär werden, wenn er auf eigene Faust Kinder ausbildet.«

»Na ja!«, schränkte Jennifer ein. »Ausbildung kann man das nicht nennen. Eher Dressur. Uns sollte alles abgewöhnt werden, was Kindern Spaß macht, um uns dann irgendwann als zu klein geratene Erwachsene in die Gesellschaft zurückzubringen.«

»Genau!«, gab Master X zu. »Ihr habt ja keine Ahnung, wie viel Geld man sparen könnte ohne Schulen, Kindergärten, Spielplätze, Spielzeug und all die verschwendete Zeit. Zig Milliarden. Aber ihr Dummköpfe habt alles kaputt gemacht!«

»Ja!«, lachte Miriam. »Also, so dumm können wir ja eigentlich gar nicht sein. Immerhin haben wir dich geschlagen!«

»Und außerdem hast du eine Kleinigkeit übersehen in deinem Plan«, ergänzte Jennifer.

»Ach ja?«, fragte Master X neugierig.

»Weißt du, was aus all denen wird, die als Kinder spielen, toben, Blödsinn machen, träumen, lachen, sich verlieben und die Zeit vertrödeln?«

»Na, was?«, brummte Master X.

Jennifer lächelte zu Miriam hinüber und Miriam gab die Antwort:

»Richtig nette Menschen!«

Alle lachten.

Nur Master X nicht.

Mit mürrischem Gesicht wartete er ab, bis das Lachen abgeebbt war. Dann sah er in die Runde und sagte: »Schade, dass euch nette Menschen niemand mehr kennenlernen wird. Denn ohne mich kommt ihr hier nicht heraus. Und ich sage euch nicht, wie!«

Jennifer und Miriam sahen sich entsetzt an.

Ben machte ein ernstes Gesicht.

Frank schaute mit hoffnungsvoll fragendem Blick seinen Freund an.

Und alle wussten plötzlich: Master X hatte recht.

Nur Kolja blieb gelassen.

Ohne dass jemand es bemerkte, ging er zu Urs, flüsterte ihm etwas ins Ohr. Urs hörte zu, grinste, griff in seine Tasche und überreichte Kolja etwas. Dann ging Kolja auf Master X zu, der noch immer in der Mitte der Kinder gefesselt auf dem Boden hockte.

Er beugte sich zu ihm hinunter und sagte: »Weißt du, das mit den netten Menschen hat Miriam nicht so gemeint. Es trifft jedenfalls nicht auf jeden von uns zu.«

Master X sah mit ängstlichem Blick zu Kolja auf. Er befürchtete, geschlagen zu werden, so wie seine Cops Kolja geschlagen hatten. Master X biss sich auf die Lippen und nahm sich fest vor, die Schläge auszuhalten und trotzdem den Ausgang nicht zu verraten.

Doch Kolja schlug nicht.

Kolja hielt Master X etwas vor die Nase. Es war

der kleine goldene Chip, den Kolja auf der Brust getragen hatte. »Wir kennen das Programm!«, sagte Kolja.

»Und wir können es umkehren!«, drohte Urs. »Wir gewöhnen dir nicht die Kindereien ab, sondern an!«

»Du wirst ein richtig alberner Clown, der nix als Faxen im Kopf hat!«, schilderte Kolja.

Jennifer begriff Koljas List. »Oh ja!«, stimmte sie ein. »Das kommt bestimmt supergut an, wenn du an deine Eliteschule zurückkehrst! Keine Albernheit, die du nicht ausführen würdest!«

»Wir bleiben zwar eine Zeit lang hier und werden uns schon einrichten!«, versicherte Ben. »Aber du wirst zum größten Kindskopf, den die reale Stadt je gesehen hat. Das verspreche ich dir! Im Programmieren bin ich ganz gut!«

Keine halbe Stunde später standen Ben, Jennifer, Miriam, Frank, Thomas, Kolja, Achmed und Kathrin wieder in ihrem Klassenraum. Wie immer kamen sie aus dem Programm ›Die Stadt der Kinder‹ genau zu jenem Zeitpunkt zurück, an dem sie verschwunden waren. Für die Erwachsenen war also keinerlei Zeit vergangen.

So kam es, dass die Lehrerin Gesine Blaubert plötzlich den Kopf durch die Tür steckte, sich den Klassenraum ansah und sagte: »Na, viel habt ihr ja noch nicht geschafft. Nun aber mal ran!«

»Nein!«, sagte Miriam. »Wir haben getrödelt und gespielt!«

Gesine Blaubert hat bis heute nicht verstanden, weshalb ihre Klasse dann plötzlich in so ein tosendes Gelächter ausgebrochen war.

WER DIE ZEIT KONTROLLIERT, HAT DIE MACHT

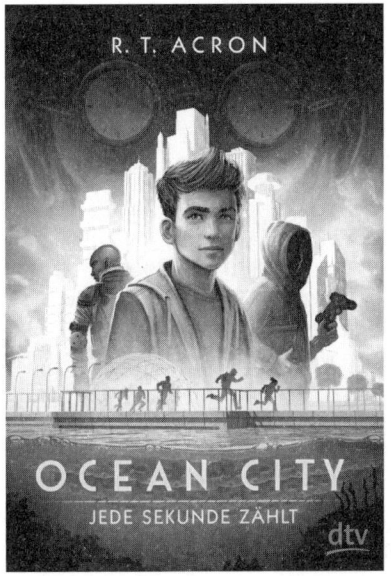